寻美的旅痕

八闽风采纪实文学丛书

哈雷 著

海峡出版发行集团 | 海峡文艺出版社

图书在版编目(CIP)数据

寻美的旅痕/哈雷著. 一福州：海峡文艺出版社，2015.5
("八闽风采"纪实文学丛书)
ISBN 978-7-5550-0536-0

Ⅰ.①寻…　Ⅱ.①哈…　Ⅲ.①纪实文学一中国一当代　Ⅳ.①I25

中国版本图书馆 CIP 数据核字(2015)第 081038 号

"八闽风采"纪实文学丛书
寻美的旅痕

哈　雷　著
责任编辑　李永远
出版发行　海峡出版发行集团
海峡文艺出版社
经　　销　福建新华发行(集团)有限责任公司
社　　址　福州市东水路 76 号 14 层　　**邮编**　350001
发 行 部　0591－87536797
印　　刷　福州华彩印务有限公司　　**邮编**　350014
地　　址　福州市福兴投资区后屿路 6 号
开　　本　787 毫米×1092 毫米　1/16
字　　数　260 千字
印　　张　17
版　　次　2015 年 5 月第 1 版
印　　次　2015 年 5 月第 1 次印刷
书　　号　ISBN 978-7-5550-0536-0
定　　价　39.00 元

序

何少川

这套《“八闽风采”纪实文学丛书》，反映的都是有关福建的题材，大部分篇章是作者从《走进海西纪实文学丛书》中选取编辑而成的。

《走进海西纪实文学丛书》是一套反映八闽大地县域（市、区）经济社会发展、地方文化特色和自然景观的纪实文学集。自2007年春安溪有关方面邀请采风创作起，至今已应邀走进近50个县（市、区），出版了50多册集子（其中包括应省有关部门邀请采风创作的专集）。这套丛书作品都是作者深入基层创作的，体例统一，布局合理，内容全面，特色突出，文化味浓，可读性强，得到普遍欢迎。丛书由福建省炎黄文化研究会和福建省作家协会联合组织编写。写作和编撰过程中，得到各地党政部门的帮助和支持。

八年多来，在采风和编纂丛书过程中，共有1400多人次的作家和新闻工作者投入，是福建省史上参加人数最多、持续时间最长、成果丰硕的采风创作活动。作者老中青结合，有名老作家，也有初涉文坛的文学爱好者，有来自省里的，也有市、县的。到目前为止共创作了1100多万字作品，为福建留下了一批宝贵的文化财富，为建设先进文化和培养文学新人做出了积极贡献。

为繁荣社会主义文化，进一步展示福建风貌，经省炎黄文化研究会研究决定，拟选取撰写丛书作品数量较多的作者，分期分批出版个人专辑，汇编《“八闽风采”纪实文学丛书》。专辑每册字数在20万字左右。收入专辑的文章主要选自“走进丛书”，不足的可补上撰写福建内容的纪实文学作品。第一批出12册，以后视情况将继续出版。

自序：云在青天，水在瓶

云在青天，水在瓶。

当年朗州刺史李翱向药山惟俨高僧问道，惟俨高僧不语，只抬头指天上的云，又指了指案头的净瓶，意指“云在青天水在瓶”。李翱参悟此偈语后，从此松手名利，解甲归田。

这世间的事，看去常有不可思议处，细一思忖，件件又实属必然。恰如经书上说：寻找，就寻见；叩门，就开门。比如李翱因一句偈语的顿悟与放弃；比如三十多年前那个黄昏在故乡河边沉思女子的身影，拨动我生命最初颤动的心弦，牵引我走向写作的道路。

驹中隙，石中火，梦中身。逝者如斯！转瞬，我在写作的道路上已走过三十年。这期间，我也曾拐去另一条路上探究风景——从纯文学转向新闻。回归后，因为尝试后更深刻地明白，自己心安何处。

挚爱诗歌、散文，也曾尝试着报告文学、小说的创作。作家一亩三分田，不必僵定其种麦种稻，种出好粮丰飨读者丰盛自身就好；作家也不必非要圈进个流派归属个主义，向外不断追求生命的更高境界、向内不断触及心灵的更深感动，并能把这种更高境界和更深感动与读者分享就好。

三十余年，最初那些读我的文字的，原有很多年轻人，现在他们该已长大，进入中年了吧？在字海里泅游，我也老了，鬓发更白，皱纹更深。好在有作品，保留了原来的样子，年轻的还是年轻，感动的还是感动，美好的也还是美好。

作家就是那个善于在文字里做梦的人！不仅仅是他个人的梦，折射出一个时代的巨大梦境。我们读古今中外任何一个作家的作品，都让我们走进那个时代的梦境里面。

作家的作品保持着情感的温度和思想的质感。一部作品，就是一位作家一段思想和情感的记录。而且，它能凝固在那里，等着你哪天重读它——似旧地重临，你哈一口气，跺一跺脚，它就落下地来，并瞬间里鲜活温润回从前。读自己往昔作品，我也像重新活一回——若是在操场边捧读一本诗集，心灵颤动如恋爱，我二十岁；若是那瀑布飞溅的水珠沾湿头发，我说“这水珠是彩虹的眼泪”，我十五岁；若是我趴在地上看蚂蚁搬家、蟋蟀争斗，我只有五岁……

在这世界上，能够永恒的东西，只有两样：一是思想，一是时间。帕斯卡尔因此说：“思想形成人的伟大。”我们全部的尊严就在于思想。正是由于它而不是由于我们所无法填充的空间和时间，我们才必须提高自己。

对于一个作家，最重要的价值应在于，他的思想经过时间的淘洗，有所沉淀，并有流传。也即是，在无尽的岁月风雨轮回后，当高楼坍塌，大地苍茫，我们顺着时光的河流回溯，去找一个人的足迹，最后寻见了他的思想，正端立在书架的典籍里，散发着灵性和智慧的光芒——那是他的生命，给世界留下的，珍贵的宝藏。

没有一位作家敢妄语，他的作品定能永恒。但是，无限努力去接近这个目标，应成为每位以文字为信仰的作家写作的最原始的动力。

对于我，若生命再给我三十年来写作，那么未来三十年，我写作的动力，也来自去接近这个目标。

现在我可以放弃很多东西，包括我现在的职业和许多虚名，但我暂时不会放弃写作，因为我愿意被文字牵引着，回到年轻的道路上。是的，只有文字才能让我变得年轻！写作依然是人类社会中最古朴和庄严的姿态，它留住时间，让思想塑形，让心灵自由。

写作未必就能照亮一个人的天空，但一定能照亮一个人的灵魂！

写作的路，也是一条问道的路，作家就是拿文字修行的人。所以，作家应该是最能甘于寂寞的那种人，“选得幽居惬野情，终年无送亦无迎”（李翱），潇洒作云，恬静作水，淡泊名利，修身正道。

冬去春来，年轮上又添了一道皱纹，这一局部微小的变化，决定了生命最真实的走向。文字会老去吗？这不应该是个问题。如果人的生命始于自然，终于自然的话，那么，写作者的一生，也是始于文字，终于文字的。

那云和水，本是一物。挥洒飘逸，则为高空自在的云；郁结凝重，则为瓶中禁锢的水。那些看过山看过云看过水的眼睛啊，若是有缘，必然也能够在其他世间万物当中，看见真意，看见美，能为此，也已足矣。

是为序！

2014 孟冬于福州观江邸一哈间

目　录

第一辑

第二辑

第三辑

第一辑

东门屿，万物有灵的世界

东门屿，在东山县铜陵镇的东侧海面上，从风动石停车场码头乘游船，犁浪行驶十五分钟即可抵达。全岛面积近一平方公里，不过巴掌那么大，但来头也不小，它与厦门鼓浪屿、温州江心岛、台湾的兰屿一起，并称“中国四大名屿”。记得二十多年前我去过那，是一个文友的父亲在那面海上养殖水产，现在想起来没多大印象，只知道屿上有一座古朴的石塔，名叫文峰塔，所以东门屿也被称作“塔屿”。

那时的东山岛是全国著名的对台贸易港口，马銮湾、金銮湾几乎将广州、汕头一带和厦门、漳州的游客吸引了过来，是方圆几百公里的游人夏日的乐园，绵延数十公里的乌礁湾几乎荒废在澳角那一带，还没有脚步将它唤醒。游客到了铜陵镇就被这里平整宽阔洁净的海滩迷住了，清澈的海水，海上摩托艇、帆船、太阳伞、拖曳伞，沙滩上身着五颜六色泳衣的人们，还有不远处在夕阳下拉网的渔民，这些构成了东南海滨浴场独特的风光，让人到此流连不已。人们似乎只会去眺望一下远方的狮、象、虎、豹四屿和外婆传说中的那座塔屿，但没有太强的好奇去做鲁滨逊的漂流冒险，踏访东山岛以外的这些星星点点的荒岛。

二十多年过去了，这期间我多次到东山岛，过去新鲜感渐渐消退。所以这次来我基本待在酒店里和朋友泡茶聊天叙旧，朋友问：“你去过东门屿了吗?”我说，“二十多年前去过。”朋友认真地说：“你不知道现在有句话叫‘不登东门屿，枉游东山岛’吗？如今的东门屿已经是今非昔比了!”

恰好第二天风和日丽，和我一起的几位作家来了兴致，安排好一艘游艇，很顺利就抵达东门屿的北段佛澳码头。太平洋在岛外翻卷着波浪，而佛澳这一片海被小岛有力的臂膀揽入怀中，波澜不惊，像碧玉一般宁静。我不禁叹道："这哪里像是海，分明是一片湖泊啊！"同行的作家章武也说："这是海中的湖，太神奇了！"暖阳之下，海风特别滋润，不但没有丝毫咸腥味，空气中还弥散着微微的清甜，让你忍不住地想多呼吸几口。人深陷在华滋之中，唇齿间渐渐润泽，肌肤也开始呼吸起来，肺腑在吐纳中享受这一纤尘不染的禅意。据说"佛澳"之名来自当年的一个巡海道，名叫蔡潮，他渡海到东门屿南段这片地方，见东明寺上豪光祥云，五彩映海，故起了这么一个吉祥的名字。我们船行至此，恍然间也像是来到了海上蓬莱仙境。

果然，迎接我们的就是一座庙宇——东明寺，二十多年前我看到的只是一座小庙堂，年份却很早，它始建于宋朝，修建于明嘉靖五年（1526 年）。朋友告诉我，是 1987 年春，一位名叫释道裕的禅师率徒涉海，艰苦创业，在原有的小佛庙遗址上开基拓建了这座东明寺。

如今的东明寺占地两百亩，建筑面积达八千五百多平方米，有山门、佛室、宝殿、玉佛坛、藏经阁、钟楼等三十多处建筑物。东明寺虽不如高楼圣殿之巍峨壮观，亦没有名山古刹之赫赫声名，却集中了好几个全国之最：是全国海拔最低的寺庙，海拔只有六十多厘米，几乎是与海平面持平，离海也只有一米左右。可就是这么低的一座庙，却是大浪不能侵其前，大风不能撼其基。多少年来，历经无数次的强台风和地震，全不能动之分毫。

东明寺方丈释道裕大法师出门相迎，为我们介绍庙宇的楹联书法，看来方丈是个好客健谈的人，对这里的一切如数家珍，尤其是供奉在东明寺八卦楼上一尊高二点五米、重一百五十公斤绿檀踩龙观音佛像，吸引了大家的注意。释道裕大法师说，年近八旬高龄的高僧智德法师是东山岛铜陵镇人，在台湾佛教界德高望重，他曾多次回东山岛探亲，并与漳州市佛教界广泛开展文化交流活动。当他得知东明寺新建一座八卦楼，便决定拿出他多年积蓄，多次专程远赴缅甸等国家寻找世界上最稀少、最名贵木种之一——绿檀木。在佛教界朋友的帮助下，终于在越南订购了一尊"绿檀踩龙"观音佛像。

如今，这尊绿檀踩龙观音佛已然成为东明寺的镇寺之宝。

石门楼下，雕有两尊小沙弥，称"听潮童"。小沙弥的双眼微闭，神态安详，肩上趴有一只小老鼠，状极安宁。有人说这是小沙弥在静心听潮，念佛参禅，已入化境，达到了"无我无物"的境界，连小老鼠也被其感化，而静卧其肩，同悟大道了。

站在万佛城上，近可观赏倒映在佛澳碧水中的白云树影，远可望沧海茫茫，船帆往来穿梭的海面，顿觉心情畅快；亦可回首内望，看红墙碧瓦，晨日映照中，钟鼓之声隐隐传来，身心荡涤，一片淡然……

更令人称奇的是庙大门前面有一口被称作“罗汉泉”、“东门圣水”的古井。井底下井壁呈圆形，深约两三米，常年不会干涸，就是2002年东山岛遭遇特大干旱，持续十个月没下过一场透雨，这口井依然没有干涸。

这可能是离海距离最近的井吧，涨潮时，实际距离仅一米多，退潮时，相距也不过四五米。不论潮涨潮落，海平面均高过井水，就这样，苦涩的海水也不敢冒犯井水。2001年7月5号“尤特”强台风袭击东山，最大风力12级，并带了历史上罕见的“天文大潮”，海水盖过了井口，但潮水退去后，井水依然清淡。

井的由来和达摩祖师有关，传说梁武帝年间（距今约1800年），帝都设在广州，达摩祖师乘船渡海到广州会见梁武帝后，从广州到上海传教，途经东山岛附近海域上遇见大风，赶忙驾船进东门寺前的海湾停靠避风三天。因岛上没有淡水，达摩祖师察看地理，令门徒在附近海滩挖出一口井。徒弟们疑惑，这里海水潮起潮落的，怎么可能有淡水呢？然而再往深处挖时，泉水汩汩涌出。

海底淡水从何而来？有人说是雨水降到陆地上之后，一部分渗入地下，遇到不透水的岩层，便形成蓄水层，如果这蓄水层靠近大海，淡水就有可能透过海岸流入海底的岩层中。另有一种理论认为，地球深处存在着放气带，那里释放出数量惊人的气体，其中有大量的氧气和氢气，它们相互结合便形成了岩浆水。不管哪一种说法正确，在海底确实有藏量丰富的淡水，从罗汉泉就可得以验证。

泉水美化了海岛景色，更滋养了这一方生命。

待我们巡游一圈后，东明寺住持释道裕请大家一起在喝云堂前的芒果树下品茗。红泥茶壶木炭小火炉，他拿罗汉泉水沏上好茶，我们围坐在一起认真倾听法师谈经论道。谈话间说到了红门天地会当年在东门屿一带活动的情况，谈到了关公思想的伟大影响和今后在东门屿设立讲习班事宜，不觉间日影中移，我们起身告别大师。临别时章武一再称道他“能读书外之书，联系实际，把佛学知识说活，很好”。

东明寺的附近，有大量的摩崖石刻和碑刻，都与佛教有关，如“转染成净”，“法雨均沾”“海空即道”“觉岸”等，草、隶、楷、梵文等字体各异，大小不一，让我们目不暇接。在临海最近处的石壁上一个巨大的“佛”字，在岛上不同的角度都可看得很清楚，让东明寺佛教圣地的主旨一览无遗。

东门屿中段是一段长约 200 米的条形沙滩，中间一条防风林带将沙滩分为东西两部分，东边的沙滩叫“北澳尾”，西边的沙滩称“大澳底”，都是游泳爱好者的乐园。米黄色弧形的沙滩，拱着一湾洁净的海水，恰成一巨大的“X”形。不论外面是怎样地海浪汹涌，而这里只是微波细浪；像今日微风之时，别处是细浪逶迤，而这里的水面却是波平如镜。我轻踏细沙，细致辨认着海的心音。我始终相信海是会说话的。浪涛飞溅，卷起千堆雪，那是她和大地激吻后发出醉人的话语；当满月清辉洒向海面，鳞光闪烁时喽喋着是情意绵绵的低语；当潮涌而来，波翻浪滚的是大海坦然倾诉的心语；风与浪厮磨的声音，鱼儿飞跃的拨剌的声音，虾儿欢跳的点水的声音，蟹群滋滋吐沫的声音，船儿撒网的捕捞声，渔民拖网的号子声，那是苍茫海上最深沉的语言，是天穹下最豪迈的声音！

岛上这几十年来绿化做得很好，树木青翠，海风吹来，还能闻到淡淡的泥土气息，沁人心脾。植被繁茂，植物种类繁多，是著名的东南海滨岛上植物园，每天有上万只白鹭成群栖息于此！年过七旬的作家章武，这些年腿脚有疾，一路上，他还兴致勃勃地辨认岛上的植被：榕树，芒果，相思树，木麻黄，罗汉竹，三角梅，石榴花，扶桑花……据说还能看到野生的栀子花。章武不禁啧啧称赞“这里的植被保护得真好”。

沿着沙滩往南走，有几座小山丘组成，是屿上景观最丰富、最集中的地段。以天然的礁石形成的、形态各异的奇石怪洞景观，散布其间，移步换景，满眼皆美；有众多的人文景观点缀其中，内涵丰富。如鹰嘴岩、渔翁垂钓、神龟迎客、壁虎戏象、蛤蟆望天、鸳鸯耍猴、文昌阁、种德居……这里就不一一絮叨。单说“云山石室”就曾是黄道周当年读书处，上镌有黄道周亲笔题写的“云山石室”大字，右前方立着一座石坊，正面横额上镌着“黄石斋先生读书处”，背面是“高山仰止”四个字，石坊两侧镌着一副对联：“仰止高山已表儒林长出，溯游学海群推道举先登。”黄道周是我敬重的一个学人，是一个有气节的知识分子。他抗清被俘，最后在南京就义，临刑前他撕下衣襟，咬破手指，血书“纲常万古，节义千秋，天地知我，家人无忧”。

四百多年前这应该是个蛮荒的海角天涯吧，不知怎的会来了一位巡海道，他得知东山附近海域暗礁多，经常发生海难事件，于是，就带了些人渡海建塔，以此作为航标。塔八角七层，全部用花岗岩石砌成，塔尖是一块圆圆的大石头，上面顶着一块心形的石头，两石相叠而立，直通苍穹，挺拔雄劲。从第二层起，八面均有一幅浮雕，其中慈佛端坐。数百年来，经历了无数次台风、地震、海潮的袭击、震撼、冲刷，文峰塔一直作为南来北往的商船、渔船的航标而存在，是历代航海的标志。它的自然景观，是神韵天成、不需任何雕饰的天然美景，因而这里还是众多的影视剧外景拍摄基地。

至今，文峰塔为东门屿最高点，海拔 91.3 米。明代铜山进士文二仰作《东门屿文峰》一首：“突兀危峰耸，浮图砥海东；草庐微啸咏，石艇自玲珑。蜃飞百川外，龙腾万壑中；云雷过日夜，不变摩苍穹。”

迎风立于山顶，风光尽及眼底，有海湾，有岛屿，有奇石，有扁舟，阳光晒在微波的海浪上，点点粼光闪耀双眼，近处的海岛与远处的渔船形成迷人的景色，让我联想起“闽在海中”的悠远历史，东门屿也有山海经的味道。观海听涛，追随一份宁静中的美丽，会感受到真实生命的获得竟是如此的简单。放眼遥望海天一线的苍茫，心境也会在这无尘无染的世界里得以净化、拓展和升华，心中骤然充满从未有过的轻松。太阳之下，大地之上，所有的生命都自由自在，大放异彩，那是一个生命无拘无束的时代，它们恣意地生长，恣意地毁灭，有宗教的情怀，有爱的终极关怀，这是一个万物有灵的世界。

这一刻真的应和了一句话，海韵是一间老屋，涛声在里头，思绪在外头……

哦，东门屿——

每一个景点都是歌谣，

每一块石头都是奥妙，

每一朵浪花都是欢笑……

鹅尾神石园，大自然的风光画廊

我喜欢湄洲岛，因为它有着得天独厚的滨海风光，是东方的麦加，是圣灵之地。还因为它离福州较近，驱车两个小时，就可以搭上渡轮，享受海风、蓝天、碧海、阳光、沙滩的抚慰。屈指数来已经有好几次来到这里，每次都是在岛的北面妈祖庙一带活动，对庄严耸峙的妈祖祖庙心存敬畏，但对环岛边上的一些自然景观还不是很了解。这次是《映像·妈祖》大型诗歌朗诵音乐会主题采风深度游，这个夏天的一个下午在管委会的安排下，我们来到了岛南部的鹅尾神石园，眼前出现一幕幕神工天成的佳景，我们像是进入了大自然的风光画廊里，这里的海蚀地貌俊丽壮美、多姿多彩、大气磅礴，让诗人和摄影家门大为惊叹！

鹅尾神石园位于风景秀丽的湄洲岛国家旅游度假区最南端，离我们下榻的海景酒店仅十分钟车程，被誉为天然的“石盆景”，还有“小石林”之称，与北端举世闻名的妈祖庙景区遥相呼应。公园因其形似鹅尾，突兀于海中的岩石奇特而得名。在这里可观石，可看海，可听涛。大海与石头在此共同创作出天然的艺术杰作，谱就一曲石和海的大型交响曲。

石壁嶙峋起伏的奇岩怪石覆盖其间，一切都得于地生天养，线条粗粝恣意勾勒出原始古朴的图案，绵延着一幅幅石画。我只在画廊里观赏过名画，包括台北故宫、巴黎罗浮宫和欧洲的一些教堂宫廷的画廊，虽有背景音乐和铺设的红地毯，典雅庄重或者富丽堂皇，但都觉得气氛过于沉闷局促。而置身在岩石精巧构造的奇妙的画廊里，海天就是它壮阔的背景，石山横卧在碧波浩荡的海面上，和着时缓时急的涛声，伴着是躁动不息的海浪的节拍，衬着云彩变幻的苍穹的底色；在这几里路的地方，每走一步，都是一幅自然天成的石画，黄花绿蔓翠松，蓝天白云绿水，都是它可以撷取的布景，你可以展开身心去抚摸你喜欢的画面，驰骋你的想象去描摹眼前的胜景——是一块在海天兼容的圣地尽情让艺术的遐思和灵感飞扬的地方。

“飞戟洞”外有一块礁石平台，我在此停留，眺望大海，万里烟波浩渺，海天一色。同行的摄影家们更是兴奋不已，捕捉着他们心仪的镜头。而我喜欢在一刻坐下来歇息，去感受海的深邃的情怀——海浪轻轻拍打礁石的声音，它融天地之万物，纳百川之细流；它浪淘金沙，雪溅礁石，潮起潮落，让你感受不尽它千变万化的多姿，和那深不可测的威严。

这里的石头有多种颜色，以赭黄色为主基调，衍生出琉璃黄，淡黄、土黄、深黄、灰黄，有的洁白如雪，有的娇红似火，有的像是孩童任意涂鸦的稚拙，有的好似画家构思奇绝挥洒下的杰作——一幅幅都是立体的，在晨光日暮中变幻万端形态。我感慨于大自然慷慨的馈赠，怎么就这里撒下各具韵味、情趣盎然的石画，汇集起一座艺术的神殿：礁岩叠嶂，雄奇峭拔，壁立万仞，啸傲险峰；海蚀坑洞，有的如花蕊初开，欲放还羞，有的蜿蜒深邃，直通龙宫；山坳边上，屏立一道石幕，石幕上斑驳的纹缕，极富韵致，任你揣摩，任你意驰，这一幅幅美妙绝伦的海蚀景观图，都是栩栩如生的万物肖像，更是让不少游客在这里驻足拍照留影。石幕后头，依然是间隔突兀的峰脉，连缀成林，堆砌成山；而岩石缝隙里生长着艳丽的花草、橙黄的萝蔓和青翠的乔木天骄苍龙，突兀麟角，洋溢着野犷、奔放之美。踩着石阶缓步而行，一边是参差峥嵘的地貌，桀骜嶙峋的怪石，一边是涛声轰鸣的大海，飞驰的航船。置身其中，仿佛与喧嚣的尘世截然隔绝。

走到高处抬头东望，眼前更加开朗，大海烟波浩荡，一望无垠。脚下是乱石穿空，惊涛拍岸，卷起千堆雪的胜景，让人不禁心生豪迈，发出“数风流人物，还看今朝”的咏叹……

站在奇石林立之中看大海，是一件十分惬意的享受。一排接着一排波浪，一浪高过一浪，席卷而来，瞬间变成一股无坚不摧的力量，撞击在悬崖的危岸，爆发出一阵阵震耳欲聋的雷鸣。在海的面前，你会变得轻松，变得纯净，像一片云，一滴水，甚至连云与水都不是，只感到虚无，虚无得让你感觉不到自己的存在。因为，海的博大与雄伟是不可想象的，它会让你感到自己太渺小了，世界太渺小了，唯有无边无尽的海是宏大的，永生的。而你，只存在海天之中。

一亿三千万多年的风蚀和海蚀，把 32 公顷的山坡上的巨石都塑造成千奇百怪、栩栩如生、惟妙惟肖的大自然艺术品。岁月之手才是真正的鬼斧神工，不可想象。仿佛满山冈的巨石在它的魔棒指挥下都复活了，像雄鹰展翅，像骆驼上山，像青蛙望月，像海豚戏水，像百兽拜神，像天狗望月，像小鸡出壳，像小龟上岸，像乳房，像鸳鸯……真是神形俱佳，引人入胜，赞不绝口。在我看来更为神奇的要数西侧海岸的礁石上一处石林奇观，褐黄色的片片页岩，像是书架上的一排排图书，或竖排，或堆放，整齐有序，导游阿花称它为“妈祖书库”。

阿花告诉我关于它的一个故事：妈祖林默小时酷爱读书，但苦于书籍很少，难遂心愿，于是她把心愿焚香祷告苍天。一天，她梦见有一位老翁来指点说，南面海滨石林中有座书库，只要通读，就会有神奇的本领。第二天，她按照仙翁的指点，在湄洲鹅尾神石园的西侧果然找到一座书库。她如饥似渴地攻读。说来奇怪，当她把读完的书放回书架时，书便变成了石头。她读完了书库所有的书，有了渊博的知识，为百姓排忧解难，济世救人，成为海上女神。那处礁石像从此被人们称为“妈祖书库”。

鹅尾神石园的岩石造型都有与妈祖的传说有关，如著名景点“海龟朝圣”，说得是一千多年前这只神龟想拜妈祖为师，当它爬上湄洲岛时，却看见了妈祖已乘云升天，它叹息不已，变成石龟留在人间，保持着那种对妈祖敬仰之情——无数的画，无数有关妈祖的圣迹，孕育着生动的景致，让眼前的一切更加扑朔迷离，在自然中也通融了宗教人文的气息，带给我一种穿越时空隧道的感觉，让我的思绪在现实与幻想中穿行，领略人文与自然交汇的大美气象。

摄影家的镜头将这些奇石表现得更加神形俱佳，情趣盎然，导游小姐阿花更是将每片石头蕴含美丽动人的妈祖传说和丰富的地质科普知识深入浅出地解读出来，但诗人总还觉得意犹未已，有的干脆在手机上写起诗来。

当我在山上举起了手臂
在海拔九十九米的上方

我感到神正在
把一尊石像
安置在流浪了半个世纪的
我的心上
或许从此，我将
不再摇晃

其实自然的美无须解读，它直观上就足以让你震撼了，这石山亿万年来横亘在烟波浩渺的大海怀抱里的，高高托起了海峡的上空，每一段每一节都早已被冲刷成一幅石画，一整个鹅尾神石园就是一座浑然天成的大自然风光画廊。

大自然裸露出的岩体鲜活生动，孕育着一个个生动的故事，一段段天然的构造带给我们无穷的快乐！

以为神游石园已近了尾声，不料到了鹅尾神石园那一处“松海听涛”，又让我眼前一亮。岛上的松树常年经历海风的冲刷都长得不高大，像微缩的盆景。松海的山脚下，有一个大岩石洞，一条凿成的甬道就从岩洞中穿过，沿海岸蜿蜒而行。岩洞不大，约十来平方，可容下十多人。在目不暇接观赏石画后，这可是独一僻静处得一安谧之舍。洞中有天然的石桌石椅，你可以面壁而坐，洞外一阵阵海涛从远处呼啸至此已不再鼓噪，你的心会随之安然下来，这里是更适合悟道的。我想当年这里该也是林默娘读完一册书后，在此小憩静修的地方吧？虽然在洞中看不到海，但我依然会感到海无处不在；虽然妈祖已远去，但妈祖在我心中……不知呆坐了多久，恍然间，从幻觉中醒过来，踱步走出洞府，突然有一种世上已越千年的苍茫之感。

离别时，我对导游阿花姑娘说，一定会找个充裕的时间再来湄洲，多在这海边住上几日，真正走入湄洲，走入海天之间。

高盖山，以原味的感知照见心灵

一

如果将菊花和兰花列入，就有了“岁寒五友”的说法。菊，逢寒秋而斗艳；梅，迎风雪而报春；松，遇清霜而不凋；兰，处平淡而幽香。“五友”之中，我却独醉心青竹，它满山披绿，清新刚劲、生意盎然、蓬勃向上、四季常青。给大地以生机活力，给人以精神气节！

多年前的一个早春二月，应当地文友热忱之邀来到永泰高盖山踏青览胜，也来拜谒闻名遐迩的名山室。据说这里有一处道观，始建于唐广明九年(888 年)，历史悠久，是全国重点文物保护单位。道观藏于山腰间天然形成的大石洞中，是一个清幽朝觐的好去处。令人感到神奇的是名山室西侧还有一天然洞穴，称“观音洞”，洞内有一尊十分罕见的男性石观音雕像，慈眉善目，敞襟屈膝端坐于石砌成的佛龛内，双手交叉于胸前，双腿下垂，足各蹬一朵小莲花。据专家考证该雕像为南宋淳熙七年（1176 年）的雕塑。

从山脚下到名山室，要花约四十分钟时间、爬一千多级石阶才能到达。不愧是一处名胜，就连这条石板路也是一千多年前的宋代古驿道，还基本是旧时模样，一路青石上零落久远刻写的字迹依稀可见。这些布满青苔的石阶经过岁月的打磨，更显沧桑深远、古道悠长。永泰的朋友告诉我说，保存如此完整的宋代古道在国内也是很少见的。

然而，这一切都不是最吸引我眼球的，倒是崎岖陡峭的道路两旁，那些荫覆千亩、清秀俊逸的竹的世界，让我遐思飞扬。我更喜欢在这修竹林中徜徉跋涉，它给我脱出红尘、洗尽铅华、返璞归真的美好感觉。那些人世间物欲横流争名夺利钩心斗角尔虞我诈的纷争，在竹的青绿中荡涤干净；那尘世上烦恼幽怨悲愤苦痛凄楚缠绵爱恨情仇的喧闹，在竹的青翠里悄然遁去。

高盖山青竹根根竖立挺直，于山风呢喃间婆娑摇曳，让本来硬朗的山体也有了几分的飘逸，让原本憨态笨拙的峰岩显得年轻、青葱、精神。自古以来竹子因其节实竿挺、虚中洁外、筠色润贞，被视作祥瑞之物，为古往今来的文人骚客所咏叹。清邹圣脉的《幼学琼林》说：“竹称君子，松号大夫。”所谓“高风亮节”是人格的修养直接取法于竹的证明。因此我国历史上就衍生出许多爱竹成癖的古人——魏晋有“竹林七贤”，唐代有“竹溪六逸”，王维有“竹里馆”，苏东坡则宣称：“可使食无肉，不可居无竹。”……

早春清风还没有融尽残冬的寒气，新笋就顽强破土而出，不屈不挠节节向上，给山野带来一片繁茂风景。冬去秋来，万木萧萧，竹岭绿荫清凉、万林滴翠；四季绿风，横扫阴云雾霾，任凭风云变幻，竹依然青衣绿袍，宛若秀士。山中农夫说得好：无肉令人瘦，无竹令人俗。袭竹见其纹，破竹见其心。

我就这样走走停停，脚步被竹景罣碍着，一路行经竹道，心旌摇曳，倒是忘记了目的地。去高盖山，在草木蒙茸的密菁之间有一条一千三百多级台阶通达名山室的山道，这可是一条至今保存完整的宋代古道，一般徒步五十分钟的路，竟然让我流连两个小时。古道石阶两旁遗留着许多模糊不清的石刻字迹，记载着当年民众为修路捐献钱款的姓名与时间。时日骎骎，但我们的步履却小心翼翼，感觉踩在脚下的每一块阶石都是文物，散发着遥远的气息。

是啊，爬山之乐美在路上，美在过程：风徐时绿海如款款流水，缓缓流淌，涟漪不惊；风起时碧潮陡涌，涛奔峰耸，咆哮汹涌，一竹动，百竹应；风静时如墨镜，莹莹绿碧，浩荡明朗，澄澈透明。总之，它绿得磅礴厚重，又文雅娴静。枝枝向上，叶叶挺立，有从容不迫之举止，无阿谀苟同之媚态。“染翠之工，设色之妙”，自然天成，充沛明亮。此时让我也开启心灵思维进行一次漫步，去体味它的清香，去感悟它的坚韧，去赏读它的品性——

“依依君子德，不处不相宜。”此君遒劲姿，不受世炎凉。心洁不染尘，行吟大地痴。“温不增华，寒不改叶。”清理自然，孕绿育爽，是竹的追求；堆绿叠翠，吸热吐爽，是竹的天性。庇护生灵，荫蔽世人，美化人间，一枝一叶总关情。“未出土时便有节，及凌云处尚虚心。”最早的中国诗文集《诗经·卫风·淇奥》已有描述：“瞻彼淇奥，绿竹猗猗，有匪君子，如切如磋，如琢如磨。”林林总总的这些以竹喻人之品德、操守的咏竹歌词不胜枚举。

在所有赞竹的诗文中，我最爱的是宋代文与可的《竹颂》中所言“心虚异众草，节劲逾凡木”，简洁准确地道出了竹的本性。任冰雪冽风雕琢，不改淡雅韵味，反觉不染纤尘，玉露器成，熠熠生辉；任朔风呼啸，竹子历寒潮而泰然，凌严霜而不折，苍翠盎然，爽丽秀美。

本想是来永泰看李花、看油菜花、看男观音像的，不料这高盖山的竹林却更让我情思缱绻，生出这一番的文字来。看来我喜欢的还是这些自然单纯之心和不受季节牵动的情愫。

人啊，许多时候不妨也学习一下竹子，也给自己的生命一片绿意，一种韧性，一回生机！

二

夹进公元888时空东西石室
苍茫如两只空对明月的香炉
燃一缕清香清静如梦似迷
茫茫人海觅一方心灵的净土

梁征先生对永泰山水有着特别的直觉力，在他任福州市常务副市长时，曾几天内一口气写了6首关于永泰的诗歌，放牧这片山水，那是因为这方山水撞击了诗人的情怀，欣欣然与之同律动，同偃伏。他说：“永泰的山水景观，深刻了我的直觉力，这种直觉的渗透，省去了许多简单的铺叙和诠释性形象，心灵可以争取更多的机缘与自然产生吻合。”诗人还认为，在山水间固守灵魂和情感的纯净，适应当今社会变革和转型，可以为自己建造一个真诚而充满和谐的内心世界。在他那6首对永泰的歌咏诗中，《高盖之谜》让我情有独钟，因为它生发的是一种人在与自然融合之间诗写生活的禅意。

自然山水也是一种生命的物象，它本身就蕴积着人生的诗意。当地旅游记者对此早有感悟：登斯山也，目极屏障千里外；游其景哉，人在高盖别有天。名山室是此山人文景观中的精粹，它由 5 个大小自然岩洞构成独特景观。主殿名山室，悬崖覆盖，可容纳数百人，有东西两室，善男信女分东西入梦叩神。灵龟洞，有一长 10 米、高 2 米摩崖石窟图，可能是我国仅存“白莲菜”造像遗迹。“白莲菜”南宋时曾盛行于江南，是民众结社念佛的一种组织形式。莲社七祖说的便是白莲菜宗门的七位祖师。教义大多不抵荤酒、不杀生，近于为善。白莲菜后来发展为白莲教，成为一股强大的民间宗教势力，并渐为历朝统治者所不容。元、明、清三朝都曾对白莲教徒进行过迫害，但这个秘密宗教却如野火般时熄时燃，从未真正消失过。也有人说这幅石窟图描绘的是释迦牟尼从诞生到成佛的经过，包括游观农务、牧女献糜、世尊诞生、太子纳妃、六年苦行、世尊成道、禅河大司、刁炬降魔、二商粥食、希会宝地、佛现金刚等组画。不管怎样，都是珍贵的非物质文化遗产。其中七佛图更是雕得栩栩如生，是一幅生动的佛教史卷。祖师洞建有宋代飞檐角古建筑，“草草花花世界，山山水水人情”语义简朴，但又耐人寻味。据说这是明末贤人余潜士在傍书斋撰的对联，放之当下解读依然哲思昭彰，现代感极强。西侧凤立峰下率帝殿、观音阁依洞而建。有诗曰：“登高观世成真梦，山静闻声悟妙心。”此处放云峰洞穴、一线天、凤立石内池螺泉、宴玉峰岩洞都是景观。据管理人员介绍说，倘若夏日傍晚来到名山院，阳光折射高盖山石壁成一定角度，隐约可见“佛山”字形和“和尚拜观音”图形。

说观音阁上供奉的石像男士观音极为珍贵，但在我看来观音本无体性，也无所谓男女。偈语有曰：禅师说斫不开，他就问了：“那密室中人是什么？”密室中是我们所谓的体性、主人翁，密室中的人是何人？黄龙禅师告诉他说：“非男女相。”密室中所居住的人，其实不是一个人，人有寿尽之时，而密室中人可是不生不灭。故密室中人不是人，因而也不是男的，也不是女的。所以说密室中的人是我们的本性，它是无形、无相、无色，更不用说是男女相了。男女相者是我们本来的业报之身，正报的身，而本体是空无的，是不落于男女之相的。这里讲到人们对体性的概念，有体性有如苍天，了无一物，本来寂静的，本性唯我独尊，是至高无上的，本性是没有男女相的。

倒是高盖山众多摩崖石刻中有一幅道：“公公十分公道，婆婆一片婆心。”让我们读了开怀大笑，在这被道家称作“天下第七福地”的宗教圣地，还有这般家长里短的俚言俗语，亦登摩崖高壁之上，可见真正的宗教情怀是亲近平民的。

“一山容三教”（道教、佛教、儒教）、“一山存三龟”（古道迎宾龟、名山室灵石龟、高盖山向天龟），这或许已成了高盖之谜了。也许外界世间过于纷纷扰扰了，隐入青山，遁入尘外，佛也罢，道也罢，儒也罢，一室相处，也能做到心动如水心静如镜。管他世事沧桑变化，我只面对青山问禅！

福建著名作家黄文山多年前来此，著有一散文《名山有室本天成》，文中说道：

“名山室现有一名道姑，法号丹诚子，二十多年执守于高盖山中。一座名山室，是她生活的全部，也是她生命的全部。也因了丹诚子，名山室四时无尘，山门常开。

站在观前，凭栏四望，但见群山苍茫，阒无人迹。一千多年的光阴就这样在寂寥的风声中忽忽而逝。时间说明了一切，存在说明了一切，坚持说明了一切，小小的名山室终成洞天福地。”

我没有见过丹诚子，但我确实在此觅到一份安宁的心境。

三

高盖山坐落于永泰大洋镇，有如宝盖浮空，故名。又因山上常有紫云覆盖，遂又名紫盖山。由福州一进入永泰境内，即淹没在群山密菁之中。峦生浮云，林带绿水，山泉飞挂，草木葳蕤，是福州美丽的“后花园”。高盖山自古闻名闽中，五代十国时期，闽王王延钧敕封为大闽西岳，将其与我国五岳之一的华山相媲美。宋张世南《宦闽纪文》中有《高盖山记》，称其为“天下第七福地”即全国七十二福地之一。相传后汉时徐登兄妹七人曾在高盖山学道，修炼成仙。宋崇宁三年（1104年），徽宗赵佶曾敕封徐登为净慧真人。徐登与来自霍登山的赵炳在此比斗仙术，为民治病，后羽化成仙，留花林庄等遗迹于世。

再一次踏足高盖山是这个秋天，随福建省炎黄文化研究会走进永泰采风，出永泰县城往西，山道弯弯曲曲穿越重重叠叠山岭，盘旋颠簸近25公里，来到主峰海拔1187米的高盖山大洋镇棋杆村。名山室山脚下村民种植的瓠瓜，藤蔓沿着竹子缠绕而上，豆棚瓜秧，小河流水，好一派农家田园风光。大洋镇棋杆村与盘谷乡水尾村，田野里处处散发着阵阵稻花香，踩踏阡陌处，惊起几只飞鸟。久违了，稻花与泥土的芳香！

自古以来永泰县的交通极为不便。原先县城至福州只有一条水路，靠人工撑篙划桨背纤来运输货物及搭载客人，陆上交通运输基本上靠肩挑背驮。长期以来永泰都处于封闭的自然经济状态，更不用说在遥远的古代，那些古人在这样荒僻的地方来往，是多么的艰难。也正因如此，高盖山依然素面朝天，保持着一份原生态的古朴和宁静！

是的，整个永泰就是绿意葱茏的大盆景，而高盖山更是叠岭霏烟、绝壁悬泉、古洞清幽、奇峰环绕，最负盛名的是紫盖峰、宴玉峰、玉华峰、放云峰、水帘洞、龙吟池、螺泉、灵龟石、凤立峰、飞升台等，号称“高盖十胜”，自然景观妙不可言。最为奇特的是“桃李熟坠万业兴”的奇观。1995年1月15日下午4时前后，一股烟云突然从高盖山顶的崖壁冲天而起，旋即一阵巨响，一块数千吨的岩石从名山室西侧崩脱，落到几百米外的山涧。虽然该巨石在运行中不断分解为大大小小的岩块，但残留下的主体仍有近千吨。该石原为名山室一景，上端则分叉成宛如一桃一李状，其下端则融为一体，当地人以“桃李”称之（福州话“桃爿李另”）。如今成熟期到了，“桃李落地告丰收”，意寓着八闽大地将走向繁荣，这些民间的解读吉庆而美好，我们也顺服其义，投给村民良好的祝祷。科学的说法应该是，石崩是地球引力所致，是常见的自然现象。然而，奇怪的是这大自然的杰作，又偏爱地赐给了高盖山，为它平添又一大奇观。

秋日斜照在高盖山上，穿透了历史迷雾和风尘，给林木、流瀑、岩壁都泼上一道谜一样的时光。名山室历史悠久，历代名人云集。自宋以来，为高盖山名山室题诗作画的文人墨客、达官贵人，更是不胜枚举。如宋代的施常、陈祥道、张世南等；明代的曹学、许豸、郑善夫等；清代的董三锡、张世采、王辉章等。其中我最爱的是明代诗人、名画家许豸所写的《名山室》，诗云："梅花历乱扑岩扉，乌道幽深转翠微。满院白云禅榻冷，半山残雨水帘飞。猿盘古树窥僧灶，叶落香坛点衲衣。不用虎溪遥送客，庐山高士已忘归。"读罢此诗，使人们像在欣赏一幅美丽的山水画，陶醉在如诗如画的美景中，乐而忘归。名山室还有许多摩崖题刻，集唐、宋、元、明、清于一体，留存着旧时文人风流倜傥的影像，给这里山水景观，披拂上一缕缕的禅风醉意。

如果说高盖山有点什么现代人工痕迹的景致，应该算是西山平湖，它为高盖山山域景观。水面 111.8 万平方米，海拔 600 米，高山平湖，摇橹划舟，湖泊效应冬暖夏凉。常有游客来此娱乐、度假，生活区建在西山平湖周边，通讯交通便利。往下 300 米为七峡谷。平湖库底，别有洞天，如天然石阵、猿人巨头、鳄鱼石、一片石广场、花岗巨洞、鹅卵石滩、碧水潭、枯藤绝壁等景观，十分奇特。这里的"金鼓吸雨"、"银杏王"等皆为妙景。这是勤劳的永泰人与自然共同创造的美丽画境。

高盖山是我的心灵外化的地方，它的一草一木都让我体味出生命纯真与原味，山谷里吹出的风也会带给我与之相融的气息、心领神会的情思。这块诱人的土地上众多的物象承载了我生命的诗思与哲思，只要站立在高盖山下，我会变得更加简单，无须对人生作烦冗的诠释和铺叙，尽可放飞心情，亦如梁征所感悟的那样，心语抵达之处，家园就在前方。

黄岐湾，让心灵驰骋和憩息的港湾

黄岐湾，它东临马祖列岛，北至三都澳口与罗源湾口，跨安凯、黄岐、苔菉三个乡镇，地理位置独特。这里不仅是天然渔场，还是“海上丝绸之路”的重要港口。黄岐半岛与马祖列岛隔海相望，距离最近处仅5海里。当地人说，遇到好天气，凭着肉眼就能看到岛上公路以及来往车辆；借助高倍望远镜，连蒋介石用柳体正楷写的“枕戈待旦”四个大字都看得清哩。为了采访，我简单地做了些“功课”，发现黄岐湾除了盛产鲍鱼、海带等海产之外，更有很多值得一游的好去处，不待个三五日恐怕难以尽兴，而给我的只短短一日时间，于是选了苔菉镇的北茭村和安凯乡奇达村和白云寺。

一

黄岐海湾因最大的集镇黄岐而得名。港口向东南敞开，是对外开放的渔港，早年就有台胞船只到此停泊避风。西南望乡亭就是台胞捐款建造的。亭背山临海，亭下浪涛翻滚，人在亭内，凭窗眺望东海，马祖列岛尽收眼底。台胞为了表达思乡的情怀，把这座亭取名叫“望乡亭”。该亭系仿古建筑，琉璃瓦，红柱，雕梁画栋，在阳光映照下，金碧辉煌。周围林木郁葱，清静幽雅，是怀古思乡好地方。郭沫若先生曾登临望乡亭，留下好诗一句：“东西犬岛波涛外，南北竿塘烟霭中。”说来有点惭愧，我这堪称“老福州”的爱旅游的人，却一直未曾游弋过这片海湾，至今它还是我《寻美福建》文字版图中的一块处女地。

黄岐镇，历来是商贸繁华的渔区。海域辽阔，山水相依，有丰富的自然景观和人文景观，饮食文化也独具特色，成了旅游休闲的好地方。黄岐镇最初触动我味蕾的是这里的海鲜，种类繁多，而且，新鲜的食材烹饪时不必过于用料，白灼和清炖等家常做法，口味更具特色。例如小鱿鱼，用最经典的白灼做法，最为鲜美可口。还有葱花海蛎汤，采用黄岐特产小海蛎裹上淀粉煮制而成。用汤匙捞起一匙满满当当海蛎，分量看得到；汤里头吸收了海蛎的鲜味，喝起来非常顺滑；葱花不仅去除海蛎的腥味，还让汤喝起来有一股浓浓的葱香味。喝完一碗热乎乎的海蛎汤，胃里头立刻变得暖洋洋的。

在黄岐镇北面有一处长约300米的沙滩，坡度小，沙质柔软，海水清澈，是一处天然的游泳冲浪胜地。若在清晨，在沙滩观看日出，见一轮红日似一团火球从海面冉冉升起，水天相连，染红一片，别有一番情趣。

观音阁原叫观音堂，始建于明朝，位于黄岐凤穴的“凤心”地段，倚山面海，几经沧桑，至今仍壮观肃穆。阁楼居高临下，三进厅古建筑，飞檐翘角，金色的琉璃瓦迎着阳光似佛光闪烁。

鸡母坛在黄岐码头西北角山顶上，两块大石相叠而成的景观——“金鸡转向”，又称鸡母坛。它的形状恰似一只伏窝母鸡正在下蛋，石旁的草木好像鸡尾的羽毛，南风吹拂，轻轻飘动。据说因鸡头向南，蛋下在北边，故黄岐北富南贫。这一现象颇为蹊跷，不知道是何缘故。

烟囱山在黄岐镇东临海的一座山上。明朝嘉靖年间，倭寇侵扰我沿海，戚继光挥师南下，招募渔工扩大抗倭阵容。黄岐半岛百姓也自发组织自卫团体，由于经验不足，设防不严，倭寇勾结海盗三百余人持长矛、火枪，气势汹汹烧杀抢夺，乡民各自逃命，在烟囱山石洞避难，被倭寇发现，用草、谷壳堵塞洞口两边，点火熏烟，一百多人活活被烟熏死，惨状目不忍睹，“烟囱山”因惨案而得名。血的教训让乡民开始学会构筑抗寇城墙，并在山顶设置瞭望台和报警点，一旦发现敌情，立即点火冒烟，发出救急信号。抗倭城墙成月牙形，两个城门至今完好，其他部分城墙也比较完整。

仙人脚掌与仙人洞。相传很久以前，南海仙人受东海仙翁邀请，于清晨腾云驾雾经黄岐上空，突然有道奇光异彩从侧面反射过来，甚感稀奇，于是缓缓下降烟囱山顶上，用右脚着石后转45度，只见一轮红日从东海冉冉升起，金光万道，仙人赞不绝口。现在烟囱山的巨石上还有明显仙人脚掌印，石旁山洞称“仙人洞”。史载，黄岐镇每年大年初一，少男少女和孩童都成群结队清晨出发登上烟囱山，攀巨石观仙人脚掌，以求护佑，再迎着东升的旭日，穿仙人洞，祈求去邪免灾，年年平安，岁岁欢乐。这种习俗流传至今，长盛不衰。

星座里又名新驾里，位于黄岐镇北面，山高约280米，风景如画，山上林木茂盛，环境幽静。登山顶远眺，东见苔菉，南对马祖列岛，西看筱埕，北望罗源湾，东西南北海域广阔，帆船点点，海天一体，别有一番情趣。

黄岐湾还有关于海神灯的一种说法：农历正月初四，渔家称“开彩”，从那天起大家就忙于劈竹筒、削竹签、剪色纸，细心扎糊各种彩灯。黄岐半岛这种习俗，源于一个古老的传说：很久以前，天上玉皇三太子，因打抱不平而触犯天规，被贬下凡间，投生于黄岐半岛的一渔家，在东海岸边与讨海人同甘共苦。他乐善好施，扶困济贫，并以自己的智慧、法力，为渔家驱邪消祸，玉帝闻知盛怒，派天兵对他处以分尸三段的酷刑，其头颅被扔进黄岐半岛与马祖列岛之间的“马祖澳”，正月十一日被黄岐半岛渔民捞着，抱回岸上，设坛祭奠，尊为海神。

二

苔菉镇地处黄岐半岛最末端，三面临海，西面与黄岐镇相连，南面与马祖列岛隔海相望，北面为北茭海峡，连接罗源湾可门口和三都澳，是闽浙海上主要航道。

按计划我们上午先到苔菉镇的北茭村，下午到安凯乡的奇达村。去苔菉镇的路上颇费了些周折，黄岐湾正在修路，有两三次，我们在三岔路口选错了方向。好在天公作美，风和日丽，春天的暖阳像姑娘温柔的手般抚摸着大地，道路两旁一丛丛连成片的小白花与这春意应和着，让人看了心情十分愉悦。很少看到路边的野花长势如此旺盛的，它们被当地人称为野萝卜，还以为和萝卜是远方亲戚，再问，说是它们之间一点关系也没有。不觉中车已攀上一个高地，眼前一片开阔。极目远望，蛇一般的港湾依山抱水，一只只涂着蓝色油漆的大小渔船新旧参半，安静地停在港湾的臂弯里。阳光下，海面上闪着碎玻璃般的光点，从哪个角度看都仿若一幅幅印象派油画。

我注意到路边不时出现一堆堆塑料制的带着网孔的长方形小盒子，后来得知，这些就是传说中鲍鱼住的“别墅”了，它是用新型塑胶构建的，抗风浪性特强。如今，养殖户用它们替换了传统的用笼子吊养鲍鱼，绿色环保、管理方便、使用寿命长，保障了湾外养殖业的安全，提高了养殖的质量和产量。路边还有很多渔民忙着补晒渔网、修整鲍鱼“别墅”，我看到他们黝黑的脸上饱经风霜，神情却透着城市人难有的恬静。苔菉镇来接应我们的林先生说，近些年，国家取消了农业税，还针对渔民给予油耗补贴，加之科技养殖，让渔民们都过上了好日子。虽然还是靠山吃山靠水吃水，但不可否认的是，物质的富足给人们带来了精神的安宁。

兜兜转转到了苔菉镇，进入北茭村，渔民们的房子见缝插针似的一栋挨着一栋，一些新房正在搭建中。如我所料，这里很多人是外来打工的。跟船出海捕鱼的百分之六七十都是外地劳工，他们一个月也有几千元收入。林先生听我们说要到北茭海峡，便说这里被称作福建的“海角七号”。多姿多彩的黄岐半岛，因面对马祖列岛，地理位置独特，是军事要地，我们现在想去的北茭鼻长年驻扎部队，要登上那儿得先和部队联系。

正聊着，忽觉眼前一亮，一座教堂竟赫然立在面前，楼身是粉橘色，楼边和窗框涂建成白色，尖尖的楼顶上树立着一副十字架，有点像哥特式建筑，明亮却庄严。它并不大，四五层高，与周围高矮不一、形态不规的渔民楼房摆在一起甚为抢眼。我想不到如此偏僻之地竟有一处安置精神的家园，难怪渔民看上去表情都是那么祥和。我一直相信，人类对于真善美的信仰是拯救心灵的最好药方，它让我们在身心困顿的时候懂得如何守护住生命，走出生活的阴霾。

从 20 世纪 50 年代开始，两岸关系紧张，地处黄岐半岛最东端的苔菉镇苔菉村与马祖经常相互炮击。为了保护民众生命安全，当地于 1966 年建成一座长达八百多米的战时坑道。我们看到，废弃的坑道建于山腰处，地处村中心位置，一处入口已用砖块封闭起来。坑道也有了新用途——有一条输水管铺设在坑道地面，直通村里的一家食品厂。何丹仪从小在苔菉村长大，清楚记得小时候的事：“当时两岸相互炮击，一到晚上村里就会响起广播，通知村民到坑道中躲避，几乎隔天就要受到一次炮击。”他回忆说，有时是实弹，有时是“宣传弹”，各种传单从天而降。

原苔菉村党支部书记何斌，是参与坑道设计、建设者之一。他告诉记者，苔菉村坑道1962年开工建设，全部用手工开挖，于1966年元旦竣工，共有3个出入口。在黄岐半岛的其他地方，类似的坑道并不鲜见。

20世纪70年代末，两岸关系渐缓和，两岸渔民又回到世代同耕的海域生产作业。因地缘相邻、血缘相亲、习俗相同、文化相通，马祖澳两岸民间往来日益频繁。黄岐半岛也告别了两岸炮击的日子，转而成为两岸交流合作的前沿。

三

涛声渐近，北茭海峡已近在咫尺，恍若意大利海边小城风格的北茭村逐渐在眼前展开：一排排错落有致的小房子整齐排列在半岛的小山坡上，海面上则摇曳着一片片渔船。

我们直奔北茭鼻而去。这北茭鼻延伸到海的部分，人称龙首。每年农历八月十五，龙首下面深海里，渔民可以清晰地看到海里一块平台上的龙珠。遗憾的是，我们未能获准穿过军队驻扎的管辖区，无法和北茭海峡零距离接触了，只能在军营外向海峡四周眺望，望梅止渴一番。门口守卫的士兵虽严肃倒也不乏亲和，知道我们是福州来的记者，准许在门外逗留一阵。军营看上去很有“农家风”，也许是因为耕地不多的缘故，门口右侧一块不到十米见方的土地全被他们种上了青菜，借着暖暖的春风，绿油油的长势正好。

我们沿着一条小路来到了海边。千万年的风浪冲蚀，赋予北茭诸多美丽的礁石：青蛇从海上而来，青蛙入海，蛇蛙相吻于海边；观世音菩萨背靠小山坡，面对茫茫东海，似乎守护着往来的船只；北郊鼻东面，则是盘踞在这里多年的恶鹰，往来船只若不投米进贡必船翻人亡，直到一位英勇的老船工用土炮击中苍鹰左翼，使它永远立于海边。向导介绍，不远处的过屿岛是一只爬行的神龟，不知被哪位神仙用馒头镇于海面上，从此挡住正面袭击北茭村的大风大浪，使村民幸福而安宁。

这里是全国著名的风浪区，水猛浪大，岸边峭石层叠，海鸟翔集。古时，船过北茭鼻，渔民称“过茭”，过了茭，才表示平安了。当地人说，以前男子成年后，父母会让其驾着小渔船在这练习，经得起这里的波涛，才被允许出海。为什么在北茭鼻形成险要的航道呢？向导说，罗源湾的潮水、台湾海峡的海水、闽江的流水，三水汇流，构成了漩涡、暗流，使得这里的海水变幻莫测。经过北茭鼻的船只，有经验的都懂得靠近北茭鼻而行，不熟悉航道的外地船只却以为靠近北茭鼻有暗礁。其实，远离北茭鼻更有漩涡、暗流，更为危险。

北茭渔业自古就十分发达。许是春季的原因，风浪还没有展开攻势，透明的阳光下，很多渔船货轮静静地停靠在海湾，随浪轻轻摇晃，恍惚间时空交错，我竟像又来到了多年前曾去过的那些欧洲靠海的小镇。风呼呼地从身边掠过，脚下也不觉生起风来，似张开双臂就能飞翔。这一刻，北茭的风突然让我意识到，在城市生活了多年的我，已有好久没认真地看一看大海了，几近忘却了和海亲近的感觉。

当我的思绪还在山海间飘忽游荡之时，车子已在一座山上寺院前停了下来。这座小山被称作虎东山，寺庙便是虎东寺了。寺庙错落有致，紧挨着山崖而建，很安静，除了我们未见有其他游客。好久没爬山了，几个大男人莫名来了老当益壮的劲儿，一口气一路小跑从狭长的台阶攀上了山顶。到了山顶，风一下子大了起来，从衣领直往身上钻，不禁打了个冷战。山顶上搭建了一座简陋的小亭子，穿过小亭，来到山崖边，俯瞰苔菉全镇、远眺马祖列岛，天光云影、青山碧水，尽收眼底。北茭风力发电站及一路上所见的风力发电机也一目了然，发电站据说 2012 年底才竣工并投产发电，风机转动起来，宛若朵朵雏菊盛开在黄岐半岛山巅。

四

一上午的车马劳顿，肚子早就打鼓了。午餐是在苔菉镇政府的食堂吃的，想不到的是，食堂“厨娘”的手艺真不赖，满满当当的一桌子菜，差不多被我们一扫而光。连江产的青岛啤酒，沁心润喉，带着丝丝甜意，若不是下午还要赶路，忍不住还要喝。说来奇怪，平日我都要午睡的，今天却很兴奋，饭后马不停蹄地向安凯乡的奇达村赶去。开上山路，经不住摇摇晃晃，车上的人像睡在摇篮里的婴儿，不久便都睡着了。我歪靠着窗边，窗口开了个小缝，海风卷着咸腥味渗进来。天突然变了，飘起小雨来，上午最高气温还超过 20℃，等我们到了安凯乡，已骤降了许多。

安凯乡的奇达村，据讲有很闻名的鲍鱼养殖基地，堪称海上牧场，蔚为壮观。过了安凯乡不远，便到了奇达村的地界。远远向海湾望去，养殖鲍鱼的渔排整齐地排列开来，密密麻麻。我问乡里的宣传委员方先生，对养殖的规模和密度可有规划和要求？他说，这正是他们目前要控制和调整的地方，近年来，由于养殖规模不断扩大升级，近海域的负担越来越重，对海洋生态造成一定影响。由于工业的原因，赤潮三两年就会发生一次，也提醒着人们要注意海洋生态安全，调整好产业结构及规模。我想奇达村这样的情况并非特例，改革开放以来，我国对生产总值增速的过度追求，让我们赖以生存的家园遭受到很大的伤害。人们想摆脱贫困的愿望并没有错，但任何可持续的发展都离不开科学的规划，必须与养育我们的大自然保持和谐的步调，否则必将付出比贫穷更为可怕的代价。

奇达村是一座精致的渔村，登上观海亭，整个渔村尽收眼底。我们下车，凭栏回望，才惊叹地体会出，为何奇达村的养殖地被称为“海上牧场”，渔排如草场般绵延数里，十分壮观。奇达村三面临水，建在海边悬崖上的房子，让人觉得既浪漫又担心。长年的潮起潮落，悬崖的岩石上留下潮水上涨时淹没拍打的印记。很多渔排上还建起了一个个简易房，也是渔家人管理自己渔排时暂时落脚的地方吧。据说，到了夏天凌晨两三点钟用手电筒向海上一照，就会爬上来很多鱿鱼，运气好的时候可以打捞上两三公斤。

车子来到白云山脚下，一座白云寺依山而建。去白云寺的路是典型的山路十八弯，最大的弯儿恐怕说有 180 度也不算夸张。我们开玩笑说，刚考过车牌的新手若是到这儿集训几天，保证驾驶技术迅速提升。山路两旁时不时现出一些树枝上扣着很多小帽子的树，3 月份正是产枇杷的季节，那些就是枇杷树了。凭记忆，那些小帽子该是农民怕鸟儿将幼小的枇杷衔了去才盖上的，远远望去，满山遍野的，像开满了白色的山茶花。这里的树几乎未被砍伐，保持着原始的生态，甚是茂盛。山林中空气潮润，整一个天然氧吧。路旁奇岩怪石，十分养眼。约莫十几分钟后，我们来到山腰一处开阔的平地，平地正中一放生池俗称“天湖”，湖上点缀着的红色六角亭则被叫作“天湖亭”，若池中再浮着几朵睡莲，想必会更美。亭两侧呈扇形打开各对着一座寺庙，便是新旧白云寺了。

寺周广种楠木、松樟、白柯等名贵林木，我们并不能全认得，只看得出是多年老树了。新寺主体刚刚修建好，门前台阶处还有些沙泥等待清理。新寺华丽肃穆，寺门前有供人上香的旧式香炉。拾级而上，依次排开八根镂空雕龙灰金色立柱，低调而精巧。寺庙有两层高，黑底金字“大雄宝殿”牌匾端置于庙堂上方，颇有气势。相比之下，围墙由青石灰瓦垒砌而成的旧寺，显得分外古朴近于简陋了。新寺还没启用，我们决定去旧寺看看。

古旧的外墙，显示着白云古寺年代的久远。寺内左侧，一石碑上刻书已模糊不清，勉强可见古寺是于民国十一年（1922 年）重建。外墙上方是四幅精美的彩色灰雕，内容均取材于《西游记》，配以如意、莲花、祥云等吉祥图案，人物栩栩如生，令人赞叹。正门上方悬镶双层斗拱寺匾，青石上凸刻着稳重苍劲的“白云寺”三个大字。

后面是大雄宝殿，释迦牟尼佛端坐正中，下边供奉着何氏九仙。史书记载，汉武帝时，何氏九兄弟在仙游县九鲤湖采药炼丹，丹成骑鲤成仙，因而何氏九仙成为“司梦神灵”。大雄宝殿东西两侧各有一厢房，便是白云寺的祈梦之所。可惜的是，寺内管理人员因生活之需，随意搭建了洗衣煮饭的水槽，还有人住于庙中内室，破坏了古寺原有的构造和韵味。白云寺身居东海之滨，林海环绕，若能有了解寺庙文化的人认真打理，定会增色不少。福建省是全国寺庙最多的地方，大大小小随处可见，有名的也不少，但这黄岐半岛的白云寺却如隐居山林之人，历经岁月沧桑，除了被黄岐半岛的人奉为一方佛教圣地，鲜为人知。

返程时天色已晚，黄岐湾在夜幕中渐渐消失在视线中。它好似榕城的山海花园，以丰富的物产让榕城之人尽享饕餮之乐；更因其原始的自然风貌，如一块浑然天成的璞玉，让城市人卸下负重，成为内心安宁的一片乐土。

联合梯田，空中农耕织锦绣

梯田之魅

我从小生活在梯田边上，在地无三尺平、天无三日晴的闽东山区，那些山垅田早已见怪不怪了，什么“眉毛丘”、“斗笠丘”，什么“烂泥田”、“锈水田”“黄泥田”等。记得从懂事开始一年四季我都离不开梯田。春天到了，农夫开始给田里灌水，一般要让水在田里养上几天，把泥浸烂，才好耕地；耕地的时候我们一群孩子就会跟在牛的后面，捉泥鳅、黄鳝，还有田螺，没把自己玩成一个泥猴子决不回家。插秧季节是村里最繁忙的时节，全村老少都到田垄上来，年轻力壮的在田里插秧、挑秧、施肥，年老体弱的就干些送茶送饭的事情。我们这群孩子放学了也会跑到田边来，瞄一瞄这个秧插得直不直，数一数那撮秧苗数多了还是少了，像个神气的技术员。最喜欢的季节当然是秋天了，可以像玩跷跷板那样踩打谷机，可以在稻垛上翻滚，可以在收割的田垄上拾稻穗，还可以和大人一样尽情享用香喷喷的白米饭和红糟大块肉。现在才知道我为什么那么喜欢秋天，大凡跟我童年在山区梯田生活的记忆有关吧？

初见惊奇

福建最美的梯田不是在闽东，而是尤溪的联合梯田。在这之前，我查看了一些驴友的照片，大吃一惊。没想到这些穷山僻壤、无人问津的贫瘠山田，在摄影家镜头下变得如此炫美——我用这个词确实是有惊艳的感觉，山旮旯里倒悬着千年古梯田，与天相连，山民世世代代在这里空中农耕傍青山，才造就了这梦幻一般的画境。

联合乡位于尤溪县北部，离京福高速出口13公里，与南平市毗邻，全乡面积159平方公里，其中耕地面积1.37万亩，林地面积10万亩。共有12个建制村，人口2.14万多些。戴云山脉向北就延伸于此，地势南低北高，北端的金鸡山海拔1281米，属中亚热带气候，雨水较为充沛，很适合各种植物生长，美丽的丹溪贯穿全乡，从吉木溪口注入尤溪水域。联合乡是尤溪县革命老区乡，全乡12个村有8个村是革命老区村，连云烈士墓位于革命老区基点村连云村境内，背靠高峻挺拔的金鸡山。20世纪40年代，连云、云山、下云等3个村是中共地下党组织活动的秘密联络点。连云、云山还有东边村是村正是观赏梯田最佳的地方。

这次有机会重返联合梯田，一晃5年过去，让我不得不感叹“时间都到哪儿去了”时间易逝，江山不老。再次探访，这里已然成了全国五大梯田魅力之一、全国主要农业文化遗产，名声远播。

那是2009年清明节前一天，我曾独自驾车前往探寻，我从福州出尤溪高速口，车行20分钟来到联合乡，车子就上了盘山公路，蜿蜒曲折的山道可供两辆轿车交会通过，全部铺上了水泥。车行没多久过了东边村，山腰边上一丛竹林稀疏摇曳，看见透过竹林山下闪出一片梯田。我赶紧停车，下到一座农舍前抓拍了几个镜头。这里的梯田有百分之七十灌水了，虽然雨雾迷离，但还是清晰可见灌水后的田里映着天光，田埂中如画笔描绘的曲线时隐时现的，增添了不少淡墨宁静的风味，我的情绪顿时有点激奋，昂首望去，金鸡山高入云天，东边村还隐在缥缈的云雾之上，对前面的景象我更加是充满期待。

正在忙着拍照间，农舍里走出了一位大爷，笑眯眯的，是看到来了我这个不速之客前来问候的。老人名叫蔡启煌，现年71岁了，一家8口，现在年轻人出山了，只有他和老伴住在半山腰，山下的梯田有五亩多是他家的，以前都自己种，现在老了，老伴身体不好，儿子又常年在南平樟湖板养猪，没劳力了，就雇请人来种田。他告诉我这条路前年新修的，自从路修好后，这村里就开始出现很多陌生人，他们扛着相机在这拍照。他指着屋子右前边那块刚铺的水泥平台说：“那是村里给你们修的一块拍照片的地方。去年这山下种了很多油菜花，很多人爱拍，但这油菜花中看不中用，今年村里人就不种油菜了。”

我听了心里不免感到遗憾，如果种上油菜花，这时正好是开花季节，在这片错落有致的山腰下，该会是呈现一幅怎样金灿灿的锦绣图画啊！

车行至东边洋岭上，我向下望去，北峰洋、林莞等大大小小的自然村散落在山野之中，村舍或伫立田埊上，或隐没于翠竹之间。此时我感到这片洋偌大的八百亩梯田还沉睡在春雨绵绵之中，春姑娘的脚步在这里放慢了下来，仿佛不愿惊扰它的宁静。远处山洼地只有一个人在吆喝着牛，牛在翻耕新土。雾幔如轻纱缭绕，一片片袭来，又一片片离去，好像拂拭着山体的尘埃，使这里的青山格外洁净醒目。站在高高的岭上俯视，东边洋梯田如一朵展开的花瓣，大小不一，形状各异，曲折蜿蜒；云海奔腾，山若碧波，浪花泛起，梯田的曲线就如万蛇蠕动行游，瓦屋点缀其间，似航行的小舟，令人心胸开朗。一座座山脊梁挺立着，忽高忽低、忽陡忽平、忽曲忽直，尽情让梯田层层披挂，让万帆挥舞，在天风云影里叠叠重重，如一片片天梯，直上穹天。

东边洋这方梯田虽散漫零落、不规整，然而线条、形体、立体感皆不逊色，有乱梯铺山之大美。

诗化梦想的地方

车行中隐约感到车窗路边下面好像有什么物体在动，我赶紧停好车子，下来一看，原来是一位农民在路边山埊地里用锄头翻土，他披着蓑衣，专注地劳动着。我拿起相机正要给他拍照，他主动和我打起招呼来了。他姓蔡，这里有几十块田是他家的，一共不到四亩。这里稻田只种一季，一般立夏才插秧，他从来不用牛犁田，这么小的梯田牛犁起来更费事，还不如锄头一畦畦地挖，这几天雨水比较好，反正闲着没事，就先把这田里的农活做了。我问他家里怎么就他一个人来做，他说现在孩子都不爱干田里的农活，反正事情也不多，他自己可以赶在立夏前把田耕好。

从这里到达连云村还有约十公里路，山路陡峭，人烟稀少，路两边有杉木和竹，都是这里农民的经济林。小雨依然不停下着，道路清寂，孤独蜿蜒朝山岭攀升。我一边开车，一边从车窗外往下看，不时会有连片的梯田跌宕起伏，出现在沟壑之中，如上天之手绘就的版画，大大小小地呈现出来见证了联合乡民们勤劳智慧的历史，是人与雄伟的山川完美结合。

正在我遐思缥缈之时，车弯过了一道岭，一片翠竹林出现在面前。一位老乡正在路边上捆扎一把人腰粗的芦苇。在这样清寂的山野里见到什么人都像见到亲人一样，我赶忙下车打听前面的路程情况。天色阴晦，但他的脸上仿佛有光亮，眼睛更亮，透着热情。他叫包世武，就住在前面牛角山岭上的云山村，他说明天准备上地里耕田，给牛备好秆草。我看到这一路上搁着好几捆的芦苇秆草，都是他为牛准备的，就问他牛耕地时一天要吃几捆？“一天三捆，我要租用三天，就准备了九捆。”“租的？”我有点好奇，“一天租金多少？”他说：“一天租金120元左右，我们村里只有几头牛，其中三头牛可以耕田的，所以要租还得预先排队才行。”当他知道我是来采访的记者时，就高兴地告诉我说，今天村里的包秘书在，你可以去找他了解情况。他从腰间取出手机，为我拨通了包秘书的电话。“村部就在挂着云山村牌子的旁边，你车开上去就可以看到了。”分手时他还特别把包秘书电话号码抄给了我。

这下我心里踏实了起来。以往我外出一般都有人接待，这回独行就有种脱出轨道的惶惑感，他一个电话就让我感到像是找到了组织。果然没开多远就看见了“云山村”的牌子，一位四十岁左右的中年人站在那里，看到我的车就热情地朝我招了招手，示意我把车开进村办公楼前的院子里。

我以为到了最佳观赏梯田的地方了，迫不及待地要求包秘书带我去看梯田，已近黄昏，天色愈加晦暗，我是担心拍不了照片。包秘书是个干练的人，二话不说就带我走出村部，沿着村里一条泥泞的机耕路往下走一段，山野下出现了几块山峦，梯田依着山峦如一幅起伏交错的水彩画面。梯田朝东，阳光最早光临的地方。包秘书说，一般记者来都是早四点起床在这里架好相机，等待五点日出。梯田三面依着大山，向下延伸坠入山谷，状如扇面。村落稀疏零落，此时已有几座屋顶上炊烟袅袅。几百亩梯田如万马奔腾，似龙蛇舞阵。那远处深入山谷的梯田，犹如山谷的滑道，梯田一直没入深幽之处令人心生不安。这里海拔近800米高，一年有两百天缠绕在云海间，云海停留在牛角山不舍离去，忽东忽西，忽上忽下，一会儿无影无踪，一会儿又弥天大雾，忽而往下蹿，把梯田淹没；时而往上蹿，让梯田显露。周而复始，但次次各异，确实是观赏拍摄云海、梯田、山峦的好地方。仰望金鸡山，那山头拔地而起，直指苍穹。云山村轻雾与梯田相呼应，展现山里一种难于言语表达的朦胧美、和谐美。

云山农民主要收入是毛竹，粮食每家都有多余，但山里用水不很方便，水源不够充足，一般都是喝山泉水，遇到干旱，就会影响到粮食收入。联合乡其他农业也很有特色，盛产联田白晒花生、金线莲、茶叶等名优产品。包秘书看出我对眼前景色痴迷入醉的样子，故意说："今天你来得不是时候，下雨、又多雾，特别是这季节田地还没开始灌水开垦。如果再过些时候来，立夏到小满期间来，那才是拍摄梯田的绝佳时机，如果是秋天来，那感觉又不一样了。"现在正是雨水充沛的季节，从村里的高处有几块池塘蓄的水往下灌，一畦畦跌宕下去，涂亮了山垄。这时大部分的田都蓄满了水，不少田里还养着浮萍，像在水墨画上抹上淡淡一痕青云。

是的，我可以想象得到在晴日下梯田所呈现出来的丰姿，每年的立夏到小满是绝佳时机，太阳西下，逆光下的梯田别有一番美丽，朱熹"半亩方塘一鉴开，天光云影共徘徊"所描述是他幼年在南溪书院内读书边上的半亩池塘景色，奇怪地照应了这美好的梯田景致，莫非他当年也登临云村山观看过这云中的天梯吗？

云山村，它是我诗化梦想的地方！

上帝的调色板

现在，梯田不仅仅是生存的载体，也是审美的载体。我在一个驴友那里看到了他拍摄云山村梯田时的一段精彩描绘：

清晨四点多，我就和朋友驱车到了云山村，我被眼前的景观陶醉，立即架起相机拍下了这美好的景色。大约 6 点 15 分左右，云雾中阳光一现，刹那间，一幅美丽的景象映入我的眼帘。那层层叠叠的梯田，犹如天梯直上云端，只要拾级而上，仿佛就可以登上蓝天。站在山腰，放眼望去，密密麻麻的梯田，就像串串珍珠点缀大地，又如颗颗明珠洒落人间。而那田间的房舍、袅袅的炊烟、劳作的人群，又似一幅浓浓的山水田园诗画。

劳动创造历史，劳动也创造了美，当村民用审美的态度去从事一项职业时，精神上的富足带来了变化是一个真正意义上的时代转变的标志——这就是我为什么要关注梯田以及梯田美学的原因了！

当脸朝黄土背朝天的山民为生计在山垄田上劳作时，那滴落的汗水一定是苦涩的；而今，早已解决了温饱的人们在祖辈拓荒的山野里为了口腹，更为了招引山外纷至沓来的游客去描绘这片田地时，这一片片的梯田顿时变换了崭新的面貌，也给村民带来超现实梦想——它，更像是一层层通往幸福天堂的阶梯。

包秘书不无自豪地说六斗洋那面梯田 2007 年开始不断吸引人涌入山来拍照，已经成了标志性的梯田景观。它的特点是日出的早，夏天 5 点多些就太阳出山了；而离云山村仅三公里的连云村梯田朝西，日出时间比较迟，一般要到七八点，所以适合于拍摄夕照。包秘书现在村里事情大大小小都要管，梯田出了名，他也忙碌起来了，时常要接待很多的游客，但他心里却着实高兴，没想到这祖祖辈辈赖以生存的山垄田会成了引凤的金巢了。

连云村，真是名副其实，这确实是一个挂在云端的村庄，比我想象的开阔得多。村庄成弧状敞开，梯田包围着房舍沿山峦下方滑落，有许多的小山包和丘陵都开发成梯田，可能这一千多亩稻田就散落在这片山冈上。雨雾迷离中，眼前只见田在山中，群山环抱，绿树映衬，置身其间，顿感心清气爽，如入世外桃源。而那大大小小的梯田，最大的田不过一亩，大多数田都是只能种一二行禾，是典型的“斗笠丘、眉毛丘、蛤蟆一跳过三丘”的碎田块，这千把亩地在崇山峻岭间连绵，在沟沟坎坎中延伸，构成了一幅硕大无比的山水画卷。此时山风掠过，带来阵阵寒意，斜雨袭来，更增添几分寂寥。我顾不上这些，急急忙忙登上村口一座空置的祠堂类的房子石级上拍照。

连云梯田的特色首先在于高，梯田分布的最高海拔为近 900 米，最低 500 多米，垂直落差达 400 米左右；二是陡，连云梯田的坡度大多在 20 至 40 度之间，最大坡度可达 50 度左右。三是梯田块多而地小，田块有达数千块之多，地块之小，不要说牛犊转身有困难，就是两个人踩在田里转身也不方便，最大的田块不超过半亩多，那种只能种一两行水稻的“带子丘”更是比比皆是，最小的就是“眉毛坵”“蛤蟆坵”。它散落山间，像破碎的天镜，又像是万花筒里的色块，有层次地镶嵌成迷离神奇、变幻莫测的多种图案。它有着流水行云般的线条、淋漓酣畅般的韵律，鬼斧神工般的造型，如诗如画般的意境，还有恢宏磅礴的气势，秀美流畅的线条。整片连云梯田如巾似带，从山脚盘绕到上来，一到秋收时节更是一层层如火焰般地燃烧着，仿佛要将丰收的美景举向天空。是的，福建山区处处有梯田，可是像连云梯田这样大规模集中呈现的景观实在罕见，从白云缭绕的山巅，万木葱茏的林边，到山石嶙峋的峭壁陡崖，只要是有泥土的地方，那梯田便连绵不绝，叠入云天。

这哪里是什么梯田？简直就是上帝的调色板！我在心里暗暗地惊呼。和建瓯、沙县一带的梯田相比，尤溪联合乡的梯田更峭拔，更险峻，无怪乎有诗赞曰：“到得尤溪联合山，山路弯曲十八盘。万壑天风过耳畔，千亩梯田入云巅。紫燕剪水秧田里，白鹭翻飞竹海间。雄鹰展翅九天外，坦荡心胸只等闲。”

连云梯田的美令我始料未及，我不得不羡慕起祖祖辈辈生活在这山里的人们。

不愿走出大山的人

时隔五年再次重返，我特别去看连云村的竹制厂，这个厂就在村口，厂房比原来扩大了3倍，是连云山民自己建造的，主人叫郑雄清，我进毛竹加工车间里询问时他刚好不在村里，一个穿着退伍军服的老乡放下手上的活和我聊了起来。他叫郑士火，57岁了，在洋尾那有3亩田，这几年来农民温饱没问题了，要想更上一层楼，就要动脑筋搞多种经营，自己没资金，就来帮邻居郑老板打工，一个月也能挣得千把块钱。他告诉我，郑老板家就在厂子的旁边，想要了解更多情况可以问他家里人。

我看他们正忙，也不好打搅，就去叩访郑家。进连云村必经郑家，家路边上有两棵杉树，还有一棵银杏树。尤溪县是福建省现存古银杏树最多的县份，人工开发种植银杏的历史也较久。郑太太姓林，看上去很年轻，脸色粉嫩，看样子是见过一些世面的，看到我来就大大方方地请我进门，又是泡茶，又是收拾桌面，还不时地哄着一个调皮捣蛋的两周岁小男孩。令我惊讶的是她竟然是两个孙子的奶奶，看她身形利落，脑子反应机敏的样子，我怎么也不会把他当作奶奶级的人物。她不好意思地笑着说，她今年45岁，有两个孩子，男孩子28岁，女孩子25岁。孙子大的已有8岁了。

村里大部分是青瓦房，像郑家这样的洋楼不多，我想郑家可能是连云村最富有的家庭之一。房子盖了许多年，在村里面还有一间工厂，也是加工毛竹的，办的时间十多年了，一共招了三十多位农民，都是本村人。家里有越野车和装竹制品的卡车各一部。看来郑太太很满足现有的生活，煮饭、带孩子，走家串户地找女伴邻居闲聊。她最远的地方去过南京，当时还真想在那做点事，把山里的笋干、白粿拿去卖，可是去了两个月，很不习惯城市里的生活就跑了回来。“那几个月苦死了，空气闻起来都是臭的，没精神，整天都觉得好累，身体软绵绵的。一回来就不一样了，一切病都好了，像充了氧气一样的，现在再叫我去打死我也不会去的！”

我说，是啊，你这山村多美啊，那梯田多美啊！她听了也不以为然：“我们天天看，习惯了也不觉得什么，就像你们在海边看久了大海一样，我去看大海就会觉得不一样。”她还说，“小时候起都在田里劳动，这里村民耙草、插秧、割稻子都是帮来帮去的，这家做了到那家，梯田在它们眼里跟其他东西一样没特别之处，城里空气太差，你来看看梯田，来呼吸空气倒是挺好的。”

天完全暗了下来，星星点点的灯火在雨幕里发亮，连云村更加显得温柔和寂寞。我要下山了，她用老酒炖煮的家养的土鸡招待我，两大块，非要我吃下去不可。山里的空气潮湿寒冷，一大碗农家酒炖的土鸡顷刻间瓦解到了我的肚子里，全身暖热起来。我告别了年轻的“奶奶”和梦幻般的连云村，在车灯的映照下盘旋在山道上，孤独，宁静，又思绪万千。

当我沿着15公里的山道离开了沿途这5座村庄，车子融入了联合乡灯火灿然之中，那成片梯田也已消失在黑暗的山野之上。

火与水淬炼出磅礴的诗行

地壳板块撞击，岩浆从裂缝中喷涌，山崩海啸，烈焰腾空。水与火交融，炽热的火山爆发物在蔚蓝的大海中凝固。于是便有了漳浦的火山岛林进屿、南碇岛，由此开发了漳州滨海火山国家地质公园。

漳州滨海火山国家地质公园是我国唯一的滨海火山地质地貌风景区，位于台湾海峡西岸的福建漳州市漳浦县前亭滨海一带，海陆域规划面积 100 平方公里。2001 年 3 月被国土资源部批准为首批 11 个国家地质公园之一。至今已完成数十个旅游配套项目和服务设施的建设。2003 年 10 月通过国土资源部揭碑验收，2004 年 9 月开园，2005 年被列为福建省十大旅游品牌之一、省重点项目。这里拥有香山景区、两个神奇的火山岛及崎沙、江口、后蔡三个海湾。游客纷至沓来，已成为闽南新的旅游热点。

香山，刻写了岁月的年轮

到火山岛探幽览胜，又能完成炎黄文化研究会指派的采风任务，岂不快哉？7 月 9 日 17 时，我们御风疾行在漳诏高速公路上，从赵家堡出口处下高速，大概行至 25 公里左右就到达了漳浦县前亭镇，这里就是中国唯一的滨海火山地质地貌风景旅游区。

北京的香山，让你浮上脑海的是满山的红叶；河南的香山，则是梵音鼓磬、烟火缭绕的一方圣地；而漳州滨海火山岛的香山，让人感受的却是岁月的沧桑，是千万年前沸腾的岩浆、冲天的尘烟和大地的颤动。

香山，一座临海的火山锥，火山留下的遗迹随处可见。漫步观海长廊，台湾海峡的万顷碧波尽收眼底。2600 万年前至 1700 万年前，这里曾是火山的乐土。滚烫的熔岩与冰凉的海水对抗了 900 万年，最终，火山落败了，丢下漆黑的玄武石已成为冰冷的记忆，再也没有出现过由它抒写的黑色诗行了。而今礁岩上，随处可见从前火山发怒的洞口，小螃蟹在上面恣意悠游，你还能从这里体验到曾有过的喧闹，只是在那黑色的沉积物上，海浪拍打着满目疮痍的巉岩，依然饱含激情地向人诉说着千万年前那场空前壮丽的水火之战。

潮水逐渐退去，18 时是最佳观赏火山地质地貌的时间，当我们乘着电瓶车到达海边景区时，眼前呈现的几千万年前喷发的岩浆凝固成一束束多彩多姿的黑色火焰让我们震惊。它像是地心蓬勃的心跳，又像是岁月久远中书写出的沧桑诗行。

那令人神往的火山地貌究竟藏在何处，大海的涛声给了我们答案。我们循声从栈桥下到了香山的东南海边，潮水已渐渐退去，裸露出长约千米、宽六十多米的火山地貌长卷，缓缓展现在我们面前。这是一本鲜活的火山历史教材，海水无休止地冲刷，始终没能改变玄武岩那黝黑的容颜。远古年代那精彩的一瞬，凝固成了永恒，千万年前的情景，真实地保存至今，经过自然之手的拿捏，造型各异，每块岩石都是完美结晶的艺术品，让我们叹为观止。

“瞧，这是林进屿！离香山仅 2 公里。”火山地质公园的小祝说，“那是南碇岛，离香山 6.5 公里。”顺着他的指引，我发现在更远处的海面上又一小岛清晰可见。“那是东碇岛，归台湾管辖。与南碇岛是孪生兄弟，也是火山岛。面积 0.016 平方公里，只有林进屿的十分之一大。位于金门、厦门的水道上，地理位置重要。”我们站在“海西”看东岸，“台湾”近在咫尺，深切地感受到两岸的地缘是如此密切。

我们下到了熔岩石滩，凝固的岩浆呈深邃暗黑色，踩在上面仿佛置身另一个星球。我抬头望一眼香山顶上的古堡，仿佛时光回旋到了久远时期。导游小祝依然不停地用她规范的导游词告诉我：这块貌似八卦莲花盘的火山石可谓是大自然的杰作啊，它是由地壳运动岩浆喷发而形成的，几个火山喷气口渐渐构成，形状很像八卦和莲花，因此称之为“八卦莲花盘”。这块石是海誓山盟台，它是来自深源地幔的物质随火山岩浆喷出、凝结成晶后，经海水长期冲刷，风化成眼前这块心型板面节理平台，是香山滨海唯一的板面玄武岩节理景观。它好似一把硕大的“连心锁”，随着潮水的涨落而隐现。据说这里是印证爱情的最好地方，所以年轻情侣，幸福老人，还是对爱情充满向往的朋友们，都可以来这里许下愿望，它可以印证你们的爱情。可是在我看来，它却更像是一只沉默千万年的黑山羊，睁着一双清醒不瞑的大眼，凝望着沧海桑田的造化与变迁。

再看近处，波涛汹涌中屹立着一长条礁石。“这是一条东西走向的玄武岩墙，是从地幔深处喷发的岩浆凝固而成的水底‘长城’。退潮时露出水面部分长约200米、宽30厘米到50厘米。因为随着潮水涨落忽隐忽现，形如蛟龙下海，所以当地人称其为‘小龙头’。据说水下岩脉则一直延伸至澎湖海域，”小祝说，“这条岩脉就是东海与南海的分界线。我们现在站在这块岩礁上，就可以一脚踩在东海，一脚踩在南海啦！”当然，也有人更虔诚称之为“海峡龙脉”。为了不压住巨龙，栈道在经过巨龙的上方特地造了一座小桥，巨龙从山体里伸出，直插入海，向着对面台湾的方向延伸，消失在茫茫的大海里，至于它到底走了多远我们不得而知。可别小瞧这巨龙，在地质学中称它为玄武岩墙，是从地幔深处喷发的岩浆凝固而成，虽然墙厚只有几十厘米，但是它的高度却深入地下几十公里。

海底兵马俑

2009年我曾到过牛头山古火山口，它被国内外地质专家赞誉为“世界罕见的古火山口博物馆”。这里的山、石、大海、蓝天、沙滩和各种景观，是大自然的一个缩影，被称为“海上兵马俑”。那一列列深褐色的玄武岩石柱微微向前倾斜，似乎是大队兵士怀着赴死的决心，正走向亘古不变的波涛之中。

这是一片极为奇异的海岸，这是水与火的万古缠绵。那天，当我们赶到海岸边牛头山火山口时天色已晚，夕阳在海岸尽头的一片岩礁上投下金黄的余晖，不久便完全褪去。著名的盾状火山口静静地躺在山脚下海湾那宽阔的阴影里。

水火在这里交融，挟冲天烈焰的熔岩在瞬间停止了脚步，凝固成千古的奇观，人们可以窥见那时期异常活跃的海上造山运动。

牛头山古火山口也是漳州滨海火山国家地质公园的重要景区，位于龙海市隆教畲族乡白塘村东南。牛头山古火山口，以喷发机理完整、层次清楚、保存完整而闻名国内外，历经 15 次喷发，总厚度为 178.5 米，现可看到的早第三纪晚期的最后三次喷发物，距今约 2460 万年。古火山口形状似一个朝天的椭圆形喇叭口，开口处顶端直径 50 米，底部深 3 米，潮涨水淹，潮退口现。在古火山口及周围 0.7 平方公里的范围内，火山颈、火山口、喷发相、溢处相等火山活动的形迹十分完整和清晰，地表上由岩浆形成的六方柱状节理玄武岩，以及西瓜状、流纹状、枕状节理玄武岩，呈奇特壮丽的景观，被地质学家誉为“世界罕见的古火山口博物馆”和“海上兵马俑”，是国内罕见和世界保存最为完好的海底古火山口之一，具有地质构造、火山学、古地理地震、大地构造等多学科的科研价值，是集地质遗迹保护科学研究与旅游度假于一体的名胜景地。

我伫立在牛头山上，远眺辽阔的海域，海峡波涛奔涌。牛头山火山岩绵延十几公里，右边牵手更加壮阔的香山火山地质公园。它北与厦门特区仅一水之隔，南靠汕头港，东临台湾海峡，西与招商局中银漳州经济开发区相接，腹地亮阔。周围还有明洪武二十年（1360 年）建造的镇海卫古城，与金门北太武遥相呼应的闽南第一峰即巍峨壮观的 24 景南太武山，华东最大灯塔“镇海角灯塔”，美丽的人工湖西南院，12 公里长洁净宽阔的隆教湾天海滨浴场等文化历史遗址与自然景观。

喷口纷然铁砚新

火山岩并不高贵，但它年代久远，最为平实，它因人们的感情与想象力而有了生命，如果你珍视它凝望它，每一块遗落在海上的火山石都比自然界任何的景象更有思想与内涵。它静静偃卧在大自然中，那是千百年沧桑变化镂刻在它身上永不褪色的记忆，也因此赋予了它亘古不变的新鲜魅力。

对石头有感情的人，曹雪芹应算一个，否则他不会把《红楼梦》最早名为《石头记》的，而且整部《红楼梦》皇皇巨著就从“空空道人”的一块石头开始铺设。然而在明朝有一位爱石的女诗人叶小鸾，她这样说过：“石之沉于水者可悲，今之遇而出者又可喜也。若使水不落，湖不枯，则今埋于层波间耳。”

叶氏三姊妹中，小鸾生年最短，只活了一十六岁，并且死在大婚前五天的夜里，也算是早夭。小鸾传世的遗物不仅仅是她的诗文，还有一块惹人遐思的眉子砚，据说是她订婚时舅舅送的贺礼。书载：“此砚长三寸，宽二寸，厚半寸余，面有犀纹，形状腰圆，砚池宛若一弯柳眉，故名眉子。”叶小鸾得到此砚兴奋之状不可言表，写了二首七绝托工匠镌于砚背，这里且录其一：“素袖轻笼金鸭烟，明窗小几展吴笺，开奁一砚樱桃雨，润到清琴第几弦。”小鸾逝后，眉子砚也悄然失落，不知去向。关于这块珍贵的眉子砚，古董行儿里有一个神奇的传说，说是此砚非百年不出！果然，小鸾身后第一个百年，眉子砚现身杭州，被袁枚品玩，后来流传到羊城。第二个百年，眉子砚历尽神秘旅程，灵心回归，又悄无声息地出现在杭州郊区的袁浦，被王寿迈在冷摊遇见，王本来是冲着一块旧砚买回，回到家中清洗却见到砚背的铭文和小鸾的印章，惊得半喜半疯。为了保存眉子砚，以防贼人巧取豪夺，王寿迈把砚寄放到苏州著名的藏砚楼里，那里不仅有徐姓主人驻守，还有家丁守卫，大可放心。可是，人算不如天算，眉子砚放进楼里不期月，藏砚楼突然燃起一场撩天大火，等到火熄楼坍，眉子砚早无踪影。有人说江洋大盗放火打劫，有人说徐家主人自己焚楼。

我说这段掌故，是因为一首诗。它出于谁手，我还未及稽考，但这诗句描写的火山岩，却和铁砚作比附，在我看来十分贴切。

千万年前谁泼墨？
两岛三湾尚留痕。
劫灰化作玄岩古，
喷口纷然铁砚新。

如果叶小鸾活在今天，是否也会请人磨上一方火山石材质的眉子砚，以满足芸芸高雅人士孜孜以求眉子砚的好奇之心呢？不管怎样，今天我们庆幸的是，不但可以领略到远古时期火山岩的风采，“今之遇而出者又可喜也”；更能够自由奔放地用想象挥洒熔岩的丹青笔墨，研磨自然大砚之豪气，去书写蓝天碧海间的一行行铁骨铮铮的诗句！

缕不尽的青黛丝，睡不醒的千古梦

站在香山向东南海面眺望，那堪称世界奇迹的南锭岛，仿佛是一位披着长发的妙龄少女，端坐在浩渺的波光上梳理着秀发，梳理着悠长的心事呢，如果你屏息静听，海风还会吹来她袅袅的歌声呢！整个南碇岛呈椭球形，面积 0.07 平方公里，最高海拔 51.5 米，是距今约二千万年前一次强烈的火山喷发而形成的火山岛。岛周约有 10 个洞隙，在海潮中隐现。其中有个大洞，东西贯通，探险者趁退潮时穿越，费时二十多分钟。于是有人将其称为“时光隧道”，洞中一秒钟，世间已万年。水下则是色彩绚丽的珊瑚世界。

特别神奇的是，有 140 万根玄武岩节理从海底突兀而生，孤立于碧海蓝天之间，气势磅礴，身临其境，不能不被其壮丽景象所打动。南碇岛的神奇和壮观远别于林进屿，清一色的玄武岩柱构成了这个岛屿，朝东北向扭动，形成一种风卷蹈海的韵律。这些也酷像秦始皇兵马俑般站立着的柱状节理玄武岩群似乎擂一声鼓便能唤醒他们沉睡了 2200 多万年的沙场之梦。据专家考证，柱状玄武岩是一种比较罕见的火山地质现象，英国巨人岬有玄武岩石柱 4 万根，被列入《世界遗产目录》。而小小南碇岛上的石柱数量则是其三十多倍，堪称世界级地质奇观，是目前已知世界上最巨大、最密集的玄武岩石柱群。

林进屿上的独特地貌引起我的浓厚兴趣，它的造化神工来自地心 70 公里深处的热情奔放、水与火的万古缠绵，才形成现在这种火山岛的多姿多彩。

林进屿也呈椭圆形，面积 0.16 平方公里，最高海拔 72.7 米。据地质学家考证，在距今 2861 万年至 1541 万年之间，林进屿一带是火山十分活跃的地区，有8次以上的喷发。不同深度带出不同色彩的岩浆，林进屿从顶端到底层，黑、褐、红、黄等色彩的火山喷发堆积物重重相叠，形成硕大的“夹层面包”。岛四周的海滩，退潮时呈现出一圈褐色的火山岩层，构成壮观的大盘子。岁月之手供奉这一地质遗产“大餐”，后人可以细细品味咀嚼。

林进屿“底盘”式的海滩上，布满了迷人的海蚀岩奇观。每次火山活动流溢出的岩浆物质，在不同情况下冷凝，再经海潮的洗礼，被雕琢成千姿百态。有的如鸟似兽，有的像蘑菇如砚池，更有无数鹅卵石，惹人怜爱。一大片岩石上，生出了密密麻麻的“铆钉”，另一片则布满了凹洞。导游说，这是因为火山岩浆在喷发时形成气孔空洞，后期喷发的岩浆随之充填，充填的岩浆如果抗风化能力强，则成“铆钉”，如果抗风化能力差，则成凹坑。在北岸海滩上，成串地分布着16个火山口和喷气口，形成了世界罕见的莲花状火山喷气口群。这些喷气口具有高出的围岩、放射状的裂痕、中心凹下和侧斜面上有火山角砾岩等特点。在一个熔岩平台旁，导游告诉我们：这里是一条直线石缝，这里是直角石缝，这里是三角形石缝。可见自然之力是多么神奇！看来，地壳在构造活动中，不但能艺术构图，而且还懂得几何造型，其中蕴含着很多学问呢！

林进屿山顶是原始森林，野花野草茂盛。岛上有甘泉有山羊，还有不少药草、灵芝。传说明代有个学子叫林进，因得麻风病避居该岛，在山洞中苦读。食野果、海鲜充饥，吃药草、毒蛇治病。三年后病好了，学问也长进了，出岛进京求取功名，一举中了状元。于是人们便把这个岛叫作“林进屿”，或者干脆称为“状元岛”。这个传说为火山岛再增添了一层人文的色彩。

远古火山地质地貌的探寻，带给我无比的震撼，我身居福州，竟然不知道千万年前的海洋地壳运动挥就了一幅如此壮美的自然画境。这个世界罕见的海蚀奇观，是大自然留给人类的宝贵遗产，具有很高的地质地貌科研和科普价值。虽然我只在火山岛作短暂的停留，但它那黑色硕大的体魄深深印刻在我的记忆里，也给我讲述了远古时期一个生动的地学故事。

火山地貌连向了“台湾陆桥”

澎湖，被称之为“台湾陆桥”。

这个陆桥在台湾海峡曾经存在着的说法，在两岸流传很久。20世纪80年代，科学家通过海平面变化和海陆变迁的研究，认为在迄今两百多万年间，东海海平面曾多次上下变动。由此学者们推断，在更新世晚期的一段时间内，台湾海峡曾经是陆地，大陆和台湾岛连接到了一起。其时，一些大型哺乳类动物有可能在陆桥一带活动。

澎湖有大大小小的岛屿六七十个，这些岛屿大部分是由地下炽热岩浆沿着地壳的裂缝溢出地表而成的玄武岩组成的。岩浆活动延续了几百万年，它造就了台地造型的岛屿，这些台地的高度都不大，一般只有十余米，最高的一处也只有79米，顶部平缓，从海上远远望去一个个恰如覆盖在蓝色海面上的大盘、大桶。大部分岛屿边沿都是由直立玄武岩六角形柱体节理组成的陡崖，这些地形往往由于部位突出或造型生动，很引人注目，因此成了澎湖地区很有特色的观光景点。

一位来自彰化的导游介绍说，她已经第十二次带队到澎湖了，每次都要来桶盘屿。桶盘屿是一座典型的玄武岩台地，地面高出海面二三十米，东、南、西三面海岸围绕着巨大的玄武岩岩柱。我们看到的是台地的西侧，那里的粗大的岩柱呈石墙状从台地面上到海面，像一面岩石瀑布悬挂在那里，直上直下，长度足足有几百米。在岩柱南端的石质海滩上，我们还去看了刚刚露出水面的“莲花座”，几圈同心圆状的石垄，中心是一片突出的石滩地，是一处典型的环形熔岩溢出口。这种景象和漳浦海滨火山地质公园里的“八卦莲花盘”十分相似。

澎湖岩石景观壮美，但土壤贫瘠，地多盐卤，天然植被相对稀疏，在海滨地带台地面上占优势的主要是天人菊等低矮草本植物。天人菊开着的菊状花朵，样子很像缩小了的向日葵，十分鲜艳美丽，被当地岛民选为岛花，澎湖群岛也因此被称为“菊岛”。而我在香山地质公园的草坡上，也看到密如繁星般开放的彭箕菊，形状和天人菊十分类似，但不能断定它们就是同一类的品种。

无怪乎2010年6月，漳浦县南碇岛与台湾的澎湖列岛一齐捆绑起来，申报世界自然遗产保护。

香山，可以在此长做相思梦的地方，据说香山的名字就来源于相思树，每到夏季，相思树开满了金黄色的小花朵，让人难以想象曾经是毫无生命信息的火山岛而今却是如此的生机勃勃，脉脉含情。在香山漫长的沉默中，是谁将一粒粒的种子播撒在这里，是为了纪念那远去的沧海桑田，还是为忘却那四散奔逃的旧梦？相思树默然无语，任凭潮起潮落，云卷云舒，它有如娇儿职守在母亲的怀里。我们沿着登山的石阶，怀揣一路的欣喜，穿过增寿石，来到香山山顶。山顶的观光塔如城堡一般，登临高处，望着茫茫沧海和累累熔岩，感叹着大自然的造物奇功，不禁让人叹息时间的流逝和对生命的无限追思和感悟。

离开香山，夜色已漫向天地间所有的空隙，潮水也开始上涨了，拍打着黑色的巉岩，火山岛熔岩地貌景区渐渐淹没在迷离晦暗的大海之中。天幕中有一只野鸟飞向了前方的林进屿，落入树丛里。这时，我仿佛听见了海潮鼓动着火山岛岩浆沉睡的音弦。

情定聚龙湖

30年前，我在《福建文学》杂志担任报告文学编辑时，为采访惠安女，几次到过惠安，印象中的惠安是只生长地瓜和石头的地方。然而2009年4月，我与福建省炎黄文化研究会采风团一行到达这里，一天中我们遍览了这里众多形态各异的石雕，还有新兴的各类工业园区和海港码头，在我的视觉被现代开发的石头和钢铁洪流冲击得异常疲惫时，接待我们的县委书记李转生说，现在我们到聚龙养生园区看看，那里是一块美丽的绿洲。

已近黄昏，我们沿着一条正在修建中的泥泞的黄土路蜿蜒前行，道路两旁有花有草、有水有竹、有山有树、有几许农家小院，几畦菜地稻田。4月的黄塘溪，充满绿意，水道不宽不窄，不急不缓，像是要对入此地的不速之客祈福似的，故意绕了个元宝形的弯。满溪的白杨青柳，夹杂着刚吐新绿的灌木荆条，顿觉翠色醒目，爽风轻拂面颊。夕阳斜照中，山气日夕佳，浸染了一池桃花水。偶有白鹭觅食，蓝鸟窜起，黄蜂飞舞，给悄无声息的河水添加几分宁静、几分浪漫，再也见不到满山积压的石头疙瘩带给你心头的压力和重负，心情也变得一片释然。我正忙不迭欣赏间，突然感到有一股淡淡的丁香花气息扑鼻而来，循香处觅去，果真有一大簇盛开的丁香花，就在不远的河道旁，好像在欢迎我们的来访。也仿佛告诉我，这里的春天是有味道的，你必须用心去品。

是的，聚龙湖的味道是春天的味道。她的美丽让我猝不及防！我怀着一种喜悦、一种虔诚、一种期许投入到她的怀抱里。

我印象中的惠安乃至整个闽南，都不曾见有如此奇景，到处都是生命的绿：成木林、灌木、草地、竹林、花海、果树……植物的力量交织出的自然的语言，让我赏心悦目，更让我无语。聚龙湖，你真的是一位“藏在深闺无人识，空守美丽千百年”的自然娇娘。

然而，这位美娇娘终于遇见了她的知音——这里独具慧眼的创业者，正逐渐地揭开了她神秘的面纱。

聚龙湖，位于泉州东北角，距泉州市中心只有15分钟的车程，毗邻台商创业基地，距福厦高速公路惠安互通口3.8公里，入口联接惠安城西大道。她保持着完好的原生态环境，一峦秀色，半坡舒缓，园区保留了大片原生态景观空间，绵延不尽的茂盛植被，上千种植物树种，鸟语花香、空气清新、自然风景独特。整个地块北高南低、西北背依大寨山、东南面地势开阔、外通黄塘河，内拥聚龙湖，是天然的聚宝盆景观，湖泊如天仙滴落的泪水。山形势如龙走川谷、藏风聚气、集天地钟灵之秀丽，人与自然和谐共生，可以静享层峰生活，将紊乱心思沉入湖底，让人生在此慢了下来。导游对我说，这是聚龙集团打造的一个品牌，投资者是个民营企业家，为了回报家乡父老乡亲，不遗余力地追求“聚龙·养生”的品质，拓荒垦地，建造人与自然的和谐，现代文明和纯朴乡村相融合的田园居舍，就如陶渊明描绘的理想中的世界那样，给闽南经济发展的区域腾出一方世外桃源和养生仙境的空间来。

我们的车停在还没夯实的黄土地上，所有的人步行进入聚龙·养生园。这里的大地万物在4月中，被风一吹、雷一吼、雨一润、阳光一照，满山遍野早已被泼洒得生机盎然。别闹世，入良渚，两侧的万竿修竹在清风中摇曳，一下子就带给我洗尽铅华，归真返璞的感觉。踏上了观花基地，二乔玉兰、樱花、中天玫瑰等争相斗妍，特别是上万棵桃花开得正好，似锦繁花满芳草，不禁让我想起白居易的诗句“人间四月芳菲尽，山寺桃花始盛开”的意境。今年春暖得迟，桃花依然闹腾在坡地上，与这充盈绿色的聚龙湖相映，真是如诗如画。园内业已成形的景致，是那参差起伏的坡地、横竖的阡陌，已经植入的花草都已郁郁葱葱，让你想起了无际的普罗旺斯的薰衣草田。坡地上，刚移植过来不久的树种有了明显变化，有棕榈树、桑树、杨树、木棉树和许多我还来不及认识的树，据说其中有不少名贵的树种。特别是高大的香樟树，树叶还没有展开，但已有茸绿的枝条密密地长出，调皮地站在粗壮的枝干上。如果明年夏季来游玩，在湖畔，我想该就是茂密的绿荫支撑起一片宁静的天空。在这一沟清凉，席地依草，饮清泉，倾听鸟鸣，静享蝉幽，超脱一下，那会是怎样一番境界啊！导游好像看出了我的心思，指着湖对岸绵延叠翠起伏的大寨山说："那是上万亩的森林公园，有如野生余柑树等数万株野生果树，还有数千种植物，有丰富的负离子活氧。我上初中时，就想和朋友一起在暑假时跑到这里来，把大寨山所有的植物都编上号，享受呼吸最干净的空气。其实不必等到这些树长大，今年夏天来，我可以带你到森林公园感受原生态的旅游乐趣！"

歌德在《浮士德》里感叹道：树叶树叶慢些飘下来……是呀，生命是美好的，把脚步放慢，体验过程的旋律。不经意间，夕阳已沉落到西山下，天边泛出霞晖。下了草坡，我的眼前出现一块浑然未琢的立起的石块，那是自然天成的艺术，她的纹理和色泽是任何画笔也无法描绘的。你可以想象是一道山壑瀑布，也可以想象是一位老人，甚至你还可以想象是一个遥远的梦，而今梦境清晰如见。你好像是在和时光对话，又像是遇见了旧时相识，但一定不是你原先看见的那些石雕了。你感觉像是站在自己的三生石前，想说又不能说，进入山水魂不守舍中。

现在，我感到了聚龙湖的呼吸了。如果大寨山叠翠起伏的山峦是温暖的怀抱，那么聚龙湖就是她的魂魄。我沿着桉木板搭成的湖边的栈道上散步，行走在波光暮色里，有种云自无心水自闲的惬意。这时的湖畔水汽缭绕，草木旺盛，空气湿润，大地灵动。一只水鸟飞过，鸣叫一声，像是听到集结令似的，一群鸟跟着从密林里振翅飞来，绕过树梢，在湖面上起伏飞翔，集体的叫声，如一曲湖畔奏鸣曲，在寂静的空气中扩散开来，清宁的湖面顿时活泼了几分。湖水越往前溯，湖面就越觉得宽大，越觉得清澈平静。那是急急的溪涧和喷涌的山泉在这里汇合后的宽大和平静，是疾风暴雨后映现出来的高远的彩虹，是人生进取拼搏后归于从容的心态。湖心已建造起一面可以投影的音乐喷泉，情趣盎然的惠安石雕作品井然有序地装点在湖岸边，栈道上也为垂钓爱好者设立了许多钓台，一座现代玻璃幕墙体的会所矗立在水中央……蛙声和虫鸣开始此起彼伏，你会感叹于湖面之中的各类生灵对生命的渴求是那么顽强，那么不甘示弱。影影绰绰的灯火开始亮了起来，和霞色一起倒映在湖面上，像一块硕大的绸缎布在轻轻地颤动着，又如仙女的裙袂翩翩飘舞，等待着承接从天上滑落的流星一般。这里简直就是天然的影棚。我异想天开地觉得，如果有谁愿意投资，在这里建立一个大型山水实景歌舞剧《惠安女》演出场所，一定会招来不少的游客，带来无尽的商机。但是，这个想法很快就被自己否定了，我怎么忍心去惊动这颗自然宁静的心？怎么忍心用世俗的喧嚣，去打搅满眼的碧透、半窗秀美和这一枕水声呢？

继续前行，暮气聚拢，山色如黛，水波荡漾。湖水倒映着的是另一个自己，我望着它的时候离自己很近，望着我的时候离自己很远，这一刻没有了人世的烦恼，只有春情荡漾；没有了处世的烦躁，只有诗意朦胧。我在寻找朱自清荷塘清韵的感觉，然而，朱自清笔下的荷塘月色过于清丽精巧；我在寻找李白送汪伦的桃花潭水，然而，李白笔下的潭水过于缠绵沉郁；我在寻找梭罗的瓦尔登湖，然而，梭罗笔下的湖过于超然脱俗。梭罗对工业文明、喧嚣社会挤压人类、侵蚀人性心怀忧虑，他认为人类只有过简单淳朴的生活，才能享受到内心的轻松和愉悦。原始、平淡的自然生活，适宜人们在其中进行观察、思考和写作。他在瓦尔登湖畔找到了一个人的孤独，这种孤独是哲学意义上的，实际上是在追求深刻，在孤独的心境中对人生进行思考和探索。孤独催生了他的深刻思想："不必给我爱，不必给我钱，不必给我名誉，给我真理吧。"孤独让他的心里发出这样的呼喊。我喜欢《瓦尔登湖》，这是一本寂寞、恬静、智慧的书，它带给我对湖的无限联想。

也许，聚龙湖才是我生命最后的栖息场所，也是我精神的家园和心灵的故乡，是我在喧嚣的世界中寻得的一个幽雅僻静的去处。虽然我与聚龙湖相见只有那匆匆短暂的一瞥，但她那独特的神韵却征服了我的心。我和她的交流没有距离，不需要猜忌，无须饶舌，不矫情，不浓艳，不浮躁，只要一个眼神就可以心领神会。掬水浣面，她给我清醒的神智思考人生；松花酿酒，她给我微醺的状态面对春风；春水煎茶，她给我山灵的眼睛笑看落叶。我相信在这里她为我提供了一种精神的氛围，让思想高挂起来，让艺术飘逸起来，让心情洒脱起来，让心境淡泊起来。在这里，我开始学会了和自然对话，学会了躺在草地上仰望、倾听、感受、沉思，并且梦想。

情定聚龙湖，我和她的约定没有限期！

群山中的日光岩

——德化石牛山随想

凡到过厦门的人都知道有个日光岩，它俗称“晃岩”，海拔92.68米，为鼓浪屿最高峰。岩顶筑有圆台，站立峰巅，凭栏远眺，海峡风光尽收眼底。那是闽南矗立在海上的日光岩，它闻名遐迩，为历朝历代文人骚客笔墨熏染，已被诗文幻化得儒雅开放，在长风鼓荡、波涛映衬中秀出了一脉历史文化的青冥俊逸。

然而，这次随着采风团来到德化，当我沿着天梯登临“天下第一牛”——石牛山国家森林公园的最高峰顶时，突然有了一种“熟悉的陌生人”的感觉，好似踏入了鼓浪屿的日光岩上。这是一个晴朗的晌午，极目望去，群峰奔涌在脚下，天风飒飒、绿涛滚滚，一派烟波浩渺；初冬的山风颇有寒意，朝着山野袭来，清冽纯净，只是少了一丝海上咸湿的潮味，令人心旷神怡；天外荡动一阵如梦如幻的回声，仿佛是海潮深处鱼翔藻游的低吟浅唱；脚下的岩石似乎也开始晃动了起来，恍然间让我的神思更加缥缈起来。这种惊异的相似感不止我一人，同行中的思翔兄和何况兄都不约而同地发出了由衷的赞叹。他们的感同身受更加大了我的自信，于是我开始细细辨别它们的异同，寻找到了这种发现的乐趣，我产生了要写一篇群山中的日光岩的冲动。

鼓浪屿的日光岩虽然风姿绰约，风情万种，但却过于精致柔美。它更像是一艘彩船上的花台，于万顷碧波之中，时浮时沉，隐约闪烁；也像是一颗珍珠，放在翡翠盘里，灵光四射，叹为观止；还有一位诗人干脆就把它喻为一个睡美人，仰卧于轻纱雾帐里，柔曼多姿，妩媚动人。而石牛山上的日光岩却雄浑大气多了，它是我国目前保存较好的火山口活标本之一，经过大自然洗礼后留下了许多千姿百态的天然石景，而山顶这块就如凭空跃起的一匹斗牛；依栏眺望，奇峰林立，山势峥嵘，摄魂夺魄、壮阔辽远的自然态势一点也不向汪洋大海示弱；登临到顶，就是八闽最高最佳的观日台，且不说看日出那种从云海中喷然跃动的磅礴的感觉，就是低头往脚底下看，你会惊奇发现，你登临过的那些石壁犹如硕大的片片莲花瓣落散在山冈，你会觉得自己也进入了神造的化境里去了；它鬼斧神工纯然天造，绝不是腰肢柔弱的美人胚，而是一位身披黄金甲的武将军，峻拔伟岸，持剑而立。

我说鼓浪屿日光岩最不能与它企及的是高度，石牛山主峰1781米。这个冬日的午后，我们从岱仙瀑布过来，上山的路径就有20多公里，显得狭窄许多，车子一会儿在山的阳面一会儿在山的阴面盘旋行驶，光与雾配合着山体为我们营造出各式各样的幻境。当采风团的中巴车行驶到了海拔1000米以上，山道愈加的曲折险峻，顺着盘山路而上的是4级公路，车子只能小心翼翼地爬行。透过车窗，路的一侧陡峭异常。窗外的山景依然以翠色调为主，间或有些经霜的红叶渲染其间，让你眼前一亮。突然，车里有人喊道，“看到岱仙瀑布了，刚才是从下往上看，现在是从上往下看，更壮观!”我随即朝右侧车窗俯瞰，一扇刀削斧劈般巨大石壁垂落下来，一道瀑布从云际顺着石崖倾泻而下，宛若天水一般，是那样的畅快淋漓。导游小姐告诉我们，这就是福建省内单级落差最大的岱仙瀑布，有184.3米，由于山势的不同，水流分为两股，东为急流直下的岱仙瀑布，西侧水流遇到平整的边崖，形成一道似油从漏斗穿过状的油漏瀑，故称油漏瀑布。如果阳光明媚加上飞瀑溅沫，整个空间弥漫着乳白色的水雾，光线透过水雾照射下来，如仙人浣纱，水帘微微发光，煞是好看。其实刚才在崖底，那种沐浴飞瀑，看阳光在瀑幕中打成的彩虹，感受着大自然无私的洗礼，已经很让我受用了，不想还能从上面领略岱仙双瀑的胜景，精气神全上来了，午后车内的睡意顿消。

想想那鼓浪屿的日光岩哪有这样的豪迈气象？水送山迎，拾级而上，大气不喘、微汗不出，不经意间就到达了它的岩顶，映入眼帘的是绿草如茵，鲜花敷粉，风涛撩雾，小岛被过于浓艳的色彩浸润着、抚摸着、渲染着……和石牛山相比它只能称得上是个袖珍的盆景，少了许多攀登的乐趣。但它们带给你一路观赏摩崖字刻的人文雅兴却是相同的。如鼓浪屿日光岩，就有前十九路军军长蔡廷锴、前北大校长蔡元培先生的七绝华章；最令我欣赏赞叹的是我的本家蒋鼎文在“古避暑洞”背后刻着一首诗：“日光岩，石磊磊，环海梯天成玉垒，上有浩浩之天风，下有泱泱之大海。”蒋鼎文是蒋介石的同乡，他在“解决”十九路军发动的“闽变”以后，踌躇满志，心情极好，才写下这篇颇有点文采的铭文。石牛山虽处穷乡僻壤，但人文遗迹也很丰富：相传南宋绍兴年间（1131－1162 年），永泰道人张自观、仙游道人肖朗瑞和闽清道人章朗庆曾在此斗魑魅，场面异常激烈，岩石上有数十处的脚印、指印以及剑插石、铁砧石、洗剑泉、石面盆、演法台等遗迹。而山顶上那仰天长啸的石牛，亦为道德天尊李老君之神牛。很多岩石上留有神奇的痕迹，有的直削悬立如巨碑、如城门，有的如笔架、如卧榻、如花朵、如飞凤等动物。这里洞群密布，大小多达一百多处，洞中有洞，迂回曲折。在上山的路上还隐约可见一些“天门”、“洞天”、“第一山”、“石壶洞”等摩崖字刻，笔力遒劲，入石三分，令人琢磨不已。如此真实地感受了一番石牛山的四绝——奇峰、怪石、灵水、幽洞之后，这些来自民间玄妙的传说，给石牛山更蒙上了一层神秘的面纱。

来到石壶殿，这里离主峰只有两百多米高的路程了，大家就在这里稍事休息。石壶古殿，有如一黄色的琥珀点缀山中，寺前有碧玉镶嵌般的水潭，名为“龙池”，池内卧着石牛，在水中似沉似浮，形态憨气十足，逼真可爱；和池中沉睡千年的石牛一起，守候着高山奇葩午时莲的花期——它是一种灵性的花，从谷雨到立冬前，每天的巳午未三时辰升出水面展示花姿，一到天黑就收合起花苞躲进水中，它的花语是专一与自爱，在冬景下像柔弱无力、低头沉思的少女，让人回味又心生怜爱；池边一状如仙桃般的巨石，传说只要你抚摸它，定能给你带来好运和吉祥；石壶殿上山的道边还有一块巨石，扇面型展开，仿佛凌空高悬的一面明镜，鉴照古今。导游小姐是土生土长的德化人，不停地指指点点，一路攀登一路介绍美景。她说如早来两个月，我们还可以随处看见鲜红的杜鹃花、雪白的山茶花和红豆杉挂满枝头的累累的红豆。接着，我们一行从石壶殿开始经过 30 分钟的攀登。旅游让我最不能忍受的是导游对各种形状的石头和动物做对应的猜想，我只好独自一人走在前面，第一个到达了山顶，将石牛山的主峰踩在脚下了。远方，波澜壮阔的戴云山脉出现在我的面前，像是一匹脱缰奔跑中的野马。云雾就缭绕在身边，触手可及，登临极顶，周围环绕着磅礴的群山，我只能说这一览众山矮的感觉惬意极了！

称它为群山中的日光岩真是实至名归，2001年元月1日凌晨6时47分，福建省第一缕新世纪曙光如期和它相约，就照耀在这里。可惜这次我们没有机会搭个帐篷夜宿山野，伴着山风虫鸣入眠，披星戴月早起等待日出带来的惊喜。但是后来我从一个驴友博客的描写里体会到观赏日出的欢欣：东方的天边渐渐泛白，“太阳就要出来了”，山顶的驴友们纷纷站起来，翘首东望。过了一会儿，天边呈现了一抹绯红，像艳丽的舞女的红飘带！这种绯红逐步加深，扩大，然后又逐渐变白，当我们正感到有点失望时，太阳猛地探出了半个头来，它透过天边深深的雾霭呼吸了一口气，终于露出圆圆的、深红的脸庞。“太阳升起来了！”驴友们高兴地欢呼！太阳抖开一身金光闪闪的彩衣，驱散了雾霭，也掀开了群山的睡衣，洒下一片金光，群山在阳光下舒坦地伸了伸懒腰。当旭日当空，群峰在望，眺望着波涛汹涌、连绵起伏的奇山异岭，阵阵山风从我们身边席卷而去，犹如一支雄浑跌宕的交响乐，让人不禁心潮澎湃，激情满怀！

幸运的是，我看到了即将要落日的景致：当我踩在顶岩上，在万山之巅俯瞰着西边，浮云开始一层一层地泛出红晕，那些快要沉入云海的斜阳，它红色的笑脸慢慢地浸润，云海中有一丝丝、一缕缕的白云抽了出来，如拿柔软的毛巾在擦拭它的脸，仿佛是为了擦拭去它劳累一天的疲惫。汗已被凉风拂拭干了，我愈加感到了寒意，天空在我一转身下山的功夫变得纯粹透明宁静，郁积的山峦层次更为分明，色彩浓淡不同，整个山脉的颜色在这个短暂的黄昏里完成了一次蜕变，像一直在蒸腾变幻的立刻染的水墨图画。云雾开始向下弥漫，流连在山丛里的暮霭是云之精华，它们静静地笼着大山，给绿色未褪的山谷再添一层深远迷离的气象。

记得我的好友，著名评论家、作家南帆说过：旅游的目的不是为了达到，而是为了离开。暂时离开那个惯常的、赖以生存的地方，那个让我们感觉起了老茧的地方。我十分赞同他的说法，人常常就是这样，走得越远离自己的心灵越近，登得越高离世俗的缠绕越少，于是人在这里，便有了一种对陌生向往和对生命的抵达的渴望。这点上看，鼓浪屿的日光岩就过于光怪陆离、喧闹繁杂多了，那种人头攒动、摩肩接踵的感觉只会破坏了旅游的乐趣，背离了旅游的真谛。到群山中的日光岩来，才有真性情、真清静、真天然的发现之旅！

潮起潮落，花开花谢，季节轮回，时光飘逝。岁月的长风里，人生的天空中，有过这样一次与天籁亲近的经历，与自然交谈的机会，此生足矣！鼓浪屿的日光岩交融着的是蔚蓝色海洋文化的内涵，舒展激情开放；石牛山上的日光岩汇聚着的是绿色群山文化的底蕴，沉郁深厚内敛。它让我的快乐幸福像山峦那样蔓延葱郁，让我的生命激情草木深深、苍翠葱茏、生机勃发；我当记取这个下午，一颗诗心与自然做伴同行，探赜闽南名山，拜谒道观名院，解读这一方热土铸造出何朝宗先生长存不朽的瓷魂，把一种衍传千年的棱棱骨气，鲜活地贯穿古今，在潜移默化无声无息中，激励着一代又一代走入山门和闯出海门的瓷艺后人！

我们在福建省海拔最高的度假村——石牛山度假村用完晚餐，迷离的夜空幽幽布满了星星，山风涤荡着我的肺腑和尘俗的心灵。上车那一刻，我回望月色辉映下屹立在群山中的日光岩，它朗朗身姿气宇万千，有一片云朵被风吹散，掠过了它的头顶，好像这云从岁月尽头吹来，此时，我感到有天籁的声响和无尘的真气，微微撩起我心底对自然对生命无限的遐想……

山地的襟怀

——仙岳山公园游览纪实

常年身处城市茂密的高楼人流中，身心的挤压让人烦躁，在街市的道路上除了匆匆来去的脚步，你很难看见那种姿清逸、丰神潇朗的身影。一周五天工作日人就像是拧紧了发条的时钟钟摆，在声名利禄间穿梭，尤其是在效率为先的经济特区，节奏加快，带来的是身心疲惫。一到周末，人就有了出尘的念想，邀上三五个好友，寻觅一处清幽深密的山林，跋山涉水，听泉问鸟，踏青访花——那山野的青葱碧绿就成了生命中的一种寄托与向往，是都市人心境可以在此凌空御虚的最好避所。

于是，近些年来，城市建设者们开始关注，借原来隐匿在城市中的大大小小的山体，开辟出风姿各异的山地公园。让城市人也可以“大隐隐于市”，可以脚着谢公屐，布衣行头，拾足攀登，在绿林中穿梭，在清泉边煮茶，放开肺腑吐纳，随心所欲地歌吟，优哉游哉，既可疏瀹涤心，一扫胸中的郁闷和污浊，又能求得心神的安宁、目力的清朗和身体的健旺。

山地的襟怀，那是让现代都市生活的人乐而悠悠的一块净地。

一

厦门是中国东南沿海著名的风景旅游城市。天风海涛，青山绿水，奇卉异木，鸟语花香，天地玄妙造化，构成了独特的自然地貌，飞扬着沁人心脾的色香神韵。

以“海上花园”著称的厦门市有城在景中、景在城中、城景相融的特色。位于湖里区的仙岳山犹如镶嵌在城市中的一颗绿色宝石，在城市绿地构造中有着独特的作用，是城市生态圈的重要组成环节。1995 年，厦门市湖里区开始全面开发仙岳公园，开始撩开它神秘的面纱，呈现出仙岳山慈爱亲民的襟怀。

仙岳山坐落在鹭岛中央，无论何时何处去观赏，它都在一层淡淡的清雾披拂里郁郁葱葱。山体其形如鞍，坐南朝北，宁静而泰然。它虽无五岳高峻可一览众山而小天下之霸气，然临莅其上，南国滨海岛屿秀美的风光，足以让你心旷神怡——但见青绿叠翠、群楼绕膝，又见鸥鹭翱翔于天，前庭阔海，烟波浩渺。远处群山连绵青黛，似几条巨大的潜龙缠绵安卧于海天之间，仿佛已将厦门岛从左至右围困于水的中央。海沧大桥于雾里腾起西去，水自西域由远至近潺潺而下，有九龙戏于清流之中。厦门大桥直通对岸大陆集美，一路北上，时隐时现似龙须也似丝带，无意间将北面海疆切割成东域和西域，也分割了远处群山中的雾海。晨中太阳初升的时候，东方现出金色的霞光大道，翔安半岛、大嶝岛、小嶝岛和大小金门岛在不远处的大海里荡漾，疑是天上翡翠坠地，溅起海浪涟漪；背后正南方是御屏山脉，似雄狮之体高高筑起的背脊，前爪踏住了海龙王之首，后爪缚住了龙王之尾，而尾巴正在扫平大海的汹涌波涛。

仙岳山山体绵延起伏，峰峦叠翠，天际线优美，五座山峰由西向东并序排列，成为城市和湖里工业区的极佳背景及绿色屏障。山体森林覆盖率98%以上，形成绿意盎然的林海景观。山间谷地青松葱郁，西部山丘林木茂盛，环境十分清幽，并呈现一定季相景观。青山绿树及山花异草构成了仙岳山特有的自然山色，为游客提供一处不可多得的天然氧吧。仙岳山植被属南亚热带季风常绿阔叶，植被以马尾松纯林和相思树混交为主，生长良好。此外有芒果、龙眼、竹子、柠檬桉、木麻黄、苦楝以及棕榈科植物，下木常见有马樱丹、山栀子、野蔷薇、三角梅、桃金娘、野牡丹、盐肤木、芒箕骨等。西边谷地果林茂盛。

我每年都会来鹭岛几次，但都无缘登临仙岳山。这次上山一看，满目青碧之色所闪现出静谧、幽玄、孤傲的品格，一下扣动了我审美的灵魂，这是一座能够给城市人带来精神逍遥和安抚的所在。自然、质朴、淡远是美得极致，而山地的碧绿朗青正是应和了这样一种审美趣味，一切都笼罩在宁静、安详、沉稳的氛围里，厦门有了这样旖旎的风光，就多了一缕浪漫和温馨，仿佛时光回流到了李白诗的境界中，那是“天边看绿水，海上见青山”，厦门岛特有的风姿神韵及秉性品格均已融入山地优美莹澈的生命格调之中。

仙岳佳景自古便是文人雅士青游吟唱胜地，更是山僧持行禅修所居。常年青翠绵绵而又千般娇柔的茂林藏有许多的仙气，不知吸引哪朝哪代哪方仙人在此山冈上造建了许多庙宇神殿，仙岳山麓的天竺岩寺、观音寺、土地庙，梵宇院舍掩映林石之间，恍若神仙洞府。这个“公园”也成了俗世愿望寄托的所在，成了普通百姓的“精神空间”。

有关仙岳山的神话传说很多，它是神仙出没的地方，是岛内最长的“龙脉”。仙岳山文化内涵也因此得以延伸和丰富。

二

厦门岛风和景明，一年四季都浸润在氤氲的绿意之中。尤其是三月阳春的山地，一场细雨过后，莺飞草长，姹紫嫣红，仙岳山敞开了鲜嫩青碧的襟怀。我在热情好客的公园管委会主任陈来德的带领下，来到了仙岳山的山脊游览线上，在低缓起伏的山谷石砌步道上漫行。长 3600 米的山道“一线”逶迤，将公园的大部分景区串联起来。顺着山脊线由东向西主要布设有初阳亭、“松鹤”观景台，在仙洞山顶可俯瞰湖里全貌。经过仙洞山“仙境”健身平台便来到“天街”。可稍事休息，再往上登仙岳山，山腰风雨亭造型别致精美，继而可一鼓作气登上仙岳阁，四下览胜，令人心旷神怡。翻过山巅经八闽之子树林穿林而过，俯瞰南北山坡绿色遍野，远眺马蜂山峰峦俏丽挺拔、嵯峨隽秀。于山腰处，辟观景平台，供休憩、赏景，驻足览胜，世纪和平园忽现眼前，林木葱郁，绵延不绝。这里离城市钢筋混凝土构筑的高楼大厦群仅咫尺之遥，下班后的人们只要你愿意，就可以腾出一两个小时，漫步山脊，步移景异，赏心悦目，感受海岛城市生活的另一种山野情趣。

全园景区分为八个部分，与周边山体、筼筜湖水景呼应，蔚为景象。它们是：循钟访古（原“松柏烟树”地块）、福地洞天、仙洞天趣、天街流霞、仙岳大观、林海野趣（原“林海斜阳”地块）、琼华仙境、造林流芳。

循钟访古景区位于公园最东端，面积 14.86 公顷。近年来松柏山下的观音寺已具相当的规模，成为本景区的主要景点，寺庙周围选用菩提、小叶榕、石榴、罗汉松和鸡蛋花、含笑、文殊兰、桂花等花木配植，平添不少禅意。观景廊道将寺庙建筑群相联系，通过廊道壁上雕塑等形式，浓厚地显现佛教文化的气息。寺庙建筑有如荡漾在绿海中的画舫。

仙洞天趣景区位于仙洞山，面积 18.07 公顷。区域植被茂盛，森林气氛蓊郁，这里有开阔的山体空间，适合开展森林休闲活动。山地清幽，可欣赏青山的苍翠、听鸟雀的鸣啭、呼吸新鲜的空气。来到仙洞山山顶“松鹤”观景台，在此俯瞰，湖里全景尽收眼底。观景台旁可塑石开辟为诗栏，我对陈主任说，这里景观清幽、气势磅礴，是抒发情怀的好地方啊！

福地洞天景区位于仙洞山南坡坡脚，面积 2.83 公顷。主要景色就是园林服务用房——益寿苑，是老年人吟诗作画、对弈品茗、南音说唱、健身舞蹈的场所。我不知为何称其福地洞天，如果能在益寿苑东侧山头种植榕、芒果、木棉等高大树木及浆果类植物招引鸟类，成莺啼林，也许这里才是游人最倾心的去处。

天街流霞景区位于仙岳山、仙洞山两山之间的鞍部，为公园中心，面积 31.16 公顷。公园管理处设在山鞍南端。我在管理处泡了一会闽南功夫茶，禁不住“天街”这一美名的诱惑，就到这里四周走走看看。天街建筑将采用轻盈屋顶、起翘飞脊、深挑檐的闽南建筑风格。要求单体建筑多为一层，高低错落，小天井穿插，空间层次变化有序，并用石材及木材构建。以原有松林、芒果林为背景树，增植荔枝、龙眼、莲雾、木菠萝、人心果、柚子、香蕉等。山坡布置草地、花坡、点植观赏树，种植成片花卉，建筑物旁点缀旅人蕉等观赏树种。

仙岳大观景区处于仙岳山顶部，面积 20.11 公顷。仙岳山海拔 212.12 米，是厦门岛中部的最高山峰。山顶最高处建观景平台，游人到此登高览胜，可谓怡然自得。仙岳山有着优美的林冠天际线，是不可多得的城市背景。在山巅建仙岳阁，要求建成中国传统风格并具地方特色、色彩与林冠线背景相映成趣的标志性建筑，同时作为观景及举办文化沙龙的特色展览场所。

林海野趣景区位于仙岳山北坡，以大片松林山冈为主要场所，面积 87.03 公顷。野趣、游乐、健康、科普是本区的主题，并构筑完整的生态林地空间廊道。山冈现有一片果林，主要是龙眼、荔枝、桃等，还引入多种阔叶树种，如高山榕、凤凰木、丛生竹、枫香、团花、印度紫檀、火力楠，丰富了城市森林的物种等，营造出山林野趣气氛。这里山地陡峭，山顶设亭辟游山小径，驻足山上，遥望厦门西海域，波光粼粼。山脊线上辟步月台，由环形观景廊和扇面亭组成，尤其是中秋明月夜，是厦门市民博饼赏月的好去处。

琼华仙境景区位于仙岳山南坡中部，面积 21.96 公顷。林地生长良好，林中将建森林保健苑。森林保健苑是本景区的特色内容，它为人们提供氧吧静养、香熏、本草滋生、负离子呼吸等森林保健服务。森林保健苑为竹木建筑，以林中木屋、竹楼、茅舍的形式出现。四周营造出翠竹摇曳、蝶舞翩跹的自然美妙环境。

造林流芳景区即“世纪和平林园”，面积 41.49 公顷，位于仙岳山西南坡。1999 年，为庆祝澳门回归，市政协、市建委、市园林局等十多家单位联合发起建设“厦门世纪和平林园”。主题为“爱国、和平、发展”，已有一百多个单位和一百五十多位市民种植、认养树木四千多棵。还建有世纪和平广场、邮政塑石、“回归”塑石、友谊亭。

在仙岳山纪念林地上部，是以八闽大地的名人命名的树木园区，并为来厦访问的八闽名人提供一个专属的植树区。

三

到厦门休闲度假一般选择海滨，享受温暖的阳光（SUN）、碧蓝的大海（SEA）和舒适的沙滩（SAND）。然而，这几年随着山地旅游的开展，人们生态旅游意识的增强，游客的旅游热点从“三 S”转到“三 N”，即到“大自然（NATURE）”中，去缅怀人类曾经与自然和谐相处的“怀旧（NOSTALGIA）”情结，使自己在融入自然中进入“天堂（NIRVANA）”最高精神境界。仙岳山地公园也就成了一处回归自然、返璞归真，能满足中、外游客生态旅游需求的园林。

“山不在高，有仙则名”“苔痕上阶绿，草色入帘青”……这些句子似乎是对仙岳山的另一种诠释。仙岳山不高，全速行来，差不多一个小时便能到达山顶。不过，爬山的游人往往流连于沿途的美景，此时也正值阳春三月好风光，沿途百花盛开，暖阳当空，山风拂面，带来丝丝凉意。我走在顺着山脊铺设的石砌步道上，两边的树丫漫不经心地轻抚你的脸，小小花蕊从绿叶中探出小脑袋亲吻你的脚步，迎春花抬头含笑与你相看。山林像一架巨大的弦乐器，被山风的手轻拨着，发出沙沙的声响，幻化出动人心神的旋律，引来林中小鸟振翅歌唱。山雀仔的鸣叫在山间中回响，更显山地的寂静安谧，都市所有的喧嚣与烦恼顿消，牵引着你的思绪，在大自然的怀抱里遨游。

象征着蓬勃生命的青绿色山地无不召唤着人们健康游的热忱，尤其是周末，游人特别多。许多市民似乎专为健身而来，在山路上跑得满头大汗。一路行来，成片的马尾松纯林和龙眼树、相思树等混交生长，其间还夹杂着凤凰木、竹子及棕榈科植物等，看起来极富韵律感，可以说是仙岳山的一大秀色。对于追求生命的淡远澄澈、个体人格超脱自由的现代人来说，那蕴含着空明深邃之美的初春青碧之色，不仅给以视野的舒坦和温和，更给虚灵的胸襟无尽的关怀与抚慰，此时我才真正明白仙岳山被称为“绿肺”的原因。

告别花蕊绿草，梭巡过一棵棵大树的绿影，行过一条山间小路，眼前一下子豁然开朗，一处很大的庙宇建筑群便呈现在我们的眼前——这就是香火极盛的厦门土地庙。据说这座庙始建于宋朝，在厦门久负盛名。土地庙里人来人往，拜佛参观者络绎不绝。袅袅升起的烟雾扩散开来，笼罩在寺庙的四周，让人有一种置身于神圣之境的感觉。

拜别土地庙，沿着步道再向前走一小段路，西侧是天竺岩寺，寺庙正在重修，除了殿前的绿化带和广场外，主体工程已基本完工，可以感受其规模之宏大、气势之雄伟，是金碧辉煌的一座庙宇，定会成为仙岳山又一处风景名胜。陈主任介绍说，该寺建于清康熙末年，在抗战期间毁于战火，现在修建的资金都是大众慷慨解囊募捐的，不禁感叹佛法在闽南大地源远流长，佛教寺院文化在闽南人心中的地位和影响是如此的深远。时值黄昏，夕阳残照下庙宇的琉璃瓦散发出幽玄的光，庙宇后边那片山林更加扑朔迷离，不由得想起了曾在厦门中山公园妙释寺挂过锡的弘一法师，在我所知的高僧里他是最通音律最享文名的一位。他在受戒前三年（1914 年）写的那首《送别》作为学堂歌谣在 20 世纪二三十年代曾广为传唱：“长亭外，古道边，荒草碧连天。晚风拂柳笛声寒，夕阳山外山。天之涯，海之角，知交半零落，一斛浊酒尽余欢，今宵别梦寒……”用这样清这样冷的文句勾勒出那样苍凉那样惆怅的意境竟能攫住身居滚滚红尘中的芸芸众生的心，足见人心天生自有佛性。

在沉思感慨中徐徐而行，不经意间便爬到了仙岳山的最高点，站在观景台上极目远眺，油然生出一种“会当凌绝顶，一览众山小”的气概。这里视野极好，东眺沧海，水天一色；西望鹭岛港湾，白鹭飞逐归舟；南瞰市区，一片片楼宇鳞次栉比；北览湖里，特区发祥地的风光尽收眼底。在观景台的石凳上临风而坐，俯视山野，我被如此优美的自然景色陶醉了，沉浸其中久久不想下山。

四

2002年，厦门市荣获“国际花园城市”称号，并通过建设部“中国人居环境奖”验收。不久，厦门又被评为“中国最温馨城市”称号。

说厦门的魅力在于它的浪漫和温馨，一点也不为过。六年前的4月，正值春夏之交，我应厦门市总工会之邀参加来厦务工人员集体婚礼，和几十对婚恋男女一起来到仙岳山公园种植婚恋林，据说这一习俗始于1997年，有关部门在仙岳山规划了一块地建设“婚恋林”，结婚男女可以来种棵树记录一段浪漫姻缘。后来又在婚恋林、友谊林等纪念林的基础上，全面启动“世纪和平纪念园林”，在主林区、澳门回归林区及成功林区种植了橄榄树、南洋杉、凤凰木等树种。以“仙岳纪念林”为基础的“世纪和平园林”位于仙岳公园西南侧，规划面积为650亩，设有和平主林、成功林、希望林、感恩林、幸福林、生辰林、单位专用林等区域，以树铭志、以林寄情。在“春来发几枝”的仙岳山公园“婚恋林”里，150多株海南红豆结出了果子，果子裂开，里面的“红豆”闪闪发亮，象征着来厦务工人员在特区的生活过得美满幸福和快乐。

截至2006年，仙岳公司完成了山脊游览线两侧各10米、仙洞山南坡和仙岳山南北两侧面积约1500亩的林相改造种植。

“当时大家很热情，认养了150多株海南红豆。”陈主任说，整个“世纪和平园林”被认养的树木达4000多株。公园养护人员老周在仙岳山已经工作十多年了，他说，“婚恋林”的纪念石碑比较规范，容易找，当时不少市民会“回访”海南红豆。“他们来了自己找石碑，找到树，就把树边杂草整理一下。有时候我们会发现一些树边突然整洁多了。”

认养树木，可以寄托一种情感，在山地散步的市民也很认可这样的策划，“结婚生子都可以来认养树，看着树木和婚姻一样慢慢成熟，跟孩子一样慢慢长大，很有意义。”而且，这对绿色环保意识也是一种推广。有的市民期待认养“树宝宝”，让“树宝宝”跟自己的孩子一起成长。余先生就是这样想的。他说，读书的时候参加过义务植树，大学一毕业就来到厦门工作，如今孩子上小学二年级了，他都没在厦门种上一棵树。孩子问他：“植树节怎么过？哪里能种树呢？”他无奈地答道：“我也不知道哪里能种树，好像也没地方能种了。”今年，一听说植物园推出树木认养活动，余先生就抽时间到植物园去报名。他说，现在学校规定孩子在校时不能随便跑，怕碰着，孩子平时也不活动。20株树木也算是一片微型“小树林”，一家人给“小树林”除除草、浇浇水，尽了义务，孩子还可以在树林里尽情玩耍。

有一位领导曾风趣地说：做事情难免犯错误，但做种树这样的事永远不会犯错误。把环境搞好了，人们就能多吸氧，头脑就会更清醒，账就会算得更好，发展思路也就更正确，这是良性循环。

我带着一颗被洗涤过的心，在暮色到来前，依依不舍地结束了本次仙岳山之旅。回来的路上，转过几道弯后，天开始暗了下来，山道完全没入了迷离、幽玄的青色之中。远处，城市的灯火和海面上的渔火渐次点亮，倚在山腰上的艾美酒店就在眼前，在透明的玻璃幕墙里，酒店犹如蓬莱仙山中出现的宫殿，美轮美奂。但我的思绪依然飘荡在山地上，仙岳山带给了我一种“相看两不厌，万物皆自然”梦境般的感觉，也让我感悟到了很多游览之外的东西，那满山遍野的绿色不仅仅是大地最本真的原色，更是地球的生命。山地敞开了青碧的襟怀，包养了万物之精华，孕育出天籁之音律，也把醉心自由和自然的情态张扬开来，濡染出一颗颗圣洁安宁的心！

听涛揽风观音山

——石狮市永宁镇观音山怀想

观音崇拜是闽南民间信仰中最普遍的一种，闽南人信奉观世音。根据《中华全国风俗志》记载：“二月十九日为观音诞辰，士女骈集殿庭焚香，或施佛前长明灯油，以保安康。或供长幡，云求子得子。即生小儿，则于观音座下皈依寄名，可保长寿。僧尼建观音会，庄严道场，香花供养。”永宁镇历史文化积淀深厚，民间对观音的崇拜由来已久，相传中亭观音寺（又名“慈航庵”、市级文物）始建于隋代，至今已有一千多年的历史。

一提起观音道场，大家首先想到的会是南海普陀山。鲜为人知的是，早在一百多年前，永宁古城即与南海普陀山结下一段神缘。

那是清代光绪六年（1880 年），南海普陀山僧人善修携带南海观音宝像，来到永宁创建观音道场。在永宁善信尤其是旅菲侨亲的鼎力支持下，于清光绪十一年（1885 年）动工兴建“梅福庵”，清光绪十五年（1889 年）竣工。南海云遥，曾分竹林甘露。普陀虽远，亦得梅福春风。

所以石狮人有朝拜“南海观音”、“家家念弥陀，户户拜观音”的习俗，普陀山自然就成了他们心目中的圣地，去了一次后就要连去三年。每年春节前后是朝圣的最好时节，数以万计的石狮香客，搭乘飞机、轮船、汽车等交通工具，前往普陀山拜观音。春节期间，不少人见面询问的第一句话大多是“去南海没”，石狮人前往普陀山进香旅游已成了一种习俗，哪怕是春节前后降温及阴雨天气不断，都挡不住石狮人前往普陀山的热情。

其实，每个中国人心中都有一座“观音山”——一个原本有着信念的不被人知道的圣洁所在。在拜金主义盛行的当下，人性的迷失、心灵日渐衰败，道德滑坡，呼唤当下信仰缺失的中国人应该重新找回自己的“观音山”。

一

翻开祖国的地图，辽阔的大地上，东南西北有不少以观音山命名的地方。这次到石狮采风，在当地政府提供的作家创作选题中，观音山排在最后，似乎并不是重要的采点。我只是偶尔打开电脑，从网络上意外地看到关于它的一组图片——准确来说是一组石头与大海组合的照片，不同时刻不同背景不同视角下，观音山上的石头的照片——红霞满天里的山石，蓝天白云间的山石，守望海潮的山石，与海相拥的山石，暮色里翘首等待的山石……那个瞬间，我好像是从心看见，一个个情状各异且独特无比的生命，或绚烂，或旷远，或沉静，或深情，或孤独……也是在那个瞬间，一种无法用语言和文字描述的深深的感动，从我内心最深最软的地方升腾，弥漫，然后，眼睛就潮润了……

一位喜爱摄影的朋友，时常强调摄影艺术优越于文字写作的地方：这是个读图时代，一张图片顶过一堆文字描述！对此，我每每一笑置之。可有一次经历，又让我不得不认同这朋友一回：一幅光影构图和谐独到的摄影图片，传递的美的确能在瞬间直入并撞击心灵。

被这一组凝聚定格观音山石之美的照片震撼时，我在心里已然默想过，恐怕难有文字描述能比这些照片呈现出更美的观音山了。然而片刻后，我的直觉告诉我已经被这样的一组图片引领着，必须尊崇内心的召唤去做一次观音山游历。图片固然留得下观音山和那些山石某一瞬间的样子，可是在银河一样浩瀚的时空里，分分秒秒中它们会呈现出不同的模样呢？即便是那一个瞬间山石的样子记住了，可那个瞬间里，吹拂过它们的海风，淹没过她们的海潮声，又去哪里寻找呢？还有，观音山面向大海、依傍沙滩和渔村的样子，又怎是照片能描述得出的？特别是，永宁和观音山，相隔不过十多里，但观音山历史上是这座卫城重要的海上关隘，它们之间有着怎样的血肉牵连？如果没能亲临其景，你如何在听风揽月中，真切地感受历史风云的变幻和潮汐起伏着那个时代的悲愤的回声？

这么想着，对观音山，对六百年古卫城永宁，就多出了许多向往。于是抱着朝圣的心情，我踏上了永宁之路。

二

夏初到了永宁。一路上，在大脑里勾勒过这座千年小镇、六百年古卫城的样子，想象着当年这里金戈铁马的将士如何奋勇抗敌，这里腰缠万贯的商贾如何春风得意，这里的古街洋楼怎样地繁华喧闹。

然而，展现在我面前的永宁，却那么安然宁静，似乎曾经一切的喧腾已与它无关。走在闽南独具风情的老街狭窄的石板路上，听历史古老的跫音在脚下响起，心潮却起伏难平。石板路两旁仍旧林立着苍老的旧商铺，可在潮润咸涩的海风里，那些腐烂沉寂的木板门却显得落寞，了无生气。只剩下那些古旧苍老的建筑，承载着沧桑的历史，深蕴着浓烈的闽南文化，保持着几分神秘，以静默凝固的姿态，低声诉说一段段故事与传奇：万通号布行曾日进万金、锦绣如云；兴源号油坊曾彻夜加工，三只乌槽木船常年运输，“面线过澎湖而变淡”；永进巷为了显富曾把红绫一路铺到外高墺，张扬铺张得让人瞠目结舌……

然而对此我已无暇顾及，心中的观音山就在不远处，它以其更加纯粹和自然的姿态给千年古镇永宁平添了一份浪漫和激情。

在观音山上，首先打动你的是石头。山上怪石嶙峋，有的如海豚跃起，有的像新篁拔节，更多的并不具象，不好解读，也正因如此，有种难以言说的美带给我新的感受，好似抽象画派的图案。

看过不少名山，也看过不少被称作大自然鬼斧神工杰作的石林，几乎每一处稍有点形状的石头都会被套上诸如“石龟爬壁”、“仙人锯板”、“猴子摘桃”、“大王回首”之类庸常的名字，再牵强附会上一段传说，经导游再煞有介事地介绍一番，如此这般，最终难免落入流俗的套路里，日渐少去生机和灵气。而在观音山上，每块石头都没有名字没有传说的，它们也不需要。日复一日，年复一年，它们就那么无拘无束地裸露在天地间，餐饮海浪和清风，静默无言，或在沉思，或在眺望，或在等待……也许经历过千万年岁月的桑田，见证过“尔曹身与名俱灭，不废江河万古流”的无情消逝和亘古存在，然后依旧从容着，静听涛声，守望大海，坚贞淡定，宁静自由。

感觉自己仿佛就成了那些山石中的一块，可以以任何一种自己喜欢的姿态，随心所欲的姿态，去芜杂，去存在。在一处平旷岩石，忍不住脱下鞋子仰躺下来。天空湛蓝纯净，洁白的云朵悠然飘过，咸润的海风，轻轻吹拂衣衫和脸颊，枕着潮声，大海像巨大的钢琴弹奏着自然交响曲，有说不出的舒适与惬意……想起佛教里说，一沙一世界，一花一天堂，可在那个时刻我更真切地感受是：一石，亦是一世界。而且，石的世界，是那么的安宁静好。没有暴力，没有毁灭，没有恐怖袭击，甚至连纷扰也没有，就那么彻底地远离着世俗的争夺和喧嚣。我们的人间，何尝不需要这样一份和谐和安宁呢？

正如诗人描述，“观潮点帆宫屿湾，粼粼碧波金沙滩。莽莽林原新沙堤，怪石嶙峋观音山”。在漫长岁月中，观音山的石头被风蚀，表面露出许多小洞，大的如拳头，小的似手指。陪同我一起来的永宁镇旅游公司年轻的朋友告诉我，中科院研究员被这些石头所吸引，曾到观音山上来考察，认为这里属于“长乐一南澳断裂带地貌”，这种地理标志有很高的科研教学价值。对于我一个写作者，并不十分关心这些石头的科研价值，我在意的是，这些山石给我的感悟和它背后的故事。在时间的潮汐冲袭下，无论是曾经多么不可一世的帝王霸业，盛名之下的权贵们，得意忘形的倭寇海盗，最终没有一样不被摧毁。只有这些山石，依然千古不变地屹立着，在它们身上，我们看见了生命的坚韧和永恒。

三

观音山不高，准确地说它只是一块海边的山岩，像一首巨大的战舰驶向台湾海峡。山上有两个主峰，中间是平坦一点的小峡谷。峡谷里有一条战壕，壕沟里青苔绿绿，杂草丛生。战壕的两端，则连着两个碉堡。设在地势较低处的那个碉堡，门口被半堆土及杂草掩埋，碉堡的观测口，朝着沙堤村方向。

如果说，观音山上的山石群会让你感动，那么这战壕和碉堡，则足以让你惊心动魄。身处其间，仿佛置身炮火纷飞的年代，心头凭空生出的，或是豪情或是多欷歔。

永宁，寓意人们祈望永远安宁。然而，历史中，永宁这块土地却过一次又一次遭受过血风腥雨的屠杀。据载，明朝嘉靖年间，倭寇买通永宁城赵姓官员，攻入城内，烧杀抢掠、奸淫妇女，惨无人道地将躲藏在水关沟中的百姓全部屠杀，水关沟里鲜血成河、尸横遍布……老天为这些被屠杀的无辜百姓悲痛流泪，顷刻降下倾盆大雨……这就是历史记载的永宁“陷城洗街”事件。65年前历史重演，永宁再遭劫难。1940年7月16日（农历六月十二），日寇为切断东南沿海运输线，加紧实行海上封锁，制造了血洗永宁的“7·16”惨案，杀害无辜村民80多人……

据说，清朝时，观音山上曾立过炮台；民国时期，山上驻扎着军队。山上的战壕和碉堡，就是永宁人民经受的几段血泪纷飞历史的见证，也是永宁儿女曾经浴血奋战誓死保卫家园的见证。

观音山，隔着一片沙滩远望，犹如一尊卧倒的观音像，面向大海，托腮侧躺，倾听涛声。慈善的观音菩萨，向来正襟禅坐示人，卧倒的观音在佛教文化中怕是极为罕见了。

观音山山名由来，有这样一段动人传说，传说中的观音菩萨煞是可爱，不仅有情有爱，还沾着几分人间烟火气：传说观音菩萨有一次驾云过东海，在观音山所在的这片海湾避雨，不料被眼前奇妙的景色深深吸引，雨晴后，依依不舍，最后，菩萨在沙滩上留下倒影，才化身离去。

观音山三面环海，毗邻诗情画意的小渔村沙堤村，连着红塔湾海滨，与黄金海岸度假村隔湾相望，蓝天碧海白沙滩，构成一幅天然而成的半山半海半田园的山水图画。漫步沙滩，耳畔传来的是“远浦渔歌互唱酬”的闲适；夕阳西照，则是一番“月映澄波恍两妍”的美妙感觉。难怪一再返回人间普度众生的观音菩萨，经过这片海湾，面对自然景色，动了凡心，抛却普度众生的沉重使命，静卧海滩听潮，难得清闲了一回，临去了还留个身影，与海相望，从此日日听潮声，看潮涨潮落……

观音山与相距百米的沙堤村，隔片沙滩相望。沙地村地处沿海沙丘地带，受潮水冲击，风沙卷扬，年久月深，积成一条天然白色堤岸，因而得名。这个小渔村历史相当悠久，单从它的名字也看得出，自古以来它在人们心中就是一个美丽而浪漫的地方：古时，沙堤村旁枫树成林，入秋大片枫叶红艳似火，又称“枫边”；闽南语“枫边”与“桑边”谐音，故沙堤村又称“桑边”或“霜边”；立观音山上放眼长堤，沙堤犹如一条巨鲸卧于海水中，于是又有“鲸江”雅称。

“游人海鸟斜阳下，嬉戏红塔湾”，这一幅情趣盎然游人海鸟游乐场景，正出自与观音山毗邻的红塔湾。红艳枫叶掩映海岸边一座祈风塔，就有了“红塔湾”这个诗意的名字。元代，居住在沙堤村的诗人夏秦，钟爱红塔湾碧绿的海岸，曾用“迷茫回顾青千顷，翡翠盈时碧一湾”形容红塔湾，可称神来之笔。明代尚书永宁默林村黄克缵，则钟情红塔湾的浪花和礁石，他在海边吟诵出“浪有千层皆白练，石无一片不莲花”，也给红塔湾的无尽想象。红塔湾海滨浴场，绚丽的沉积岩层、奇妙的海蚀地貌、罕见的龟裂奇石、众多的垂钓岛屿、洁净的海水沙滩，令游人流连忘返。沐浴着落日余晖，踩着柔软的沙子，徜徉在这片沙滩上，感受“红塔夕照”的意境，体会“天高任鸟飞，海阔凭鱼跃”的遐思，一切的烦恼痛苦早已随着阵阵海风销声匿迹……

四

观音山向西，与沙堤村相拥的海湾，是一处天然的避风港。对于沙堤村及附近渔村那些讨海生活的渔民们来说，这个港湾给他们带来，是宝贵胜过一切的温暖与安全感。每当狂风暴雨来临前，只有把承载着养家糊口重负的渔船停泊在这片小港湾内，他们的心才能得到一如躺在故乡怀抱里的安稳感。

傍晚时分，渔船三三两两归来。渔民们把一天捕获的鱼虾卸下船，带着疲惫和满足，把这一天的收成搬运回家。那些渔船，就静静停泊在港湾内。夕阳的余晖越过村庄的屋脊，洒在渔船的桅杆上，微风出来，闪动着碎碎的金色的光……观音山的日落是一幅动人心魄的美景，有人将它与岩石、战壕构成了观音山“三绝”。

明万历官员李廷机闲游沙堤，看到渔民捕鱼归来，有感写下《游鲸江》七绝："鲸江美景赛天台，澳如洞庭石似阶。百只渔舟梁上燕，采捕朝出暮归来。"描绘的正是这样一幅鲸江归棹、渔舟晚唱的美妙图景吧？

静坐在观音山上，远望潮水依依不舍从柔软沙滩上退去，看夕阳染红那些相依情侣的身影，看漫天红霞渐渐把海染成一色，看夜色渐浓，港湾渔船上灯火一盏盏被点亮……

霞浦滩涂，醉在海色天光下

《霞浦县志》记载曰："清置霞浦县，县境西南有霞浦江，东流入海。又有霞浦山，海中有青、黑、元、黄四屿，日出照映，江水如霞彩，这是山以江名，县以江名。"霞浦海洋有着全世界海洋那种共性的美，如海面上日出日落的瑰丽壮美，海岸边潮涨潮落的悲壮景象，岸礁上鸥鸟戏水的温馨以及星光下海风轻拂的惬意；而今，福建东部沿海这一个不起眼的僻隅之地，却为一个不太美丽的字眼——滩涂，霞浦因而大放光彩！

惊艳滩涂

几年前的一个国庆长假，我应当地文联邀请到霞浦东冲半岛采风，原本安排的从海上游，可以环绕东冲半岛，观赏山和海的美景，却遇到了台风天气，改从环岛公路上行。从霞浦到东冲口，车程约一百多公里，单行三个多小时。天色阴沉，一路细雨如织，我们往西南行驶，经过三沙湾，过长春、下浒和北壁，道路就越加崎岖。好在一直沿着内陆海岸线走，昏黄的天幕下海面上有大大小小的岛屿若隐若现，心想，要是在晴朗的天气，这一路的旖旎风光倒是随处都值得停留观赏的。从车窗的玻璃向外望去，沿途的海面虽不开阔，但在众山环绕中蜿蜒穿流着入海的溪流，时隐时现、冷不丁地就给你一番视觉的冲击，却也别有一番景致。山环水转，山与海如此紧密地相连着，水天一色，云雾缥缈，时有鸥鸟掠过水面，好一幅内陆海特有的风景图画。

闽东的海岸陡峭险峻，不像闽南海岸线那么平坦，难得见到一两处沙滩。车子走了很长的路，沿途见到的浅海滩涂，都被一种早年为"开辟海上牧场”盲目引进的“美国大米草”覆盖着，如一片海上的草原，举目远眺，一片苍绿。若就景观而言，这“绿毯”倒不乏是纯美之地，可据说这种植物不仅毫无经济价值，而且由于疯长也吞噬着滩涂，与有益的海生动植物争夺营养，几乎就要断送了霞浦人“海洋富县”的梦想。据接待的同志介绍，霞浦原本是全国著名的滩涂养殖基地，浅海滩涂面积104万亩，境内盛产盐田蛤、沙江蛎、牙城鲟、三沙石班鱼、大黄鱼、剑蛏、海葵、鲍鱼、海带、紫菜等等。而即将到达的东冲岛，是集滩涂养殖和远洋捕捞的一个综合性良港。如今大米草肆虐，有谁来为这惨痛的教训“交学费”呢?

车子在颠簸的路上摇晃着艰难前行，兴许是摇篮般的晃动有着催眠的效果，原本一车的嬉笑玩闹声也逐渐没了声息，大家开始昏昏欲睡，我也沉浸在对东冲那个边缘小岛的想象和期待中不知不觉地走入了梦乡……

离东冲还有一段距离，原本破败的车道已被雨水浇成泥泞，轮子开始打滑，我们只得弃车步行。穿过一条蜿蜒曲折的黄土小径，再沿着齐腰高的杂草中逐级而下，只能容纳一个人走的路，很小且有些陡，大家只好前引后拽着、亦步亦趋地往前挪。下了山道，眼前豁然开阔，在我们的正前方出现了一片滩涂。这时天公收敛起它冰冷的雨翼，潮水逐渐退去，裸露的滩涂水光粼粼，远处的山和小岛也若隐若现，一线光亮透过了薄薄的云层洒向广阔的滩涂上。一瞬间，天地流光溢彩，像是凡·高的彩笔在曼妙地飞舞，喷射出生命的激情，滩涂犹如印象派作品充满了色彩奔放和律动的声响。

滩涂、大海、天空一线连接幻化成巨大的画布，互相呼应着，促成一片和谐的色调。我们被眼前的景象震慑住了，大家兴奋地朝着海滩奔跑去。滩涂上停放着许多避风回港的大小船只，有一只“受伤”的大木船，静静躺在沙滩上，等待“疗伤”。从渔村那边跑来的孩子们好奇地跟着我们，气氛更加活跃起来——我虽久居闽东山区却一直无缘贴近霞浦滩涂之美，这是我第一次亲临其中看到的滩涂如梦如幻，仿佛误入了一片海上的田园之中。

海边天气波诡云谲，台风来临前几天，满天云彩飘动，这段时间的天空分外妖娆，正是拍摄滩涂风光的绝妙时机。当地的诗人朋友告诉我，只要台风中心不从霞浦正面登陆，台风前坐观霞浦变幻莫测的天空，静赏绚丽多姿的云彩行走，海色天光下滩涂呈现不同的色彩最让人赏心悦目，能够在这时感受滩涂是人生一件乐事。

滩涂之惑

滩涂一般多指沿海滩涂。海洋行政主管部门将滩涂界定为平均高潮线以下低潮线以上的海域，国土资源管理部门将沿海滩涂界定为沿海大潮高潮位与低潮位之间的潮浸地带。两部门对滩涂的表述虽然有所不同，但滩涂既属于土地，又是海域的组成部分。我国有滩涂资源总面积达 217.09 万平方公里，其中 95％以上分布在大陆岸线的潮间带，偌大的中国为什么独有福建霞浦滩涂能让摄影发烧友们趋之若鹜呢？

霞浦县地处欧亚大陆东南部的陆缘地带，东面濒临太平洋。地势西北高、东南低，东南沿海为半岛、岛屿花岗岩丘陵区，由低山、丘陵、盆谷、平原和滩涂海洋组成。沿海一带夹滨海堆积平原，海岸线漫长曲折、港湾众多、海岛棋布。在绵长 404 公里的海岸边，有 185 个岛屿、104 万亩浅海滩涂、4334 万亩海洋渔场、30 多个金沙滩、30 多个古城堡，构成一幅独特的滨海景观；灵枯出家地——建善寺，师古讲学地——金台寺，朱熹流寓地——法华寺，空海漂着地——空海大师纪念堂，还有传说的双世佛缘地——南峰寺和猛虎成佛地——目莲寺，都是远近闻名的宗教旅游胜地。前年又发现在柏洋乡上万村还有摩尼教的佛像等文物，人文景观也异常丰富。

海岸线上分布的花岗岩类低山丘陵紧紧挨着滩涂，仿佛为俯瞰滩涂提供了高低错落、恰到好处的天然观景台。霞浦海岸线上的山陵大都在一百米到三百米的高度之间，且坡度平缓，便于徒步而上。由于强烈的海风和贫瘠的花岗岩地貌，山上草和树木比较稀少，基本不遮挡观者的视线，这为一览滩涂全貌提供了宽阔的视野。正因为霞浦地理上具备这些得天独厚的条件，才使得霞浦滩涂从我国漫长的海岸线上脱颖而出。

由于海底潮汐的冲刷，滩涂的表面会被刻画出虎皮样斑纹，退潮时滩涂表面由浅及深、极富层次地逐渐显露出精彩纷呈的虎皮纹路。退潮初始，只能透过海面隐约可辨滩涂的条纹，随着时间推移，露出水面的滩涂面积也在逐渐扩大，滩涂的虎皮纹路也一点一点地加深，直至完全清晰，潮起潮落中仿佛跃动的生灵，一个神秘的世界就这样从海底显露出来。这里有经验的渔民告诉我们说，海流退潮和涨潮各需十二个小时，而视觉上感觉滩涂升降迅速变化的就只有两到三小时。面积大的滩涂坡度一定很小，受周围环境和海流的作用，高度分布并不一定是从岸向海由高而低，经常能见到这样的景象：在滩涂的中央鼓起一块高于四周的滩涂，这部分“孤岛”将会从被海水包裹着的滩涂中先显露出来，形成独特的滩涂景观。之后又将随着退潮，“孤岛”面积越来越大，最后和周围的滩涂连成一片。

每天露出水面的虎皮斑条纹的宽度、长短和曲率都不同，滩涂的低潮位因潮水周期性变化而向后推迟大约 50 分钟。故农谚中有“初一、十五涨大潮，初八、二十三到处见海滩”之说。因此去霞浦观赏滩涂选择农历初一、十五这段时间去为最佳。滩涂美景因为潮汐转眼即“生”，也可能稍纵即逝，这为滩涂披上一层变幻莫测的面纱，也正是吸引着人们一次又一次亲近于她的缘由。

这些滩涂很不一般，由于海水温度、养分、日照的特殊性，这里的滩涂特别适合生长海带、紫菜、牡蛎、大黄鱼等海生物，因此沿岸居民世世代代从事海耕海植的劳作，他们在滩涂上插上一排排的竹竿、石柱，拉上渔网，种植或晾晒海带、紫菜、牡蛎，或捕捞鱼蟹。随着日出日落、潮涨潮退，这些浮标竹竿，小舟渔网在光影中变化着丰富的色彩与优美的韵律，无意中组合成各种美丽的图案，给人一种独特的、全新的视觉效果，令人感受到大自然无穷无尽的魅力。潮汐赋予滩涂一种韵律感十足的动态的美，而随着季节的不同和在滩涂上不同的劳作场面，景观也随之各不相同，呈现出万种风情。对于当地的村民，生活在这片以花岗岩为主的贫瘠的丘陵地带上，滩涂就是他们肥沃的良田，就是他们的海上牧场；对于普通游客，这里碧海溢彩、滩涂铺金、层峦叠翠、绿野流丹，好似东海之滨一幅风光画廊，是海上的香格里拉；对于“好摄之徒”，这里既有潮起潮落、光影变化的海岸滩涂景观、海上渔村风情，更有紫菜种植、种植挂蛎等海上劳作场景，这里就是用镜头诠释霞浦山海文化，演绎五光十色的天然风情摄影棚。

审美滩涂

霞浦，这一霞光铺满的海岸，四季的潮汐变化天光云影海事活动，使这一美丽神奇的海域瞬间迥异、变幻无常。霞浦最迷人的是滩涂，春去秋来，每一个季节，霞浦的海都会呈现与众不同的风韵和景致，被誉为“中国最美的滩涂”。碧海银滩、朝霞辉映、渔舟唱晚、落日熔金……还有着和万般劳动场景构成了如梦亦幻般的海上梦境。

霞浦的百万亩滩涂，几乎遍布境内绵长的海岸线，这里的滩涂是海的一部分，涨潮时它和大海浑然一体，有着水天一色的辽阔，有着惊涛拍岸的壮美；退潮时它裸露出经年的风霜，线条粗粝委婉。如果选择大海做背景的话，只要有滩涂的地方就能看到壮观的耕海田园的大场景：那弯弯曲曲的港湾，星星点点的渔舟，绵延无际的挂蛎，海风中飘摇的紫菜和海带，碧波上荡漾的渔排，还有金色沙滩上晾晒着碧绿的渔网等等，所有这些，随着天光云影和潮水的涨退，幻化着无穷的组合，吸引着无数摄影人的目光，让我们可以随性拍摄，面朝大海看滩涂，连天接地的大景观，都能够做到“信手拈来俱天成”。

在位于霞浦县城北面约 20 公里处的小皓滩涂一面朝向大海，三面环山，我们看到美丽的一幕：滩涂上有股溪流涓涓而过，每天在潮汐的作用下，这股溪流在沙滩上画出不同的曲线，从高处逆光观赏那溪流犹如滩涂的动脉，蜿蜒曲折，生生不息。

但据摄影爱好者们介绍说，滩涂最佳的观赏和拍摄地在北岐村，距离县城最近，仅 20 分钟车程。从码头后面的山腰往上走，是高角度的位置，可以俯视整个滩涂，滩涂里都是插好的一根根竹子，日出日落潮涨的时候，归来的渔船穿行在竹竿子中间，怎么看都有好景致。

我们兴致勃勃地驾车出城后往东约 6 公里，就到了北岐村，穿过这个村庄到海边就是北岐滩涂，滩涂的东面朝向大海，在北岐滩涂的南面有座大约百米高的小山包，顺着崎岖不平的山路上山，正好走到这个山包最高处就可以看到滩涂的全貌。

北岐滩涂近几年来以种植紫菜为主，霞浦百姓种植紫菜都采用“支柱式”栽培。把 10 米左右长的毛竹插入松软的滩涂中约 2 米，这些平行架设的竹桩就成为支柱，在支柱之间挂上网帘，每张网帘的面积约为 5 平方米左右，叶状体的紫菜就在这水平张开的网帘上生长。几十张网依次绑在支柱上形成一组从内陆向外海伸延，在排列着的每组紫菜网之间留有水道，便于小船靠近每张网对紫菜网的培植和采摘。几千张种植紫菜的网和毛竹的支柱星星点点遍布整个北岐滩涂，这些方块和点组成的画面在天光云影的倒映下，俨然就是一幅美妙的耕海田园的化境。滩涂平均有一半的时间是浸润在海水中，在潮水退却后才能见到其湿润的靓影，反射着光亮。陆地上也有农作物类似如此种植的景象，但没有光亮的滩涂映衬，缺乏了立体与交织的美感。

当你站在山坡上俯视近处的滩涂，质地柔软、潮湿的滩涂表面倒映着裸露出来的网帘，网帘中央黑色的紫菜和褐色的滩涂互相呼应，组成一片和谐的色调。人在滩涂上劳作，犹如沧海一粟，点缀着舟影人影，仿佛仙界。此时极目远眺远处的滩涂、大海和天空连接幻化成巨大的画布，点点渔帆，纵横交错却井然有序的网帘舞动在这块画布上，点、线、面结合，在光色变幻下的几何图案无比完美，使眼前壮观的滨海景观极具视觉冲击力。

在霞浦比北岐大的滩涂有沙塘里、沙江、罗湖、牙城滩涂，沙塘里滩涂和位于北岐南面的沙田里滩涂坡度平缓，海上补充的堆积物较多，这个滩涂以淤泥为主，退潮后露出柔软的淤泥。村民们用自己制作出来的木头滑板作为行动工具，一只脚踩在上面，一只脚蹬在滩涂的泥里助力滑行，滑行过后在滩涂的表面上画出一道道曲率各异的线条，游客戏称他们为海上“轻骑兵”。滩涂的远处整齐排列着“人”字形围网，近处有百余条小渔船停泊在港湾，明明暗暗中桅杆耸立，刺破苍天——这些景致都让摄像师欣喜若狂。

滩涂人家

在一块滩涂海边上，靠着山体的地方，稀稀落落的搭盖着好些破旧的棚户房——这就是部分渔民居住的地方。青石随意堆的基脚上，插着粗细不一的木条，然后裹上类似塑料薄膜一样的东西，就作为墙体了。油毛毡披在横梁上，上面压着大石头，看来他们就是这样档遮风雨了！

乡里的干部说，这里的渔民原先唤作“连家船”或“疍民”，他们原来都住在船上，船和船挨着，就是他们的家。这样一住就住了上千年。新中国成立后，政府劝说连家船民们不再住在海中，可他们很多人都不习惯政府安排的陆上住房，不情愿离开海岸线。于是他们开始就是这样在海边随便搭个房子，方便一出门就可以直接上船、出海、打鱼或在沙滩上拉网。不过，现在住在棚户房里的渔民已经很少了。大抵经济稍好些的，都在岸上垒起了青石楼房。年轻人，更是不愿过祖辈们的打鱼生涯而大多进城务工了。

忽然，眼前的一个棚户屋里款款走出一个模样十分俊俏的姑娘。女孩子穿一件白色的上衣，一条惹眼的牛仔裤，扎着马尾巴，得体地显出她修长的身材。她站在基石上很平静地注视着我们这群外乡人在此好奇地拍照，目光中，似乎对我们并没有丝毫的陌生感。我不禁这样猜想：她是在县城读书的中学生，国庆期间回家度假吗？这棚屋，难道真是她从小到大就着小咸鱼喝南瓜汤长大的地方么？从五光十色的外面世界回到这样的环境下生活，她是否还能适应？或者，她也会将在外面世界的种种见闻，说给她老迈的双亲和年轻的弟妹们听？刹那间我的心里隐隐地留下了一串串疑问。

中国许多地方渔民都有长期在渔船上生活的习俗，一条船就承载着一家人全部的财产。大约在唐朝的中叶，福建闽东沿海也出现大量以船为家躲避战乱的渔民，他们终年在海上颠簸，据资料显示最多时达到十多万人，靠打鱼和拾贝为生。

在霞浦的盐田一直还保留着福建省最大的连家船集中区，约有 7000 人。他们几代人靠打鱼拾贝为生，长年生活在海上，他们还有一个好听的称谓叫“海上吉普赛人”。新中国成立前，他们不敢上岸，不能与岸上人通婚。船民的生老病死、婚丧喜事等等一切生活都在船上。

姑娘带我到连家船的码头，在这儿可以看到岸上船篷的景观，当地人家家都用塑料布在码头上搭建个棚子，这个棚子和船上的船篷差不多形状，渔家就在这棚子中开着他们自己养殖海蛎的小作坊。姑娘对我们说，近年来在政府和市场的推动下，连家船人开始养殖海带、紫菜等水产，收入颇丰。海带丰收的季节，滩涂的竹竿上挂着满满的海带，一串串沉甸甸似渔民们的寄望。装满海带的船，在海上一串串的晾晒海带组成的线条中穿梭。登高远望，阵阵海风过处那长长的海带飘动出一片丰收的景象，这时岸上的山坡平地几乎都布满了正在晾晒的海带，海带的香味和丰收的喜悦在空中弥散开来……靠海吃海，在此期间还可以捕鱼抓虾蟹、捞鱼苗等增加收入。

虽然连家船的渔民们放弃了儿子长大后就要造一条新船的习惯，但是连家船的人们还是依然爱惜他们的木头船，每当淡季都可以见到他们修缮着自己的小船，刷漆打灰不亦乐乎。他们保留着“海上吉普赛人”最后的生活习俗。

从 20 世纪 80 年代以来，东吾洋周边渔民开始在海上养殖鱼排，如今在这约一平方公里的水域中有网箱四万多箱，网箱密密麻麻连成一片，这片鱼排有一千多养殖户，一千多座房屋鳞次栉比地浮在水面上，形成蔚为壮观的海上威尼斯，是国内罕见的景观。

在鱼排群的南面有一条这片鱼排唯一卖食杂的渔船，船舱中堆满了各式的食品，香烟就有十来个品种。这家渔船的老大姓陈，当地东安村人，这条水泥船不仅是商店，船上还有住房、厨房，电视机、电冰箱，各种家用电器一应俱全，在他们家这条船后面的鱼排中还养殖了 60 个网箱的鱼。原来这家东安鱼排中大名鼎鼎的鱼排食杂店还只能算是他们家的副业。

性格爽朗的陈老大答应了我们在船上共进午餐的请求，允诺要吃什么鱼可以自己动手捞。别以为在边长 3.3 米的正方形的网箱中捞鱼是一件轻松的活，渔捞才往水面拂过，网箱中的鱼就立刻下沉，如果把渔捞插入水中，受到水的阻力移动起来就显得很笨拙。网箱养殖密度巨大，一个网箱中约养 500 尾的大黄鱼，所以想捞取一只还真不是一件容易的事情，最后还是陈老大亲自出马。

陈老大夫妻双双在鱼排上生活了十来年，经历过“桑美”台风和 2005 年那场大黄鱼绝收的白点病的凶险。对海上的风浪已经能处之泰然，轻松地说出损失了十来万。可是交谈到长期生活在船上，对儿子的教育和照顾不到的时候夫妻二人心情又沉重了起来。政府敦促盐田连家船的渔民上岸居住，让海上最后的“吉普赛人”逐渐消失的同时，在东安鱼排上却催生了新的一代“海上吉普赛人”。最早来这里滩涂养殖的渔民已经枕着波涛在大海的鱼排上生活了二十来年，三千余人长年生活在这片海上，就连春节也是在鱼排上过的。

最后的“水上吉普赛人”静静守护着这片“海上威尼斯”，朝云暮雨，潮涨潮落，他们为了生活固守在鱼排上，却也为这片海疆筑造了一片美丽的风景。

第二辑

安贞堡，在久远山谷里遗世独立

多山的福建，星罗棋布地散落着大大小小或圆或方的土楼，土楼人家至今依然保持着完好的原生态的生活景象，蓝天白云、青山绿水、飞鸟野花、层层梯田、阵阵林涛、潺潺小溪——像遗世独立于世外的桃源，充满着田园牧歌的诗情画意。

土楼是一个扩大的家，也是一座缩小的城。所有的土楼都住着一个族群，所有的土楼都围绕着“防护安全”这个旨意建造，几乎所有的土楼，都坐落在群山峻岭之中，它那恢宏的气势、古拙庞大的形态、精致完美的布局和那沐风沥雨的斑斑陈迹，吸引着来自世界各地的目光。

我一直以为只有闽西才能看到这些庞大的“土围子”，不想到了永安采风，在闽中偏西山区里也蛰伏着一座永安最大的文化宝贝——安贞堡。其实早就听说过安贞堡，但我一直没有将它和闽西土楼归为“同类”，所以忽略了二十多年，一直未能有幸造访。见过永安安贞堡的诸多建筑学家们，称其“有奇异建筑艺术之精彩”，众多的赞誉吸引了我，得之这次采风的机缘，安贞堡这才走入了我的采访视野。

一

到达永安的这天已近傍晚，遇上了大雾，坐落在燕江边的小城被弥漫的浓雾笼罩。站在燕江大桥上，可以隐约看到在河边浣衣的妇女，还有沉睡中的乌篷船，这样的画面仿佛几百年也不曾变化，而远处雾气中的座座高楼倒让山城显得说不出的缥缈……为了传说中的安贞堡，我欣然领了采风团布置的任务，选题会后第二天就出发。一路山陵夹道，山溪为伴，山风送爽，经过近两个小时的颠簸，才到达了目的地——槐南乡洋头村。而被评为国家级文物保护单位的安贞堡，竟然由村口一条宽不盈尺的田间小路连接着，沿着山脚走约200米，抬眼便见一个马蹄形的庞大建筑物——我更愿意把它理解为一个密集型的建筑群，这就是安贞堡。建筑顺应山势而逐次升高，傍山屋顶层层叠叠，错落有致，像雄鹰展开欲要飞腾起来的羽翼。

站在宽阔的洋面上远眺古堡，堡前端呈方形，后部延为半圆形，楼房随地势起伏而逐次升高，若站在高处俯瞰，它的建筑群落首尾相接，围廊式的构造，合得严丝无缝，它又像一条盘踞沉睡的龙，不事张扬；但若细瞧，又显庄严，暗藏着凛然之气。矮墙绕堡，墙前又有沟渠如护城河。入得院门，就是一个三合土打成的露天广场，可容千人操练，也许百年前此时此刻堡内人家正在那上面习武演练着哩。

安贞堡背靠象形山，左右皆有小丘护持，前面一道平川展开直奔远山，坐落着这座占地上万平方米、建筑面积近6000平方米的安贞堡，这番取势，自然是应“左青龙、右白虎、前朱雀、后玄武，靠山宏大，明堂广阔”的“风水”理论而立，它坐西朝东，又有“紫气东来”意念。古人择居讲究的“天人合一”，于此可见一斑。安贞堡取名也有讲究，大概与《周易·坤》中“安贞之吉，应地无疆”之意相合。

大凡风景绮丽的地方，往往地势险峻。“天下幽奇多僻壤，真疑造化恶人知”，南宋宰相李纲游览桃源洞后留下的诗句说的就是这个道理。清末同治、光绪年间，当时内外忧患，战火连绵，“匪气四起，满地萑符”。导游告诉我，这里的堡主池占瑞和儿子池云龙都是走四方见世面的人物，也是永安槐南乡有头有脸的乡绅。他们见村里人常受到土匪寇贼的威胁，并虑及不太平的世道对子孙后代也将构成生存上的隐患。于是，父子俩一合计，决定倾尽家资兴建一座集防御系统完善、居住条件优越的安全土堡，让全村人都搬进去居住，避免遭受寇贼的侵袭。清光绪十一年（1885年），池家在村后仙马山脚下坡地择址奠基，开始了兴建安贞堡这座庞大建筑的伟业。“安于未雨绸缪因，贞观休风静谧多。”从刻在安贞堡大门两侧的对联中，我们可以体察到建堡主人的用心良苦！

建筑这样一座大规模的土堡，动用的财力物力是相当巨大的。池家父子心里十分清楚，所以他们一边动手兴建土堡，一边更加努力走南闯北做生意，将经商所得全部投入土堡建设之中。因财力所致，工程也打打停停，从开工兴建直至14年后，才全部完成建设工程。14年间，池家父子勤俭刻苦，终于成就了一项具有划时代意义的伟业，一座围廊式的以土楼与厅堂为中心的院落式土堡气势雄伟地屹立在闽中这山峁之上。这座古民宅，大小房间三百六十余间，三进十八个厅堂，可容千人居住。称它为城堡一点也不为过，一旦有敌情发生，洋头村乃至邻近村庄的人都可以躲进土堡避难。若有强人来犯，土堡周围9米高的石块垒砌加“三合土”夯实的围墙足以让敌人望而生畏。围墙四周90个瞭望窗、180个枪眼时刻盯视着敌人的动静。安贞堡，如一座坚不可摧的堡垒，历史上确有土匪强人围攻过好几回，每次都是被堡内强大的火力打得落花流水，狼狈而逃。因此，安贞堡在庇护一方平安中起到了巨大作用。

我佩服池家父子的勇气，他们居然有“千金散尽还复来”的勇气，将十几年甚至几辈子的积蓄孤注一掷，营造出一座流芳百世的土堡。我更佩服池家父子的创新精神，他们一反常人的思维，也一反客家人建造土楼的基本格局，将北京故宫的建筑艺术和江南传统古建筑艺术都搬到土堡来，有机糅合在一起，创造了安贞堡建筑艺术的独特风格。建筑学家认为，安贞堡的建筑艺术是古、近代建筑艺术中的典范，是现代人研究古建筑艺术不可多得的科教基地。而池家父子不是将百万巨资留给后代慢慢享受，却把它投入到一个艺术品般的土堡建筑之中，其治家之道的深层涵义尤令人赞叹不已。尽管历史的风云无数次激荡着这座古堡，尽管池家后人千百回陷入艰险困苦之境，但他们都以满腔热血守护着土堡，守护着这座典范般的古民居艺术品，给世人留下一份弥足珍贵的文化遗产，这不得不让我感佩起池家先祖的治家之道了。

我站在堡中，发现偌大一个院子，现在空旷无人。想来安贞堡遗世独立得太久，正在打盹中。唯那些射击孔和瞭望孔，是它半眯的眼睛，偷窥着进出古堡的人。院内斑驳的青石板上，沁出绿苔和水意来，泠泠地淌了一地，仿佛是在寂寞的岁月里，述说着前世的繁华。

二

安贞堡建筑宏阔，气势巍然，高 9 米、厚 3 米的围廊式土楼和以厅堂为中心的三百六十余间屋，光是绕着外墙走一圈，就需 20 分钟，真是一座罕见的保留完好的大型清代民居。安贞堡具有相当高的审美价值，它的外观造型沉厚、豪放、简练，空间层次丰富，而其悬山坡屋顶顺山势层层升起，线条遒劲，飘逸舒展；堡内有厅院、天井、阁楼、回廊，有正堂、卧室、库屋、书房、花圃、谷仓、水井、下水道、炮楼、跑马甬道，以套进有序的四合院组合，布局错落参差，安排精巧有致，兼顾居、食、乐、聚、防、藏、行、作，自成一方天地。堡内的浮雕、木刻、泥塑、绘画最有特色，屋檐、门扇、窗棂、柱础、雀替、斗拱、梁架，随处可见灯笼、花篮、瓜果、花卉、卷云、龙凤、走兽、飞禽式样的精工雕饰，组成“竹报平安”、“富贵花开”、“龙凤呈祥”、“麒麟献瑞”等种种图案，它们与堡内那五十多幅源自儒、佛、道三教义理的民间传说、故事的彩绘壁画，编织出一道极具中国民俗文化风格的景致。饶有意味的是，安贞堡内民居中这些取旨教化追求安详吉瑞的精致安排，与这所建筑用于武卫力拒侵夺的厚重设施形成鲜明对比，而两者间又浑然一体畛域无分，表现中国农村僻壤穷乡中建筑布局的实用性和以农耕文化为本的审美要求的高度统一。

在我眼里，它的美不仅仅在它的巍峨，其实它的外观算不得峥嵘轩峻，反而略显粗朴，可我偏就喜欢这粗朴苍劲，喜欢这少有的童贞，像藏在深山里的处子，在田滕之间、密林之中，有一种接近诗经的、原始的苍凉味道。

走进去左右一看，上面一色清凉白墙，夯土而成。外墙 5 米以下，大块岩石随势而砌，不则不规，形似虎皮，得自然之气，丝毫不见穿凿，朴拙而不落俗套。我简直疑心堡主修这城堡时，看过红楼的手抄本，灵感是从曹雪芹那里得来的。

正门有两重。前面一道木门，请了一对虎虎生威的门神守着。入门，走过操练场，后面是道拱形大门，巨石砌成，木门用铁皮包着，年成久了，青铜里便洇出些赭黄来——像那泛黄的、烟火久远的日子。第二道门也有门神，只是武将换了文臣，作揖打躬，斯文得多了。我瞅了一眼，门神的衣服红得令人心跳，仿佛是前朝的时光，挟着一种生命的力量，在这个荒疏的地方，热烈地冒出来，直逼你的眼。

推开这道厚重的门，安贞堡便半裸在面前。数百米的走廊两边，木楼高起，面面合抱，清雅不俗。穿坊神龛，正梁垂柱，无不细雕精刻。我打量了一下门栏窗牖，或天圆地方，或连环半璧，变化多姿，皆是镂空玲珑木格；或山水人物，或翔龙游凤，或翎毛花卉；或集锦，或博古，各种花样，上面一律朱涂粉饰，配上这些跳跃的色彩图案，安贞堡顿时活色生香，就像一身素朴的女孩儿，头上斜插了朵山茶花，说不出的简便俏丽，整个生命也显得丰满起来。

楼厅里走道上还放着谷砻、米碓、石磨、糍粑臼和纺车，仿佛做旧的时光，让我走回了农耕时代。

在这里时间似乎已经停止了，或者是倒退了。我拿着相机不停地拍摄着，从相机的镜头里看到的是明亮的屋顶、院子，深掩的窗户和幽幽的木门之间巨大的光对比，当我要按下快门的时候，似乎很难照顾到每一点。在这里没有特别的聚焦，没有真确与否，关键看你感觉到了什么。就如同这个古老的村落与外面的现代都市之间、现代的摄影器材与古老的民宅之间存在的反差一样。刚刚还是一个空荡荡的客厅，厅堂上供着祖先的照片和牌位，可是跨过一个小门，你可能突然就看到一个在放电视的小房间，门口还贴着一张时尚的海报。或许你正在对这一扇木门测光，突然从门里走出一个老妇，冲着你微笑，自然地打个招呼，你就像走进她们家的邻居一样没有陌生感，没有被隔离的感觉。他们的骨子里具有一种天生的好客情结。

三

古堡有许多让人匪夷所思的地方，它一反民居坐北朝南的常规建筑风格，而是坐西朝东，真是不按常理出牌。想来堡主除了胆子眼界谋略外，还是一个我行我素的性情中人吧。

安贞堡里，藏有多少故事？伏下多少谜底？至今引人探究。比如堡内诸多上下台阶为何都是 3、5、7、9 的单数？楼梯级和窗棂条为何都是 9 或 9 的倍数？前后天井一大一小为何合成一个“昌”字？主楼天井中的出水口为何将滤水件做成一个螃蟹形？堡内 6 所厨房的通烟口为何是鳄鱼头状？前天井的二楼屋檐壁画的两座西洋钟，为何一个指针为 10 时 10 分，一个指针为下午 2 时 20 分？堡内偌大的下水道内为何放生了许多乌龟？还有，当年乡绅池占瑞、池云龙父子于清代光绪十一年（1884 年）开工起建安贞堡，历时 14 年完工，耗银数万，其投资规模在福建民居建筑中无出其右，如此僻远的地方，如此巨费，当时官家尚且不能，池家父子从何聚得这般财力？池家人丁不旺，他们大建此堡，庇佑者不独本家，还包括当地乡邻百众，在中国传统乡村社会中，乡绅为何担此职能，他们是一种什么社会角色？……走进安贞堡，就像走进中国一段凝固的历史，走进一座中国民俗博物馆，走进一个充满传奇的世界，它引你欣赏、考究、发现、思索，让你思接千载，目极八荒，让你体味中国文化在流荡演变中闪烁出智慧的灵光。

据当地文史学者考证，当时建造土堡，有人提议，俗名“池贯城”冠以池云龙父子的姓与名，能否把池云龙父子的名或号，嵌入其中呢？拼来拼去，还是不妥。这时，有人说，数笔画是取名字的一种方法，何不找一个最吉利的数字为土堡名字的笔画数呢？于是，有人说 27 画最好，原因是云龙兄 27 岁考取“拔贡”，又在那年土堡开工。笔画数确定为 27 画，“堡”12 画、“安”6 画，只差 9 画，并且把三个字按笔画数 6、9、12 排列，相差 3，呈上递增，是绝好的。他们找出所有的 9 画字，一个个地拼，一个个地读，最后觉得“贞”字（“贞”繁体字为 9 画）最好！说来也巧，为了给土堡取名，当时有人带着《周易》，一翻开书，就看到坤卦中“安贞，吉”的卦辞。“安贞堡”的名字就这样产生了。

第二天，有人对池云龙父子说“安贞”两字太女性化了，不妥。池云龙父子只好邀请当地名士，开了个“土堡命名论证会”。意见当然是众说纷纭，莫衷一是，最后池云龙提议，从《周易》入手进行论证。于是人们发现：坤为地，含有兼容万物之象、以柔制刚之意。而土堡为刚，名字为柔，刚柔相济；“安贞堡”为柔，进攻者为刚，以柔制刚。这样，一个绝妙的名字就确定下来了。

在安贞堡几乎都带有9的级别，如：360个房间、18个厅堂，分别是9的倍数，最凑巧的要数厅堂上挂的那张池云龙的照片了，因他取中拔贡那年正好是27岁时拍的，也就是9的倍数。9是个数上最大的奇数，奇数在民间为阳数，居住的民宅又数阳宅，故而采用单数。

更奇的，是这座庞然大物，竟然躺在一片两米深的烂泥田里。你可以想象一下，一座万吨油轮陷在沼泽地里的情景，这不能不让人诧异——原来建堡时，池占瑞父子俩在淤泥里铺了18层松木，古堡站在这厚实的底座上，自然稳稳当当。

这么一个如宫殿般规模的豪宅数十年无人居住打扫，为何没有一丝蛛迹一点虫蛀？这是所有到访者心中发出的疑问。堡内有两幅壁画，是当初建堡时画的。一幅是“千蛛扫去”，画中一个仙童正拿扫帚拂去飘落的蜘蛛；一幅是“万蝠招来”，画中仙童手挥芭蕉叶将蝙蝠收入一个巨大的葫芦中。我好奇地仔细寻找，堡内看不到任何蜘蛛的踪迹，但堡外不过数十米远的附属建筑里蛛网随处可见；而每到夏秋的傍晚，确有大群的蝙蝠飞来堡中栖身，安贞堡内长年无蜘蛛，无尘网，和这幅画有什么关系吗？当然，纯属灵异之说。但是，至今为止还没有科学依据可以破解人们心中的疑问。

正听着导游小姐的介绍，突然成群的蝙蝠从阴暗的角落飞出来，吓了我们一跳，一瞬间就没了蝙蝠的踪影，只见房中楼板上、窗台上是厚厚的黑乎乎的一层蝙蝠屎，但并不发出臭味，只闻到一种久没人居住的轻微霉味。

安贞堡给我们提供了太多的视角。在这里，考古学家看到了历史，学者感受到了文化，美学家领略到了艺术，而建筑学家在研究它的奇诡与反常。

四

虽然只是走马观花地巡游了一圈安贞堡，但也似乎从中领略到了客家文化的博大精深，望着这承载着历史、承载着客家文化深厚底蕴的古民居，读着“敬祖不敬神”的客家古训，越发觉得“耕读为本”的客家思想，是造就一代代贤人名仕的座右铭，并且这些思想仍然影响着现在的客家人。通过对安贞堡的更多了解，感受着古朴的客家民俗民风，领略着灿烂的客家文化内涵，探寻南迁客家人某种物化的情绪，仿佛也让我回到了精神家园。安贞堡，它是一个久远故事的载体，它固化了一段怀旧的情绪。

我后悔自己来得太晚，我真的被它深深地打动了。

在采访安贞堡之前查看了很多写安贞堡的文字，各不相同。其实无论外界如何评说，安贞堡是安定的，不一样的是看安贞堡的心。有了这不同的心思，安贞堡便更加不同起来。

庭院深深的高官富贾的豪宅，在我看来，总是故事丛生的地方，不知道有过多少前尘往事，都淹没在漫漫岁月里了。如今，物是人非，保存完好的院宅，还可以历几百年的风雨，笑看风云变幻。站在这古宅中央，感觉时光没变、古宅没变，是我们在飞驰，一拨拨熙来攘往的过客飞驰而去。老宅的主人，也早已作古，而他留下的瑰宝，依然还在静静地诉说着旧日的故事。

安贞堡，是一个时代的缩影，比如绣花楼，它也是堡内的花厅。安贞堡内共有4个花厅，每个花厅的面积最多不过十几平方米。4个花厅的总面积还不如一间教室大呢！可想而知，封建社会的女性，生活空间是多么狭小呀！在封建时代里，男尊女卑，女人不能抛头露面，因为这里光线比较明亮，绣花楼便成了女人们做针线、裁剪、省亲、聊天等活动的场所了。这让我想起去年初春在连城培田看到的古村落，里面有间“容膝斋”，是教习女子的地方，当时的女子在这里学习些什么？女红？家政？礼仪？可院墙上赫然写了四个大字：“可谈风月。”由此可见，几百年前的培田风气的开化。古时的培田，应该是宽容和慈爱的。“容膝居”实质上是一所女子婚育学校，培田女子在此接受文化、礼仪、闺范、女识、女红等教育。

相比之下，安贞堡的绣花楼也许更加封建传统一些！

但这里的男人却是豪放的。他们敲出的安贞旌鼓动人心魄、声震八方。

安贞旌鼓，鼓面直径约50厘米，除了鼓心为红色外，其余均漆成黑色，由每人用一挑棍将鼓挂在面前，背后挂一红毯，脖子上插一灯笼，每年正月十五元宵节时，安贞旌鼓以村为单位组成各自鼓队，有的队伍多达三四百人，鼓手们按一定的节奏，忽而敲边，忽而敲鼓心，鼓声振奋人心，边声节律清快，鼓队跟随着花灯长龙走街串巷，直到天亮，祈求来年平安吉祥。

安贞旌鼓是一个独特的民俗艺术。它起源于宋代初年，最初是在丰收、喜庆和春节、元宵等重大节日，由村民自发形成的鼓队。每人一面旌鼓，擂鼓人把一头黄色彩旗，一头旌鼓，用自制的灯笼挑在肩上，边走边擂，变幻各种队列，鼓声整齐、欢快，节奏变化大，具有烘托节日热闹气氛的作用。1899 年，槐南安贞堡建成后，堡主池连贯又将旌鼓进行了改编，为其打上了客家文化的烙印。擂鼓者服饰保留中原汉族的风格，并添入舞火龙、舞金狮等客家风格的民俗游艺，在春节、闹元宵、端午节、中秋节及婚嫁、寿辰、祭祖等场面使用，用喧天锣鼓，凝聚民心，鼓舞士气，寄托着“风调雨顺”、“五谷丰登”、“安宁和平”的希望和“驱散邪魔”、“吉利安康”、“恩赐瑞祥”的祈求。“安贞旌鼓”因而更加有名。

“巍巍百年古堡，耀耀万代生辉”。张灯结彩，锣鼓喧天，身着白色对襟上衣、中式裤、红色软腰带、圆口黑布鞋的安贞堡人唱着平稳流畅、优美柔和的民间小调，敲出勇于开拓的创业精神，敲出美好新生活的风采，敲出客家人“梅花香散天涯路，创业他乡是故乡”的深深情怀。易中天教授在评价安贞堡和安旌贞鼓时说：安贞堡前方后圆，象征着“天圆地方”的宇宙观；安贞旌鼓色彩外黑内红，黑色代表“水”，红色代表“火”，这两者之间的交融也体现了永安的和谐与包容。2003 年 7 月，安贞旌鼓作为民间传统文化节目，应邀到中央电视台录制节目，在“今日农村”栏目播出，向全国展示了永安人特别的安贞旌鼓情。

安贞堡，有着鹰的志向、龙的精神，它让我看到一个族群历经百年风雨而精神永不颓败的化身。它在岁月中凝视，在天地间沉思。它倔强，天崩地裂也不会把它吓垮，滚滚烟尘也无法将它湮灭。与青山做伴，贴近田园，以朴质为怀，以宁静致远，岁月走得愈久，气质愈加清新，正如刘如姬所作的《临江仙·安贞堡记游》所述那样——

垄上禾青风泻绿，百年古堡逢春。

象形山下鼓声频。重门迎紫气，苔径印新痕。

雄垒角楼犹肃穆，当年烽火如焚。

沧桑记忆散如尘。安贞开气象，四海自堪闻。

初溪，客家土楼人最美的乡村

远古时代，人们认为天是圆的，地是方的，古人以圆和方代表天地人和，崇拜有加。尤其认为圆具有无穷的神力，给人带来万事和合、子孙团圆。

聪明的客家人在天人感应的神示里悟到了这一天人合一的道理，并依此理念，建造了自己的安全的“蜗居”——土楼。

曾几何时，土楼成为福建的一张名片。

这也许要归功于美国人。据说在20世纪六七十年代，美国的间谍卫星对中国进行拍照侦察，惊讶地发现在我国福建省的山区里分布着很多的不明大型建筑，或圆或方，以为是“导弹发射基地”，中国的军事实力不可小觑哦。经过探访美国人才知道那些所谓的“导弹发射基地”实际上是客家典型的民居——土楼。

如果从来没见过土楼，突然降临初溪村口的山岭，从入村口平台上的这个角度望过去，你也许也会和当年美国人一样把土楼当作核反应堆了。

一

这天上午艳阳高照，几天前的阴霾天气一扫而去，气温一下升高了十多摄氏度。福建省炎黄文化研究会与省作家协会采风团从下洋镇参观完虎豹别墅后，即赶往初溪。一路上虽然是柏油铺道，但路面狭窄，路面石子裸露，盘山的路更是崎岖蜿蜒。大巴喘着粗重的气息艰难前行。沿路的景色古朴自然，经过道路两旁的一些村落，保持着较为闭塞的原貌，像一位未加修饰的村姑，期待着人们揭开她美丽的面纱。

未到主景区，两边层层青绿梯田间依然隐约呈现着形态各异的土楼，错落在群山之中，清晰可辨土楼间的犬吠鸡鸣，袅袅炊烟和山野间飞翔的晨鸟，田地间散发出收割后的芬芳，泥土上刚插上的带露青苗，阡陌间盛开着紫色花朵的木槿和紫薇，牵着水牛沿着青石小道上山耕作的农人，翠绿欲滴的香蕉丛，茂密的竹林与潺潺清溪，尤其是山垄上不断闪过结满亮澄澄果子的柿子树，把车上人的视野吸引住了。越往深处，通往初溪的景色就越加美丽，似乎是在为初溪的“美丽乡村”的徽号进行铺垫，到处是田园风光，到处都在构筑出一幅幅壮丽、和谐的客家山水图画。

车至初溪停车场，抬头向前一望，三圆一方的土楼群扑入眼帘，三圆一方的土楼造型正好构成一个大写意的“人”字。蓝天映衬着土楼，四面青山翠竹环绕村落，点点芭蕉林镶嵌其间，一整个村庄都是土垒的建筑物，没有现代钢筋混凝土碍眼，古朴天成，纯粹自然，是客家人最原生态的聚落山村。其规模之宏伟、气势之雄壮、景色之秀美，让我不禁心头一颤。

我见过的土楼不少，南靖，华安等土楼各有特色，各显丰姿。眼前初溪土楼群其特点概括起来有五个最：最集中、最美丽、最古老、最完整、最知名。最知名我还不得而知，也可能是我孤陋寡闻吧？我只知道初溪系汀江的一条支流，因为省里要出本报告文学集，需要采写五江一溪，看了些资料，知道初溪全长约 30 公里。这条至今仍逶迤奔流的溪流，几乎贯穿了整个下洋镇，初溪村就位于初溪上游。初溪土楼群由五座圆楼和数十座方楼组成。它们依山傍水，错落有致，其中的集庆楼建于明永乐十七年（1419 年），距今已有五百八十多年的历史，楼里有七十二部楼梯，一户一梯，非常合理，这些土楼的名字中间都有一个“庆”字，如集庆楼、绳庆楼、余庆楼、善庆楼等等。这让我听起来也倍感亲切，不是因为汉字里“庆”字是就一个吉祥的符号，主要还是因为我的名字里也有个“庆”字，读起来特别亲切！

集庆楼是永定现存年代最久远，结构最特殊的圆楼。该楼占地 2826 平方米，土墙厚近 2 米，楼内有水井、浴室、厕所、磨房、猪舍等设施。该楼的楼板、楼梯、隔墙全部用杉木材料构建，相邻处均不用一枚铁钉，全靠榫头衔接。一般圆楼最多只设置四处公共楼梯，唯独集庆楼从底层起每户人家各自安装楼梯，七十二道楼梯把整座楼分割成七十二个独立的单元。人气最旺的时候楼里曾居住了六七百人。一名当地人打趣说，倘若到土楼借宿，在每家用膳一天，要两个多月的时间，每个房间住一个晚上，要用七个月的时间，每天认识楼里的一个人，要用近两年的时间。

集庆楼是典型的中式客家土楼建筑，共四层楼，梯子全是外搭的，阳光风雨都可以恣意挥洒在这七十二座露天的梯子上。也许当时这样修建梯子是为了便于维修，而如今从审美上看更别有特色，尤其对搞摄影的人更能触动他们创作的欲望，我坐在这些古意悠然的石阶和木梯构成的梯子上，它们苍老的线条带给了我无限的遐想。

这个楼竟然养了条白蟒蛇，称它为白蟒蛇并不确切，白底的皮肤上布满了金黄色的花纹。据这里的导游介绍说，是几年前从这里的后山上捕抓到的。现在正是蛇冬眠时，它卷曲的身躯一动不动。要是在秋季和春季，蟒蛇一周要吃掉两三只的活鸡。同行中也有人认出这样的蛇不会是在这里生长的蛇，应该是泰国或者是缅甸才会有的。当我将自己的疑惑告诉导游时，导游小姐不置可否地笑了笑，看来是默认了。这也许是个“善意的欺骗”，它让我想起了《白蛇传》里的故事，也许客家人也期待着美丽善良的白蛇娘子出现，给这个乡平添一分扑朔迷离的故事。

如今的集庆楼还设了个客家人博物馆，这里收集了很多明、清时代的圣旨、牌匾及古董，当然还有那些和别的楼一样的土楼建筑工具。在其他地方的土楼里也展示一些农家用具，这里的这些展出物品，比别的那些楼展出的数量和质量都要好很多。

二

初溪土楼不同于其他地方，它的美在于有层次的美，依山错落而下足足有五十多座；一面是青山，一面是村落，一条清冽的山涧飞跃而下，把它们分成两岸，初溪就在“V”字形的一面坡地上，舒展有致，鳞次栉比铺成一片，它的美在于形状各异却又集中而丰富；初溪村海拔四百米到五百多米，直接落差一百多米，村子的上头还有几百亩的梯田盘旋而上，春可种油菜花，秋可收割金黄的稻穗，梯田、油菜花、柿子树、米蕉、玫瑰茄，还有桃李等等，这些观赏性很强的农作物依伴在土楼四周，初溪的美还是客家人热爱生活创造生活的人文生态之美。

陪同我采访的永定县文体局小吴用手向后指着说：那边有个观景台，那是观赏初溪最佳的地方。一听说还有更好的观景点，我马上兴致勃勃地登上山去，一路清风拂面，鸟鸣清脆，我已全然不顾，猫着腰埋着头踩着石级，直往前冲——这样登山的状态已经久违了几十年，似乎只有少年时代才和伙伴们有过这种爬山的速度。紧跟在我后面的小吴也许担心我太累了，不知该怎样提醒我，只好说了一句“你爬山速度好快啊”。我突然讶异起自己还有这样的脚力。从不锻炼的我一鼓作气登上了一座小亭时，已经是气喘吁吁。还没待我气喘平息下来，俯瞰下面的初溪美景又让我心跳不已、兴奋不已——一幅预想不到的美丽初溪土楼群全景尽收眼底。这才更加清晰地发现，初溪是我见到过的土楼群数量最多的一个山村。

我曾去过南靖最著名的“田螺坑”土楼群，和初溪一样，可以从上往下看，这些土楼就像是大碟小碗摆在一起。不同的是，南靖只能看到土楼的背面，而初溪可以直面所有土楼的大门；初溪土楼数量远远超过了田螺坑，如果将田螺坑土楼称为“四菜一汤”，那么初溪应是“满汉全席”了。

登上352级的台阶，坐在稻草编织的太阳伞下，心绪也随之飞翔起来。阳光流淌在群山中如温热的牛奶，我也沐浴其中，所有的疲惫顿消。远天的白云轻渺飘移，像一抹不愿舍弃的纱巾，缠留在山顶。岁月如此的美好，宁静也是一种幸福。我眺望对面的初溪土楼群——那些像是仙人散落的棋子，更像是外星人在远古某个时日登临地球后遗弃的飞碟……我的神思更加缥缈起来。追古溯源，抚今思昔，倍感客家人创业的艰辛，体会到了客家先民面对困苦，顽强不息的生存意志和能力！

松莲亭观景台，初溪第一个南洋华侨投资的旅游项目，在爱国华侨、新加坡乡贤、永定会馆医药顾问徐松生、李莲朱伉俪慷慨资助下，于2001年投资建造的。那时的初溪还正是一位待嫁的新娘，正等待着世人来揭开它神秘的面纱。徐松生伉俪二人可谓慧眼识珠，在县里正式开发旅游之前就铺设好一条通往初溪寻美的天梯，让外人有幸可以登临高处，在距离美的最佳尺幅中隔山饱览初溪全景秀美的风姿。

徐松生现依然侨居新加坡，现年八十有一，这座松莲亭现为徐松生的堂侄徐袄光在打理，他指着山下那座醒目的方形土楼对我说，那就是他的家。

华侨捐资图的是报效乡梓，客家人走遍世界各地，但一说起来，最眷恋的还是土楼人生。松莲亭上有许多对联，其中一对我印象特别深：松傲白云初月楼圆清静美，花开碧水溪声鸟语自然谐。这是土楼客家人生的文化的要义所在吗？人与自然，人与环境，人与人的和谐相伴，圆融而不失傲骨，静守而不弃进取。因而，客家人走到哪都能融入哪，无论环境如何恶劣，都能筑守一方静地，让岁月葱茏，让生命葳蕤！初溪村现有人口 2549 人，653 户一概姓徐。关于初溪村的由来，有两种说法，其一是：大约在 600 年前，一个徐姓的人家为了躲避中原战乱，扶老携幼，背井离乡，他们几经辗转，来到了初溪这块地方。这里山高路远，林木茂密，四周围的山岭犹如屏障，把北方的兵祸与动荡阻隔在千里之外。徐姓先人清除杂草和灌木，平整地面，终于这个流离失所的家族有了安身之地。还有一说更具传奇色彩：徐是 4000 年也就是父系氏族之时，大禹所封。徐姓后裔有一位叫常萼的，生有两个儿子，一个以打铁为生，一个是打猎的能手。有一次，常萼的子孙们上山打猎，突然发现三只野鹿，于是便放猎狗追踪，一直追到现在的初溪村，三只野鹿钻进一簇竹林中，猎人们守候了整整一天一夜，始终不见野鹿和猎犬出来。在当时，野鹿被视为神异之物，他们认为，那是神灵把他们引到了这里，一定有所指示。再一看，这里群山环抱，满山触目皆是翠竹，郁郁葱葱，一涧溪水潺潺流过，是个居住的好地方。于是决定迁居此处，开基创业。为了感谢神灵的招引，就起名为“麤溪”，因为繁体的“初”字是由三个“鹿”字组成的。后来，徐氏的后裔觉得“麤（粗）”字的寓意不雅，还十分难写，同时为了缅怀最初来到这里开天辟地、建设家园的徐太公，于是就利用“麤”与“初”的谐音，把“麤溪”改成现在的“初溪”。

三

余庆楼的老板徐恒新原来在深圳打工，初溪土楼被列为世界文化遗产后，便辞职回乡，办起了“土楼民居生活体验馆”。我在这里没有见到经营这家有100个客房的土楼宾馆的后生徐恒新经理，可能是因为淡季的原因到县城联系业务去了。在入门厅里，只有徐恒新的岳父苏清焕老先生在摆着小摊位，趁着他给我泡茶的机会，我到二三楼察看一下客房情况，这里比我想象的要卫生许多，还有不少单间配有电视和卫生间，24小时热水淋浴。由此可见，土楼旅游也在和城市接轨，除了土楼特色不变外，更注重清洁，舒适，适应生活日益提高的旅游消费者的需求。

在文章第一节中我提到初溪土楼群其特点概括起来有五个最：最集中、最美丽、最古老、最完整、最知名。还可以用“五个一”来概括初溪村的特点：那就是“一种姓、一朝向、一道门、一个庆、无一井”。

一种姓：初溪村整个村落只有一种姓——“徐”；

一朝向：土楼群选址通常是选择坐北朝南的多，不论从风水学上（君临天下）还是从通风采光上（背着北方寒冷空气的侵袭），这一朝向是有科学性的。而初溪村的这些方圆土楼的门朝向全都是坐南朝北的。

一道门：有风水的原因，但最主要还是为了更好地防御抗敌；

一个庆：村里每一幢土楼的名字都有个“庆”字，如绳庆楼、余庆楼、善庆楼等等；

无一井：所有的土楼沿溪而建，初溪村水源充足，楼内自然就无须挖井引水了。

离开“余庆楼”时，遇见来自法国的一家旅行社Sibylle小姐，她考察了初溪土楼旅游点后对这里保持完好的原生态土楼文化很感兴趣，她对我说：洪坑土楼群开发得早，但没有保护好，有点过度开发，人为的景物设置太多了。初溪基本保持土楼聚落的原汁原味。她准备开辟一条新的旅游线路，把法国的游客引到初溪来。但她也善意地提醒说，要注意环境保护，现在垃圾太多，特别是塑料垃圾随处可见，如果这样下去，不到三五年就会污染了河道和土壤。修建道路千万不要用水泥铺设，游客们来要看的不是你们现代的设施，而是最古朴最原始的东西！

《下南洋》电视剧组入住初溪，土楼客家农村就成了天然的影棚，初溪更是吸引了世人的目光。

距初溪的观景亭旁不远的山麓上，有一座修建得极为豪华且造型独特的墓室。村里的客家人说这是一位从初溪土楼里走出去后来当了泰国国王的徐氏墓址。这让我们很惊异，在这样大山深处，果真有如此神奇的人物吗？我在一位朋友的叙述中了解到，穷乡僻壤的初溪，流传着一个“下南洋”的神秘故事：

大约是三百多年前，在集庆楼里生活的一个后生，平日不思学业，也不务正业，到汕头吃喝游玩，将家里的钱财几乎花光了。有天他感到在村里实在有点待不下了，于是决定到南洋去闯荡。当他历尽艰辛，走出大山，漂洋过海刚要下船登上泰国国土时，一群侍卫走上来将他簇拥着带到一个地方，为他沐浴、更衣，又给以很高的礼遇。原来是泰国的老国王做了一个梦，他的王位继承者应由一个下巴长着黑胎记的外来人继位，下巴长黑志记的是贵人、王子，这个人继位泰国才会国泰民安。而从集庆楼来的后生正好下巴有一个很大的黑胎记，当他登上海岸时，老国王认为这就是他要寻找的人，这是天意，神灵的指引。于是客家后生便当上了泰国国王。多年后这位国王的后代中有人回到初溪，在他辞世后将他的头发和衣冠带回中国葬于初溪的山中，对望着曾经诞生他的集庆楼，完成其魂归故里的心愿。现在初溪还有一座土楼叫藩庆楼，就是这位国王的后裔修建的，表示曾经当过藩王的辉煌历史。

住土楼、饮米酒、品客家文化，是游人们在初溪土楼聚落最惬意的享受。临近中午，初溪村村委副主任徐初棉为我们安排了到土楼饭店用餐，就在集庆楼边上一道山涧上一溜房子是这个村的餐饮街，被《下南洋》剧组称为“土楼嫂”的沈月英笑吟吟地在迎接着我们，为我们沏好茶后，就忙活开了。不到一会儿就端上了四菜一汤的客家特色菜系。几杯客家酒娘下肚，身体暖热起来，话语也变得更加活络了，土楼嫂的老公徐兴进也加入进来陪我们喝酒，兴致勃勃地说起和《下南洋》剧组的缘分。我这才注意到餐馆各处墙体上挂着他们夫妻俩和剧组导演、演员合影的照片。剧组在这待了 17 天时间，天天由土楼饭店提供快餐，多的一天连群众演员要准备 160 份的快餐，他们精心热情的服务，特别是微利而又可口的盒饭赢得剧组的好评。临走时这些从京城来的演员和他们结下了深厚的友谊，著名演员刘佳特别喜欢土楼嫂酿造的米酒，一口气可以喝下四个可乐瓶的酒娘；年轻演员吕丹旋还学会了几道客家菜的烧煮方法。初溪的“土楼饭店”给京城来的剧组成员们留下深刻的印象。

日上中天，山区冬日骄阳将古堡式的山寨映衬得格外美丽，我们如同置身于一幅充满梦幻色彩的古油画中。我们感受到了热情好客而又十分淳朴的土楼主人带来的温暖，也感受到客家酒娘可口温纯和弥散在血液中的那份温情。土楼的特色佳肴：从山中采摘的新鲜蕨菜、自己在山中用树木培育的木耳、客家人常吃的牛肉丸子和泡酒香醇清甜的糯米丸子……让我体味到古山寨土楼人家恬静闲适的生活。

四

初溪土楼群将它比作飞碟和棋子都很神似，如果是雨雾浓密的日子，它更像是一朵朵开放在山地上的硕大的蘑菇——那是一个生机勃勃的土楼村庄。如果不是旅游开发者的足音叩响了这荒野僻静的土地，它们至今还沉睡在闽西南的山坳里。

山陵夹道，有两道溪流为伴，一条青石铺设的乡间小道穿梭在每座土楼之间，连接着土楼人家。山野的风带来了幽深而又冷馨的气息，令我灵醒和振奋。虽然置于初冬，村后山峦间竹林缓缓摇曳，绿浪奔涌，飘飘欲仙，好像为土楼群竖起一道涌动的绿色屏风，在斜阳映照下泛着的绿色的光芒，透出响亮和生气。直面村口的人字形排开的三座圆楼和一座方楼，藏风聚气，面对流淌的小溪，诠释着易经风水学中的要义：后靠龙脉，前朱雀，左青龙，右白虎。从中原南迁入闽的汉民，史称客家人，这是个辛酸而又无奈的称谓，可以想见当初迁徙而来的“独在异乡为异客”悲凉心境。所有的土楼，都是客家人南迁路上创造的辉煌，但也因此照见客家人提防和不敢轻易融入南蛮之地的精神影像。当逃亡的时代结束，疲于奔命的脚步停止后，客家人在此落地为生，渐渐地也带来了中原民俗和习惯，展现出中原厚实的文化底蕴，表现出他们深刻的洞察力和领悟力。一个刀光剑影，腥风血雨的世界变成了世世代代幽居山野，与世无争，尽享天成，安然自得，在山坳山矗立起一个个富足而又平静的城堡式的家园。

人类向往的是什么？这是21世纪的一个哈姆雷特式的发问。而今，各国代表还在哥本哈根世界气候大会上争论不休时，地球已经有点不堪重负了。

浩瀚的夜空，遥远的角落，挂着一颗蓝蓝的星球，缓缓地转动……它真的还能无休止地转动下去吗？

一座树林、一块绿地、一片蓝天，这是一个多么美好的世界。人类来到了这个世界，这个世界开始出现巨大的变化：一间茅舍、一个村庄、一座城镇……城市在扩张，挤压着河流和山川；一个脚印、一道车辙、一条航线……人类不仅把钢铁和水泥铺到了阡陌大地上，还将钢铁送入了天空，不知道这个世界是在进步还是在退化？人心所向往的难道就是这些东西吗？当你贫困潦倒时，追求的是财富；当你动荡不安时，追求的是安定。而如今这个时代，繁华的城镇里高楼拔地而起、街道上车水马龙、橱窗里商品琳琅满目，行色匆匆的人们都像工蚁那样搬动着财富，物质的社会史无前例地扩张着——这景象本应符合人类的追求。但当我回到了土楼群落中，我的疑问由此加重，人类究竟向往什么样的生活？经历过农村生活的城镇人们却开始向往城市繁华的生活。而身处喧嚣的闹市、堵塞和污染的城镇，又想回到田园简朴的山村环境里，甚至希望世界上还会有世外桃源可供栖身。人类就是在这样的矛盾中反反复复地选择，到了21世纪，蓦然回首，陶渊明“归去来兮，田园将芜，胡不归兮”的诗句今安能吟唱，而真正的“世外桃源”已不复存在了！

走在初溪村这道青石板的土楼路上，心也会变得轻盈起来。青石板通往一座座土楼，它的物理概念上的距离是那么短促，它连接土楼客家人心的距离更为紧密，在初溪村保存完好的土楼证明了这里的人不仅在现实和内心完成了对那个失去家园的重建，也保持了客家人静享人生、悠然自得的生命取向和精神状态。

在现今的城市中，人与人之间的关系显得是那样的陌生和功利。为了自身的利益，大家似乎都卷入你争我夺的潮流当中。建筑物空间越来越大了，而人与人的心灵却是越来越狭窄；在交通便利的今天，人与人来往的途径是那样的便捷，但人的沟通却是那样的艰难。一道墙，不单是隔绝了人与人之间的居住场所，也同时隔绝了人心灵的来往；一扇防盗门，似乎避免了外人的闯入，但同时也囚牢了自己与外界的联络。城市中难得能一见初溪村里面的人们那种淳朴、勤俭、友善、和平的景象，我有时会心怀忧思地想：这旅游业发展了，初溪还会是原来的初溪吗？初溪人还会是现在的初溪人吗？

是的，如今的初溪像是一颗埋藏在青山绿林里的未经雕琢的宝珠，散射出一片质朴的光芒。隔着流淌的小溪，一些老人坐在土楼门边一排长凳上，说着我听不懂的客家话，还有鸡鸣声，山涧里的流水声一起在山谷间飘荡。溪石垒立，还有一座拱桥通向山的那一边。桥的不远处，很随意似的散落着芭蕉树，浓绿如盖。夕阳打在土楼的屋脊和门楼的飘檐上，涂抹上一层暖暖的橘红，和村口桥面上这在晾晒的柿子遥相映衬，给恬淡的山村带来了些许生动的色彩。

美丽往往和忧愁相伴。在这个暮色将临的初溪，淡蓝色的炊烟从土楼人家的屋檐上袅袅升起，牛群也已归栏，群山莽莽苍苍，土楼隐隐约约，人影三三两两……眼前是一幅人与自然相得相融的图画，但不知为何，在即将离去的刹那，我再次回望一眼初溪，心头一丝说不清道不明的惆怅不禁油然而生。

暮色下的初溪，四周空蒙的山峦伸出温柔的双臂，将它揽入了怀中，这样的宁静只属于这样的大山的怀抱，很快，初溪就要进入梦乡之中。我的耳边不禁萦绕起童安格的歌曲《从梦开始的地方》。

古哲人奥古斯丁说：“我们的心如不安息在你的怀中，便不会安宁。”

但愿今晚我不会有梦，我心装下了这些土楼，我愿在你的怀里得以安宁！

翠郊古厝，闽东单体最大古民居

请不要现在就让海浪将我们分开，让你在我们中间度过的岁月成为回忆。

你似精魂在我们之中行走，你的身影是映在我们脸上的光辉。

我们一直如此热爱着你。但我们的爱曾悄然无语，被面纱遮掩。

如今她大声呼唤你，坦然无饰地面对你。

爱直到分别的时刻，才知道自己的深度。

——纪伯伦《先知》

又一个清明节过去了，这是一个海浪和鲜花同样完美的季节，我回到了故土。

多年了，我一直将闽东视为自己的摇篮——山的襁褓和海的摇床，让我从蹒跚中逐渐长大，也感受到了成长的重量。孩子往往是这样的，当你需要报效母亲的时候，你却离她远去了，也许你会在很长的一段时间里梦魂牵萦着她，偶尔也会眷恋着，常常会谈起童年山谷里那些酸涩的秋果，那老农的烟斗里飘出的故事，那山畈上长久回荡着的畲族的山歌……但尽管频频回首，却从来没有阻止游子向前的脚步。

我已经不可能再回到这里生活、退回童年，让时光回流。即便是心情，也早已被异域的风刷洗得粗粝和坚硬起来。但奇怪的是，每次回到了闽东故土，我觉得恍惚如昨，母亲的面前，我会变得真实和年轻，让我的心温柔，而且每次来都会有许多惊奇的发现——我对这块故土的理解原来是这么单薄、浅薄，这里蕴含和埋藏着深厚的自然人文的景观每每让我叹为观止！

是不是只有拉开距离的审美才能抵达事物的高度？

离开故土，是第二次脱开母亲的脐带，唯有这次会深刻地带来割裂的痛苦和飞翔的晕眩，正如黎巴嫩作家纪伯伦在他《先知》一文中所说那样：

在这城垣中，我度过了多少漫长的痛苦日子，又经历了多少漫长的孤寂夜晚；

谁能够毫无眷恋地离开他的痛苦和孤寂？

我曾将那么多心灵碎片撒落于这大街小巷，我曾有那么多希望之子赤裸地穿行于这丘陵山冈，我不能没有负荷、没有痛苦地弃之而去。

今天，我不是脱去一件罩衣，而是用自己的手撕裂一层肌肤。

我留在身后的不是一种思绪。而是一颗因饥渴而甜蜜的心。

但我却无法再滞留。

那召唤一切的大海在召唤我，我必须登舟了。

因为尽管时光在夜晚燃烧，但留下却意味着冻结，被禁烟于铸模。

多么希望将这里的一切带到身边，但我怎么能够？

声音无法带走赋予它翅翼的唇舌，它只能独自寻找天空。

苍鹰不携巢禾，才能独自飞越太阳。

这回来是为了福鼎白茶来的。到福鼎看茶白琳是必去的地方。

白琳镇和普通的乡镇一样，除了名字比较诗意外，并没有太多的个性。如果提及白琳毛尖茶，则不论在南方还是在北方，好茶之人一般都会知道。白琳毛尖茶选用当地种植的茶树品种，在每年的清明前开始采摘刚刚长出来的芽叶，然后进行加工。经过精心加工的毛尖茶，每片的茶叶像一根缝衣针，紧紧地裹在一起，顶端的茶尖依然保存这嫩芽特有的白色绒毛，故称为白毫银针。这种茶经久耐泡，香味独特，又可降火清热，可谓绿茶中的上品。

白琳是产白茶的重镇，白琳不仅仅有白茶，“红”于“白”同样著名，“白琳功夫”红茶口味绝佳，跻身福建三大工夫茶行列。

但这回让我的惊奇并不是因为它的茶。

从福州上高速两个多小时后进入福鼎地界，有一个八尺门的出口。我们的车子从这里下了高速公路，沿着简易公路，拐进了福鼎市的白琳镇。

我们此行，不是为了品茶，而是去看一座与白琳毛尖茶有关的古民居——翠郊古民居。我们车子没有在白琳停下来，而是继续赶路。过白琳镇后，眼前山景越加淳朴自然，汽车就开始沿着九鲤溪边上的盘山公路盘旋。竹林茅舍，小桥流水，豆棚瓜架，茶园滴翠，春风和煦，一幅农耕时代的和谐图景。久居城里，我早已习惯了在车流和钢筋混凝土中穿梭趱行，到了这里身心都有种放飞舒展的惬意，尤其是闻着山间带着水草的清新空气，不由自主地让我们都感到兴奋。我感到了童年醉人的芬芳。

正陶醉间，车子停了下来，翠郊古民居到了。

其实我并没有对古民居的访问抱太大的期望，就是我去过的一些所谓古镇也都是从少余残亘颓墙上进行修补，不伦不类、不古不今的，看了更让人气馁。所以，我是只当是一回乡村游、农家乐而已。

但这回真的不同，我被这座民宅的宏伟气势震撼住了。穷山恶水间却有一座如此飞扬跋扈的建筑群，这让我对这块土地的历史人文更加刮目相看。

这座民宅，大门按照官府大门设计，院落的设计更离谱，竟然按照当时的皇家院落来设计的，在等级森严的封建时期，不能不说有犯上之嫌！也许是地处僻壤，也许就是圣意所允吧。那么它的主人究竟是怎样一个人呢？

其实他并没有什么特别，或者说当时建造这座古宅的主人就是一个茶人。只是有了点钱，用钱捐了个七品官而已。

宅子的主人姓吴，说可能是吴王夫差的第一百零四代孙。在清朝乾隆年间，因为当时通往宁波的古驿道经过这个村庄，属于闽出省三条古交通要道之一。许多外省的商人通过这条驿道来福建贩茶而发财。当地这个吴姓的主人，因善于持家，精于制作好茶，他制作的白毫银针茶通过这条驿道销到全国各地，很快就富甲一方。发家后的主人，便在村庄附近选择一块土地，开始建造豪宅。这样历经 13 年建造，耗资达 64 万两白银，一座占地 20 亩的宏伟的建筑落成在荒山野岭之中。

我们一行三十多人，由炎黄文化研究会的会长何少川带队，一步入前门，经过一方池塘，杂草野花，竹木摇曳着环抱着它，更显清幽。进了正大门，就看到过道的两边建有两个非常讲究的回水池。整座房子的下水道，通过地下的沟渠汇集到这两个回水池，然后又通过回水池分流到自家的花园中。这样的设计理念简单淳朴，也许只是要“肥水不流外人田”！

进入第一进房子的第一个大堂，不论是建筑的采光、通风、景观都仿照苏州园林借景的美学效果，布局精巧。与左右两排的三进房子相连的是透窗的围墙。通过围墙的窗口，既可以看到隔壁花园的花草树木，还可以隐隐约约地看到建筑影子及院中主人活动的身影。大堂前面的天井，既是采光通风的地方，也是种花养草之地。那水池，那花台，都是极为讲究，极为精细。第二进与第三进的房子，布局虽然一样，但是风格摆设却并不相同。恍惚间就感觉走进一幅舒展着的古画卷；屋内三个三进合院并列而成进进高升的主体部分为“三合回笼”，二进屋脊最高为“中背四放”，两者综合更是仿造皇家建筑，甚是规模，然而彰显的却是一派江南气息，水灵、从容、淡雅，不透一丝凌人霸气；木屋整体构造格局巧妙，脉络分明，纵横交错又横纵相连，有如一个古老的围棋大棋盘，摆设于幽谷之中，随时恭迎仙人神游于此时席地对弈。

可能因为舟车劳顿，接待处就安排领导在左厢房的茶室里稍事入座休息，开始泡起了上好的白毫银针茶。

我早已被古宅吸引，顾不上喝茶，就没入古宅深处。没想到却有了一个独自的发现。在进入第三进大堂的门槛前，导游神秘地告诉我，在门槛的前后地面三合土上居然有个比较潮湿的阴影。其形状酷似一个身着满族盛装的贵妇形状。但是，贵妇的脖子处却正好被门槛锁住。为何出现这种奇特的现象呢？导游介绍说，在建造房子的时候，泥匠与木匠之间发生了一些矛盾。泥匠在铺设三合土的时候，出了一个损招。在两进房子之间的地面上，用盐掺入三合土，然后设计成一个满族贵妇的形状。盐渗透到三合土后，遇到地面回潮，就会出现人形的阴影。而木匠也不是吃素的。接手木工活的时候，很快就识破了泥水匠的鬼花招。因此，就将门槛设计在这个贵夫人的脖子处，以防止阴鬼伤人。导游还神秘地说，今天来的领导很多，我只对你说哦。我善意地笑了笑，却是正规的宣传资料可没有这方面的介绍。我猜想，那应该是民间的传闻，但也是个有趣的传闻。

从一层进入二层楼，却又是另外一种天地。这三座三进的房子，到了楼上，居然全部是相通的。打开每一进每一溜的通道门，就是一个四通八达的过道；关闭每一溜的门，则成为一个独立的套房。一圈走下来，也要耗费不少的时间。

走进古民居，放眼细处，那代表江南建筑风格的木雕饰品，真是精美绝伦！所有的梁、所有的柱、所有的窗、所有的门皆有精美木雕图案。这些图案，或以人物，或以详禽，或以瑞兽，或以鱼宏，或以花卉造型，无不栩栩如生。简直就是一个品种齐全的木雕博物馆。

建造这座豪宅可不容易。按照主人的规划，这座房子需要立柱 360 根。这 360 根木柱要在选定的良辰吉日这一天的同一时辰内同时竖立起来，至少需要帮工 1000 人以上。但是，那时候人口稀少，找到 1000 个工人谈何容易。如何将这 360 根木头柱子竖立起来呢？吴家可谓花了一番心血。在良辰吉日到来之前，他们先是从相邻的温州请来很有名气的戏班子，在村里塔台唱戏。然后放出风声，凡是在房子落成之前前来看戏的人，主人均免费提供食宿。就这样一传十，十传百，附近村庄的人聚集到翠郊这个地方来看戏。而主人信守承诺，每天免费提供食宿。在良辰吉日的前一天演出开始之前，主人终于在舞台上亮相。说有一件事情难于启齿，想请乡亲帮忙。乡亲们因为在这里免费看了几场戏，免费吃了几天饭，已经很是感激，都想帮忙。于是就问主人何事。主人把明日要在同一时辰竖起 360 根木柱，需要乡亲帮忙的事情和盘说出，乡亲们听说后，都说此等小事，何劳主人费神，一口答应了。第二天，前来看戏的乡亲一大早就来到建筑工地，时辰一到，非常顺利地将这 360 根的木柱同时竖立起来。建设这座豪宅的最大难题就这样迎刃而解了。而这个举动却被一代代相传，至今仍然感动着我们。

这座房子历经二百六十多年的岁月，山洪台风，雷击雨刷，依然保存这么完好，真是个奇迹。在参观这座房子的过程中，我们依然可以从一些细微之处，看到一些历史的痕迹。如清乾隆朝大学士刘墉（刘罗锅）与吴家关系甚密，曾赠予“学到会时忘粲可，诗留别后见羊何”的楹联，寄望于朋友间读书有成，友谊长存。古民居还保留着宋代大诗人苏轼亲笔题字的笔简、清代宫灯等珍贵文物，保留着斗鸡、布袋戏表演等传统活动项目，传承着一个富殷的古老家族的故事。在挂有刘墉楹联的大堂两侧，在木板墙上，我们依稀可以看到"文革"时期写满的毛主席的语录和各种宣传标语；在二楼的房间内，依然可以看到当年从省城到这里上山下乡的知青们在卧室内留下的糊墙的报纸。仔细看看报纸的内容，"文革"的某一天在我们这个国家发生的重大新闻，依旧在向我们昭示着，心底不免泛起沧桑感。看着这些报纸，我们又是那么熟悉，不由想起那曾经经历过的岁月，仿佛时光倒流。

翠郊古民居是迄今为止闽东地区发现的单体建筑面积最大，保存完好的古民居。始建于清乾隆十年（1711 年），距今约二百六十年。房子还在，主人哪里去了？我满院子去找。终于在左侧的房子内看到一位老婆婆。她刚从山上采茶回来，身上满是尘土，看到我要对着她拍照，就一个劲儿地摆手，示意说她要换件衣服再拍。看来她是见过很多世面的。

老人七十多岁了，她告诉我她叫陈雪华，只有一个孩子住在市里。她原来也是随着孩子在城里生活，但这些年因为要管理些农家事，就长住在古厝里，采茶季节她的侄儿在这边有一块茶园需要打理也住在古厝，其他时间都是老人一个人住。

"你一个人住在这里不害怕吗？"我觉得有点奇怪，偌大的房子，即便有管理处的人员在外面上班，但晚上总是有点可怕吧。

"自己的房子有什么怕的？"她回答得很干脆，"住了一辈子了，习惯了。以前到城里住过，我不适应，回来舒服多了，想干什么就干什么。"她是说住在城里房子小，东西都不好乱摆，在这座古厝里，她活得很自在。

她除了打理自家茶园外，还帮着为邻居采茶，每斤茶工十二块钱左右。一天下来也有五十块钱的收入。

五年前政府租用了她的古厝，每年租金两万块钱，5 年以后开始就要按门票收入的比例提取。她希望政府能信守承诺，拨款维修好她的这座古厝。

她不仅爱她的古厝，也爱着白毫银针茶，说起茶来头头是道的，在她眼里这茶简直是神草，可医治百病。一边说着，就从屋子里拿出一个锡罐子来，一定要送我一包自己制作的大白茶。"我这是清明茶，真正是清明那天采来的，给我儿子留点，就这些了，你带回城里吃。"我看她背已经有点佝偻，神情专注小心翼翼地把锡罐子的茶倒了一撮出来，我接过她送的这份没有包装的茶，却感觉到古厝茶人的深深情意，不禁更加敬重老人对茶这份认真劲。天地是灵草，寄予爱茶人，这茶和古厝相依百年，古厝早已浸透了茶的悠悠禅韵了。

没来得及细看，我们就要离开了。正午时节，阳光直射在瓦楞上，古厝如同缄默的老人，淡定而从容，它那周身散发的古朴绵远的乡土气息似乎在告诉我们，它依然神秘健朗。这座迄今为止在江南广大地区所发现的单体建筑面积最大、保存最完好的古民居，虽然容颜古旧，而今依然神采奕奕，堪称江南古民居之杰作，被冠以“华夏古建筑活化石”、“中国古建筑瑰宝”。可是，相当长的时间里，它被用以做粮站、大队部、学校、仓库等，也许捂了自己太久了，它的魅力如今在人去楼空繁花落尽后才得以被发掘发现。

是的，它不会轻易就让你参透它的前程往事的，当你直面它被风雨侵蚀的斑斑痕迹，也许可以揣度出几分藏在岁月深壑里的秘密。然而这张脸，依旧这样的素面朝天，却又这般和蔼亲切，见到它，如同在人生跋涉劳累时，在一个偏僻宁静、阡陌纵横、民风古朴的山村里，遇见一个风雨沧桑的敦厚的长者。抚慰游子漂泊的心，给游人带来返回家园恬然和安静的情绪。

东关寨，遗落在闽中的古城堡

在许多书籍和影视作品中，中世纪欧洲的古城堡，总遮掩着一层朦胧神秘的轻纱，让人充满好奇与想象。不曾想，在孕育千年文明的八闽土地上，也散落着一座比那些故事中更加气势磅礴和震撼人心的古城堡——福清东关寨！

福清是一块历史悠久、文化灿烂的土地，其建筑业历史可上溯到秦汉时期。世纪初从东张水库遗址史前墓葬出土的陶器、青铜器残片，以及福清考古发现的史前人类遗址住宅基地上，均能证实当时福清土木建筑业已比较发达。广博深邃的文化，培植了风格多样、魅力独具的福清古民居，它们融建筑构建、绘画、浮雕于一体，也融入了勤劳的劳动人民的风俗信仰、精神风貌、审美需求，形成独特的艺术魅力。

在福清现存的数量众多、风格各异的古民居建筑中，保存下来的唯一一座古堡式建筑，就是东关寨。也有人将它称作是“闽中土楼”，缘于它和闽西土楼有许多相似之处。这座建造于清乾隆年间的城堡式古寨，由三代人建造二十年始完成，占地面积超过4000平方米——单体规模如此大的古民居建筑，迄今为止属少见。历史久远，规模宏大，风格独特，布局合理，结构紧凑，气质雄浑质朴，这些特点在广袤的闽中大地上实属少有，使得东关寨在古民居建筑中犹如一颗夺目明珠，令人震撼，叹为观止。

东关寨的发现让我十分惊喜，原来以为只有在边远闭塞的地方才有的土楼近在眼前，这让福州居民只要不到一小时的车程自驾游就能够领略到土楼的风采。

歌德把建筑看成是“凝固的音乐”，他说，“优秀的建筑物，它各方面的节奏，总能归于统一。这便形成一种统一的调子，统一的旋律。当你在观赏这座建筑时，你便能在一定时间过程中感受到节奏上反复多样的流动，产生音乐般的旋律感，正是这种旋律感，把你引向特定的情绪氛围，从而获得类似感受音乐美的情感愉悦。”走近古城堡东关寨，倾心凝神，你从它恢宏的气势、坚厚的寨墙、精美的画屏、巧妙错叠的桁架中，甚至从守护城寨的苍劲黄松树枝丫缝里，你会听到一串串鲜活灵动的音符，体验到这“凝固的音乐”带来的言之不尽的美感，也被激起深邃悠远的情思……

一

东关寨建在福清一都镇东山村，距福州约六十公里，沿大樟溪西岸203省道，过永泰塘前大桥拐入175县道，一小时到达东关寨。古寨坐落在东山隔溪山腰间，从东山村出发由一条水泥小道入寨。水泥小道由百年古驿道改建而成，古驿道旧迹依稀可见。沿着蜿蜒小道盘旋而上，随着脚步加快，半山坡黄山松后傲然屹立的一座雄伟挺拔的古城堡，由远而近清晰地展现在面前，它就是东关寨！

古寨入口小道上立一碑石：清乾隆元年（1736年）建。城堡式民居，坐东北朝西南，依山势而就，平面呈长方形，占地4000多平方米。由门楼厅、正厅、后楼房和两侧别院等99间土木结构寨房组成。主座面阔五间，进深三间，穿斗式木构架，悬山顶。寨墙基石为花岗岩垒砌，上土筑二层，沿内墙辟有宽两米多的环寨哨廊。

“堡”，是福建山区独有的一种防卫性民居建筑形式，从中原迁徙而来的客家人，更需要有安全的守护，在闽西大地上建造了大量的土楼群。明嘉靖年间，倭患猖獗，沿海百姓纷纷筑堡自卫。百姓或联合各姓宗族，或同一强宗大族以土堡的形式，结成一个具有半军事性质的乡族组织，共同抵抗倭寇的侵扰，这一时期“城堡式”建筑得到很大发展。迄今已有270年历史的东关寨，在古堡建筑的理念及技艺上更趋完善，自然完美地融合军事防御、民居生活、古朴风情于一体，与闽西北、闽东南的福建土楼有异曲同工之妙，建筑工艺又比土楼更为精到，建筑风格上接近永安的“安贞堡”。因而，东关寨在福建乃至全国“土城堡”式建筑中极具代表性和典型意义。

东关寨，坐北朝南，负阴抱阳，依山势高下而建，层层递升。古寨占地面积4200多平方米，寨宽55米、进深76米，寨墙体基座和墙体下半部均用岩石砌成，分别高达十多米。全寨由门楼厅、正厅、后楼院等组成，两旁别院各居左右，共99间。寨房为穿斗式构架土木结构，呈长方形中轴线对称三进布局。穿斗式构架是清代南方民居的主要建筑特色，是指建造时不设横梁，以柱承檩，即先在地面上拼装成整榀屋架，然后竖立起来。其特点是能用最少的材料建造起最大的建筑物，十分大气，同时密列的立柱也便于安装壁板和筑夹泥墙。寨内房屋分若干小单元，以防火墙和火道隔离，各进之间还隔以高墙，防御火患发生。这一奇特的建筑风格，与安徽地方独具特色的“骑马墙”相似。寨门顶端设有出水洞，以防盗匪火攻寨门。据称历史上寨内曾发生过几次小火灾，均因防火墙、道、门防火功能发挥而幸免于难。

东关寨的建成，流传一个故事。相传，何氏寨主第一代（始祖）少年时期穷困潦倒，在舅舅家里帮工。舅舅是当时的地主，拥有大片农田山林。一天，少年何氏和舅舅上山伐木，见满山尽是百年杉木，便对舅舅说：“这么多的大杉木，真好！将来我家建房造屋时，能否给我几棵？”舅舅笑答：“外甥造屋，杉木皆由舅舅供给，要多少，给多少！”后来何氏犁田时偶得一腰白银，便想造屋。其舅兑现诺言，乐助其成。于是，何氏请数十位木石工匠，加上上百人民工，花了两年时间，才把房屋造好，取名为“东关寨”。其后何氏子孙三代人，用了约二十年时间修建完善。从乾隆元年（1736年）至今270年间，何氏子孙已繁衍至第十三代。

现实中，关于东关寨由来发展历史更为可信的介绍是：570年前何氏祖先携带妻儿老小23人，为逃避兵荒马乱，从闽南漳浦来到东山村这深山老林安居，建起了100多平方米的“茅草小屋”。随着六、七代何氏家人的人兴业旺，他们才在不远的前方山腰建起第二座初具规模的小“山寨”。如今，在东关寨门右边道旁，何氏祖先栽种的一棵老根盘错、新芽吐发的三百多年荔枝树，就是证明。这棵老树，历经风雨依然屹立在那里，仿佛是为了和人诉说它见证过的历史变迁。

二

在一个冬日的下午，我随一都镇宣传委员张振云探访东关寨。山色空蒙，四野阒寂，一路山行环绕中，见枇杷林层层叠叠。张振云说，一都山地15万亩，平均海拔300米，雾多，昼夜温差大，而且土层厚，土质肥沃，酸碱适度，特别适合枇杷生长。这里的枇杷果实饱满，色泽鲜艳，酸甜适中，口感特佳，是优秀的绿色食品和健身滋补佳品。这里的枇杷品种多，早中晚熟门类齐全。主要有：解放钟、早钟六号、大红袍等。特早熟品种“冬湖早”和特晚熟品种“红五星”。“冬湖早”的特点是早熟、上市时间早。如早钟六号，果大而长，皮肉橙黄，甜酸适口，如果你们3月上旬来的话，就可以吃到它了。

拐过了一道山梁，东关寨在云雾之中隐隐约约浮现出来，它背衬十几棵苍劲挺拔的老松树，仿佛仙境一般，显得神秘而充满魅力。走进山寨一看，寨墙体是反卷式的，由花岗石砌成，并以生土夯筑其上。左侧一棵几百年的老樟树根系紧紧地抓住岩石，依然枝繁叶茂。寨前有片宽阔石铺埕地，是何姓家族人晒谷活动的场所。站在埕中，对面的鸡茅山如一幅水墨画，和近处青山、果岭、梯田、菜地构成一幅美丽的山村美景。埕中设台阶，自南向北历阶而上15级，折向东5级，进入寨门。正面东关寨西大门，两侧南寨门、北寨门。每扇门板均采用特殊材质重阳木制作，坚硬又防水耐火。导游告诉我说，所谓的重阳木就是海南黄花梨，就这几扇门价值城里的一套房子。我推了推门，确实感到厚重沉稳。我还看到了门顶有注水孔，用以注水护门以防火攻。寨内有一口泉井，终年供水，大旱不竭，似乎寓意着东关寨生命生生不息。

寨门内第一进为双层楼房，背倚寨墙，坐西向东（内向），面对厅堂。楼上下均为五开间。楼下一间为寨门通道，前廊接连前院，也通连左右别院。楼后与寨墙门架设跑马道。寨墙上开有79个瞭望（射击）孔，防御外来盗贼。楼房前为石铺庭院，院正中与左右廊房都设有石阶，供登厅堂。厅堂、门楼房、左右廊楼构成第一进，组成单元小区，既封闭又与左右前后通连。现在还有一户何姓人家住在这里。见到我们来，何定孔老人放下手中的活站起来热情招呼，我看到他正在准备为长大的枇杷做“衣裳”。这里枇杷为防止被鸟侵食，要用一种反光纸将果实一颗颗包裹起来。

二进是东关寨的中心点，也是整座东关寨的核心所在。门墙紧靠前厅堂后井，正中有石阶3级，上覆龟亭雨盖。门墙檐下施彩绘、粉墙。正厅堂面阔5间，进深3间，前为廊后为堂。堂前游廊两端设门通左右别院，并通向南、北寨门。堂后有高墙阻断第三进后楼院。二进厅堂前有左右披榭、回廊，除了长辈住房外，还是举办婚丧庆典的场所，是全东关寨集中活动的中心。

在正厅，除了被渔樵耕读、舞龙舞狮等精美的透雕工艺作品吸引，关于这座古寨一些鲜为人知的“秘密”，也让人产生很大的兴趣和好奇。

在正厅的屋檐下，现存一根碗口粗近7米的木质转轴，堂前游廊的屋檐下，一根长短一致的麻竹与之相对应。全寨集中活动或婚丧庆典仪式在此举行时，为防日晒雨淋，先人们设计了这套转轴设备，称作“漫天布”。启用时将转轴转动，“漫天布”从屋檐下扯出挂在堂前游廊的屋檐下，为防止下垂，在天井中间以两根立柱及麻竹支撑，搭盖成“人”字形。这个实用又美观的发明，将天地之韵及先人的智慧灵巧浑然为一体，在古宅民居中颇为鲜见，为后人研究东关寨的民俗风情文化，留下了一个眼见为实的佐证。

东关寨随处可见土木结构，房与房之间也多以木板相隔。在这里，凝神细察，有时会让人心涌久违的喜悦，产生莫名的凝思。在正厅的一扇画屏前，有一处何氏先人留下的木刻题诗。题诗二寸见方，刻在翻开的“书本”上，左页为唐代诗人王之涣留下的千古绝唱：“白日依山尽，黄河入海流。欲穷千里目，更上一层楼。”右页为宋代名相寇准7岁时的神童之作：“只有天在上，更无山与齐。举头红日近，回首白云低。”署名“东山主人”的何氏先人，显然是太喜欢这两首诗了，这才精工刻于画屏之上。这木刻题诗的发现，对研究东关寨寨主的文化品位及兴建东关寨的时代背景，不无意义。

后楼院在二进厅堂后方，建筑为双层楼房，独成院落，坐东向西，结构与前大门楼相同，5开间，穿斗式构架，双坡顶。东关寨楼前左右也是双层楼，与正座楼房上下均通连。楼有小庭院。楼下前回廊与左右别院相通。楼上后廊与东关寨寨墙间也设有廊道、瞭望（射击）孔。

东关寨的第二层楼，沿寨墙内设宽近2米、全长260米环寨跑马道，寨民可以在寨内奔跑巡逻并抵御外敌。寨墙墙垣上设瞭望孔，旁边挖通枪孔，从瞭望孔向外展望，寨外风景一目了然。而在寨内，瞭望孔用两块30多厘米高的杉木板构成，成三角状，内大外小；枪孔又分为炮孔与枪箭孔两种，大小不一。真可谓易守难攻！何氏先人在设计山寨的建筑时用心良苦，为近300年来的历代子孙抵防匪患提供了天然屏障。

历史上的东关寨还留下这样一段惊心动魄、勇斗匪徒的传奇故事：1933年的秋天，永泰县塘前乡土匪头子蓝朝旗，长期横行霸道于永泰、福清、莆田农村一带，强行派捐索款，敲诈勒索，无恶不作，周边穷苦百姓经常携儿带女，纷纷躲到东关寨避难。10月上旬一天，蓝朝旗纠集匪兵千余人，将东关寨包围得水泄不通。寨外人头攒动、杀声震天，寨内众志成城，严阵以待。寨民们充分利用山寨设计的防火墙、瞭望孔等防匪装置，观察寨外土匪的一举一动，利用墙体上的枪炮孔，架起土炮、猎枪向土匪不断还击。匪徒寸步难行，始终难以攻破山寨大门，双方整整对峙了93天！最后在外部援军的震慑下，蓝朝旗匪部心不甘情不愿地撤回深山老林去了。寨民们不畏强盗、抗匪安民的事迹一时传遍四方，东关寨名声大振。

三

何氏先人在建造这座古寨时，一定不曾想到，飞转的历史车轮，会赋予东关寨防御民居建筑之外更深远的意义。它早已不只是一件建筑工艺品，而是融入了血液精魂，拥有了个性生命！

作为一座古城堡民居，东关寨无论是对称和谐的宏观建筑构造，还是精致生动的微观木雕石刻，都淋漓表达了两三百年前劳动人民质朴的审美观。寨内正厅堂，一组渔樵耕读雕刻工艺作品，技艺精湛，栩栩如生，不由让人在瞬间灵魂穿越，与古堡主人的思想碰撞共鸣：对田园式生活心怀向往，对恬淡自如的人生境界心生追求；一幅寨民舞龙舞狮的石浮雕，人物与蜂蝶催春，山水美景相融，展现出先辈们与自然万物和谐相处的境界，令今人心生遐想，回味无穷……这高雅的文化品位和浓郁的文化气息，正是东关寨在传承传统文化基础上的融合、消化、吸收，形成一种古朴自我、带有何氏家族性格特征的文化和历史。

这东关古寨，宏大的建筑及其精细的木刻、石雕，让人忍不住去想象当年何氏家族的昌盛风光；由于何氏子孙纷纷搬离且年久失修，眼前的古寨，透出的几分荒凉冷清，又让人忍不住生出一丝感伤。也许，一座古城堡，就像一个人的一生，总逃离不了命运的曾经潮起，曾经潮落；热烈地欢腾过，然后又冷静地沉默。

在鼎盛繁荣时期，东关寨聚居了何氏家族数百儿女子孙。那是一种怎样的生机勃勃、热闹喧腾的情景啊——粉嫩孩童在这城堡里拔节成长，少年在这城堡里情窦初开，热血男女在这城堡里欢爱，就连那年华逝去的老寨主，也目光温柔地亲抚那环寨跑马道，心里满装着曾经守卫家园打下胜仗的壮烈与豪情……弹指挥间300年。如今，历史的烟云风雨已使这城堡褪尽繁华，归于平静。寨墙的岩石依然坚固，寨内的梁柱却已现腐朽，蓬勃的荒草也落根在那已日渐风化疏松的土墙头……

即便如此，不管对一个人还是对一座城堡，流逝的岁月带走的只是曾经的青春容颜。只要他真的存在过，曾用他宽厚的臂膀承载过鲜活的生命、热烈的爱情、不息的梦想，那么，即便烟尘将他淹没，有一天，我们顺着时光回溯，总是还能把他找到——他的生命和精神，就是那些撒落在大地上的珍贵化石，正在黑暗中四射着光芒……

翻阅古民居建筑书籍，脑海里挥不去的，都是东关寨。这座经历近300年世间沧桑的古城堡，撇开建筑学、文化艺术审美相关的东西，最让人动心动情的，还是他在漫长的岁月风雨中的瑰丽附着于深厚沉淀，在于他背后那些鲜活的故事，在于他承载过的历史，在于他见证过的繁华和落寞。

如今，东关寨依然保持着坚毅挺拔的姿态，在这喧嚣红尘中，执着坚守，无声等待。入寨小路旁欧阳修留下的“三生石”和“夕阳台”，似乎在与它遥相守望，建立着某种神秘呼应。

值得一提的是，东关寨前面山地里有一株三四百年的老榕树，虬枝舒展如华盖一般，披覆约有几百平方米的土地，时值仲冬依然郁郁苍苍，一木成林。它的下面野山芋肥大的叶片连成一块碧绿的园子，给这片人烟稀少的地方平添了一幅生机。

自然物成长得于天水的滋养，而人文呢？如果没有现实的关怀，它更容易在斑驳的时光中老去。在这个冬天的下午，我徜徉在古老东关寨中，透过古寨里那一块块岩石、一根根木柱、一扇扇画屏、一个个瞭望窗口，似乎听见有一种乐音在流动，似在低回倾诉人世的浮华与沧桑……

恢宏的建筑和温厚的家园

——闽清古民居巡礼

印象中，闽清是个山区小县，林木茂盛，山水清秀。四五千年前的新石器时代，就有先民在这块土地上刀耕火种，繁衍生息，且历史以来这里就是闽中地区的商贸和文化重镇。闽清县境内现在保存较好的占地面积在2000平方米以上的古厝有二十多座，因其离福州很近，却也往往容易被忽略，我竟然不知道在县域中部有个闻名遐迩的六都平原，土壤肥沃，纵横十余里，其间坐落着全国现存最大的耕读之家古民居宏琳厝和全国最大书香门第四乐轩。

初冬时节，和省里作家一行去闽清采风。从福州出发，车沿闽江蜿蜒前行，一小时左右进入闽清地域。车窗外，田野、山川和溪流，仿佛一幅幅流动的油墨画，绚烂多姿，一派生意。不是吹拂在脸庞微微寒凉的风提醒，大家甚至想不起时令已至深冬。在如这画的意境中，身心被感染，不知不觉融入其中，只剩满心愉悦。

据当地文化人介绍，闽清是马来西亚诗巫“新福州”开埠港主黄乃裳的故乡，背山临水，梅溪横贯其境。定居于此的百姓，或耕读，或渔樵，或商贾，民风淳朴，人杰地灵。悠长的历史，孕育出一个个文化积淀深厚的古镇。

到达闽清县城后，再走二十多公里，进入闽清坂东镇，也就是古称的六都。据载，宋代闽清邑人许将考中状元，皇帝依例为闽清县封都，居仁里位列第六，故称闽清六都。首先映入眼帘的一座巍峨高山，诸峰环绕，树木茂盛，浓荫覆地。当地的朋友说，这座山名为柯洋山，是道教发源地。柯洋山的道教主庙柯洋仙阁始建于南宋，位于海拔千米大山之巅，由巨石垒砌，居高临下，气度非凡。现存的柯洋仙阁是清光绪年间重修建造的，阁顶“柯洋仙”三个大字，相传是宋代道教南五祖闽清人白玉蟾题写。

柯洋仙峰苍岩壁立，云雾缭绕。这里的朋友告诉我，在阴雨天，柯洋仙阁五米之外白茫茫一片，整座山笼罩在迷离的云雾里，仿佛人间仙境。游人至此，如置身画中，难怪清代乾隆年间闽清知县姚循义誉之为“空中楼阁、天然画廊”。若不是挂念着古民居宏琳厝和四乐轩，真愿意流连在这柯洋仙峰下，恣意遐想白玉蟾仙风道骨祈雨的动人传说。

一

登临柯洋山看宏琳厝，震撼于这古厝的气势恢宏。在六都平原南部，梅溪上游的演溪在这里绕了个深湾，形成一条长长的玉带。一片延展百米宽翘角飞檐、古朴典雅的民居建筑，坐西朝东落在河湾内的玉带环抱里，这里就是宏琳厝。

从演溪河畔隔河而望，从近到远是由低到高的五重平行山脊，被称为“五重案”。宏琳厝就这样背靠柯洋仙峰，“门迎五重案，前有玉带环”，山环水抱、藏风聚气，饱受山水灵秀之气润泽。无论从磁场学、美学还是心理学的角度来看，这里都是非常理想的居住环境。

宏琳厝始建于1795年（清乾隆乙卯六十年），占地面积17832.28平方米。采访时恰好遇见屋主黄德展，老人今年75岁了，他对我说：1994年11月，他从中国建设报上看到一篇《我国最大的古民居建筑群·甘熙故居》，称甘熙故居为中国最大古民居，他曾专门撰文表示质疑。纵观全国著名的古民居，如被誉为“江南第一屋场”的湖南省岳阳县的“张谷英”大屋，其占地面积只有9000多平方米；山西“王家大院”、“乔家大院”等均是院落群体，并非单个建筑；福建永定最大的土楼也仅11000多平方米；著名的江南民居建筑群一位于南京市建邺区的“甘熙故居”其占地面积也仅14000多平方米；宁波镇海区“十七房”，只是17栋房相连的建筑群，外有围墙。由此可见，中国最大的单幢古民居当属福建闽清“宏琳厝”古民居。

宏琳厝始建者据说是药材商黄作宾、黄宏琳父子，当时从闽清六都一个地主手中购得地皮建造，用去优质木材七万多根才落成这座古厝。黄作宾认为自己体弱多病，故以其长子宏琳名字命名为宏琳厝。建筑时间与《红楼梦》中的大观园相仿。最鼎盛时期这里居住600多人，比红楼梦里的400多人还要多200人左右，清一色住着黄姓家族成员，堪称南方大家族。宏琳厝整个建筑按中轴线对称原则设计建造，呈长方形结构，进深三落，每落均建有大小天井、厢房和套房，厅堂、住房、天井、花圃等都搭配成套对称分布。厝内廊回路转，纵横有序，通光采风充足，结构科学合理。厝内有大小房屋666间，配套建有30个天井、25个花圃、35个厅堂、36个风火墙、13个大门、近百扇小门，可供千余人居住。据载，偌大宏琳厝，为一次性设计，一次性施工，建造28年始成。

古厝三进，每一进都有一个大天井，主要功能是用来采光以保证厝内光线充足及空气流畅。天井的瓦顶造型是从外向里倾斜的，这在古代是很有说法的，下雨天四面八方的雨水沿着屋檐往内流，寓意肥水不流外人田，守住财富的意思。第一进天井的左右两侧分别建有三间书院，是家中子孙读书习字的地方。第一进正厅有十二根高大的圆柱屹立两侧，厅上雕梁画轩，显示工匠们精湛的技艺。

进与进之间隔着一条横街，由过雨亭相连。过雨亭平时作挡雨的过道，据说家族中的人员穿行于其间都不用带雨具的。万一遇到房子起火时，可以立即把过雨亭给拆了，宽大的横街能使火势得到控制不会蔓延至后院。这也都体现了建筑师的独具匠心。

整个宏琳厝包围墙体四周的风火墙，引起我浓厚兴趣。它别具一格成“几字形”，山墙轮廓方圆结合，富于变化。脊顶是一水平短墙与两端向下的斜坡相衔接，斜坡往外微微翘起，末端翘角下方有几层退进的线角，脊角装饰有花纹图案，美不胜收。更重要的在于这防火墙的防御功能。据说历史上宏琳厝曾发生过一场不小的火灾，在族人奋力扑救的同时，风火墙有效地隔绝了火势向边上的建筑蔓延，起到了很好的防火作用。此外，风火墙上采用独特的乳丁瓦贴手法，既有效地遮挡风雨的侵蚀，又起到了装饰作用。正因为有了这些风火墙的设置，才使得大量的古建筑较好地保留了下来。

宏琳厝的女儿墙，是很独特的建筑构造。女儿墙位于第三进屋檐的下方，墙体的上方两端各突出一小块装饰墙，功能在挡风遮雨，但这小墙上装饰彩绘生动细腻，极度富文人气息。墙的两端上书“登云”、“步月”二字，不仅引入冥想，这既是这位屋主浪漫情怀的表达，也流露他对修道成仙的渴望与崇拜吧？

正巡游在古厝里，突然响起一阵鞭炮声，见厅堂张灯结彩，一队人马披红戴绿抬着猪腿、鸡鸭、面蛋、水果等顺着红地毯走了出来。正纳闷着，黄德展老人说：“今天是好日子，黄育顺娶媳妇送聘礼去，午时把新娘抬回来喝喜酒。宏琳厝里的人办酒席都在中午时分。”

二

一阵热闹过后归于平寂，慢慢巡览着慢慢地寻味着，仿佛逆溯一条时光隧道，缓缓走进了宏琳厝隐秘深邃的心灵，回到了它故事开始的地方。

从正门虎头门开始，随着一进一进的大门徐徐打开，隐约看见这里往昔的热闹与辉煌。宅院深深，古厝的防御功能让人不由感叹，有瞭望用的“兔耳”，防卫用的“城槛”，配备从葡萄牙进口的“佛郎机炮”，还有“攻击眼”，全厝 47 个窨井随处随时可以取水灭火。街、廊、弄、墙贯穿三进，廊回路转，如行迷宫，没人带领也许真会迷失在这古厝的某处角落。

宏琳厝门楼是平常的园开式，大柱上多为对联，门窗雕饰也是普通的平常人家似的错落方格。一、二进因为是小字辈、中字辈居住的地方，装饰普通；第三进，是老字辈居住的地方，有了些装饰，厅、廊上方有雕梁画栋。应该说宏琳厝气派朴素，而不华贵奢侈，它内在的文化品质，从楹联和黄家人创办的七所学校的大手笔中已经完全读懂，不必再细细从雕花栏杆中细读。

“盈盈楼上女，皎皎当窗牖”，宏琳厝的小姐阁楼，是最神秘吸引人的一处。小姐阁楼在第三进的右边。我小心翼翼地沿着窄窄的吱嘎作响的木梯上去，看到这里的房间不大，一间间小闺阁，就是过去黄家小姐生活起居的地方。一节竹竿撑起窗户，阳光透过格窗斑斑点点洒在地上。从窗里望去，层层瓦片横竖排列，道道瓦槽细密、粗糙，像是时光的皱纹；几丛小草从瓦片中顽强地生长出来，在微风中轻柔地摇曳，寂寞、安静、悄无声息；燕尾脊房檐翻翘，像一只欲飞的燕子剪影般叠映在蓝色的天空上，古旧、灵动、秀美纤巧，像一幅淡墨晕染的国画。阁楼有小书房，居室有副对联：芙蓉夜月开天镜，杨柳春风拥画图。两侧门楣左边上写：琴棋；右边上写：书画。内厅里老式家具上的青花瓷瓶、格式墙壁上的陶器、卧室桌上的进口钟表、过道里的烛灯……每一物件，每处印迹，似乎都传递着曾居住这闺房的女子的气息，诉说着那些女子的温柔美丽和高雅情趣和她们经历过的酸甜苦辣的悲喜人生……

宏琳厝窗台位置的设计别致而精细，在空间的构造中特别人性化：窗临地面较高，是为了保证室内生活的隐蔽性；窗屉的设计上下左右推拉，将窗扇活动空间缩小到最大程度，给生活起居带来许多方便。大家族里人口众多，往返活动频繁，窗扇向室内外开过大难免会造成人员无端的碰撞伤害。由于窗屉板活动的空间仅限于墙体内部，没有受到风雨的侵袭和人为的损害，宏琳厝的窗两百余年来依然保持良好。

而今，偌大的一座古厝，只住着四十多户人家，走出正厝，走进横厝、外横厝，显出几分冷清。一间间房间年久失修，陈旧而沧桑。穿行在厝内的幽幽深巷间，不由感慨光阴和生命瞬间即逝，且一去不复返，无论怎样辉煌的人生，也如白驹过隙，终将归于尘土。

正这样想着，一低头，看见一朵紫色小花从墙根石缝里开出来，心头瞬间一暖，颓废凄凉的气氛也随即扫空。只感觉这朵绽放的小花，其实就是宏琳厝传递出的执着的充满希望的生命气息。是啊，这座风雨沧桑两百多年老厝，上演过承载过多少故事，如今依然坚韧屹立着，任一代黄氏宗族儿女在这里老去，消逝在岁月长河；新一代又延续着前辈血脉，繁衍生息，代代相传……

三

徜徉在宏琳厝古街巷弄之间，也感受着浓郁的文化气息。宏琳厝里内藏丰富的家藏文物、名人字画和明清家具，俨然成为不可多得的民居博物馆。清朝咸丰皇帝为表彰宏琳厝人勤俭读书，为宏琳厝题写“紫薇銮驾”圣旨木匾，如今就挂在古厝第三进的正厅中。二进大厅里一块“庄敬国强”匾，则是大文豪郭沫若题写。据说被郭沫若视为知己的台湾科学家黄开绳就是宏琳厝人，黄开绳曾回忆道，在福建老家祖厝有住房四间，其中有一间书房与小花园相连，小花园内长有一颗茂盛的天竺树，幼年时常在书房背书，累了就到小花园散心。郭沫若知道后所题赠的“庄敬国强”，被视为至宝。

虎头门的“宏琳厝”匾，则为原中共福建省委书记项南在宏琳厝奠基200周年庆时受邀所题。黄德展老人说，抗战时期，项南在宏琳厝创办了《抗日救亡旬刊》《闽清快讯》，还在宏琳厝的二进大厅内组织排练节目，组织宣传队……住在宏琳厝足足两个月，在附近地区开展了轰轰烈烈的抗日宣传活动。古老的宏琳厝也因此留下了烽火的记忆和红色的印痕。

厝里有三盏玻璃挂灯，据说是两百年前从德国进口，原为朝廷贡品，后来不知道怎么回事落入宏琳厝收藏家手上。曾有德国游客慕名到宏琳厝参观，见了感慨不已：没想到自己国家在几百年前制作的精美的玻璃灯具，在异国他邦的宏琳厝被当作古董收藏至今。

宏琳厝里还有一间小展馆，这是黄德展老人最喜欢带游客观赏的地方。里面展出的是两百余年来生活在厝里的人们使用的物品，其中还有德国造的缝纫机，一台据说是中国的第一台验钞机，是用树龄200年以上的桑树干制成的。而最吸引人的，是宏琳厝的“三宝”：一是雕刻精细的牙床，床框上雕满花卉图案，床内的多层架子上、抽屉里，可放置衣物、书本，也可放置点心、茶水；二是旷世奇珍蝇头小楷，抄录的是四书五经，非常工整；三是竹衬衫，用竹片编制而成，官员夏天上朝时穿在官服里面，既冰凉，又能吸汗。

宏琳厝的先祖更是以“勤俭崇文”首推祖训家风。宏琳厝的始建者黄作宾一直奉行“教子而行正路惟读惟耕，耕可养身读可养心”的理念。先设私塾，继而创办“崇文学堂”，后又扩办“文泉书院”。清代大臣陈宝琛欣闻此举，题写了书院题额。

走进宏琳厝，那些“高山起翰墨、星斗焕文章”、“立修齐志读圣贤书、存忠孝心行仁义事”的楹联牌匾，无不洋溢着浓浓的文风书气。两百多年来，宏琳厝习文读书之风不断，后生学子代代发愤图强，英贤辈出，黄开绳教授的五个子女均为大学教授。

宏琳厝的书画丹青更让人惊叹。厝内上到耄耋老者，下至学龄儿童，个个酷爱书法绘画。他们或三两成群，或父子同案，相互切磋，临池不辍。把传统的颜、柳、欧体，行楷草隶揣摸得入木三分。其中有不少人的作品入选全国和省市各类书画展览，屡屡获奖。1999 年，宏琳厝还成立了“书画研究会”，被誉为书画家的摇篮。

宏琳厝十多年前被拍过一部纪录片叫《祖屋》，这部由中央电视台中国电视节目代理公司和福建电视台联合制作，孙曾田、许丹执导的纪录片，在 2002 年第三十四届美国国际影视节上获“银屏奖”二等奖。片子说的就是宏琳厝里的黄姓大家族两百多年来，世代耕读传家、勤俭崇文，至今仍然保持着中华民族的传统道德和礼仪。

四

从宏琳厝走出来，向六都平原北部行驶几分钟，思绪还沉浸在宏琳厝这座古民居的恢宏沧桑中，耳畔却似乎渐渐清晰回荡起两百多年前在这平原上传唱的一首童谣：“四乐厝，四乐厝，鸟儿飞不过……”

童谣传唱的，指的是坐落在坂东平原北部全国最大书香门第古民居四乐轩。四乐厝的始建者刘贻豪，自幼聪颖好学，乾隆丁卯年中贡生。乾隆十九年（1754 年），刘贻豪与六嫂余氏合建四乐轩。四乐轩原占地面积 24500 平方米，直进四座二层半土木结构，典型的江南水乡民居风格。

四乐厝每进七柱八扇风火墙，旁有横厝。二落与三落之间有一条四五米宽的横街，通达左右横厝。轩外左右各有一条两米宽的直街与水沟，通达轩内四落，与横街犬牙交错。轩内各落正厝风火墙下设拱形边门四个，通往直街。直街外建横厝数列，上下横厝以十几米高的风火墙隔开，以防火患。

据说，2003 年 3 月来自拉丁美洲的圭亚那合作共和国总统巴拉特·贾格迪奥，在中国驻圭亚那大使宋涛的陪同下，慕名专程参观四乐轩，对其独特的建筑风格和庞大的建筑规模，赞不绝口。

四乐轩的东西南北四个角落各建一座炮楼，楼窗窄小设有枪眼，以防匪盗。新中国成立前，兵荒马乱，邻近的乡亲为避匪乱和抓壮丁，常常躲宿“四乐轩”内。今虽有部分横厝改建新房，但其正厝保留完整。走进四乐轩，四座主屋前后正对的大门、屏门、后厅门共13道，呈一直线依次洞开，广埕大庭绵延深远，气派非凡。其格制、装饰可与宏琳厝媲美，两厝合而为六都平原上的古民居建筑明珠。

住在这里的刘家第九代媳妇朱秀玲如今义务担任四乐轩的讲解员，她介绍说，四乐轩为闻名遐迩的书香门宅第，历史上有“书灯田”等奖学机制，全厝读书重教风气浓厚。他们尊崇孔子、笃信程朱理学，因而生在厝里的人会自觉不自觉地感染着儒雅之气。旧时，四乐轩的四进厅堂梁上挂满了“解元”、“贡生”、“文魁”等各类彰显功名、体现书香门第的牌匾，其后裔被称为“牌匾下的子孙”。

为了让子孙读书识字，刘贻豪不惜银两购买厝旁溪坂河滩，围垦造田。此举曾遭人讥讽：“贻豪、贻豪，花钱鹿角买河，大水一冲，不留一毛。”刘则信心十足地回应道：“贻豪、贻豪，要开田想买河，十年之后，世代出英豪。”此后，贻豪的后人秉承前人宏愿，再次购买了耕地，作为“书灯田”，设书斋立书院。果不其然，刘氏子弟在“书灯田”的惠泽下，苦读经书，英贤辈出。自清乾隆十九年（1754年）至民国初，四乐厝有72人考中举人、贡生、秀才；民国以来先后有250多人跨入各级高等学府，有的一家出了18个大学生，更有兄妹仨均取得博士学位；就近而言还有如今还健在的担任过福州市委统战部长和福州市政协副主席的刘嘉静。经历250多年洗礼和积淀，四乐厝让人感受到读书重教诗礼传家的气息。

一天下来采访虽然辛苦，但我已被闽清这些古民居深深地吸引，赶在傍晚前，我又驱车前往塔庄镇茶口村。茶口粉干名闻遐迩。车在一粉干晒场上停了下来，粉干厂的对面就是可霖厝，这座建于清光绪二十七年（1901年）的独门老宅繁盛时曾也有百来号人，而今住在里面的刘銮英老人现已83岁，她3岁进到可霖厝当童养媳，她的一生的命运和可霖厝息息相关。走进可霖厝夕照暖暖地打照在风火墙上，白墙灰瓦却也显现出一派生机。厝里的院落和边边角角都收拾的整整洁洁的，想必老人该是个爱干净的人吧！

从可霖厝往前进入塔庄镇坪街村，一座寨堡式的建筑物立在山下。村文化协管员陈平泰告诉我这就是冬筹寨，又名“闪庐”，离著名的七叠温泉景区仅有六分钟路程。它既是宅又是堡，平时居家过日，战时可以御敌防卫。寨堡基础是用大卵石垒砌，高度多在四五米间，有的高达6米。垒砌时将卵石的小头朝外，大头向里，层层紧压，外面的人很难从外部扒开破口，这些寨门均为三重门，异常坚固。在石门洞的上方凿有小圆孔。这些圆孔上方便是走马道，作用是遇到敌人用火攻门时，寨内的人可用水注入圆孔，水则从圆孔往下流形成水带，浇灭燃火；也可将烧开的水或食油浇下伤及攻门的匪徒，甚至还可以兼作猎枪、土铳的射击孔。它的空间布局、造型特征无不在向人们讲述它那饱经历史沧桑的文化积淀。

六都平原上，还有八闽最大的宗祠六叶祠，寨堡式建筑精品歧庐、品亨寨和娘寨等，著名神庙芝田宫，华侨领袖黄乃裳、民族英雄黄乃模兄弟故居、陵园等，与当地保留下来的上百座有相当规模和建筑档次的古民居一起，组成了一个具有典型意义的古民居群。这些古厝，经历百年风雨洗礼，经过历史的陶冶，逐渐形成了具有地域及时代特色，具有当地人群、族群民俗特色的建筑群。它们都富有深厚的文化底蕴，不仅是研究民间建筑艺术珍贵的活化石，也是中国民居建筑中的朵朵奇葩。

临离别时回头再看六都平原上这些古厝，只见它们沐浴在夕阳映照下，散发着一种别样宁静的美。这样的静，有别于山野之趣，空谷之幽，洋溢着家园的温厚和心灵的澄澈自由。这些肃穆恢宏的古厝，似凝固的音乐，又似物化的诗篇，总以它们不变的姿态，安抚着流浪游子的愁心，轻挽着岁月的风雨，也点燃着历史沧桑的文明。

赖坊，一个家族的古老庄园

赖坊，那个距清流县城五十余公里的大丰山下、九龙湖畔的地方，还奇迹般地保存着一片颇具规模的古建筑群。夏末秋初，到清流采风时，它闯入了我的视野，一个以赖氏姓氏为名的村庄，它集民居、宫祠、庙宇、寺庵、街道、水网、城寨为一体，堪称闽西北地区古代村落建筑的经典之作。

古厝是在现代文明夹缝中挣扎图存下来，展现出顽强的生命力，承载着赖氏一脉乃至南迁客家人某种精神的物化。作为在漫长岁月中有过的辉煌历史见证；作为一段久远故事的载体，一段固化了的怀旧情绪；甚至作为一种民居建筑学精华和具有经典价值的美，等等，它带给我们可以追寻和思考的东西太多了。而今受天灾人祸的影响和现代建筑的挤压，这样的村落正渐渐消失，这样的民居也已经越来越少，更显弥足珍贵。

一

赖坊古村，肇基于北宋咸淳年间，距今已有近1000年的历史，据赖坊赖氏族谱记载：北宋乾兴元年（1022年），赖一郎公与其弟九郎公从沙芜出发寻找丢失的母猪，逦迤寻至后龙山下，找到了已经产崽的母猪，母猪和十几只猪崽头头肥硕精壮，兄弟二人好生欢喜。又见此地地脉深厚，气望轩阔，是一生聚佳地，便相约举家迁于此，卜居水东，繁衍耕殖，世代相传至今已有三十余代。至明代，赖坊已形成“居民据而为乡落，于坊里相望，室庐相接，鸡犬相闻，庶已哉”的富庶之乡。迨至清代晚期，赖坊已有三百余户，约一千五百余人，除一家姓黄外，皆姓赖，血缘关系紧密且传承有序，是赖氏一门中较为完整的支脉。村中通道三辟，里弄四条，城门二通，东为魁星门，西为镇安门，村内房屋鳞次栉比。大门一概朝西，主街由真武庙起，依次为真武街、楼房下街、镇安门街，四条小弄从南向北依次排开，分别为真武弄、井弄、大坂头弄、井头弄，这些小弄幽深曲折，将村庄析割为既紧密联系，又相对独立的街区。

这些记载中的生动描述，深深吸引了我。从县城出发，沿着204省道，车行中欣赏着道路两旁的青山绿水，满心的愉悦和惬意，到了赖坊村前，整个路程只花了一个多小时。站在乡政府背后的小山坡上，一眼望去，其村落布局依山型顺势而下，屋后山有如一巨人仰天而卧，当地人将此形状称为“仙人撒网”，相传为赖氏七世孙赖五义设计，其设计的义理，是天人合一、和谐万物、顺应自然、法天象地的哲学意识与文化内涵。

刘光军是当地一位考古学的专家，多年研究客家古名居，对赖坊村十分熟悉。他说以前从县城过来要近四个小时，所以很少人能领略到赖坊村的神采，自从这条路修了后，来的人就多了。我听了暗暗担心，赖坊村会不会也因此受到人流的喧嚣侵扰而丧失了那种宁静古朴的美？然而在他的带领下，半天的走访中，我们穿梭在古村的大街小巷，走进一座座古朴的厅堂，像是徜徉在客家文化的历史长河中，发现我的担心完全是多余的。刘光军说赖坊村完全符合中国农村传统的选址标准。而他富有诗人气质的解读，给这座村庄增添了迷离的色彩：“背山临水的村庄，平畴环列，龙珠寨矗其前，后龙山恃其后，文昌溪由寨下迢递而来、蜿蜒而去，四周层峦耸翠，远山匀称，近山环抱，坛屏高大，罗城周密，朝晖夕阴，气象万千。”让我感叹赖氏先祖的智慧和赖坊村人对家园悉心守护的那份真情。

赖坊村是诗意的又是理性的，建设上有着完整而系统的规划和设施，至今整个村落原始布局依然完整。现存明清时期古建近五十处，建筑总面积在2.5万平方米以上，且连片分布，街巷井然，可称闽西明清村落建筑的“活化石”。古村落内的房屋格局，以宗祠为中心，聚族而居，高低错落又尊卑有序。街巷交错纵横，水网系统布局完整，交通、商贸、学校、城门、山寨等社会性基础设施和宫庙祠堂、祖屋、民居等各建筑单元，形成支脉清晰、纵横交错的有机组合，不仅保存完整，而且大多至今仍在发挥着它的社会功用。村里古村延续以真武街、楼房下街、镇安门街为骨干，以众多里巷小弄为支脉的街坊布局，沿着这些巷弄分布有“宗祠”以及命名为“彩映庚”、“翰林第”、“来清”、“迎熏”、“慕荆”、“棠棣竞秀”的古建筑。而建筑本身精美与素朴的造型，色彩与整体的形象，则来自赖坊人自信而独特的美学意念。

二

所有客家人居住地都离不开一条河流，赖坊也一样，一条小溪流把赖坊村分成了东西两半，它叫文昌溪，千百年来舒缓执着地流淌着，滋养着两岸的客家居民。溪流的名字似乎映衬着客家儒学持家、耕读文化的精气神。村庄充分利用依山傍水的地理特点，由山前阶地至河岸谷地，房舍依序排开，山环水护，后山林木葱茏，前溪水流青碧，整座村庄坐落于碧野清溪之上。人工建筑与自然景观高度和谐，体现着客家先民以人为本，和谐万物，崇山敬水，天人合一的朴素人生观和价值观。

赖坊的水网，使这个古老的村庄充满灵动意境。

“可汲可漱，可漂可洗”的大圳沟，是古代村落基础设施建设的经典之作，亦是传统风水学理念服务于社会的典范。与其他公共设施一样，大圳沟也是赖坊七世祖赖五义的杰作，在今天看来，仍然能体味到设计者精密、严谨和科学实用的理念。

一股水流浩大的山泉通过村里的人工渠道，流经我们走过的每一条街巷，水质清冽无暇。水流经处偶见斑驳沧桑的古井，井口磨得锃亮锃亮。古井早已废弃多年，仍可见井底汩汩涌出的泉水，以及漾在水中的影子。寻到村尾在山泉汇聚的一个水潭边，把手伸进水中，一股清凉顿时穿透了肉体，喧嚣和劳顿瞬间消失。

“大圳沟”是由两条山溪经改造后在村庄西南高处汇流，然后沿主要街巷里弄萦通每一家住户的水网系统，它盘桓环绕于村庄的各个角落，水量充沛，常年不歇。街巷与水网并行，“哗哗”的流水声一直伴着脚步声前行。更为重要的是，它具有目的性很明确的消防功能，若某一户人家的房屋不慎走火，打开和堵上相应的木闸，水很快便漫进该户人家的天井，很方便灭火。

有关“大圳沟”，村里还流传一段凄暗悲壮的故事。据村中老人讲，大约在清咸丰年间，赖坊的一个家族在翻盖祖祠时因地方逼仄，而占用了“大圳沟”原来的沟址，致使水沟改道绕行，造成以下流水不畅。建成之日，祖祠屋角流出殷红之物，竟使沟水变色，三日不绝。不久，“长毛”犯境，该家族 36 名精壮男丁集结迎敌，全部战死于九龙江畔，后来，家人收尸时，只拣回 36 根马鞭，合葬在一起称为“三十六鞭冢”。该家族从此大败，几乎在赖坊断了香火。不知是迷信，还是巧合，它让人们感受日常生活平庸之中所潜藏的玄机与秘密。这是一个村庄的心灵史，像一种血液，或者一种幽暗的时光，穿透了人们的思维之障。它让人们相信一座村庄是有灵魂的，甚至一种精神上的村庄比之物质化的村庄更加真实可信。

这种故事使人迷惑，它几乎让人触摸一座村庄心灵史中最柔软的部位。日夜流淌的大圳沟——这古老的水系，轻盈而灵动，沉静而欢快，在不停地述说着永远的传奇，传诵着一首首古老的歌谣。

三

赖坊古村，背倚后龙山，前临文昌溪，只有一座象征性的城门楼，名叫镇安门。村周围再没有其他的防御设施，但据村人介绍，赖坊肇基近千年来，却鲜有匪患骚扰的记录，这在历史上战乱频仍、匪盗猖獗的闽西地区就是一个奇迹。

每当这时，村中老人会得意地告诉你：这是他们老祖宗赖五义的功劳，他老人家设计村落时，将村内街道按风水五行设计成了一个八卦迷魂阵，外人进来，只有死路，没有生路。

带着这些疑惑，在村民的带领下，我们走进了这座千年古村的深处，几番穿梭下来，仍觉小巷悠长，庭院深深，在高墙逼仄的阴影下，望着似曾相识的转角和墙壁，方向感顿失，若不是老乡们带路，一定会迷失在古巷深处的某个角落。

抛去传统堪舆学说虚无玄妙的成分，赖坊古街道的设计确有其科学和精到之处。

按传统风水学的理念，村庄生气宜藏不宜散。所以，赖坊村内的小巷，如真武弄、井头弄、大坂头弄等，都是曲折幽深的，在村庄内部盘桓数匝后才延伸至村口，一方面为藏风聚气，另一方面，外人进村后极易失去方向感。在每个里弄的转角处，作为参照物的街角及其建筑物基本雷同，很难找到校正方向的物证。还有一个最容易被忽视的原因，就是街巷与水网并行，“哗哗”的流水声一直伴着脚步声前行，始终如一的流水声，最容易使人的空间想象力停滞，造成人们时间与空间上的错乱。

赖坊街巷这种迷宫般的设计，据说是赖坊七世祖赖五义参照江西赣州老城的街巷特点，再根据赖坊自身的山水地理形势而独创的，那就是“乾为生路、巽为聚口、离为切口、兑为煞位、五行相谐、五方相辅”。这种将传统风水观念与防盗御寇相结合的完美典范，是赖坊古村最独到的地方。古厝门户整体坐西朝东，布局简洁，造型精美，均为砖木结构；古厝素雅端庄，与这里的山水浑然一体。传统的双面坡悬山顶于重叠的山墙背后，以中轴线对称分布，面阔三至五间，中为厅堂，两侧为边厢，厅堂前是天井，采光通风，换气排水，院落相套，造就出纵深自足型的生存空间。整个民居以天井为中心，营造出“四水归堂”的格局。而建筑局部的精雕细刻，是整座建筑的华彩乐章。那些附着在牌坊、石狮、石鼓、抱鼓石、须弥座、鸱吻、角兽、脊饰、门罩、梁柱、瓜柱、垂柱、叉手、漏窗、雀替、斜撑、斗拱、隔扇、檐栏、挂落、栏杆之处的砖、石、木“三雕”艺术，准确、传神。

到了赖坊就不能不走访南山村马氏宗祠。这是一个至今仍连接着海峡两岸亲情的历史见证，是台湾马英九先生的祖籍地。近几年来宗祠经过县、乡政府的保护和修缮，已经重现了当年的风貌，也成为省重点文物保护单位。每年来这里寻根祭祖的马氏族人和台湾宗亲络绎不绝。

四

彩映庚、翰林第、棠棣竞秀、来清、迎熏、慕荆等一批诗意盎然的民居名号，涌动着墨香四溢的文化氛围。它们是古代门第门榜文化的精华，至今读来仍令人唇齿留香。

如迎熏民居，单进两厅式合院民居，由山门、坪院、门厅、上厅、厢屋及左右护厝等组成，砖木结构。卵石铺砌的坪院左首，建有四柱三枋的门楼，青砖砌就，风格素朴典雅。门楼上方墨书“迎熏”二字，典出《诗经》“南风之熏兮，可以解吾民之愠兮。南风之时兮，可以阜吾民之财兮。”大意是：温暖和煦的南风啊，可以吹散我的百姓黎民的怨气吧。恰当其时的南风啊，可以让我的百姓黎民五谷丰登，财源广进吧。

在赖坊的古民居群落中，彩映庚是最完美的一座，位于村西南文昌溪岸，门前碧水如带，屋后烟火万家，隔溪远眺，青山如屏，是客家人崇山敬水、卜吉而居的典范。合院式民居建筑，由大门、中厅、正厅、厢屋、护厝等组成，体量小巧精致，砖、石、木“三雕”艺术精美，是封建社会晚期没落文人的画心之作。“彩映庚”三字被镌刻在门楼门额上方，刘光军为我们解读具体内涵：“祥光异彩映照在朝西开的门第上，五谷丰登且多金。”如此多的美好愿望浓缩在三个字中，且翰墨飘香、古雅灵动，这种松风万壑的文字造诣，令今人叹服。

来清民居是一座建于清代早期的老房子，近300年历史，保存着赖坊最多的传世文物。“清”应该是汉语言文学中最贞洁的汉字。“来清”，既包括“呦呦鹿鸣，食野之苹；我有嘉宾，鼓瑟吹笙”的悠长之音，又涵盖“雏凤清于老凤声”的清越之鸣，寄寓着先人对后世子孙光其阀阅、克绍箕裘的殷殷厚望。

赖坊祖庙前，越过大圳沟，翰林第左侧，立着一座府第式建筑，只见门楼巍峨，墀头参差，一片粉墙黛瓦守护着深深庭院，这是一座近两百余年的祖屋，为赖坊赖氏第二十二世祖赖荣秋所建，与其他的古民居不同，这座房屋的大坪正中，用卵石俏色砌有一“太极阴阳鱼”图案，历经两百余年而光洁如新。据说，在每月的朔月子时，有缘的人会看到阴阳两只鱼眼，发出烁烁之光，两条鱼衔尾而游，上下穿梭，洄游不止。

在赖坊众多的古民居中，翰林第是尤其值得推介的一座。它位于赖坊后龙山下，山塘背前，主山四季葱茏，泉流常年不涸。朝山山形匀称，近山低平如几如案，远山阜起如屏如插，文昌溪似玉带缠腰，前后呼应，左右相称，是一处极为难得的风水宝地。翰林第现存古建筑建于清道光年间，系赖坊赖氏第十七世祖赖道亨所建。为两进合院式府第建筑，由门前大坪、门厅、中天井、前厢、后天井、正厅、正厅边厢及左右护厝组成。该建筑体量高峻，装饰素朴，除边厢窗扇上减地雕天马、麒麟、天禄等瑞兽外，只有一些包袱锦图案的漏窗。中厅与正厅太师壁上方各悬一漆金匾额，中厅者上书"文明继美"，正厅者上书"椿荫槐荣"。"文明继美"匾系清光绪年间翰林第屋主赖初兆的弟子为其做寿所敬贺。

……

大圳沟日夜流淌，翰林第、镇安门、彩映庚、棠棣竞秀等祖屋和民居如一座座纪念碑，承载着赖坊人过往的光荣与悲怆、梦想和挣扎、徘徊与追求。这些文化的物态形象正以亘古不变的感知方式与这个全新世界进行交流，隔着遥远的时空对我们述说着祖屋古厝那来自远古的絮语！

五

赖坊各建筑单元外表风格素朴，但装饰手段及技法多样化，以木雕、砖雕、石雕等为主的"三雕"艺术，图案设计精到，技法娴熟，功力遒劲，其内容和形式表现着赖坊人朴素而独到的美学意趣和理想愿景。另外，灰塑、壁画、彩绘等装饰手段亦有突出表现。它们与"三雕"艺术一起，共同构成赖坊古民居装饰艺术的长廊。

在赖坊古民居中，木雕艺术的美很大一部分体现在花窗上。木雕工匠们利用减地、剔花、镂刻、圆雕、透雕等技艺手段，刻画描摹出戏剧故事、神话传说、瑞兽珍禽、奇花异木等题材；采用谐音、借喻、隐喻等修饰手法，表现出祈求家族和睦、人丁兴旺、福禄寿禧的良好愿望。其图案精美，技法娴熟，内容和形式凸显出赖坊人朴素而独到的美学意趣和理想愿景。

如和谐有余，在曼妙的水草丛中，悠游着一只螃蟹，它眼睛突起，两螯抱圆在奋力划水。一旁，两尾红鲤在水中穿梭，甩尾鼓鳃，怡然自得。雕刻者用高浮雕的技法，将水族中常见的螃蟹和鲤鱼刻在一扇花窗的"抹头"上，写实的意境中蕴藏着深刻的内涵。在赖坊古民居的花窗中，这种用物化的形式所表现出的和谐主体，既使人莞尔，又令人深思。

封侯献瑞是赖坊“彩映庚”民居左厢房的一扇花窗，由猴子和鹿两种动物构成画面的主体图案。画面上方，两只猴子攀缘在树上，一猴伸出猿臂，用一根棍子在袭扰悬挂在树丫顶端的蜂窝，一猴坐枝旁观，一时间，蜂群鼓喧，四处飞散，捣乱者眼眉翘笑，玩态憨痴，旁观者以手捂头，作躲避状。画面下方，三只灵鹿立于岩松之下，中间一鹿口衔灵芝，形态安详贞吉。画面上方的“蜂”与“猴”谐“封侯”之意，下方的“灵鹿献瑞”是道教题材中常用的内容，由此构成“封侯献瑞”的吉祥祝福。整个花窗的艺术造型准确生动，张力十足，古代民间艺术家的创造力令人赞叹。

在赖坊翰林第厢房隔窗的一幅透雕窗扇，在四头香草龙虬屈肢干的环抱中，五只蝙蝠联袂相团，翩翩起舞，蝠身用写实的手法表现出逼真的肌理质感，仿佛能听到蝙蝠翅膀夜行时穿破空气时的“啵啵”声。蝙蝠，由于其“蝠”字与“福”谐音，是古代建筑中十分常见的装饰题材之一，这幅“五福临门”图案用工整细腻的手法，表现出先民对幸福生活的追求与憧憬。

在变体的香草龙组合图案中，你能看得出隐藏在其中的“福”、“禄”、“寿”、“禧”四字吗？在繁缛的花式组合中，“福禄寿禧”如云端的神龙一样，若隐若现在云雾之中。

四季平安是赖坊“棠棣竞秀”民居中厅隔扇花窗上一幅描绘“渔樵耕读”内容的木雕，刀锋凌厉，技法娴熟，令人叹为观止。有趣的是，在它的边廓位置，雕有四只花瓶，瓶口内分别插有代表四季的牡丹、莲花、菊花和梅花，在花瓶那新颖造型的陪衬下，四季花更显娇艳欲滴。四季花安在花瓶里，“瓶”谐音“平安”之“平”，寓意“四季平安”。整个画面生动饱满，表现手法新颖独到，为不可多得的花窗精品。

客家古民居重装饰，屋檐、门楣、柱础、枋头、门柱、窗棂、雀替，都有雕刻、彩绘、花鸟虫鱼、人物山水、传奇故事，琳琅满目，美不胜收。这些传统花雕作品却透露出先民一种安然自得、尽享天伦的快乐追求，也带给人们充满温情的享受。

离开的时候天色已晚，山野的风吹来，拂过我的脸庞，冷馨而幽深。在月色下再一次打量着青黛的屋顶连片的村庄，它和周围的稻菽、树林、小河、山峦构筑出赖氏家族的古老庄园——一幅美好的家园图景。是的，当抽象的历史被时间推得渐行渐远时，面对千年古厝，是它让我们每个远游的灵魂不再飘荡，在这里重新找回了精神的归宿。

寿宁廊桥，古卷沧桑诉风流

廊桥岁月

有高山处，必有流水。湍急的水流，穿过茂密的深林，转过崎岖的山道，冲击而下，给寂静的山村带来了生机和活力。

我童年生活的村庄在僻静的山岭上，家的门前就有一条小溪，很浅，但却很开阔。从深山里流出的水，在这里汇成一条清洁的小溪，又流向山外。溪里布满各种各样的石头，大的坚如磐石、小的细碎如沙、鹅卵石溜光滑亮、菱形怪状的石头更可以延伸想象力，伙伴们争相做各种动物的猜想，谁说得像谁就是胜利者，现在想来虽然牵强比附，但那时却其乐无穷。白天，那溪里的石头被翻得凌乱，那是我们放学后嬉闹的“游乐场”；可是夜晚，它们竟变成会唱歌的石头，溪水流过每块石头，都会发出清亮的声音——大自然这样厚爱我，在我童年的梦里灌注了这样的天籁，给了我最初的自然的感动。

学校在溪的对面，上学路上一定经过一座廊桥，桥已经十分破旧，不知经历了多少代人的踩踏，也不知经历了多少年的风雨冲刷。当我走过那桥面时，桥总有点晃晃悠悠的感觉，有几处木板已经腐烂，可以看到下面的河床，我总是小心翼翼地走着。那时正处“文化大革命”期间，廊桥里面张贴着毛主席的画像，还有一些批斗公社“走资派”的大字报，即便这样，仍然有人在中间神龛的位置上点香火和摆些水果，那神龛佛像已经被毁。记得我还在廊桥上值勤过哩，那时正值春耕时节，我还是一个“红小兵”，神气活现地拿着红缨枪在桥口站岗放哨，廊桥上贴着许多张毛主席语录，凡是经过的人不分老幼男女都要背诵一段毛主席语录，不能背诵的照着贴在桥上的语录念也行，否则就不许过桥。乡下的农民没有多少人读过书识得了字的，大多背不全整段的毛主席语录，所以被处罚的人就要强行送到田里去插秧半天，然后才能放行通过。

离开了山村一晃三十多年，廊桥也如久远的旧梦淡出了我的记忆，风从岁月尽头吹来，我倾听到了多种的音响，但我再也听不到廊桥的乐音了。现在才知道那是绝美奇异的乐声，是百年传送的缥缈迷离的岁月的和声——廊桥，像一个用木质搭建起来的拱起的口琴，唯有自然的山野的嘴唇才能把她吹奏。

廊桥与河

一条河流文化其实就是这个流域人类的文明史，千万年前，人类的祖先择水而居，才有了生生不息的后代繁衍的故事。人类是从大山走出的，是从攀沿的树枝上爬了下来，而后站立起来的。人开始在大山栖居，开始有了路，开始有了横跨溪流上的桥，而最初的桥一定是木质结构的桥——人类在俯拾即是的树林里生活，因地制宜用最便捷的方式制造了独木桥、独木舟等这些交通工具。

寿宁，福建省东北部的一个山区县。这里地处闽浙边界，素有“两省门户，五县通衢”之称。这里山峦连绵，溪流纵横，“控闽浙咽喉。其崇峰叠嶂，屹若天堑，旧称东隅保障，有天造地设之奇”。明代著名通俗文学家冯梦龙曾在寿宁任知县，著有《寿宁待志》一书，记录了明代寿宁的政文概貌和人文风情等。坐拥数条出省交通要道的山城寿宁，在文学家笔下留下了不少传奇，其中廊桥大多扮演着重要角色。廊桥，让这方山水独具风格、底蕴深厚，增添了厚重的文化色彩；廊桥，浓缩了千百年的乡土文化发展史，为寿宁赢得“世界贯木拱廊桥之乡”的盛誉。走进寿宁，就如同走进世界木拱廊桥天然博物馆，让你在跨越时空的感叹中发现无数惊奇。

我是在2009年的早春二月带领“海西新农村”采访团前来寿宁的。“春水碧于天，廊桥听雨眠”，当时在任的女宣传部长为我撑着一把伞，在濛濛细雨中游走在繁闹的城区中央的升平桥时，我的脑子马上映出这样的诗句来。寿宁我不是第一次来，但每次都匆匆一瞥就离去，然而这回来才让我真正关注寿宁正在开掘的“廊桥文化”，有这么丰富的廊桥隐没在大山怀抱，也许这样不经意的遗落才让寿宁的廊桥得以完好地保存下来。

友人奇怪地问我：“为什么福建那么多廊桥？在我们这很少听说什么廊桥。”我告诉他：“原因很简单，因为多山，因为偏僻，还因为不够发达。这些宝贵的廊桥才得以留存了下来。”

福建重峦叠嶂、雨量充沛、溪流众多。为了渡水过溪，有人以木板搭建浮桥，有人在溪中竖立方石，我还看到为了蓄水在河道上拦起一道石坝，让高出的水漫过坝沿又不影响山民涉水而过的漫水桥，当然更多的还是用石料铺架拱桥。我总觉得在形形色色的桥中，廊桥的构思最有诗意。尤其闽东山城寿宁更是溪峡密布，有蟾溪、后溪、西溪、长溪、平溪、凤阳溪等6条主要溪流穿境南流，汇入赛江。廊桥星罗，先民们为方便交通，越溪架桥，连通两岸，成为寿宁独具特色的交通设施。这19座卧藏于寿宁县内完整的贯木拱廊桥其数量质量都居全国首位。从年代序列上看也最齐全，从清乾隆、嘉庆、道光、同治、光绪至中华民国，乃至新中国成立后还在建造，这在世界上都极为罕见。这些古廊桥别具风姿、古风犹存，有的似长虹凌驾于碧波之上，有的恰如蛟龙腾飞于青山之间，一座座廊桥就是一座座艺术瑰宝镶嵌在群山之间，成为寿宁山区一道靓丽的风景线。

如今，寿宁人知道了廊桥是个好东西，着力在打造廊桥之旅的旅游品牌，建立山水之城、廊桥之乡的童话梦想，吸引世界的目光投注到这个生僻还略显贫困的小城。

也许寿宁真的不适宜居，有诸多不便之处，20世纪80年代初我在宁德行署教育局工作，从宁德出差一趟寿宁，车行半天还到不了。然而就因为它“城囿万山之中，形如釜底，中隔大溪”，在城关短短不足2公里的河道上，曾经如长虹卧波般横跨着9座廊桥。流年似水，岁月无情。历经几百年的风吹雨刮、刀兵水火相侵和沧海桑田，如今保存下来的只有飞云桥、升平桥、仙宫桥和登云桥4座了。这些至今仍连接蟾溪两岸的百年廊桥，以其独特的风格和魅力勾勒出小城与众不同的文化线条和精神脉象。看到眼前这稀有而屹立百年风雨中的文物，不禁令我叹惋那已遁世的9座廊桥的不堪命运，依稀怀念它们小桥流水的古典风情和秀美风姿。

而今，这些廊桥已经结束了“养在深山人未识”的历史，藏身在深山怀抱的廊桥开始向世界敞开了胸襟，招引八方游客。它那轻盈欲飞的身姿，总是在青碧的水底映照出一片清纯的梦影。山在动，水在摇，桥在飘，舒展着一幅美轮美奂的山水图景。这个世界有太多的桥梁飘浮着利欲熏心的浮躁气，而我眼前的廊桥却依然着古装，透出一股清丽的气质，她宛如一位村姑，沉潜内敛，似乎还沉醉在遥远的梦境中。如今许多廊桥已少有人走动了，但廊道依然洁净无尘，因为这里没有纷扰的尘烟，有的是山间明月清风玉露一夕相逢的美妙的造访；也没有喧嚣的浮尘，有的只是清泉潺潺山风微微轻拂的禅意浸染和熏陶。如果有时间你可以驻足片刻，就会见到两三个挑着箩箩的汉子、挎着竹篮的妇女走过，这些平凡人生平凡的人影，更点染出廊桥的古典意韵。虽然他们的着装也很现代，但眉宇间透露出有别于城市人的那种闲适超然的气宇——那是卞之琳先生一定也向往的那种桥上的风景吧？

保护廊桥

廊桥是一道经古通今的时空走廊。

廊桥是一部知往鉴今的历史典籍。

多少年来，廊桥本来就不张扬的身影在大山怀抱里更显得静默清寂，它被山藏着，被树掩着，不显山露水，也不哗众取宠。但每一片板、每一根柱、每一条梁、每一个构件都是十分实在。它让山中岁月从从容容，是山民一生不可或缺的人生栈道，也是他们劳作归来时生命可以在此缓慢停留的驿站。即便山雨欲来、山风凄厉，这儿仍有一种家的安然；山洪暴发、浪涛飞卷，它还是气定神闲、岿然不动。

你可以感觉出廊桥从几个世纪前的农业社会逸出的那一种气质风韵，它也是山里人质朴、热情、坚韧生命力的注解。我忽然想，人类历史星移斗转，总有一些美好需要存留后人，当我们仰望天空时，我们可以看到人类最古老的星辰和新月相伴着，更让我们热爱生命，同时它也在告诫现代人在发展路途中不要迷失自己——这也许就是为什么有那么多人，放弃现代都市优雅的周末生活，跑到山沟里寻找廊桥遗梦的原因吧！

20 世纪 90 年代初有一部美国电影《廊桥遗梦》在中国内地风靡，它向观众展示了罗伯特·金凯与弗朗西斯卡从相逢、相恋到相别的全过程，廊桥是他们情感的载体和这段人生的美好记忆。它的价值在于向我们指出了一种人生的选择，一种人生理想。廊桥仿佛是一面镜子，映照出现代都市人的生命情怀。现代化都市中的人们，远离自然，生命被禁锢在混凝土打造的狭窄的空间里，人们的生活更加程式化，人的自我在哪里？信息时代的我们到底需要的是什么？

廊桥对于外来游客而言也许只是一种情绪。桥、屋、溪流、村落，拼接成情绪的脉动，为风景之原始，为历史之厚重，也为风景之古朴。

木拱廊桥不仅仅是艺术家创作的源泉，只有其审美价值，它更是中国传统木构建筑中技术含量最高的一类结构形式，在世界木构建筑发展史上唯中国独有。木拱廊桥的建造历史最迟始于宋，以梁木穿插别压形成拱桥，形似彩虹。木拱廊桥历经风雨而保存至今，与它的设计和结构分不开。古代的廊桥工匠，他们“山上伐巨木，山下造廊桥”，运用严谨的工艺和不凡的智慧进行大胆创新，通过不断地摸索和实践，终于创造出飞桥无柱的木拱廊桥，改变了“临川病涉”的窘境。

我在寿宁木拱桥展览馆见到了龚迪发，寿宁县博物馆馆长，廊桥的守护人，他可是闽东最早从事廊桥及廊桥文化挖掘保护的文物工作者，十多年来从事廊桥研究。“20 世纪 70 年代末，著名桥梁专家茅以升主持编写《中国古桥技术史》，专家们在考察中发现，北宋时期盛行于中原的虹桥技术在福建寿宁、屏南和浙江泰顺、庆元等山区被大量发现，这无异于在闽浙大地上发掘出了一座中国古代科学技术史的‘侏罗纪公园’，尘封了 900 多年的虹桥结构重见天日。”只要你是来采访廊桥的，他都会热情地为你沏上一壶清茶，然后娓娓道来。据龚迪发介绍，寿宁县的木拱廊桥，不仅与《清明上河图》中的“虹桥”结构相似，技术相同，而且还对“虹桥”有所发展创造，在桥上加盖“桥屋”，如桥似厝，且数量、技艺、文史资料等诸多方面均在全国木拱廊桥中独占鳌头，堪称“木拱廊桥天然博物馆”。

廊桥的形状像屋子，常成为流浪者夜间栖身之所。他们为了取暖或烤热食物，在木桥上生火，由此而引发火灾，所以廊桥大多是毁于大火。为了保护木拱廊桥，当地政府拨专款聘请村民当廊桥管理员，经常巡逻桥上确保廊桥安全。

2007年9月21日，第二届中国廊桥国际学术研讨会暨宁德·寿宁廊桥论坛，在寿宁举行，来自福建、浙江两省的泰顺、景宁、庆元、寿宁、屏南、周宁、古田、福安、柘荣、福鼎、霞浦等11个县市代表，签署了《中国廊桥“申遗”寿宁宣言》，提议成立木拱廊桥“申遗”机构，启动中国木拱廊桥“申遗”工作。

《中国廊桥“申遗”寿宁宣言》提议：唤起公众对木拱廊桥重要地位和多重价值的社会认知度，进一步增强各级政府的保护意识，动员全社会力量参与木拱廊桥的保护、“申遗”工作，延续廊桥技艺，传承廊桥文明；建立闽浙两省统一协调的保护机构，提请立法机关制定廊桥保护的法规，统筹保护与发展规划，维护生态环境，科学合理利用，造福子孙后代；尽快成立由闽浙两省相关部门、有关专家、木拱廊桥所在地参加并全力支持的木拱廊桥“申遗”机构。

廊桥文化

廊桥书写着世界桥梁史上伟大的奇迹，承载无数造桥人的大匠之梦。

远瞻雄姿，近览胜景，凭栏听风，俯瞰清流，泗水回澜，群峰竞翠，山拥古镇，天做神桥，孕数百个秋果春菁，乘千万回天风云影。回归自然怡情山水快意人生莫过于此。有诗赋曰：“廊柱擎瓦接天光，翼翼楚楚邀云栖。两岸青山著本色，一溪碧水诉风流！”

在古廊桥中，木拱桥以较短的木材，通过纵横交叉相叠，结构巧妙，犹如彩虹飞架深壑沟谷，其精致玲珑令人惊叹！它不仅是中国传统木构桥梁中技术含量最高的品类，在世界桥梁史上堪称绝无仅有的一个品类，能完整保存下来的数量寥寥无几，被称为桥梁界的活化石。

它们的建桥选址基本根据位置特点和需要，有的横跨在险滩绝壁之上，有的静卧于村落水尾及田野之间，与青山绿水交相辉映，和谐相融。底下的木拱架用数十根粗大圆木，科学利用力学原理，纵横拼接对拱而成“八”字形结构，虽无一钉一铆，却牢固异常。桥两端4根将军柱（也叫天门柱），从木拱架底垫木直通到廊屋顶部，使廊屋重心下移至底，稳定了重心。桥面板上先铺箬叶，箬叶上铺木炭，木炭上才是砂石料，砂石料上再铺鹅卵石或香糕砖，具有通风、散气、防腐功效。设计既考虑功能的完备，又兼顾外观造型之美感，科学、艺术价值极高，在研究我国桥梁史和民俗文化、农耕文化中具有重要的科学意义，历史文化底蕴极为深厚。

不仅于此，廊桥集山、水、屋、桥于一体，既美观实用又有深厚的民俗文化渊源，它是乡民集聚、举办宗教礼仪、休憩娱乐的重要场所，是闽东地区历史文化传统的物质体现，是这一地区社会生活的共同历史记忆——这里积淀和蕴藏着千百年来的文化梦影。

寿宁廊桥，桥墩均就地取材，以河卵石或块石垒砌，桥梁、桥柱、桥面及桥上的廊、亭、楼、阁建筑全用杉木凿榫衔接，不用一颗铁钉，纵横交错的杉木斜穿直套，上下吻合，结构精密，坚固耐久。在形式上，一般皆集桥、廊、亭或塔、楼、阁的建筑特点于一身，并饰以彩画。桥上往往设有两排固定的长凳，供行人停歇。这时，桥上的扇形或葫芦状的窗口，便是绝妙的取景框，桥梁上的书画作品自也成了谈资，而桥柱上的楹联往往成为不可或缺的重要组成部分。联中有画，联中有诗。楹联写景咏怀记事，或用典精当，寓意深远；或言微旨远，语浅情深；或意趣幽玄，妙在文字之外。如“四面翠屏山色秀，一条碧玉水光寒”，“上下影摇波底月，往来人踏镜中天”……廊桥因楹联而增华，楹联因廊桥而远播，形成特有的廊联文化。

廊桥是一本翻开的书卷，是读不尽的书。单单就那廊间七彩——壁画、碑石、牌匾、楹联、诗赋、廊桥吉祥文化现象和建桥组织与缘首就够你倾其一生精力研究不透。而我只能做掠影似地匆匆一瞥，挂一漏万地触及廊桥的皮毛，我还远不能理解廊桥文化的真谛。但我怀揣一颗敬畏和景仰之心而来，为的是能离开越来越商业化和功利化的环境，越来越世俗化和沙漠化的人心。我抚摸廊柱的木质体温，留在柱上的斑斑点点刻写着岁月的沧桑，它们是那么祥和冷静，仿佛诉说在这清风洗刷的百年廊桥上可能遁去的文化残迹，依稀铭刻这豪气干云桥匠智慧的印记，在此，我可以全身心敞开来接受这番水土的甘泉雨露的润泽，给我一个洗心革面的未来。

人与廊桥

历史风物往往因人而生动，因人而起，因人而发，因人而生生不息。

廊桥让人怀旧，廊桥更让岁月和人变得深远起来……

半恋家山半恋床，起来颠倒著衣裳。
钟声远和鸡声杂，灯影斜倾剑影光。
路崎岖兮凭竹杖，月朦胧处认梅香。
功名苦我双关足，踏破前桥几板霜。

这首刊于清康熙版《寿宁县志》并署有“邑人状元缪蟾”的七律诗《应举早行》在当地早已耳熟能详。缪蟾是南宋绍定二年（1229年）特奏状元，是寿宁县溪犀村缪氏家族的骄傲。他写的这首深含佛理禅机的诗句，表达了他赴临安（今杭州）应举的艰辛和求取功名的急切心情，也表明了他在昏朝浊世中依然心仪梅的傲骨，以梅的气节道德精神滋养自己、勉励自己的愿望。诗中所言“前桥”据专家考证也许就是当时的登龙桥，今东皋山下状元门前的福寿桥的前身，是当时通往泰顺的重要通衢。现在，物是人非，梅开数度后早已枯死深山，当年缪状元执竹杖而行的崎岖山道荒草正一天天将它掩埋，新开辟的现代公路只要半天时间就可以直达南宋的临安——现代都市杭州。夕阳西下，斑驳苍老的福寿桥在雾霭中静默着，似乎在追忆缪家这段引以为荣的悠悠往事，似乎在品读《应举早行》中的诗文深意。而这首七律也许是中国历史上出于名家手笔最早点到寿宁廊桥的诗歌吧？

廊桥是寿宁的，廊桥作为一种文化符号，它更是全世界的，是人类共同的精神家园。

2009年，我和我省电影策划人池泽清一同来到寿宁采风，寿宁独特的木拱廊桥让池泽清深深震撼，决意要拍一部以廊桥文化和地域民俗为背景的电影，他这想法恰好和当地政府投缘，一拍即合。经多方共同融资，2010年4月12日在美丽的千年古村西浦启动了《爱在廊桥》的开机仪式。《爱在廊桥》讲述了发生在“世界木拱廊桥之乡”寿宁县的一段凄美感人的爱情故事，具有大片品质，纯朴宁静，情节感人，富有情怀。影片将东方文明中的情义与信仰、戏剧与人生充分融于闽东山间的民俗生活中，一段段悠长深情的“香蝴蝶”散落于廊桥翠谷，涤荡着当下婚恋乱象的视听，向人们传达了金子般宝贵的坚守精神：淡泊名利，对传统文化的坚守；至死不渝，对淳朴爱情的坚守；言而有信，对诺言的坚守。这些在浮躁年代正在逐渐丧失的品质有如百年不倒的廊桥，静静默守在僻野荒郊。这部中国版的《廊桥遗梦》影片获得第二十八届中国电影金鸡奖最佳故事片、最佳导演、最佳美术、最佳音乐4项提名奖和最佳导演奖。2012年9月24日，中宣部公布了第十二届精神文明建设“五个一工程”（2009—2012年）入选作品名单，电影《爱在廊桥》荣膺电影类“五个一工程”奖。

在众多的廊桥中，我最喜欢寿宁的鸾峰桥，它单拱跨度世界第一，属国家级重点文物保护单位，我专此特意找了个三月底杜鹃花开时节前来观赏，一睹它的雄姿伟貌。陪同我来的当地朋友对我说：“廊桥在这里太多了，见怪不怪，很多寿宁人都不知道原来自己身边的风景有这么美!”是的，廊桥是这里山民居舍出行的一部分，早已融入了他们日常生活之中，而今拉开距离，用审美眼光打量这些，感受却大不相同。

鸾峰桥位居下党村，离县城寿宁44公里，远看那桥微微弯曲成弧形状如欲腾飞跃起的飞鸾。而老一辈却另有一番解读，即左右两边高山脉动起伏被溪谷劈为两半，而鸾峰桥将两边龙脉连接就如高耸的奇峰长了翅膀，蓄势腾飞，取名“鸾峰桥”，因而也寄予了山民不甘寂寞、渴望腾飞的理想。鸾峰桥地处险要，它古色古香，雄伟壮观，保存完好；而且两岸景色秀丽，青山浓翠欲滴，溪水清澈可人。

暮春三月在莺飞草长时节，我在这里漫步山间陌上，徜徉水湄溪畔，满目是新绿和初放的野花，耳边鸣响着春鸟的试唱和溪流的新歌，犹如身处世外桃源。我现在明白了，先民们为什么不回中原定居，为什么不向鱼问水，跟月听潮，居在海滨邹鲁，偏要来大山里，用石铺路，用木架桥，筚路蓝缕、开疆拓土？现在我终于明白了，他们不就是为了远离尘世间纷纷扰扰俗世人生，赢取身心的这一方静地么？

太极古村，水韵廊桥

——探访平和县秀峰乡

对于平和的向往完全源自一个人——林语堂，缘于他对家乡的热爱。一次，林语堂到香港看二女儿林太乙和女婿，女儿带他四处逛了一圈，还对他说，香港有山有海，风景像瑞士那般美。可林语堂却不以为然，他回答说："不够好，这些山不如我坂仔的山，那才是秀美的山。"说到此林语堂不禁叹道，"我此生没有机会再看到那些山陵了。"他说自己置身于纽约的高楼大厦之中，听着车马的喧嚣，却是常常恍然若有所失。"我经常思念起自己儿时常去的河边，听河水流荡的声音，仰望高山，看山顶云彩的变化。"

因为林语堂，平和在我的眼睛里变得神秘起来了，是怎样的一幅山川图景造就了一代文学大师亘古不变的淳朴、自信、平和、宽厚的"山地人生观"呢？

在我久久流连林语堂家乡美景不愿离去时，平和县新闻中心的记者黄水成对我说："平和美的地方太多了，越往西越美，人文、自然景观越有看头，秀峰乡就是一块纯然未琢的璞玉！"

一

福塘位于平和县秀峰乡，黄水成熟练驾驶着县新闻中心的采访车，一路上热情地给我介绍秀峰乡的人情风俗。坐在车上一边听他说，一边欣赏沿途美丽的乡野风光，一种久违了的泥土的芳香迎面扑来。从县城到福塘村七十多公里，抄近路五十多公里，可省去二十公里的路程，但是山道狭窄崎岖，比较难走。多年的记者生涯让我和黄水成都有种喜欢探险的性格，我们决定还是抄近路走，我们更相信"无限风光在险峰"。车子爬过了一座又一座山，山花翠竹绿树不停闪过，山风清冽，让你在初夏的山野里心旷神怡。正沉湎景色中，突然眼前山底下出现一座村庄。黄水成说这就是福塘，我们就在这停下来，找个角度好好观赏福塘村的全貌。

放眼望去，福塘村面积3.6平方公里，周围山陵龙盘虎踞，是一个四面环山的小盆地，被海拔800多米的五凤山脉所环抱。一湾溪水成S形状流入村中，正好是一条阴阳鱼的界限，将村庄南北分割成“太极两仪”，溪南“阳鱼”、溪北“阴鱼”，鱼眼处各建有一座圆形土楼：南阳楼、聚奎楼。从高处看，全村宛如一个道家阴阳太极图，笼罩着浓厚的道教神秘色彩。此溪当地人称为仙溪，溪水进入太极村，由西到东，左转右旋，既供村边农田灌溉之用，又保村内生活所需。村落屋厝边、水口处、田垄上，古梅、香枫、枇杷、桃树稀疏相映，摇曳多姿。

村内各座古厝散落村中，井然有序，熠熠生辉，可谓地灵人杰、钟灵毓秀。福塘村就坐落于这块如画的风水宝地上，不愧为人们称道的画里村庄，到处是一派人与自然的和谐画面。这样的山色很容易让人沉醉，好在一阵山风袭来，把我们从沉湎中唤醒，才想到要继续上路。不多时车子就下到了福塘村，到村口迎接我们的是秀峰乡党委副书记张东升和福建省美协会员、平和县文化馆副研究馆员朱镇生。

山水环抱是人们择居的先决条件。福塘村也不例外，前有好似笔架般的山，后峰如卧虎，左青龙，右白虎，中间还有一带环水。这是山里人讲究的风水地理。“其实这个村庄就是一幅太极图。”从福塘村走出来的朱镇生是最早发现的人，他对村庄的历史非常了解。多年前，在平和县城工作的他回到家乡探亲，在偶然间他在村外的山上惊喜发现，福塘村就如同一幅太极图。从此他开始整理和撰写了《走进福塘，领略‘太极村’风韵》等系列文章，只要是来福塘采访的记者作家，他都如数家珍津津乐道地推荐他的家乡，这些年来福塘太极村小有名气，和他的热情和努力是分不开的。

他直接就把我们带进了村口一排古民居前，看来是年久失修的缘故，房子皆已破旧，但都还住着稀少的人家。墙上刷着那个时代的标语，其中有一幅是注明1952年5月28日题写的“反对细菌战”几个字，似乎一下拉近了在黑白战争片里才有的那段历史。残垣断壁，蛛网苍苔，只有那青砖墙依然坚实地屹立着，述说着当年这家主人曾经的荣耀故事。

在福塘村宗庙的门口，一块石碑吸引了我的视线，按照碑文上的文字，可以得知它是明朝天启年间立的，至今已 380 多年了。这块石碑上镌刻着题名为《禁约碑记》的碑文，禁止村人巧取豪夺。几年前，这块石碑曾经被不知情的村民当成普通的石板，架在村里的水沟上，供路人行走。石碑上一些文字虽已被磨损，但仔细察看却还依稀可辨。

据村里上年纪的老人讲，明朝时村里有人巧取豪夺农户的钱财，还抢夺庄稼所必需的粪便，为整治这些不良风气，结合当时县衙出台的有关严惩对策，当时村民自发组织立下此禁约碑，号召全村共同维护此约定。碑文最后还刻有村里的几大姓氏：朱、杨、黄等，以此说明这是村里共同立下的规矩。在明朝，这个村庄就自发立碑，立下村规民约，可见福塘人亦有最原初的法制观念。

“福塘村大致建于明万历至清顺治、康熙年间，由南宋理学家、教育家朱熹的第十八代孙朱宜伯始建。”朱镇生见我看得仔细就特别介绍说，朱氏后人对教育非常重视，福塘村在建村伊始就设有书院，在农耕社会村民因读了书，也就比较开化，因此共同设立村规民约也很正常。

朱镇生沿着村道带着我们一户户地介绍，站在这些深幽的大院门口，不用进去，只屑看一眼这青瓦楞青砖墙，以及门口的一池荷花，满园蔷薇花，庭院里的雕棂画栋，你就能感受到那深藏了数百年的古老文化气息和农家人爱美的心情。在一家院门口站着一个中年农家妇人，她见我们走来，微笑着招呼我们进门。走进她家位于大院的一个侧井客厅，环顾了一下四周，古朴而又有生活气息，特别是天井里种植的十数盆兰花，有的已经含苞待放了。在中国人的文化里，兰花具有独特的象征意义，自宋代文人画兴起以后，兰花就成为艺术家最重要的绘画题材。古人把兰花看为君子，气节高雅而脱俗，品性清高。所以古代文人士大夫每每以兰花自喻，并多有在居室或家中养殖兰花，以自省。孔子云：“芝兰生于深谷，不以无人而不芳；君子修道立德，不为困劳而改节。”而在这里，一个偏僻的小山村里一个农家居然养殖了这么多的兰花，他们手有兰香，眼里有幽兰，心里就会揣着山里人的那份淡定和闲适。

二

福塘太极村大致形成于明万历至清顺治、康熙年间，历代加以完善，是平和县原朱氏富族聚居区，由当年因避战乱而逃至此处的朱宜伯，根据这里的自然条件、山川地形精心筹划始建而成。朱宜伯谙知天文地理，“依太极图形，取不败之意”，造土楼、筑码头，建城池、学馆、祠堂及大批民宅，为福塘太极村奠定了基础与格局。

太极村四面环山，青山如屏，地形略洼，南面五凤山，其状如“火”，号称“南天一柱”；北面谓之秀峰山，其貌似“水”，缠绵而锦簇；靠南为“阳”，居北为“阴”。而太极双仪定位之点南太极的鱼目“南阳楼”位于南山，始建于清乾隆年间，由朱宜伯手创，楼高 3 层，状如蘑菇，装修别致，气势恢宏。南阳楼年久失修，已经严重残缺了，大门没有了牌匾，只剩下石柱子。20 世纪 90 年代初，上海电影制片厂在平和县拍摄革命历史题材电视剧《平和暴动》时，导演选中的主要外景场地就在福塘太极村的南阳楼。独具慧眼的导演，看重土楼遗留下来的残缺美，在此地导演了一场赤卫队员在土楼里宣誓起义、磨大刀的场景。

太极双仪定位之点北太极之鱼目聚奎楼位于塘背村。据介绍，园楼的所在地原来只是一口稍大的古井，井水清澈甘甜、源源不断，被堪舆家视为北太极之鱼目。1926 年，以旅泰爱国侨领杨友政夫妇为主，花了 6 年时间兴建了聚奎楼。该楼高 3 层，以八卦形式设计，以古风格与现代民居相结合，楼内 3 间一单元的布局，是目前发现的土楼中所独有的。装修也十分精致，楼内门窗均有石雕楹联字画，楹联诗文清新简洁，寓意主人高雅的情怀。

太极村的古民居建筑大部分修建于清代康乾盛世期间，以南北朝向为主，依山傍水，布局合理，结构精致，造型美观，风格独具。该村至今尚遗存有明清时期的古民居 62 座共 858 间，多为砖石结构的大厝，家家户户有天井、花台、八卦井（也称阴阳井）；根雕、古瓷、古玩、字画比比皆是，屋宇雕梁画栋，雕花贴金，古色古香，十分精美。古民居内太极图、动物花草、人物神话故事等当年精美的木雕绘画，如今还依稀可见。

太极村古建筑的大门上绝大多数镌刻“门珠”，雕有大篆、小篆、葫芦篆、鸟线篆等各式各样的篆书石刻文字，其文字内容亦十分丰富，极少雷同，如“千子万孙”、“福禄寿全”、“双喜临门”、“福寿双喜”、“诗礼传家”、“合社平安”等等，凡此种种，都寄托着屋主人对人生、社会的美好愿望与追求。

古民居中最气派的当属“寿山耸秀”楼。大门正对着南山，这是一座内阁中书郎府第，修建于清朝乾隆末年。府第有 3 扇大门，平时只开左右耳门，只有达官贵人到来才开中门。大门前“文官下轿、武官下马”石碑一直保存到 20 世纪末。大门上面象征府第等级的“倒吊莲花”还在开放着。

太极村历代重视文化教育，崇文敬儒。据平和旧志记载，在明末清初，即建有桂岩书院、文峰斋书馆，免费招募本地及乡邻子弟入学，高薪到外地聘请名师执教，文风鼎盛。

太极村之文人，多有通晓音律之雅趣。据传，古时有专门演奏古乐之曲馆及八音班，就设在南阳楼毗邻的茂桂园内，而其鼎盛时期当属成立于抗日战争时期的福塘醒民潮剧团。

修建于嘉庆初年的南山木架桥之桥南岸，建有一座砖石结构、高近二丈有余的字纸塔，塔底座为青石浮雕，塔身为青砖堆砌，并有砖雕纹饰，外观精美，造型别致，独具匠心。塔专门用于焚烧写有文字墨迹的废纸、稿件等，以示古人对先贤、读书人的敬重。

三

福塘村被称之为太极村，不仅仅是从高处俯瞰该村颇像阴阳太极图，其细节也留存许多对太极文化的崇拜。如今的福塘村有着一千多户人家，四千多人口。他们信奉道教。在留秀楼里可见太极八卦图形天花板客厅，其巨型八卦图案更让人耳目一新，还有镶嵌着太极八卦图形的屋脊装饰，连天井也是用鹅卵石装饰成的古太极图案。此外，在福塘村，原来有 28 口井是根据太极的 28 星宿定位建的，其中有 8 口阴阳井。茂桂园楼的阴阳井，中间有一堵墙把一口井一分为二，两户人家共同用这样的一口井。“土墙把两个住户隔开，水井又把两家人的心连在一起。”朱镇生介绍说，阴阳井的设计除了建筑成本的节省，还显示了前人和谐共处的良苦用心。

水是生命之源，也是财源。如果说街是村的骨髓，水就是村的血脉。灵动的水赋予了福塘古村落水样的灵性。村里人自豪地说福塘村子处于玉带水环抱之中。风水有句话：“门前若有玉带水，高官必定容易起。出人代代读书声，荣显富贵耀门间。”在风水中，“得水”是最重要的。

“这条溪流叫做仙溪。”朱镇生指着清澈可见鱼虾身影的溪水说，这条溪由东而西进入福塘村，左转右旋，流经长乐乡、粤东三河坝入韩江，经潮州、汕头注入中国南海。仙溪蜿蜒成S状，“南北两侧各有一座圆形土楼，南阳楼和聚奎楼，就是太极鱼目。”朱镇生指着这条河流说，仙溪将村庄南北分割成“太极两仪”，溪南“阳鱼”、溪北“阴鱼”，溪南的鱼眼古民居密集，而溪北鱼眼周围则是农田，“农田种植上庄稼，四季都会变化，太极图案的颜色就一样，因此此太极是活太极。”

据朱镇生介绍，福塘村曾水涝不断，朱宜伯利用得天独厚的地理条件，改村中的直溪为曲溪，筑码头、建城池等。村庄经过改造之后，几乎不再受洪水侵扰。

处于这样好的风水格局，福塘人还不满足，在建筑物上费尽心思，注入风水的灵魂。不管豪宅还是小屋，其门口、天井、通道等大多有门珠，石砌成的图案，有镇邪扶正的意思，又提醒族人商农并重。我只是走马观花地看了福塘村古民居的一角，但也似乎从中领略到了平和早年文化的博大精深，望着这承载着历史承载着客家文化深厚底蕴的福塘古民居，读着“敬祖不敬神”的客家古训，越发觉得“耕读为本”的客家思想，是造就一代代贤人名仕的座右铭，并且这些思想仍然影响着现在的福塘人。虽然采访时间短暂，这山野僻静处尽然蛰伏这么丰富的古民居，每一座都吐纳着古朴的客家民俗民风，让我领略着灿烂的客家文化内涵，不禁使我从内心深处发出赞叹！

平和县准备将福塘太极村打造成“太极客家第一村”，并提出了“太极古村，水韵文风”的保护主题。据说，中国社会科学院旅游研究中心副主任、研究员李明德也慕名到太极村。在他看来，福塘太极村作为遗产，保存相对比较完整。此外，建造太极村当初是选择风景、环境非常好的地方，现在福塘太极村生态仍然非常好。他说，这个村落生活、生产融为一体，不仅能看到文化的遗存，还能看到生产的影子，在我巡行的村落古厝边，大片田地至今犹存。

对于福塘太极村的保护与发展，专家也提出了建议：要注意文化的继承性，不要过分追求商业化而损害文化。“只有有人，才有风景，如果没有当地人的生活，这里就不是风景。”李明德说，福塘太极村要注重生态，只有感觉美了，人们才会停留，才会驻足观看。

四

流连在太极村中，不觉天色微冥，暮霭四合。见我余兴未了，秀峰乡党委副书记张东升建议我再跑一个点，到离福塘十多公里的龙岭村看廊桥。

虽然已经饥肠辘辘，但禁不住廊桥的诱惑，车子在山道上走了20分钟，就到了龙岭村。龙岭村在山坳里，啁啾的鸟儿已经沉寂，田里蛙鼓声声，烟岚和雾气笼了上来，一个小山村犹如环绕在仙气之中静谧阒然。

村四周五百亩的椎树林碧绿葱茏，生机盎然，行走在山涧之中，尤其是村头那两百多亩原始林带，老树缠蔓，古老而神奇，空气特别清新；一水从山上淌下来，数间农舍坐落在山间，炊烟袅袅；村里还有两座近三百年的土楼颇有古韵遗风，再与这静逸悠远的自然景色结合，俨然是一幅世外桃源的景象。

楼前几十米处水塘上是一座木制廊桥，建于清乾隆年代，全桥不用一颗钉子，全木头构架，东西走向，横跨在水塘上，16根石柱将它撑起。桥全长40米，隔成4间，4间房前面的走廊，宽约1米左右。建造这座廊桥的由来，据传是桥对面的锥树林里有一座诡异的岩石，叫“七星岩”，风水先生认为这岩石是“火”，直接对着天水龙文楼，犯风水大忌。于是他见招拆招，在土楼前挖了一口水塘，以水克火。单凭着水火相克还不够，他还力主建了一座廊桥，将门楼和七星岩隔开来，廊桥就起到了玄关的作用，避免了直接地相冲。正因如此，才有了这座廊桥。

中国古典美学与农业文明的关系是一个饶有兴味的话题。有学者认为，古典诗词基本上由农业文明的意象体系组成。青峰，斜阳，皓月，江流，细雨润物，落木萧萧，孤舟野渡，草长马肥……对于诗人来说，农业文明已经从生存依赖的环境转换为精致的美学体验对象。

近年来人们乡村审美情结的生发从某种意义上说也是人对自身价值的回归。我却看到有这么一批外出打工的村民，他们敏锐地感觉到了山村潜在的生存意义，放弃大城市打拼的机会，毅然返乡。接待我的龙岭村党支部书记曾凡良就是这样的一类人。

“2009年的春天我面临一个艰难的选择，到底是回来当一名村官呢，还是继续在城里打拼呢?”曾凡良说。他原本在江西赣州有一家面包厂，还有一个长运公司，生意正红火。在一次招商会上，平和县领导对他说：“一人富不算富，你还是回来为家乡做点事吧!”于是他决定回去。家人反对说：“你傻啊，回来当个月薪200元的村官，何苦呢?”可是他并不犹豫，走马上任该村的党支部书记。

龙岭村距县城近百公里，是平和最偏远的一个老区基点村。回来后曾凡良面临着三大难题，第一是村里没产业、没村财，想做事很难；第二是村里外出劳力多，留下大量的抛荒地无人耕种；第三是村里基础设施薄弱，环村没有一条水泥村路。

面对这样一穷二白的状况，刚上任的曾凡良决定烧“三把火”。第一把火就是鼓励村民发展种植业。他引进南华糖业公司到村里种植甘蔗，利用公司加农户的模式，成功发动村民种植甘蔗两百亩；同时鼓励村民种植晒红烟六十多亩，使村里的抛荒地都得到耕种。刚回来时他发现村里无人种植蜜柚，他个人带头种植一千多株，同时积极发动村民种植。目前，全村共种植蜜柚一百多亩，仅种植业一项当年村民人均收入增加一千多元。

曾凡良回来烧的第二把火是让村里有条水泥路。为此，他一边发动乡亲投入村容整洁行动中，同时四处奔走，多方筹措资金二十多万元，加上村民集资十多万元，铺设1.5公里长的环村水泥路，投入五万多元改造两座桥栏杆，增加群众出行的安全性。

曾凡良烧的第三把火是让村庄靓起来。他说，每个村庄的村容都是一面镜子，靓不靓那是全村人的脸面，为此他结合村容整洁行动给村庄彻底“洗了一把脸”。2011 年，他通过向上争取多方筹集资金三十多万元，修建一个老年活动中心、一个篮球场、一座休闲公园，村中绿化六百多平方米，使昔日的偏远小山村变成远近闻名的生态村。

村里老人曾永清说：“这年轻人有魄力，三年就能把村庄变了个样。”回家乡任党支部书记三年来，曾凡良共为村里争取资金七十多万元，用于各项公益事业建设。他说，下一步就是在这基础上，积极挖掘历史文化资源，以土楼及廊桥申报第八批省级文物保护单位为契机，把龙岭村打造成一个充满活力的生态旅游乡村。

今天，古村镇旅游是城里人最热衷的旅游项目之一，如果从心理层面来解释的话，似乎可以解释为当今生活在都市里的人们，已经厌倦了那种千篇一律的生活方式、生活形态以及快速的生活节奏。于是回归原始、回归自然成了人们心底最深处的自然渴求。因为那些仍然固守着古老村落和传统的人是这个世界的另外一套模版，它不仅是一种文化的象征，同时它也可以带给人们心灵上的安宁和沉静。同时也带给人们一种内心深处对于这种宁静生活可望不可即的短暂的满足。

秀峰乡，这里的静静地躺在群山皱褶里的美丽的太极村、土楼和廊桥，正在睁开迷离的眼睛，注视着游人纷至沓来的脚步将她从千年的梦境中唤醒。

在“人文宝地”踏寻一段失落的经典

厦门集美以集天下之美享誉海内外，是一块融今览古、既洋又土、厚积薄发的滨海古城，蕴藏丰厚的历史人文资源，被称作是不可多得的“人文宝地”。初冬的一天，我踏寻这块土地的一角——高浦村和后溪镇，我惊异地发现在这块著名学区和新城林立的现代高楼之间，竟然遍地遗落着一段段人文经典，积淀着悠久的历史传说和不朽的文明故事……

沧海桑田高浦城

杏林高浦依山傍海，地处厦门西海域北部半岛上，是白鹤山支脉向东南沿海中延伸的突出部，东、西、南紧抱鳌江，北倚杏林的白鹤山，远远望去，犹如白鹤傲立水边，因之又得一诗意的名字——鹤浦。自古以来高浦是拱卫同安县西的重镇，向来有“宫庙百座，口灶万户”之美誉，早在宋时就被誉为“同邑名区”。因为地理位置的优越，交通便捷，曾经是市井繁华、人烟稠密的要津。朱熹曾著文盛赞它：“环浦皆山也，襟浦皆水也，山水合则龙聚，龙聚则地真，岂多靓哉！惟同（安）有（鹤）浦，乃山水之最佳者也。”明洪武二十四年（1391 年），高浦为千户守城，早于厦门城兴建，规模和兵力也比厦门岛上的中左城大。然而，昔日可谓厦门城“兄长”的高浦城如今只是一个小渔村，无忌蔓延开来的石厝淹没了古旧街市。星移斗转，几百年前繁盛一时的高浦村已不复存在了。但这里不经意露出一片城墙、一块石墩、一口古井、一座旧庙……都静静述说着往日的胜景。当我踏着冬日冰冷的雨水寻访到这里，渔村特有的青石厝和“石埕街”以现代冷漠的面容迎接着我。在高浦社区居委会大楼上高挂着“保障人民安居乐业”的标语横幅透出火红的气息。在居委会干部的安排下，我采访了郑武成等几位老人，让我惊奇的是，在这稠密的楼房中，至今他们还能指出八十多处的宫址，这就更加印证了高浦当年那种“百步方一庙，千步又一宫”的繁华景象。

高浦的历史，可上溯唐代。高浦得名于至今仍居于本村的大姓高氏。据载，高氏一世祖高士表，宋末时由晋江安海迁来定居于此。至今七百多年，派下已传承二十八代，繁衍了近两千名后裔。然而，最早从内陆迁居高埔的族人，是唐代的石鲞扈。16 岁时，他以骁勇征伐黄巢农民起义军有功，获授部尉军职。唐光启二年（886 年）他率部入闽，继续追逐黄巢农民起义军进抵福建南部，驻师待命晋升为南部都尉。不久，自驻地苎溪移居高浦（今坂头水库一带），子孙繁衍，与居于同安东隅的黄姓，并称“东黄西石”，同为当时望族。

历经元、明两代五六百年间，先后在高浦聚族而居的宗姓家族就有三十多支。成就了高浦为虎踞龙盘、人文荟萃的历史重镇，涌现了许多彪炳史册的杰出人物。史料所载，高浦石氏，诗礼传家、文风蔚然。历代子孙在科举考试中科甲鼎盛，英才济济。二世祖石琚，是五代后唐天成三年（928 年）高中进士的第一位高浦人，也是古代同安县的首名进士。此后有宋一代同安全境（当时包括厦门及金门）47 名进士中，高浦石氏就据有 9 名，其中 3 人后来甚至官拜尚书，如宋嘉祐八年（1063 年）的石亘，赈灾江浙，解救灾民百余万人，被誉为宋代名宦，官至户部尚书。宋乾道五年（1169 年）的石起宗，高中榜眼。为官执法不阿，为时人推颂，官居吏部尚书。宋皇祐元年（1049 年）的石选，殿试时高摘探花，亦官至吏部尚书。而累官至侍郎的则有皇祐元年的石遵，吏部右侍郎；宋绍兴三年（1133 年）的石宪，礼部侍郎。其时高浦的科甲簪缨，尚有皇祐元年进士，官居大理寺丞，被誉为名宦的石赓；宋政和五年（1115 年）进士石倪，宋重和二年（1119 年）进士石邻，均官拜中宪大夫。此中石选与石遵为兄弟同榜，石选与石亘是父子连登，石赓与石邻、石亘与石宪则为叔侄进士。此外，宋徽宗崇宁年间（1102—1106 年）隐居邑东文圃山的处士石蒉因学识渊博，文藻清节为世人推重，与谢脩、洪文用并为邑人崇祀于“三贤祠”。如此科甲家族现象，在福建古代也颇为罕见。以至宋时泉州的状元太守王十朋有“坐看万石门闾大，转觉朋山气象新”的感慨。

明末清初，风云变幻，昔日的古城已风光不再。明永历十五年（1661年）抗清名将郑彩的旧部中，成千上万的高浦子弟兵告别故土，随郑成功挥师东征、收复台湾，又成为在台的高浦籍裔民。也就在这一年，清王朝的“禁海、迁界”政策，迫使沿海20里内的88堡居民全部内迁，古城更是首当其冲，城池被毁，庙宇民房悉数被烧。清末民初两次毁灭性瘟疫，又使它元气大伤，人丁锐减。

近千年的波诡云谲，风雨沧桑，使鹤浦这座著名的军事和文化古城成为历史，还遗存有二十多座宗祠神庙，风格各异的古建筑，宫庙内外的楹联、雕龙石柱、石狮，散落各处的石旗杆、残碑断石，以及丰富多彩的民间传说、历史掌故。新中国成立后，这里又出现了生机，特别是改革开放以来，这里成了杏林台商投资区的生活区，崭新的楼房拔地而起，遍布古城内外。而这一切都在诉说着鹤浦历尽年轮的风情和对未来发展的企望。

高浦郑姓出国公

集美区政协文史顾问郑武成今年72岁，出于家族的荣誉，他对高浦望族之一的郑姓特别有研究。数百年来，民间有关“高浦郑姓出国公”的传说在灌口杏林一带流传甚广，但国公究竟指谁，却不清楚，没有文字记载可依据。

在郑武成小时的印象里，高浦西门外有一片上百亩的“国公埭”，由大塘、西门池、海中馆及灌注潭等多个池子组成。“国公埭”养殖水产品，收成所得用于“春秋二祭”。如今，这片“国公埭”大部分已被开发成房地产。

在车水马龙的村道上，若问起郑彩、郑联这两个名字，大部分村民会感到陌生；而若是提起伯府，却是妇孺皆知。石旗杆被置于角落掩埋大半，落轿石静静地趴在庭院里，古厝前埕的青石砖依稀可辨……高浦伯府虽已十分破败，但一些不经意的细节，却掩不去曾经留存在这里的过往繁华。

郑老先生1948年至1982年期间住在伯府里，他的养父是伯府的后人。在他的印象里，当时中座主厝的后落还保存完好，中落的大厅里挂着一副木匾，上面刻着金字，可惜“文革”时被毁了。此外，伯府前埕，还种着一棵很大的玉兰花树，它承载着郑武成童年芬芳的记忆。十几年前，他从杏林区教育局退休后，开始对包括伯府在内的古城遗迹进行研究。他告诉记者，伯府的明朝建筑风格鲜明，作为特大型红砖厝，曾被收录在原厦门博物馆馆长龚洁所著《到厦门看红砖厝》一书里。

郑氏家庙是高浦的总家庙，位于高浦南街西侧。“由于特殊的历史渊源，高浦郑氏先人对郑彩、郑联的名字尚且讳莫如深，因此，就更谈不上把他们列在家庙中供奉了。”在郑武成的指点下，记者看到藏于角落的石制“郑氏家庙”牌匾，而颜色鲜亮的雕梁画栋，则暗示着这里的家庙已经历经数次修葺。

“明末清初，郑彩因拥戴鲁王有功被封为国公，而郑联则是当时镇守厦门的最高统治者。应该说，他们的府邸作为一段历史的见证，还是很有保护意义的。”郑武成兴奋地说着，他们准备为郑彩和郑联设置大牌匾，挂在郑氏家庙的墙壁上。

这一决定而是经过了几十年甚至数百年的等待和酝酿。和正在编订中的鹤浦郑氏族谱一样，让高浦郑氏后人下决心将郑彩、郑联请进家庙，写进族谱中的动因是两块墓志铭的出土。1993年，杏林在迁移“明封骠骑将军云台郑公暨夫人王氏墓”时，两块方墨砖铭历经百年掩埋后重见天日。这两块墓志铭题为《大参戎郑公墓志铭》，它们的出土，证实了郑彩和郑联是地地道道的高浦人，而并非史书记载中所描述的“南安县石井人”。

因为濒海的缘故，他们均娴于弄潮，谋生于海中商盗之间。郑彩原大抵属颜思齐海上集团，后追随郑芝龙纵横东海。明末与郑芝龙共同拥立隆武帝，郑彩受封建国公，郑联为永胜伯。他们曾在江西、福建、广东一带阻击清兵，一度军声颇振，所向披靡。后来在拥戴鲁王的立场上与郑成功存在严重分歧，加以郑彩恃功专权，与郑成功几近反目；而本身又气度偏狭，内部严重分裂，遂被清军一再战败，从浙南沿海退踞厦门。在厦门时，又被郑成功采施琅所献“吕蒙袭荆州”之计，兵败于万石岩半山堂。郑彩被迫率领残部“引舟师百余艘，逃于广东南海之间”。漂泊数载，见大势已去，只得接受郑成功的收编。返乡后病殁于高浦，葬于灌口浦边。即前文所说的“国公墓”。

商海云涌现起落

宋代理学大师朱熹在《莲道樵歌》中写道："樵夫一曲和歌清，莲道响穿鹤浦城。多少江湖名利客，不如伐木诵丁丁。"诗中鹤浦即高浦，可见南宋时，即已存在高浦城了。早在宋、元时代，泉州、漳州的海商就已经驾船载货，北赴朝鲜，东至日本，男抵南洋群岛，与各国开展贸易。高浦海道畅达，居民躬耕于大海，"从海贾游者，经鲸波蜃浪之险而心无畏"。在这群海商中，就有不少高埔人。到了明代，随着农业手工业的发达，商品经济得到较快发展，民间私自经营着海上贸易，开始在闽南沿海的一些偏僻的港口，突破了朝廷森严的海禁防线，"私造巨舶，岁出诸番贸易"。

顾炎武在他的《天下郡国利病书》中说道：泉、漳二郡，商民贩东西两洋，带农贾之利比比然也。地处兴衰交替的泉州港、漳州月港之间的高浦，由于港汊纵横、渡头林立，周边马銮湾一带又盛产陶瓷、蔗糖、布匹，成为海商看中的走私贸易港口。根据专家对遗址的实地考察，高浦在最鼎盛时期，居民上万、沿街开设各种作坊、客货栈、店铺数百间。在城内，还有三条花岗岩铺成的街道。城中各处掘有水井数十口，六条排水用的大沟涵至今犹存，分别通向城外的西门池、南门池、粟池和宫前潭。街道上空，据说都用五颜六色的布搭棚，因此有"不见天"之名；又因夜间茶摊、饮食店通宵营业，又有"不夜城"之称。这样繁荣的经济、社会基础，使得高浦海商云集。明末清初，高浦形成以郑明、郑彩、郑联为首的海商武装集团；《海国闻见录》作者陈伦炯的父亲陈昂，也是这时间高浦出身的著名海商。

在闽南海商发展史中，郑彩是一名杰出的海商首领。据考证，明末清初，郑彩在闽南地区拥有仅次于郑芝龙的海商势力，"他在最狼狈的时候尚且拥有1000多艘船，可见非等闲之辈"。郑芝龙生于明万历二十三年（1595年），比郑彩年长十岁左右，依傍大海商起家，在台湾建立据点。郑彩下海经商后，于1625年从闽南沿海到台湾投奔郑芝龙。

郑彩步郑芝龙的后尘，在明末政局的动荡中，先是向封建地主官僚投机靠拢，随后相继抛弃了隆武和监国鲁王，最后自己单干，都是围绕海商一己的利益，是福建较具代表性的海商。

清初朝廷实行的禁海迁界政策，导致高浦从繁华走向衰落。迁界令颁布时，以三日为期，执行十分严厉。大规模迁界从清顺治八年（1661 年）开始，到清康熙二十二年（1683 年）收复台湾后复界，整整二十二年。海禁与迁界，使高浦的航运和外贸完全停顿。复界后第二年，清廷在厦门设置海关，开放鹭岛为对外贸易港口，作为走私港的高浦失去原来的价值，从此退出历史舞台。

圣果院里龙的传说

福建自古以来就是群山环绕的“蛮夷之地”，远离京城，中原人士多不愿踏足此地，况乎至高无上的皇帝，于是，八闽辽阔之地遗存与皇字搭边的古迹寥寥无几。然而，古人秉怀对皇权的尊崇，但凡有皇帝经过的地方，总是留下一些美丽的传说。

崭新的厦门北站附近尽是林立的高楼，传递着后溪现代的气息。但就在其不远处，集美后溪珩山村田厝，悄悄地立着一座古老的寺庙——圣果院。午后云层很厚，阳光穿透下来，金灿灿地照在高翘的燕脊上，那静谧与古朴的氛围，与四周的喧嚣形成了强烈的反差。我揣着一颗崇敬之心，走进圣果院，解签人王军阵老人正在院里泡茶，我搬过一张小木椅坐在他的对面，一边品茶，一边听他讲述圣果院的历史。

圣果院虽老，却古意盎然。门前两片楹联是闽王王审知隽秀的笔迹所题：“龙真圣绍钦赐福宝殿，山异果珍推荐易立院。”屋顶为飞檐挑山式，分前后堂，堂内堂外的柱子，几乎由石柱和小段木头连接成，牢牢地支撑着屋顶，前堂与后堂间的墙壁上附立着三块石碑记，石雕上详细地记载着关于寺庙重大事记。堂内众多石柱都是唐代留下来的，而连接着石柱的杉木是元朝的。细看杉木及石雕，虽然历尽沧桑，仍难掩盖昔日风华，可感受其厚重的历史。

王老从 1987 年起就驻扎在庙里，每天早上来、晚上回，天天守护圣果院。王老说，一千多年前，还是唐朝的时候，海面比现在高，溪水比现在宽。海涨大潮，天降大雨，往往冲垮堤坝、淹没良田。有个和尚卓猷来到这里，建了一座佛堂，供奉泗洲大圣，说这大圣可以镇伏水中妖魔。一晃几百年过去了，元兵攻占了南宋都城临安，俘虏了皇帝赵显。那年十一月，一些宋臣在福州拥立 9 岁的赵昺为帝。元兵进军福建。赵昺与群臣坐船南逃，到了嘉禾屿，也就是现在的厦门岛。那时厦门岛是同安县的一部分。同安县令正愁没什么东西献给皇帝，忽然有人报告，泗洲堂前的龙眼树结果了！县令想，这可是个大吉大利的好彩头！马上叫人采下龙眼，献给皇帝。他对皇帝说："龙眼每年都是七月结果成熟，现在已经是腊月，这是天赐佳果迎接圣上。"小皇帝很高兴。有位大臣在旁提醒道："龙眼一年两度结果，预示我大宋朝再度中兴。圣上可为泗洲堂赐名，以使臣民永世承受龙恩。"小皇帝提笔写了"圣果院"三字。从此，泗洲堂就改成了"圣果院"。

到所有的佛寺，一进山门，就可以看到钟楼、鼓楼分立东西。有的佛寺没有钟、鼓楼，却也有一钟一鼓置于大雄宝殿两侧。而圣果院却看不到钟也看不到鼓。我觉得奇怪，一问，老人回答说：圣果院原来有钟有鼓。钟，是 1958 年"大炼钢铁"时当废铁熔成铁水了；而那鼓是自己"飞"到凤山庙去了。

圣果院的鼓真的飞到凤山庙了吗？当然不是。据元至正十九年（1359 年）张仲复撰《龙山圣果院祠堂内碑记》，圣果院前身泗洲堂始建唐，是佛堂。唐朝时，佛寺、佛堂有钟无鼓。元朝初年王西畴出资整修圣果院是"稍存旧贯"，也就是勉强保留原来规模，没有增加。元至顺元年（1330 年）王西隐重建圣果院，"法堂、钟楼、三门、廊庑其延袤皆整齐有序"，还是没有钟楼或钟，明进士康尔韫所书大门对联"泗海信徒诵经古钟楼，洲滨贤仕吟诗书法堂"。在对联中，不似一般的以钟鼓相对，是因为圣果院没有鼓。康熙、乾隆年间的碑文也没提过圣果院有鼓。可见，圣果院是本来就没有鼓的。"飞到灌口"之说只是个故事而已。

1990 年，圣果院被列入集美第一批区级文物保护单位。1998 年 11 月，新加坡首任民选总统王鼎昌返乡谒祖，特意到圣果院上香敬佛。每年正月初六，圣果院的菩萨就会巡游 18 个自然村，祭拜清水祖师和保生大帝。

皇帝井与皇渡庵

皇帝井位于厦门后溪镇苏营村东边，系清代建造。热情的苏营村党支部郭惠栋书记带我来到井区，已近黄昏，天色晦暝。井区现存水井两口，水清泽甘洌。分列东、西，相距 8 米，四周以条石栏杆围砌成。二井形制相同，石板井栏均作六边形，边长 0.5 米，高 0.4 米。井后各立有大小相同、碑额浮雕龙纹的石碑一方，西侧刻“道光庚子年重修”、“古唐皇帝井”，东侧面镌“道光庚子年新建”、“龙泉井”，碑高 1.47 米，宽 0.48 米，护碑方柱石上均立有小石狮。两井之间为石砌半圆形水池，宽 3 米，深 0.4 米。西侧“皇帝井”碑旁另立陈上章诗碑一方，镌刻怀古七言古诗一首。

闲寻佳酿访前皇，好并龙泉次第尝，
向日凌云堪比洁，新澜旧井只同芳。
千家挹注晨昏闹，百亩扰锄灌溉常，
峡水调符终有羡，恩波无限与天长。

皇渡庵位于井区西南 30 米处，由相距约 3 米并列的东、西两庵组成，始建年代不详。据《福建通志》等记载，唐宣宗李忱落魄时曾到古同安一带。后溪的“皇帝井”、“珍珠麋”“凤眼脍”等地名、风物，以民间流传的形式反映了宣宗李忱在古同安的行迹，折射出宫廷政治生活的变幻，具有补史作用。集美民间盛传，唐朝安史之乱后，皇权纷争，宫室内讧，皇帝像走马灯似的更换。皇权实际掌握在宦官朋党手中，年幼的宣宗李忱聪明灵敏，知道自己在朝廷难以生存，便装疯卖傻，浪迹天涯。一日，他来到苏营。那时的苏营原是个渡口，渡口旁有一间破房子，里面住着一对老实巴交的夫妇，人称苏公陈婆。那时正值干旱，田地都裂开了，苏氏夫妇正在挖井。宣宗李忱漂泊到此，已是口干舌燥，饥肠辘辘，见有人正挖井，喊了声：“水！水……”便昏倒在地。皇帝“金口玉言”，果然，挖不到一米深的井，一下子井水泉涌，汩汩喷出，水质清冽甘甜。

这对夫妇目睹奇观大为惊讶，苏公赶快抱起李忱，陈婆急忙舀起甘泉灌入李忱的口中。待片刻，李忱醒来，随口说："多甘甜的泉水啊，此井永不干涸。"这口井就是现在苏营村的"皇帝井"，井水甘甜如李忱所言。

苏公陈婆将李忱搀扶进内室，将中午吃剩的番洗糜（高粱粥）和"土鬼脍"（腌制的一种贝类海产）拿出来招待。李忱狼吞虎咽，三下五除二一扫而空觉得味道好极了，问苏公是何食物。苏氏随口说是"珍珠糜凤眼脍"。李忱在苏家住了两天，感其大恩大德，与苏公金兰结义，临行时送给他一对玉扇坠子，约定后会有期，此物为凭。

后来李忱登基，号宣宗。

李忱当了皇帝，山珍海味吃腻了，想起"苏皇兄"的"珍珠糜凤眼脍"，下旨福建同安县苏营请苏皇兄来京制作。苏皇兄亲手调制的"珍珠糜凤眼脍"送到宣宗面前，宣宗稍一沾唇，觉得咸涩难咽，便问是何故。苏皇兄寓意深长地启奏皇上："此一时彼一时也。"宣宗沉默良久，下诏第二天大摆御宴，赐朝廷文武百官，品尝"珍珠糜凤眼脍"，以示不忘当年经历，并借此警喻群臣。并下旨筑坡引溪灌田，以解苏营缺水之困。

陈婆逝后，乡人在其居所建庵祭祀，取名"皇渡庵"。清初，皇渡庵塌圮。清道光九年（1829 年）移今址，清道光十年（1830 年）及道光二十年（1840 年）西、东两庵相继落成，此后多次维修，2009 年再次重修。西庵面阔 3 间，宽 5 米，进深 3 间，长 6 米，重檐歇山顶，抬梁式木结构，庵前连接歇山顶方亭，庵内供奉"飞天大圣"。庵殿正面保留清代浮雕龙、虎、狮、麒麟等灵兽及祥瑞花草等浮雕石板和镂空石雕夔龙纹窗花，庵内保留清道光九年（1829 年）石雕龙柱、楹柱两对。东庵结构与西庵大体相同，唯装饰简朴，保留的旧石木雕构件较少，庵内祀奉保生大帝及田祖苏公、陈婆。2001 年皇渡庵被公布为厦门涉台文物古迹。

长在我童年眼睛里的故乡

——咸村印象记

我的童年是在闽东周宁县的高山上度过的。周宁的山山水水是哺育我长大的母亲，所以我将它冠以“故乡”的尊称，一直寄托着我的桑梓之情。我的故乡大部分村庄潦草地摊在田野之间，山坳的皱折里，或者溪流的堤岸上——我曾读到一位作家朋友对村庄的描述，他说的那种景象唤起了我对少年生活的无尽回忆——几截龟裂的泥墙和乌黑的椽子，炊烟低低地缭绕在潮湿的瓦片夹缝中，老杉树阔大的枝干窜入云天，村尾的坡岭上一丛丛杂树长出的野果没等成熟已尽数落入我们的肚子里，重叠而上的农舍之间大大小小不规则的石块草草砌就的台阶，公鸡抢在黎明到来之前争先恐后地啼叫起来，瘦巴巴的生产队长披一件蓝褂子站在晒谷场中央，操一口方言抑扬顿挫地骂人……现在，这些村庄正在急速地向我的记忆深渊沉没。

几十年过去了，从城市到城市，我们栖身居所也从这座火柴盒式的建筑移到另一座火柴盒式的建筑，我们囚禁在钢筋混凝土构筑的寓所里，几乎每天都按部就班地工作生活着。突然有一天，回到我两岁时住过的地方——周宁咸村，这座千年古镇，单就一个川中村竟然还有五十多座保持较为完好的明清古民居，重门深巷，青砖黛瓦，让我驻足探寻它所经历的风雨，深情注视一眼它身上斑驳的年华，惊叹它的古朴、端庄、宁静，一种邈远的情思顿时袭上心头。就如我们读了太多雷同化的拗口现代派诗歌，偶尔回到唐诗宋词的意境中，先人所创造文化的沧桑与美丽，以其亘古不变的价值，让我久久回味，感动不已！

生产队长现在称村主任，我再也见不着那披着蓝褂子愁眉不展的队长了，来村口接我的是穿着西装开着小车的村主任。

一

桃源溪，霍童溪的一条支流，咸村镇的母亲河，依然是那么清澈地流淌着。在桃源溪右岸的桃源深处，坐落着一座叫川中的美丽山村。

山区的冬日无力而慵懒，并没有带给人们多少暖意，披在山间的雾气还没有完全散去，氤氲浮动，给迷蒙的道路增加了行驶的艰难。从周宁到川中，近40公里的路程，一路下坡，有的路段因修高速公路，道路破坏得很厉害，泥泞崎岖，车子在颠簸中缓慢行驶。沿途在竹林间、山坡上、田垄边不时闪现出那些干打垒的土墙房，这些远离城市的土墙房，简陋而残破，还有些坍塌的窑址，荒草快要将它淹没了。这个早晨，我看见时光如同冬草那样缓慢地生长。也许缓慢也是一种执着，山村在变化中一直执着地坚守着农耕时代留下的古民居，淳朴简单的生活方式，敬祖好学、克俭勤奋的儒家精神，缓慢让我们能屏住呼吸，感受岁月停滞下来的美丽。

我曾在咸村住了三年，那是我不谙世事的三年，几乎没有留下太多的记忆，唯一留下的是心底的创痛——我年幼的弟弟自然灾害那年夭折在那里，至今回想起来，我的耳边还会响起母亲失声痛哭的声音。后来，就是沿着这条路——那时只是条山路由下而上（父母调离咸村到周宁七步卫生院工作），请了一个挑夫，一边是我，一边是妹妹，走了整整一天，才把我们送到目的地。由桑梓念及父母弟兄，不禁让我悲痛泪流。在之后漫长的漂泊中，我把家筑在都市里，但内心却常常无所依靠，童年的回忆就成了我对故土最深沉的眷恋。

美丽的村庄总有一条美丽的河流，而川中村还不止一条河流。流经川中的桃源溪源于鹫峰山支脉，在万山丛中曲折萦回，一路汇纳无数条山涧溪流，潺潺湲湲奔流而下，缓缓降至河谷地带，桃源溪和川中溪交汇河岔的冲积三角洲的川中河西岸躺着的那个古村落就是川中村。周宁建县时间短，有文字记载的史志资料大部分只溯源于宋代，而具有丰富文化积淀的川中村则肇始于唐朝，堪称周宁古文明村落之首。据川中《汤氏族谱》载，其始祖汤耳于唐宪宗元和元年（806年）生于宁德黄檀，后与其弟汤鼻举家迁至里渺兴居（今川中）。当年汤耳到此看到四面群山合抱：“东崖狮舞，西岸虎踞，鸾翔北麓，象卧南疆。”一条清流碧水（桃源溪）由北向南流，形成一块谷地平原，肥土沃野；一条河流（川中溪）环绕而过。先祖不禁为美景所陶醉，于是认定此地堪居。汤鼻唐宣宗大中年间考中进士，任长溪县（今霞浦）知县，后任晋陵州知州。汤氏兄弟辞官后回村垦荒种田、务农为生。唐咸通二年（861年）捐舍基地建凤山寺，造普济桥，积德行善，为世人所称羡。汤耳晚年遣长子汤让迁居咸村之梅山村，次子汤谦迁居玛坑之孝悌，三子汤讲留居川中，世代繁衍生息，形成汤氏望族。汤耳卒于唐昭宗景福二年（893年），享年88岁，墓葬川中南山岭。其故居遗址现尚存一对唐代石狮，虽经历千余年雨雪风霜，总体保存完好，是古代文明的历史见证。该石狮之造型与福安廉村薛令之（开闽第一进士）故居门前的一对唐代石狮子完全相同，确认为唐代文物。

千百年来，川中人开垦着土地，沐浴着阳光，抚育着自己的后代，过着几乎与世隔绝的世外桃源生活。

二

咸村的古迹甚多，但都不成体系，最有名的当属凤山寺，它位于川中村北，又名崇胜寺，占地面积600亩，繁盛时期经历宋元明清大几百年，规模最大时寺僧达上千人。蹊跷的是，明永乐年间凤山寺900多名和尚一夜间从人间蒸发，不见踪影。对这段历史掌故无人知晓，也许有些故事本来就讳莫如深，从此酿成了一个历史之谜。在宁德五大禅院中有个说法叫“一龟二凤三支提四漈山五仁安”，其名气摆在久负盛名的支提前面，可见凤山寺在闽东佛教界的地位之高。

凤山得名，明进士晋安黄世德的《建寺志》载：东北出县百里许，群山峭崒。前支提，后檀香，左梅岭，右桃园。独中峰秀出，冈峦翔舞，如凤仪之状，名曰“凤山”。清乾隆27版《福宁府志》也载有：“凤山在十四都，矗立万仞，旁分两翼如飞凤。上有凤池，又有圣僧岩，相传罗汉圣僧现其中，紫气缭绕，音乐腾沸。又有虚实岩，八面玲珑。又有卓锡家，旧传僧湛庵遇大旱无水供浴，乃以锡杖卓地，泉水涌出。”

在当地朋友的带领下，我怀着朝拜者的虔诚来到了凤山寺遗址寻觅胜景，据说当年高墙一直围到了公路边上，整个寺庙层级而上，错落有致，正殿在遗址中央，地面皆由规整的青石条铺就。站在正殿遗址上环顾四周，枕山、环水、面屏，极为符合风水理论之说。后门山体有如凤凰，凤冠由几块大石块天然垒就，巧夺天工，惟妙惟肖，其后为鹫峰山南麓支脉，由远及近，环环相扣；由于该居地势较低，川中溪绕前而过，天门清晰，地户隐没，如金带缠腰；案山呈几案形，面对的朝山是笔架山；两边龙、虎砂环抱，龙砂稍长而虎砂略短，气势雄壮，不愧为闽东名刹。耳畔不禁回想起清代乾隆间福宁郡守李拔的诗句：“天外飞鸾奠海疆，肯教凤顶独朝阳。等闲矗立三千丈，百鸟回头不敢翔。”可惜这座古寺毁于战火和动乱，在此凭吊，不禁让我欷歔黯然！

从川中到洋中只有十几分钟的路程，洋中村是乱世廉臣孙翼如的故里，它坐落于桃源溪左岸，有古宅260多座，里厝大房就有11座，4座祠堂，雕梁画栋，宏伟壮观，花鸟、山水、诗词镶嵌其中，古色古香。村中还有私塾4座，分别是文昌阁、奎星阁、池亭、大地厝书馆，一个狭小的村落居然有4家私塾，可见先民对文化教育的重视。

其中文昌阁最为突出。沿着洋中村南路漫步三五分钟，就到了坐落于清澈见底的观涧溪畔的文昌阁。此阁于清同治五年（1866年）始建，宽18米、深48.4米、高11米，前有楼阁，中设书房，后为殿堂。

在周宁县文史资料中对文昌阁有很翔实的记述：文昌阁在地理、人文、建筑等方面均别具一格，堪称桃源文明之象征。宅坐南向北，站在大门口北面远处的笔架山峰就一目了然，触景生情，联想翩翩，潜移默化，陶冶学子文人学业情操。大门楣上横亘一块双龙盘绕的“奎光阁”匾额，这是上辈人借用神话中主宰人间文章兴衰的文曲星——二十八宿中“奎星”来庇佑而命名的，大门背面墙上是块“藻发儒林”牌匾，顾名思义，它是兴旺儒林的吉祥语，又是建阁之宗旨。“藻发儒林”既表达了建造者的祈求，也表达了上天给予的恩赐；既是学子美好的心愿，又是师长喜悦的祝贺。踏进大门，脚下是一截大路，两旁天井里是花档，形如翻开的书本。人在路上走，意如书中行，花草相衬，使人倍增“春华秋实”之感！再连上五级“马腿”台阶，就是聚星楼了。殿堂是单檐硬山屋顶穿斗式构架，嵌有浮雕图文。殿堂落成后，这宽阔的堂面就成了求学授课的重要场所，加添书房后，这里便成了桃源八景文化中心。殿堂中间是孔夫子画像，供学子们朝夕朝拜。后来才改塑了实像。

聚星楼也称“奎星楼”、“魁星阁”，远处望去是个三层“尖”字宝塔，气势雄伟，巍峨壮观，给人以“凌霄画栋势崇隆，棱角峥嵘气象雄，喜见奎标楼十二，文光直射斗牛中”之感（录古文人孙贻谋诗）。聚星楼基座是一个直径为十多米的八边形“三合土”大墩，地面上采用三檐八面攒尖屋顶穿斗式木构架建筑法，造型大方，内装饰有斗拱藻井，彩绘图案，整座楼房工艺精巧美观，建造不但巧夺天工，而且深含喻义，令人联想，楼顶层八面均为圆形窗口，采用白色窗墙，红色圆框，红白相衬，既美观和谐，又隐喻着那一个个红圈是等着圈阅学子们佳文妙句，以激励人们的上进之心；中层是八边形窗口，却采用白墙黑框，这黑框犹如文房四宝之砚台，它恰如其分地提醒学子文人要磨炼笔墨。楼房有一架小梯，供人登楼游玩之用。你若有缘登楼，居高临下远眺，桃源八景历历在目，你定会心旷神怡，流连忘返。这正是：“登坛握管气横冲，万象森罗锦绣陶，翘首楼头云路近，仙踪何处可追从。”

楼后正中有大路通往殿堂，路两侧为天井花档，天井旁依墙建有两排共10个书房，书房建造简易，只能容纳一床一桌，设备简陋，是专供学子单独攻书写文应试答题之用。据说书房是办学后修建的，故意修建得有点寒酸，特让学子体验“十年寒窗苦”之意，激发专读圣贤书之志。小路曲折是教育学子，学习上也没有平坦大道可行，激励他们不畏劳苦，努力攻书，以达到“书山有路勤为径，学海无涯苦作舟”的目的。在川中和洋中，地下泉水古井也是千年古迹，也是十里九村的特色，上古先民迁居择里首先要看水源如何，源深流隐，位高质优，清澈甘洌，冬暖夏凉。在冬枯夏旱之季，依然取之不竭，寒暑水温不变；数九寒冬温水如汤，热气腾腾，三伏酷暑，水冷如霜，刺骨冰凉。而今自来水管道早已蛛网似的通往民宅，但还是有人喜欢到古井里打水，用这样的水沏茶，喝了全身通泰，神清气爽。

三

越过一座石拱桥，穿过嘈杂的街市，水泥楼宇和拼贴着花砖的墙面贪婪地吮吸冬日淡黄的阳光，街边圩市凌乱的摊位摆着花生糕饼、鲜果、制作的灯具和剪纸，还有一些花花绿绿的小电器产品等，将我童年的记忆拉得好远。是的，两岁到五岁的孩子还没有形成记忆，但我对故乡的希冀也许就是感觉中一片心灵的净土，陶渊明式的精神家园那是成人后开垦的一片理想国。同行的咸村镇一位干部对我说，来咸村工作几年了，好像没什么特别的景点，问起凤山寺她也是一头雾水。让她微感自豪的是文昌阁。川中也有一座文昌阁，规模没有洋中那么大，占地400多平方米，前座八角造型，三檐斗拱抬梁式，木砖瓦结构，天花藻井，中间有一口荷花池塘，是这古村落“耕读文化”的标志性建筑物，古为川中生员读书作画的场所。而今虽已斑驳，但从当地村民对它敬畏的眼光中依然可以感觉到存着这个村庄文化精神的魂魄。

我陆陆续续走了几座古厝，和我在周宁七步生活时的村庄房舍大不一样，显然历史上这里要比七步繁华许多，大户人家的房子一溜儿排开，毗连相接，高墙深宅，高屋华堂，朱漆大门后面掩藏着的是一代代茶商豪富的传奇。而我记忆中村庄里老房子是：窗户又窄又小，内部光线昏暗。厨房桌面上放着发出馊味的饭菜，厅堂上的木制桌椅已经磨得锃亮，屋角的锄头和畚箕、粪桶，悬挂在房梁上的棕衣，一台破旧的手摇吹谷机。登上二楼，踩着吱吱作响的楼梯，看到那里堆积着晒干的稻秆、箩筐和给牛过冬的草料——那是小时候捉迷藏的好去处。老房子主要是用木条和黄泥墙搭盖的，坐落在石块垒的墙基之上。传说这些老房子冬暖夏凉。年深日久，一代又一代的老人陆续死去，新生的婴儿呱呱坠地，长大成人。房子的横梁和柱子慢慢变黑，泥墙被雨水冲出了一道道弯曲的纹路，整幢房子仿佛在土地上生了根，若干藤蔓沿着墙根爬了上来。

眼前洋中村的民居在结构上一般是马房、“六窗门”、大门、仪门、厢房、天井、前厅、后厅、后天井，宅院雕梁画栋，古意横秋，尤其是门楼、楹联、匾额、吉祥图案等，承载着当年主人文士、商贾的辉煌与深厚的文化内涵。稍有规模的民居在结构上有厅亭、大门、厢房、天井、大厅、后天井等，还有由形状、大小、颜色接近的鹅卵石拼就的图案。如果置之于较大的区域内则过渡性极为明显，有青花岗石的迎门石门、倚石、梁眉，进门是木质屏风，屏风后是前天井，正后厅还有小天井，两旁是厨房，相连之房屋二楼均有小门互通，而楼厝又称半高楼，外观结构工整，正厅上方有楼厅，这楼厅比二层楼面高 3 尺，故称半高楼、走马弄。此外，洋中村的水沟设计十分科学，从村头溪坝上放水，就可以把全村水沟冲洗得一干二净。

房屋一般坐北朝南，也有大门向东的。多数是砖木结构，青砖青瓦，部分土墙，也有下半部土墙、上半部空心砖墙的。照门，亦称二道门，入门就是建筑物的第一道空间，所以这照门作为屏蔽，使人无法窥见宅院内部，作为标志，既是本宅院的“徽记”，又给人以空间变换之感。因所处位置显要，建造材料、造型等都十分讲究，或作书法，或镂空精雕细刻。平时一般关闭着，人们进出要绕左右偏门及走廊，只有尊贵客人光临或办喜事才能开启。由偏门入则到了两厢房，规模大的厢房有三间，中间一间是花厅，两厢壁雕花窗格，或描写历史人物，或雕刻飞鸟虫鱼，在这样的环境下，耳濡目染，传统儒家教育随处可见。屏风后面即两厢房是前天井，围以青石条，底部铺以三合土；有的民居还在天井放置大鱼缸、石花台，养鱼或种花；天井上方照壁常描边绘画，请书法名家题词。正厅高大庄严，有的正厅上方铺了两层楼板，那是防止楼上有人走动时灰尘掉下来，正面照壁前一般有几桌，几桌前摆着八仙桌，两边各放太师椅，两把太师椅中间有放茶杯等的小案；正厅两侧的房间一般有八步床。过卷门就到了正后厅，正后厅还有后天井，天井左右有高一米多三合土围栏中间空出，天井中一般也有大鱼缸、石花台。通过回廊到达两侧的披榭。有的民居沿墙边设一米宽暗弄通前厅，称为走马弄，据说专为妇女而设。此外，房屋的廊沿、檐口、桅柱、窗棂、门楣，到处可见雕刻的吉祥图案：蝙蝠、喜鹊、牡丹、莲子、白鹤、梅花、如意等。房子一般三层，规模有四楹、六楹、八楹，特大的 120 间，有三座透后，比邻连接，前后相通。屋深，房间多，安静实用。

年关将至，洋中村民忙着“掸尘”，打扫庭院，冲洗板壁、粉刷墙壁，清洗被褥家具，迎接除夕来临。“大夫第”主人准备给大门贴上春联，正好遇见我来采访，主人放下手中的活和我唠嗑起来。“大夫第”这名字让我感到很亲切，能承此称号的一定是本地德高年劭的大户人家。一问果然是当地“名门望族”，而且他在省城工作的兄弟和我还十分熟悉，主人姓孙，一家五兄弟除了老小，其他几人都在外面工作，母亲虽然年迈，已百岁高龄，却不愿意离开这里。和我认识的老四，现在福州海峡职业技术学院担任院长。老二孙芳傅刚好回家探亲，对家乡有一份掩饰不住的热爱，他不停地和我们讲解古民居的构造，一定要让我看一看墙壁：糯米汤浇在黄泥里夯成的，足足两尺厚，炮弹也打不穿。大门口气派的青石门当、门楼上的雕花、高高挑起的飞檐翘角和屋脊上辟邪的百兽、厅堂里形状古拙的柱石和柱子上笔画遒劲的楹联……大厅正对面是个天井，正午的阳光照射下来，给古厝抹上一笔明媚的色彩，沉寂的大院竟然生动了许多。天井正面墙上有一幅硕大的“福”字，是用水泥塑的，并涂上油彩，憨态可人。仔细一看，每个笔画都是一只蝙蝠的造型，民间常用蝙蝠寓意福到人间，取其谐音寄寓美好的祝愿。“大夫第”的门窗都还保留着精致的透雕图案，刻一些传统故事里的人物形象，生动活泼。这些图案能留存几百年，也印证了古民宅主人守业的细心。可惜的是在进门厅第一个厢房的窗棂上雕刻的一件图案不知何时被人挖走。“大夫第”前后天井都置放着一口大鱼缸，既可养鱼观赏，又可储水消防。

与“大夫第”相连的还有几座大厝，它们相互独立又通过外围墙而成为一个有机体，只要大门一关，外面的人就无法进入。每座间均有过道相通。宅里仓库有粮食，井里有水，柴房里有柴火，菜园里有蔬菜，还有自养的各种家禽，即便被土匪围困几个月，这种传统的自给自足的经济方式可确保古厝里的人生存无虞。

在要离去的那一刻，我回望一眼那高高的风火墙，思绪顿时被浓厚的古宅文化所包围，那青苔的墙体上沁出“和合”的东方气质，温暖心田，较之城市冰冷的让人隔膜的石材和混凝土建筑，它的气韵贯通人文气味，那是值得珍视的东方之大美！它庇护着生命，自己也成了一个有生命的载体——“以土承载，以木环绕”的生命文化。

四

我的童年，散落在父母频繁辗转在周宁山区工作的地方，咸村可以说是我人生的第一站。我亦带着那份懵懂、无知与童真踏上了漫漫人生路。而后我离开了故土，离开了故土上的泥墙灰瓦雕窗池塘……时光的尘灰布满了我心灵的皱褶，使我看不见茂林修竹、风景如歌，却只看到车水马龙、人情世故，在城市的噪音中，你让我如何去面对童年般清澈双眼的凝望？是啊，童年也许还是一个哲学命题，儿童是成年人的“父亲”，是精神重返家园的召唤。即便现在年事已高，我还会在某个夜深人静的梦里惊醒过来，仿佛回到了一个叫作“童年”的人生路标前，在古厝的天井边和滴落着雨水的屋檐下唱起呀呀的童谣，去品尝挂在房檐上竹篮里那清甜的桂花糕，那桂花糕里的祖母味，一天天看到蔬菜和家禽真实地生长，并在每一个漂泊的渡口，寻回自己“心灵的原乡”。

所有的文化人都有着乡村情结，所有的乡村梦想都通往理想中的桃花源——“土地平旷，屋舍俨然，良田、美池、桑竹……”咸村，也许也在世事纷扰中变化着，但它带给我的纯净美不胜收——那是永远长在我“童年”眼睛里的故乡！

第三辑

“仙作”的古典情怀和乡村梦想

眼前那些明清式紫檀、黄花梨古典家具，造型简洁、结构严谨、气质脱俗。圈椅的靠背、搭脑、扶手，画桌的腿子、枨子、牙板之间，高低长短粗细宽窄的比例匀称协调，表现出质朴流畅的古典之美。其装饰手法多样而又适度，雕、镂、嵌、描都为所用，例如罗汉床，整体观感浑然一气，却在装板上作小面积的透雕或镶嵌，可谓繁简相宜，散发着一股稳重与浓厚的文化气息。这些古典红木家具有个时尚的名称叫“仙作”。

仙作：中国古典家具的靓丽风景线

仙游木雕生产历史悠久，早在唐、宋时期就相当发达。传说北宋时期，宰相蔡京在九鲤湖惊梦而悟“刻木铭心处，乘雷可升腾”，便召家乡的工匠把京都宫廷器用与书画工艺有机结合，制作出木雕家具，首开“仙作”木雕家具工艺先河。北京故宫博物院收藏的宋代名画《听琴图》中，搁置古琴的琴桌就是蔡京呈上的“仙作”作品。仙游现在已是全国最大的木雕生产基地，是全国三大红木古典家具主产地之一，是“中国古典工艺家具之都”。有千余家企业在北京、上海、天津、成都、济南等城市设立销售窗口，产品占当地市场份额的六成以上，同时畅销日本、韩国、东南亚和台港澳等国家和地区。

“仙作”概念始作俑者是仙游县的文联主席连铁杞，2003年他从乡镇副书记任上调到县文联主持工作，敏感地觉得仙游要用大眼光大思路的发展战略来打造自己的品牌，仙游的古典家具不仅材质第一，做工也是最好的，完全可以和京作、苏作、粤作并列为仙作，融入一个大格局中。对家乡明清古典家具的痴迷和挚爱，使他这些年完全陷入了对这一行业的规划、研究和探寻之路中，撰写了《仙游县“十一五”工艺美术发展规划》和《中国古典家具——东方艺术的一颗明珠》等著作。

如今，“仙作”已经成为一个特定的地域艺术美学概念，在中国古典工艺家具行业里的“仙作”一词，指的就是仙游的木雕工艺和明清古典家具制作技艺的巧妙融合，主要集中在榜头、度尾、大济、鲤城、鲤南、赖店、盖尾、郊尾、枫亭等乡镇，其集聚地在榜头镇的坝下村。福建省古典工艺产业家具协会秘书长林爱新（兼县政府工艺办主任）介绍“仙作”特色时说：“它是国画艺术、雕刻艺术与家具制作技艺的巧妙融合，是明清古典家具的传承与创新，蕴含着一代代仙游人的乡村情趣与审美理念。”

要真正懂得何谓“仙作”，必须到坝下走走，才能真正领略到古典情怀和乡村梦想，是如何融贯在这个地球上一点也不起眼的小山村里的。

坝下村，仙游县城往东 11 公里左右，人杰地灵，方圆百多里的距离，其民间工艺之美名驰骋全球的就有惠安的石雕、德化的白釉瓷塑，坝下的木雕堪与比肩。这里号称为“中国古典工艺家具之都”也是实至名归！在老朋友县政府工艺办主任林爱新陪同下，走了坝下主要的两条街道，采访了七八家企业。让我惊讶的是，榜头的坝下村，人口不到 7000 人竟然有 500 多家的古典家具厂，实际在村里务工的人员有两万多人。辖属莆田市仙游县榜头镇，地少人多，改革开放前坝下人均不到一分田地，出路只有两条，要么读书，要么做木雕，所以历史已经在这里积淀了一批古木家具的能工巧匠。改革开放，一遇机会就顺风而起，短短的时间，以这个村为中心形成了红木明清古典家具产业群。在红木古典家具消费力最旺盛的北京市场，从事古典家具和雕刻行业的人员达到了 15000 人左右，坝下成为吞吐量巨大的仿古家具原料集散地。

坝下虽说是个村子，却更像一个小城镇。街道两旁矗立着多层楼房，一座楼房就是一家工厂或一个家庭作坊，通常是一楼生产、二楼展示和销售、三楼居住。任何人都可以进去自由参观，似乎没有什么秘密可言。一到周末，南来北往的游客和商家络绎不绝，大部分人并不是前来购买红木家具的，而是来欣赏这里工艺精湛的木雕艺术，即便是许多见多识广的生意人和官员，到此感受琳琅满目的木雕作品，也不得不承认说是开了眼界。

街中心矗立一座投资100多万的LED大屏幕，24小时播放着这里的品牌古典家具的产品画面。在采访中，看了众多的红木家具，每一件都让我咋舌，除了做工精湛外，更是那高昂的价格，随便一件海黄都在十多万元以上，随便一件紫檀家具都在七八万元以上，就算是一般的酸枝和鸡翅，也是动辄三五万才能买上一小套。我笑着问林爱新主任："你现在每天忙着陪客人到坝下看家具，真正来买的主要是哪些人群?"

"基本都是商人和收藏家，这几年明星和官员中也有不少人喜欢红木家私。一年到坝下来的人有十多万人次，平均每天三四百人。大部分人是好奇来观赏的，毕竟现在懂得红木家具的人还是不多。所以，到坝下来可以不为了购买，也是一次很有益的特色乡村游，感受明清家具的文化气息，学会辨别和欣赏五大类红木材质的基本特征，深入一点的还可以了解'仙作'的渊源和传承流脉。"

我听了心里暗喜，看来真不虚此行，我的魅力乡村游系列文章真不能少了仙游的坝下村。在这之前，我心里还有点打鼓：坝下村没有太多的自然景观，它的魅力何在？来了才知道，这里不仅有"三蔡"文化，而且木雕艺术在这里已是浸淫了千年，随便走到坝下哪个地方，都能看到木粉的痕迹，都能闻到木屑飘散出的清香。坝下的"仙作"已然成为中国古木家具最大的作坊，同时也在铺设一道寻觅民间工艺、感悟历史情怀、游历乡村艺术奇迹的风景线。

他们开创了"仙作"辉煌的时代

2008年2月24日，福建省古典工艺家具协会在"中国古典工艺家具之都"仙游县隆重成立，全省218家古典工艺家具企业成为首届会员。三福古典家具工艺品有限公司黄福华董事长为会长，林福星等6人为执行副会长，林学善等27人为副会长，林爱新为秘书长。

"三福"公司董事长黄福华出生于仙游县坝下木雕工艺世家，从祖辈到现在从事家具行业已经五代了。"三福"顾名思义就是黄家三兄弟携手拓展古典家具产业的徽号。20 世纪 90 年代后期，坝下作为古典家具的生产基地名声渐起。敏锐的黄福华看到机遇在招手。当时，黄福华在三明开工艺厂，老二福忠在福建工艺美术学校绘画专业毕业后，投身古建筑装修和家具设计；老三福镇在坝下家具厂当雕刻工。黄家三兄弟一拍即合，决定携手。1997 年，“三福工艺”古典家具公司在坝下诞生。

我们来到“三福”展厅，剪着平头的黄福华显得格外精神，他热情地招呼我们在一套精美的酸枝木的座椅上入座，忙着沏茶。趁此机会我注意打量这位初中还没读完的古典家具行业的大鳄，干练从容且气质不凡，自幼受古典文化和家传工艺的熏陶，他周身散发出儒雅的气息。

他把这种气质融汇在“三福”的家具里了。在三福古典家具工艺品有限公司展厅里，陈列着紫檀、花梨、酸枝等名贵木材精制的各种明清家具，造型简洁大气、结构严谨厚实、各部分比例匀称协调，呈现出质朴流畅的古典之美；其装饰手法多种多样，雕、镂、嵌、描，繁简相宜，浑然一体。伴着古筝音乐，走在其中仿佛置身于明清古建筑中。他的产品在吸纳中国传统明清家具的简练、精巧、榫卯结构等精粹的基础上，融入现代精湛的雕刻技巧，每一件家具不仅具有很强的实用价值，还具有很高的观赏价值，受到越来越多人的喜爱和推崇。师承祖业，推陈出新，他们的作品在国内各类大型展会中屡获金奖，成了“仙作”的龙头企业。

眼前我们坐的这套精美坐具仿佛从清代画家所绘《红楼梦》场景中跃然而出，目光流动在温润如玉的质感中、行云流水的纹理上，让人不自觉地迷失在历史的烟云中。想想自己一年赚得的银两还买不了这套坐具的一根小腿，只能端坐在那上面，和老书记一起来个标准像，以此存念“到此一游”!

“仙作”讲究形艺材融为一体。形——传承经典的明清风格。线条流畅舒展，比例均衡，华丽中显出七分恬淡，典雅里却见三分豪放。艺——是制作古典家具中难度最大的环节。除了工艺精湛、榫卯结构致密、接驳依据古法外，其细部的雕刻深浅与艺术表现手法，均体现出艺人的审美取向。材——是明清古典家具价格昂贵的第一元素。“仙作”红木古典家具均采用比重极高的硬木类做原料，比如紫檀木、酸枝木之类的结构致密、质地坚硬，远远高于其他木材。坝下人说，我们做的是“千年家具”。

早在20世纪八九十年代，坝下人就开始囤积红木原料，什么海南和越南黄花梨、紫檀、酸枝、乌木、鸡翅木等，那时一斤重的海南黄花梨才卖10元，现在要几千元，翻了200倍还要多。林秘书长说，其实坝下人做红木家具真正赚钱还不是做工，而是本身原木的增值。我在“贡品轩”展厅看见的这4根海南黄花梨直径不过二三十厘米，长不过3米，但每根可以卖到300万元人民币。这堆在展览厅厕所一角看似不起眼的木头就是1000多万元的真金白银啊！

展厅特别展示一小截碗口粗的海南黄花梨断面，其核心部分只有鸡蛋大小，林秘书长说那才是黄花梨木的可用之材，其他大面积的地方在制作时都要剔除掉。别小看这一点，它是天地精华孕育了80年的光阴岁月才凝聚起来的，如果一块一尺多宽的独板那就是从几百上千年老树身上取下来的，无怪乎海南黄花梨现在成了稀有植物，再经商业的炒作，出现天价也是必然的。

红木家具已在国内家具市场占有重要位置，而且成了一种时尚。迁入新居，屋里不摆上一件两件红木家具，似乎缺少点文化品位。自然，现在市场上的红木家具通常是古典家具的新仿。也就是说它是仿古典家具。“古典家具热”是好事，它起码说明人们对传统文化的认同，也表明中国古典家具本身的文化魅力。

有一件橱具在“贡品轩”的展示大厅里十分显眼，它是用紫檀中的极品——金丝牛毛紫檀的材质做成的，每个细节都照料得天衣无缝。但这样的作品我只能称赞它的技艺精美，匠气重了些，感觉还是缺了点什么，不够潇洒大气。也许缺的就是我们通常所言的“文人气”吧！提到文人气，大家可能会想起明代的家具。事实上，在明清两代，正是中国古典家具发展的高峰，从明代开始，便有文人参与了家具的设计制作，很自然地将自己的审美情趣融入了家具的设计中，形成了明代家具委婉、空灵、流畅的特征。这些家具流露出的气质就是“文人气”。

有文人气的家具一般结构简单，雕花少而线条流畅。玩红木家具的都知道有“十清不抵一明”的说法。明式家具的文化感最强。古典家具文化是一个抽象的概念，它是有形的，也是无形的。有形指的是造型手法、工艺水平。无形指的是它的韵味和神采。明代文人追求意境之美，以追求古意为风气，故家具十分朴实，已达到了苏轼“静故了群动，空故纳万境”的境界。

家具文化是几千年来中国传统文化的沉淀，它的品质、工艺、装饰能直接反映出制作人对文化的理解，特别是红木，这里说的红木是泛指，它包括黄花梨、紫檀、鸡翅木等木种，由于木材的稀有，更应该让它的家具体现出文化来。但是现在市场上的许多红木家具做不到这一点。红木的材质固然重要，但家具本身的文化感才是第一位的。缺少文化感的红木家具，是红木的悲哀。

也许，你的奔驰 15 年后会变成一堆废铁，也许你的豪宅百年后因为有碍观瞻而被拆除，但如果你有一套用料精良、饱含着文化和艺术的红木家具的话，几百年后它会成为珍贵的文物，而且它的价值随着岁月而递增！

人们在欣赏家具的时候，常常能感觉到家具自然流露的一种独特气质，这种气质或许由欣赏者目光的不断移动而产生，又或许是由制作者赋予，让你怦然心动。人们完全都可以见仁见智去选择你所需要的古典家具去实现拥有一件“镇宅之宝”的梦想，但我更愿意看到人们只抱着欣赏的目光，品味材质的神秘气息、大师之作的艺术情趣和精湛的技艺……它赋予我们一次遥远的美好的神往。

“仙作”艺术群中跃起的一匹黑马

看了木雕工艺品的展厅后，天色已经不早了，阴晦的天有点暗，看到我还是兴致勃勃的，林爱新主任说：“还有一点时间，我带你去看一个人，他主要是做竹器雕刻的。虽然年纪很轻，但他的作品堪称大师之作！”

在一家稍显逼仄的二楼展室里，我见到了坝下仅有的一位圆雕竹刻艺术家王新明。

王新明，中国工艺美术学会雕塑专委会委员、福建省工艺美术协会木雕专委会常务理事、福建省古典工艺家具协会副会长、莆田市工艺美术协会常务理事兼副秘书长。1973 年 4 月生于榜头坝下一个工艺世家。从艺 20 年，擅长采用华南特有的一种竻竹的实心根茎，在探索借鉴闽浙明代竹雕稚拙浑朴、清代竹雕多姿多彩等传统基础上，将濒临失传的莆仙“精微透雕”绝技运用于雕作，并施以防霉、防蛀、防腐技术处理和特别的仿古涂饰，且寻据海外古董艺品的收藏趋向，独创了一系列多品种竹雕精品，在台湾及海内外艺品市场成了抢手奇货。

竹刻工艺已经有几百年的历史，演变到今天，竹刻艺术多表现为平面的工艺品雕刻，而搞圆雕竹刻艺术创作的人却寥寥无几。你如果走在坝下街上，目之所及是木雕家具的天地，只有一个地方例外，那就是王新明的“仙游竹木人家”。这里摆放的都是用竹子雕刻的各种精美工艺品。他用自己的精工细琢填补了坝下竹刻工艺这一空白。

竹刻品最难过的关是防虫蛀技术。这也让王新明伤透了脑筋。有人说用做豆腐的豆汁煮可以防腐，于是他便去试，结果还是不行。回忆那段经历，王新明自己说：“我文化不高，就知道埋头去做，每种方法都试。听说几种酸混合后再煮的方法能够防腐，我自己便想试。当时别人说，你千万不要试验，这种酸的腐蚀性特别大，人要是不小心碰到身上就毁了。但是我还是试了。有一次做试验，我把两种化学物品装在可乐瓶里，然后慢慢将它们倒在一起，看是什么反应。那次，我刚离开，后面就听‘嗵’一声爆炸了，可乐瓶炸飞了。”

几番失败，王新明就是不信这个邪，依然成日里钻进他的试验中。当他得知竹里面的一种甜性纤维对其腐化起到决定作用时，他开始自己尝试着用药水去除这种纤维，最后经过泡、蒸、煮等多道工序之后，终于成功了。

王新明善雕人物，观音、达摩、菩萨、孩童、渔夫，在他的刀下都表现得栩栩如生，活灵活现。

在王新明的竹雕作品里，我们可以看见他已经摆脱了传统匠人写实的雕刻手法，而更多的加入了艺术创新成分。达摩伸出去的手臂，看起来比例不是很恰当，要比平常的手臂长很多，粗很多，王新明运用了这种夸张的手法，来表现达摩的神力。渔夫捡到的贝壳和珍珠也要比平常的大很多，来突出那种视觉冲击力。

王新明利用竹根的自然形态，删繁就简，在方寸之间雕刻山水、人物、楼阁、鸟兽。他将木雕的手法融入竹雕的雕刻技巧之中，刀法精巧，灵活运用，求新求变。在他的作品里，充满了古朴稚拙的自然真趣，并且具有很高的艺术感染力。

这些形式多变的作品主题，主要来源于哪？又是怎么创作出来的？王新明说，是来源于创作灵感。

王新明文化不高，但天赋极高。他 13 岁那年无心上学，在家里把自家的门槛卸了下来练习雕刻，结果被父母狠揍了一顿。谈起自己创作体会时说："有时候看天上飘浮不定的云，它的外形像一个动态的老人，于是赶快拿出雕刀进行创作。墙壁上面有黑黑的水迹，一片片像国画中的泼墨一般，我就从中取材，表现在竹刻上。有一次，一件作品经过了十多天，还是没有一点头绪，不知道竹子上面多出来的一条丝线该雕成什么，我就那样看着作品，后来一个意识突然出现。我就想，可以把它雕成一根竹竿，两只青蛙站在草上面过河，于是赶紧动刀做。"

雕刻技术是经过后天努力可以提升的，而创作灵感和天赋有时候却是与生俱来的，在"仙作"群星闪烁的天空中，他是一个"异类"，也是这个行业的一匹"黑马"，一开始就出手不凡，有他的存在，竹雕艺术提升到了很高的档次，一件小小的把品，也可以卖出天价。难怪前不久逝世的、世界公认的竹雕鉴赏收藏家王世襄会把他的作品誉为天作，称赞他有极高的天资禀赋，并亲自撰文向中国美术界和收藏界大力推介。

依势造型是王新明艺术的另一个表现方法。每个竹根的造型都是不同的，王新明利用竹根不同的造型创作出合适的主题，从而表现竹子本身的生长形态。一个观音旁边的孩童便是竹根旁边生长出来的竹牙儿雕刻而成，自然而有雅趣。竹子生长出来的不规则的竹节便成了达摩身上衣服的褶皱，巧妙而不突兀。

把竹子雕刻成一堆烂菜叶状，这件作品让我大开眼界，我不得不佩服王新明的奇思妙想。细致的白描与大笔的写意是王新明遵循的雕刻原理。粗与细结合、静与动结合才能表现出物的"生动"。在他的竹雕作品里，细微处丝发可见，粗犷处一笔带过，给人以灵动的视觉冲击。

王世襄曾在锦灰三堆上面写道："王新明深知'文似看山喜不平'的道理，即作品以不寻常不落套，有变化为好。王新明的作品经常以人世不可能有的事和物作题材，神奇怪诞，完全出乎人们意想，却使人觉得新奇。他从前人那儿得到启发进行尝试，构思遐想，推陈出新。”

王新明和文玩大家王世襄有一段不解的情缘被传为佳话。王世襄这位已经93岁高寿的老人，在一次偶然的机会，发现了王新明的才艺。我在老先生写的《圆雕竹刻家王新明》一文中看到他的这几句话：“去年徐秉方先生来访，我问起近年有无刻竹新人涌现。他说江南刻留青的大有人在，有的已达到一定水平，又讲到在工艺美术博览会上看到有刻圆雕的，很工细，颇具特色，据闻来自福建，名曰王新明。”在文的开篇引述的话语中，透出老人对新人发现的欣喜之情。后来事实更证明了大师爱才的品质，在王新明最困难的时候，他花巨资购买并收藏了王新明的工艺品，并亲笔题写“仙游竹木人家”寄予厚望。大师的鼓励支持加上自己的执着，王新明在木雕面前不动摇，即使在一度资金紧缺的情况下他也只是以木雕来养竹雕，因为他相信他的“竹”中行一定会走出一片大天地。他的努力终于获得了肯定，目前，新加坡和台湾省的博物馆和收藏家收藏他的作品近2000件。他在1998年以1800元卖出的“苏东坡竹雕像”现在市场价已高达15万元。王新明对我说，他很喜欢自己的家乡。这十几年，他有无数次的机会可以到北京、上海、澳门等地工作，王世襄老先生专门在北京琉璃厂给他安排好一个创作的地方，他硬是不答应。上海的正大集团总部也想为他投资，希望他能到上海发展，也被他谢绝了。他喜欢坝下这样一个浸透着深厚的艺术气息的地方，离开故土，他的灵感也许不会枯竭，但一定会少了许多灵性，他的艺术创作的源泉在这里，他不能离开这块生他养他的土地。

王新明手上制作的竹雕艺术品，而今每一件都在几万元以上，但除了少数的一部分外，他都自己收藏着。在坝下街头，在穿梭而过的“宝马”、“奔驰”的车流中，王新民踩着的却是一辆自行车，他自嘲说，别人开名车，我开三轮车。这些年来，王新明一直把做家具赚的钱，投到竹雕作品的研究与创作上。他与仙游的许多家具企业老板相比，至今还是个“穷小子”。

原中共福建省委卢展工书记一到坝下工艺城就指名要找王新明，并反复讲：“王新明能把这么便宜的竹子做成这么值钱的工艺品，这样的人才应该评上省大师……”综上所述，王新明仿古竹雕在海内外古玩市场的公认口碑、王世襄等名人大家的多方赞誉……都说明王新明确系是中国竹雕艺坛前程无量的实力派大师级精英人物。

采访是短暂的，我相信对“仙作”的告别也是短暂的。仙游县委书记对我说：“2012 年，仙游县要实现‘仙作’年产值超百亿元的目标。”历史积淀、现实选择与时代机遇的相互碰撞，使坝下奇迹的产生，在偶然中蕴含着某种必然。看来莆仙人传承了蔡襄智慧和书法艺术中敦厚雄浑、婉转有致、飞动自如的精神气质，不仅打造独特的“仙作”的古典情怀，也在打造一个美丽的乡村梦想。

大帽山上的三角梅

——访翔安三角梅达人陈火凉

她似树、似藤、似花，犹如一个鲜活的生命努力向上，追寻着季节的变换，体验着春夏秋冬的冷暖。她不经意、不夸张、不掩饰自己的容颜和品性，在芸芸众生的大自然里充满着勃勃生机，舒展出旺盛的生命力和矢志不渝、顽强不凋的品质，传播出热烈、蓬勃、祥和、温馨的气息，让人沉醉、振奋、赞叹！

——题记

平凡而热烈地活着

三角梅于我，是再熟识不过的花了。福州很多街道上都有栽种，尤其是一些比较旧的小区和庭院，四周围基本上都可以见到三角梅的身影。她并不是见了就会让人心动的花——不像牡丹那般雍容华贵，不像兰花那般清雅高洁，也不像红梅那般淡定傲然，她就如小时候一群群一伙伙，手拉着手熙熙攘攘地从身边擦肩而过的邻家小妹们那样，普普通通却十分亲切。她给我最强烈的印象莫过于，红艳艳乐呵呵的，像有什么喜事似的，一簇簇灿烂地笑着。也因此，每看见三角梅，脑海里就会冒出那句“少年不知愁滋味”来，脚步也不知不觉地慢下来，总忍不住驻足凝望一会儿。有时，眼前还会闪现出和童年的小伙伴们一起玩耍的场景，尽管时光荏苒，却历历在目、记忆犹新。等回过神儿来，才想起自己已是两鬓斑白的人了，这才会有点不舍地回望这群三角梅几眼，继续赶路。

这是我对三角梅最直觉的感受。直到前不久的采风，结识了被称为“三角梅达人”的陈火凉，三角梅才被正经八百地端到我的意识中。原来这三角梅不但花开得火，还是国内外二十来个国、省、县市的国花、省花、市花或县花，甚是抢手。其貌不扬的她竟为何如此受欢迎？让我备感纳闷。和陈火凉的交谈，让我慢慢了解了三角梅，随着对三角梅的了解，也就开始了解眼前这位所谓的达人了，而我发现他和三角梅竟有着十分相似的个性。这算是一个不小的收获——每种花都有着自己的个性，就像每个人一样，而我们会和某种花之间建立不一般的关系，恰说明了我们和这花之间有着某种神秘而内在的联系，花往往也是人的一种个性的投影。

三角梅原产巴西，传入我国后，现已在各地都有种植，尤以气候偏暖的南方为主。因三角梅喜欢温暖湿润的气候，在合适的环境里，基本上每年有两次花期，春季和秋季，而每次花期都有二至三个月之久。而经过陈火凉选育并为之命名的“同安红”三角梅，却能保证一年至少开三季花，即春、秋和冬季都是自然花期，夏季还可以通过其他方式控花。三角梅的生命力旺盛，易种易活易开花，且花期长，还因为是常绿攀沿状灌木，易于造型，因此成为城市绿化项目中很受偏爱的一种观赏植物。三角梅对生活不加挑剔的热爱，使其成为热情、坚忍不拔、顽强奋进的精神象征。

眼下正值观赏三角梅的好季节。翔安区的大帽山三角梅园，陈火凉第一次参与了园区部分建设，他选择了在一座三面环水的小山包，采用了多种规格多种造型多种花色的三角梅，还原了一个远古的传说和一部亘古的谜一般的经书——远看像是刚从远方水天一线的天边升起的一轮明月，里面有传说中的嫦娥和小兔。设计思路又沿用了中国传统文化“太极八卦阵”，即大S分开的两条鱼，首尾相连，连绵不绝，两只眼睛是来自西伯利亚雪山的高档木材榫合的雌雄亭，并按照六十四卦方位做了不同编排，做到一步一景，步移景换，仨俩步行赏万千花，最新的控花技术最新的栽培理念最新研发的新品三角梅，使大帽山，一个名不见经传的边缘小农场，一时间，成了翔安区的亮点、厦门名副其实的后花园，那里的三角梅花更多、叶更少，品种更丰富。我慕名而来，择一艳阳高照的秋日，到大帽山走一走，体会一下被花山花海包围的美妙感觉。

南国的深秋，风和景明。登上在山中蜿蜒的步行道，四周都是姹紫嫣红、花团锦簇的三角梅，置身花海之中，叫人心旷神怡。眼下正是同安红、花叶红花等三角梅品种盛开的季节，大帽山漫山遍野仿佛被披上了红妆，紫色、粉红、橘黄、变色花、鸳鸯双色等其他花色点缀其中，五彩缤纷、美不胜收。很多三角梅的花朵都压满了枝头，在零星绿叶的衬托之下，繁花似锦。三角梅种植行家陈火凉介绍说，这些花多叶少的三角梅都是他们通过控花技术栽培出来的。控花技术能够调节三角梅叶落花开的周期，让三角梅的叶子加速掉落，一门心思，只叫花儿更奔放，更洒脱。它的确是美的。当你站在稍远处观看，那枝枝蔓蔓上缀满了一种放肆的柔蔓之美。那美，放荡、炽烈、热情、浪漫而又柔媚，不由你不怦然心动。难怪一路上，我的目光始终都被她所吸引，被她柔韧地缠绕，却原来，她用了另一种方式阐释着一种精神：美，也可以这样！

土地和阳光的馈赠

2012年春天，央视7套大型户外访谈栏目“乡约”来到了厦门翔安新圩镇，采访了这位厦门市花种植行家陈火凉。正如新圩镇党委书记叶晓东对新圩的定位：新圩镇的小城镇建设是早晨的一缕新曦，新的希望点燃新的激情。如果让勤劳淳朴的新圩人民自己选择一种花来代表新圩，他们一定会不约而同地选择三角梅，因为新圩有“大帽山三角梅园”这张烫金的名片，因为新圩有以“锦商三角梅”这样的著名商标为龙头，带领新圩镇上百家合作社和农户，把“同安红”卖到全国各地。一种花，能成为一个产业，一棵花树，能提升一座城镇。

我十分好奇，陈火凉不过是名普通的农民孩子，且文化程度也不高，怎么能培植出这些奇特的品种呢？他和三角梅又是如何结缘的呢？带着这些疑问，我和陈火凉相约，在厦门曾厝垵一家有着独特文化气息的“羚羊客栈”里，一边煮着功夫茶，一边天南地北地聊。

陈火凉初中毕业后进了职业高中，学习园艺专业。用他自己的话说，他不是一个会读书的孩子，他的文凭和文化水平成反比，他崇拜曹雪芹，崇拜加西亚·马尔克斯，他把时间都给了他们，而忽略了学习成绩，所以只能上职业学校，学制两年。但由于学校教室不够用，学了一年，在第二年招生的时候，为了给下一届学生让地方，学校就差遣他们早早离校去社会找工作了。他回忆说，和他年龄相仿的同学校友都到外面谋生打工，可是大家都没有什么社会经验，除了会园艺又不懂其他的谋生技能，在社会上很难找到好工作，他说，平均每届也就一两个人留下来继续老本行，很多人都没能坚持下来而转行干别的去了。他告诉我，现在想来，正是因为坚持下来的人少，才促成和造就了他后来成为这个行业的佼佼者。

这条路是崎岖坎坷的，但今天回头望也是让他骄傲和庆幸的。刚从学校出来，和没读过书的农民比起来算是小有文化的他，迷恋上了写作，离家到厦门中山公园做园艺工人，一天挣的钱只是个位数，图的是挨着厦门市文联近，那是文化气息最密集的所在，套用一句歌词，那叫“喜欢上人家，死缠着不放”。那时已是20世纪90年代中期，写作挣了点稿费糊不了口，花卉业也十分清淡，日子过得十分艰苦。他说，20世纪90年代的厦门经济还没开始增速发展，花卉业更是冷门，所以他一直没有寻到什么机会，迫于无奈，干不多久只能打道回府，回到老家和父母住在一起。

回来之后，为了生计，他在老家的学校门口开了一家小文具店，这是他迈向自主创业的雏形阶段，就像房子，不管建得多高，基础总是最根本最重要的。他一边开店，一边在家里的房前屋后种各式各样的花卉。我问他都种了些什么花，他直率地说，乱种，什么都有。是为了卖钱吗？我问他。他说，没有，只是种，种活了有人要就送人。那时别的没有，有的是时间。他这句话让我觉得很感慨，尽管他看似无所事事，时间大把，但是他却没有荒废了自己的所长，而是一直有意无意地“训练”着自己。正所谓“功夫不负有心人”，他这种自我学习为他将来建立自己的三角梅王国打下了牢固的基础。我猜他一定很喜欢种植花卉，种花给了他不可替代的快乐，他才在看不到任何希望的时候还能一直坚持种花。他也是幸运的人，恰好学习了一样让他喜爱给他带来很多快乐的事情，这件事后来却又成为他为之奋斗终生的事业。

三角梅是一种阳性植物，为了使枝叶生长正常，增加开花次数，必须把三角梅摆放在光线充足、通风良好的位置，让她每天光照8小时至12小时。如果摆放位置经常荫蔽，会使植株徒长，而减少开花数量。她不畏凄风苦雨，不拘地势高低，都泼辣地开着；她的枝蔓，向天空、向大地、向四周，生机蓬勃；争空间，争自由，争生存，像熊熊烈火，光彩夺人。它既可盆栽、地植和庭园配置，制作盆景；又可作绿篱、围墙之用，更可随意塑成各种动物或几何图案，美化环境，深受人爱。只要有一撮泥土，一丝温度，一缕阳光，一滴雨水，便能屈能伸，坚强地生长，飞速地蔓延，勇敢地面对自然。

陈火凉深深知道，三角梅和他，都是土地和阳光的儿子，所有的绽放都来自于土地和阳光的馈赠。

“三角梅比我老婆还听话”

因为三角梅是厦门市市花，老家的很多人也喜欢种这种花，陈火凉说，他最大的优势是花源充沛。农村人很朴实，他可以和人打个招呼就随意剪三角梅的枝条拿回去种，没有人会介意。只要他想要，就有人给，而他也很大方，回去种好了，谁要就送给谁，正是他对花的热爱，为人的真诚，让他在老家赢得了很好的人缘基础，为他后来种植事业的腾飞帮了很大的忙。

他认为后来能专门从事三角梅种植也是一种“因缘造化”。在他无意中培训着自己的种植技艺的同时，改革开放之风已悄然吹进了厦门这座美丽的海滨之城。经济的发展，让城市建设也纳入了政府很重要的发展范畴。城市建设离不开城市美化，于是花卉业的商机初露端倪。企业、政府开始大量采购花卉，而三角梅因为是市花加上自身的品性优势，需求量开始迅速增长，这给陈火凉带来了商机。他作为一个准备好了的人，顺理成章地成了这个行当的先锋，他的成功不可谓不是“苦尽甘来”、“厚积薄发”。

他很坦诚地说，他的成功是离不开翔安区委、区政府对他的支持的。那时，共青团翔安区委把和他差不多的各行业的青年创业者召集在一起，成立了“翔安区青年创业联盟”，团组织免费开班培训，请专业人士教他们如何创业、如何开办企业，教他们如何缴纳税金，如何贷款，甚至还帮他们与各政府机构、银行等协调办企业的各项业务。帮他们解决创业困难，提供资金、土地、法规知识等各方面的支持，对他们能在行业中立足可说是功不可没。回想起这些，陈火凉的语气中充满了感激。陈火凉是该联盟的第一批成员，如今的成员已有几百人，多数是三四十岁的青年企业家。他说，他的三角梅基地的发展和壮大主要是在加入了这个联盟之后，在这几年里，和联盟成员的一群有胆识有理想的年轻人相互学习和鼓励，让他的事业得到了鼓舞和坚实的进步。

翔安区锦商专业合作社以陈火凉为法人代表，成立于2008年，发展至今已有5年历史，目前合作社拥有100多个成员户。陈火凉自己也拥有三个家庭农场，其中一个同样在大帽山，同样有一座大水库，所不同的是，这座水库是有着1000多年历史的佛教圣地“甘露寺”的放生池，可谓鸟语花香，龟蛇俨然，梵音缭绕，相映成趣，这里的三角梅，吃的是净土，喝的是莲水，听的是佛经，在三宝的护佑下，无灾无病，茁壮成长，连三角梅长出来的刺也似乎特柔和特有灵性。

合作社不仅仅是单纯的花农或者花商，还是厦门乃至周边地区种植商家屈指可数的养花、种花、护花的“技术输出专家”，因为很少有像“锦商”合作社在卖花时将养花、种花、护花的技术“一条龙”输出，免费为买家提供花卉生长养护技术指导，就如同商品的售后服务。厦门市使用三角梅的量很大，周边城市参照厦门模式，纷纷跟进致使销量更大。“同安红”三角梅因色调鲜艳，花期长，深受厦门群众的青睐。事实和结果证明，锦商能在众多的竞争对手中脱颖而出，靠的是有他独特的种植技术。靠的是品牌的真实纯正，良好的工作服务及强大的专家技术团队。经过潜心钻研，陈火凉渐渐形成了自己独特的培育方法，和他对未来市场需求的独到见解，他不无得意地说，我们的定位是引导三角梅市场的健康有序发展，目光总是盯在下一个10年。他培植的三角梅比“老婆还听话”，想让她们什么时候开花就什么时候开，想要她们开多少就开多少！与三角梅朝夕相处，相濡以沫，陈火凉对她的习性已十分了解。

“我就是三角梅”

采访中，我才知道，陈火凉在几年前因一场意外，亏了不少钱，一度陷入人生的低谷，如今困难已成为磨砺后的愈加坚强，他总是说，最困难的时候，多亏了身边的很多人，都是好人。也因此，常挂口头的“感恩”二字已经深深扎根于内心。如今，已届不惑之年了，对于未来陈火凉又有什么样的发展规划呢？他说要在三角梅的培植和推广两方面下功夫，要进行技术升级和品种升级，但是企业文化里一定包含了慈善。首先要通过提高技术以达到缩短花的生长期、延长开花期等目标；其次，要钻研开发新品种；另外，要深入学习花卉造型艺术，开发更多三角梅盆景品种，提高三角梅的观赏价值。在推广方面，要建立自己的品牌，提高花卉自身的价值，并增加售后服务项目和提高服务水平。说到服务，他有些感慨，由于自己目前的实力有限，他几乎不做零售生意，不是他不想做，是他觉得还没有足够的实力提供售后服务。他说，因为不销售给个人，很多人不理解，指责他“耍大牌”，话说得很难听，对此他很无奈，决心更加努力以加强实力，希望以后能够顾及个人销售对象。还有时，他对外说正在研发一些新品种，而新品种在培育当中，质量还不稳定，用他的话说就是“还在驯化过程中”；另一些时候，新品种刚开发出来，母种数量还很少，不培植到一定数量难以满足销售需求。对于这些，有些人不清楚原因，就会在网上骂他是在“骗人”。

对于这些，陈火凉已经大致拟出了一个方案，等时机成熟时，他将拿出零售和网售，交给某个慈善团体来经营，即按市场价卖出的花苗由锦商合作社提供，而所得款项交由慈善机构来支配。

在和陈火凉交谈的时候，我想起以前在《读者》上看过的一个故事，说一个男孩读书很努力却总是成绩不好，他很沮丧。但这个男孩非常热爱园艺，他一有时间就帮邻居打理他们的花园，也为城市园林免费做了很多园艺设计并亲自实施。一次，他的高中老师请来了他的父母，告诉他们说，他们的孩子非常优秀，只是不擅长读书而已，请他的父母支持他做喜欢做的事，条条大路通罗马，相信这个男孩会成为一个有出息的人。男孩退学了，开始专心从事园艺，也得到了父母的支持，后来这个男孩成为那个国家最伟大的园艺师。

最近，陈火凉给我打来个电话，捷报频传，今年三角梅销售出乎意料好，基地的三角梅全都销售一空，供不应求。不久前，又在很偶然的情况下拿到了一个有很多故事的小农场，位于新圩镇曾溪水库边，该农场算得上是新中国历史的见证，其作为当时的社办企业，听说只有“又红又专”的人才有资格在这里参加工作，工作是一边种粮食，一边养公牛，为周边18个村发情的母牛提供友情支援，是牛爸爸的家。让他当场拍板拿下这农场的原因，还是当地老农很偶然很实诚的一句话——能住进这农场的，都不是一般人；从这里走出去的，升官发财都不在话下，哪怕在当时这个人身上还长满了虱子。三角梅在这个春天里卖火了，陈火凉走出了人生的低谷，我由衷地祝贺他，可是他却在电话里说，“这些都是你给我们带来了好运，自从你来采访后，园场的花一售而空！”他总是这么善意地把自己的快乐传递给别人，那是他一直怀着一颗感恩的心，让我感觉到一种朴实真诚的温暖。

诗人舒婷在她的《日光岩上的三角梅》中如此形容三角梅：“最有限的营养/却献出了最丰富的自己。”陈火凉平静地对我说：“我就是三角梅，我要做的是一种三角梅文化。”我看到了他黝黑瘦削的脸上，一双深邃明亮的眼睛放出异样的光芒。他与三角梅已“天人合一”了，三角梅的生命及个性就是他人生的写照。他这番话正如一位朋友说过的：“一种美的东西要有美的精神才能打动人心，否则，再美充其量也只能给人带去视觉享受。”陈火凉，平凡而热烈地活着，一如三角梅，拥有灿烂、顽强而朴实的个性，坚定地朝着自己的理想迈进！

浮桥、古道和南浦溪的梦境

一

二十多年前我第一次到浦城组稿采访，在县政府联系好工作走出来，就遇见一位陌生的女子，她笑吟吟地主动搭讪，并带着我穿过喧闹的大街，然后一直往郊外走去，我以为是政府办派来带我去采访皮革厂的接头人。我跟着她来到一条河道上，百多米宽的溪面，没有艄公，只见 12 只木船一字排开。船与船用铁索相连，半尺厚的木头，横铺在木船之间，于是浮船为桥墩，木板为桥面，便形成了一座特别的桥——这就是我第一次看到的万安浮桥。当我从眼前景色中回过神来，想向那位带我来的女子问一些问题时，那女子却不见了。

这么美的山村浮桥，它的质朴和简单吸引了我，我顾不上想那么多了。那时正是油菜花黄的时节，我从桥这端走到那端，又从那端走了回来，晃晃悠悠的，像是踩在柔软的海绵上，人飘在菜花香里，一下子就醉了。天快黑下来时，我才恍然地想到，自己怎么会神使鬼差般置身在这片河面上？那个引我来的女子好像是《聊斋故事》里的人物，美丽飘逸，来去无踪。我心里不禁打起鼓来：这桥不仅有生命，和我还有着三世的因缘哩。

二十多年一晃就过去了，我又来到浦城——这座被边缘化的闽北重镇，历史上却是“中原入闽第一驿”。那是 2009 年的阳春三月，一路是高速路上的行驶，只用了近四个小时就从福州抵达目的地。晚上我们刚入席上菜，主人就端出“渔梁驿”酒，千年岁月一下子又拉近了，这里盛情的主人劝起酒来个个是天才，让你根本找不出不喝的理由。结局当然可想而知，酒酣耳热过后，脚底下也漂浮了起来，让我感觉到又踩回了二十多年前的那座浮桥上面。二十多年变化太大了，浮桥今安在？我问边上的宣传部叶芳部长，叶部长说“渔梁驿”到了你肚子里了，那浮桥还在水的上面，不急，明天带你去看。

晚上真的去了浮桥，不过那是在梦里。乡村的夜长，梦也长，不是喝了酒才爱做梦，而是梦乡从记忆深处浮了上来。

我真的记不起那夜我在桥上梦见什么，但我知道，如今早已枯萎的仙霞古道在荒草中瘦成了一茎草藤——七尺官道回落归隐到荒郊野地，归于草莽丛林的寂寥。我的梦被平平仄仄的风这么一吹，变得更加清冷迷离，只到浮桥无法继续延伸。

第二天当我再次踏上万安浮桥时，眼前的南浦溪温温吞吞地流淌着，不缓不急，我的脑子一下子又变得晃晃悠悠起来，感到一种神秘的力量在牵引着我，让我在桥上踯躅了很久，亦似江淹悠然独往、日夕忘归之陶然……

沉湎一阵，想起在同里看到一座桥上的碑刻联句，稍作修改，似乎很合眼前的景致：

一线晴光通闽水

半帆寒影带愁云

浮桥那边就是万安村，桥上人来人往，很是方便。我看到船舷边上还晾晒着准备腌制的芥菜。桥头西边有个很小的瀑布，水弯弯曲曲地流下，和江水构成了一幅立体的水墨画。桥头岸上，沿着石阶往上走，便是一座小亭子，凉风习习，使人感到神清气爽。溪两岸种着高大的树木；稻田还没有开耕，稀疏地种植着几畦油菜花。站在小亭子旁远望，隐隐约约可以望见几座房子，房顶上的砖瓦在阳光的照耀下闪闪发光。唯一觉得遗憾的是在万安桥那头河床里的垃圾污浊了这清丽的风景。

浮桥以舟为梁，这在许多乡村也可以见到，但历史像它这么长的却不多见。此桥修建于明朝洪武二十五年（1392 年），距今有 617 年的历史。据史料记载，最初在此修建的是一座木桥，清朝嘉庆十年（1805 年），鉴于此地建桥屡遭洪水毁坏的教训，决定改建浮桥。浮桥屡经修复，沿用至今，现浮桥长 76 米，由 12 艘木船排列组成，用两条铁链串系连接。如遇大水，可以将一边铁链卸下让船靠到岸边，这样就不会被冲走。

这座桥是连接仙霞古道的必经之路，而仙霞古道是汉、唐以来的兵家必争之地，是海上丝绸之路一条重要的陆上运输线，是铺满璀璨诗文的诗歌之路，仙霞古道是圣僧空海法师北上唐都长安的“空海之路”，也是名茶绿牡丹的故乡。

二

关于仙霞古道的开辟，有着两种不同的说法：一种认为可追溯到公元前138年，据《汉书》载：是年，汉武帝发兵攻闽越，兵分海陆两路，陆路越仙霞岭入闽。另一种认为是公元878年唐末黄巢农民军起义麾指福建时开辟的，“刊山伐道七百里”。

汉武帝刘彻的雄才大略有史可考，就在公元前138年，不满20岁的他果断地派遣张骞出使西域，联络大月氏夹击匈奴。与此同时，他自然有雄心收复秦始皇弃而不属的东南百越之地。就这样，千百年来，无数未知名的人竟用人力、脚印在崇山峻岭中辟出了一条古道，留下了彰显人类意志力的一份骄傲。

如今，古道上难见行人，留下的只是悠长深远的寂静。松石笔立，云遮雾障。那坚实的路基、沧桑的古桥墩、光洁的石径，镌刻着曾经的繁盛。无数双远去的脚，如一代代人前行的虔诚，把古道踩踏得如此坚实，又联结得如此通畅。对古道两端的人们来说，仙霞古道是一条福路；而对来回奔波的挑夫来说，是一场延绵千年的苦役，一段充满风尘的苦旅。

1933年，郁达夫为考察杭江铁路来到江山，他在《仙霞纪险》中写道：“仙霞岭的面貌，实在是雄奇伟大得很！一面是流泉涡漩的深坑万丈，一面又是鸟飞不到的绝壁千寻……”

一条鸟飞不到的险恶道路，无数由船筏上卸下的货物，是如何“连延曲折逾岭而南至浦城县城”，然后“舍陆登舟以达闽海”的呢？千百年来，古道上一直活跃着一支数以百计“挑浦城担”的挑夫队伍。而在浦城担的终点浦城，至今还遗留着一条长达600米的江山街，那是当年江山人的一个大本营！

挑浦城担的全是强壮汉子。他们头戴竹笠，脚穿布袜、草鞋，小腿上紧紧地打着绑腿，使用着由官方注册的扁担、担拄和箩筐，肩挑一百四五十斤丝绸、瓷器、茶叶、苎麻等货物。凌晨，他们几十人一伙从江山县城或清湖出发，歇3夜走4天抵达浦城，然后再挑上福建的土特产和进口货物踏上归途。任风霜雪雨，也要爬山涉溪，越沟攀岩，咬着牙走完坎坷长途。

当年，仙霞古道上每一步都留下了挑夫们的喘息和汗滴。一山一石，一树一花，都见证了他们的苦难和艰辛。他们用汗水与青春甚至生命，构筑了浙闽边界上如此繁盛的物资运输线，从而连接了唐代中后期日渐昌盛的海上丝绸之路，将丰富的物资和灿烂的文化输向遥远的印度洋乃至地中海沿岸。

仙霞古道也在呼唤着诗人们繁密的脚步。一代代才思横溢的诗人带着飞越崇山的渴望踏歌而来，纵情放歌后又满怀着纷繁的心情而去。这儿曾经留下了他们飘忽但依稀可辨的身影和足迹，这儿曾经验证过山水的灵秀，艺术的弘广，历史的壮美。仙霞古道，因而有幸成为撒满诗文、充满智慧的文化古道。

如今人们很难理解历代文人骚客何以对远离都城的这条古道如此钟情，但白居易、王安石、海瑞、徐渭等人确曾先后向仙霞古道走来。1192年冬的一天，仙霞古道上迎来了抗金名将辛弃疾。沿途留给他最鲜明的记忆便是脱俗而独立的江郎山，他的《江郎山和韵》写道："三峰一一青如削，卓立千寻不可干。正直相扶无倚傍，撑持天地与人看。"因力主抗金，正直不阿的辛弃疾屡遭当权者之忌，只得远离家乡山东，落职闲居江西上饶11年之久。作诗之时，正值他受宋光宗召见后，由京城赴任福建路刑狱公事之际。看着傲然卓立的江郎山，回首坎坷的宦途百感交集。不知他满腹的忧烦是否随凛冽的山风飘散，只知这首激昂豪迈的诗，已成为流传千年的佳作。

来仙霞古道次数最多的，除了那位不知疲倦的旅行家徐霞客，还有黄公度、陆游、杨万里、朱熹等，他们留下了350多篇文采飞扬的诗篇，让人目眩神迷又如获至宝。而在这"诗的河床"上，时间被艺术的滔滔洪流所淹没。

然而，那么多踏着古道走来的影迹已散落在诗文之中了；而我站在这里，只怀恋那位笑吟吟的女子，她好似还是那样沉默寡言地走在我前面，把我引上了江边浮桥，好似让我踏入梦境，迷失在山水清远间。她娇丽的体态像幻影，很不真实；但我知道，这不是梦境，这是我在异乡浮桥上一次精神游历，是我在含山盈水中静静沉溺后的一段幽情！

其实，千年的梦境有时就这样缱绻地连在了一起，“野有蔓草，零露漙兮。有美一人，清扬婉兮。邂逅相遇，适我愿兮……”这是来自《诗经》中的远古先民的传唱，现在回想起来，带给我宛如现实般的无限的诗意的遐想……

三

壬辰年跟随福建省炎黄文化研究会采风团再次来到浦城，已是深秋时节，桂花纷谢，暗香满城。旧日文友已两鬓斑白，叶芳部长也已调任他职，这座三省交界的边城也在变化之中。悲秋感怀，犹让人追岁月之伤逝，生思古之幽情。

南浦溪是闽江的源头之一，《浦城县志》称：“境内航道为南浦溪。自城关至蒋溪口 60 公里，可通航 2.5 吨木帆船……出境，经建瓯、南平，直达福州，全程 417 公里。在没有通公路之前，为福建进出中原的主要通道。唐代日本空海法师，宋代蔡襄、陆游，明代徐霞客，清代梁章钜、林则徐，民国期间蒋介石都经过此航道。”有人形容浦城像只北行的大脚掌，南浦溪则是脚掌上的一条大血脉，从北往南将之分成两半。

南浦溪源头起于闽浙交界的忠信海溪。初为涓涓细脉，枝枝蔓蔓，道道岔岔，也见得清澈温驯；蜿蜒而下，聚集了武夷山脉北麓丘陵的大大小小股山涧泉水、小溪小河。于是，渐为宽阔，渐为深厚，渐为丰满，渐为磅礴，流向闽江而入东海。

闽江上游三条叉，由西往北走向是沙溪；由北往东南走向的叫富屯溪；从北往南直下的便是建溪。三条溪又数建溪为最，建溪的上半段便是南浦溪了。平常，南浦溪水清河秀，七环八曲，九弯十折，逶迤蜿蜒，像首含蓄的抒情诗。一道道山来一道道坎，一弯弯溪水一顷顷畈，是福建的米粮仓。自古以来一直流传这样一句话：“浦城收一收，有米下福州”，勤劳、朴实、聪明的浦城人，祖祖辈辈就休养生息在这块肥沃的土地上。

作家季仲对故乡母亲河有一段深情的描述：“从崇山峻岭汩汩淙淙走向平原的南浦溪，是我幼年的摇篮。那潺潺的溪水，明净如水晶，莹洁如碧玉，温柔得如母亲储满了爱的眼睛。”承载着历史的古道渐渐隐没在萋萋荒草间，而南浦溪水还在静静地流淌，依然清澈如初。古渡头、浮桥、来不及一瞥的美丽女子，还有温柔似水的梦幻，依然闪现在记忆中。南浦溪，传说中的闽江源流，你已等候了我多时，像一位信守诺言的故交，用你不息流淌的话语在向我静静诉说着什么。河道里还有人用力地摇橹，欸乃一声山水绿了，你就用这荡漾的清波，滋养我的生命季节中的荒芜与凋零。有时候会奇怪地想，哪怕自己老得满目疮痍，只要山川不改，依然这般矜持、含蓄，青葱黛绿，水光潋滟，也会觉得年华停顿下来，活回过去。台湾作家许达然的一段话：“当我背井离乡，当我茕孑彷徨，当我步履蹒跚而泪痕狼藉，当我蜀道孤征而前路方遥，迢迢远路的倦旅、茫茫人海中的独泳时节，是什么，拯救了我的忧伤?”只要看到南浦溪不经岁月而改变，所有的游子都能追寻回一份心灵的慰藉!

南浦溪三里一潭，五里一窟。溪里河鲜特别丰盛，溪畔村民原先不少是靠打鱼捞虾扒河螺过日子的。捕鱼的方式很多，最有特色的是乘大脚盆——特大号的木盆，放线下钩钓鱼。

每逢油菜开花、小麦抽穗的季节，三天两头涨水，溪水浑浑的，正好浑水放线下钩钓鱼。当地朋友兴致勃勃地谈起当年坐大木盆钓鱼的故事：盆的直径约 2 米，一小凳子搁在一侧，人偏坐于前，另一侧高高上翘，让滑行的阻力小些。动力是两块比乒乓球拍稍大的木板桨，用桨左右轮换着划，身体趁势扭摆，木盆便悠然行进了。下线放钩时，寻着深潭死水大树下，将线头绑在树根处。这些钩，多半钓的是贪嘴的鲶、鳗、鳖、鳝，也有一两斤重的大鲫鱼、黄弯角等。运气好时，一条线 30 个钩，一次竟会钓到十几二十斤的鱼。

如今坐大木盆钓鱼的少了，但河床上还可以看到鸬鹚捕鱼队。鸬鹚排是一种特制的竹筏。选 3 年生的清一色大毛竹，削去青皮，经过温火熏蒸，既可消毒防蛀，又可趁热将头尾揉弯成昂首翘尾状。每根竹长十五六米，10 至 12 根为一张。浮力极强，操作方便。撑筏人手持竹篙，蜻蜓点水，一下劲，竹筏贴着水面快速滑出，如箭离弦。

据说当年水南鸬鹚队领头的是姓郑的络腮胡子，性格极豪爽，带着一帮人马，捕鱼为生。那捕鱼情景，颇为壮观。先是里三层外三道地布网，然后使劲抖动竹筏，发出啪啪啪的声响，惊天动地，搅得深潭洞穴里的水族们胡奔乱窜。郑胡子一挥篙，鸬鹚便扑通扑通跳下了水，逮住半斤重的小鱼，一仰脖子三下两下咽下了肚，遇到十几斤、几十斤的大鱼，几只鸬鹚扑腾而来，齐心合力用长长的嘴把鱼抬上竹筏来。捕鱼人很能吃苦，他们顺溪而下，风餐露宿，捕到鱼，沿村沿镇就卖了。卖的钱买了油盐柴米，便在河滩上支起锅灶煮饭。夜晚，点上篝火，搭好帐篷安歇；天亮了，又拔寨而起，拉网设卡。通常是，一个村庄住一两个晚上。一路下来，至水吉、建瓯、南平，便打住了。租辆大车，连人带鸬鹚、竹筏统统运回浦城来，一趟下来就是两个多月时间。

我在《叶氏宗谱》看到了“渔舟唱晚”图，图上呈现溪边停泊两艘渔船（船上有一妇女和两个小孩），溪中有一竹排，排上一名渔夫、两只鸬鹚的情景；在《张氏宗谱》的“秋江纵鹚”图里，同样真切反映了渔夫们一起放鸬鹚捕鱼的场景：浮桥两侧一共七张竹排、七名渔夫，有几十只鸬鹚在排上河水中捕鱼。这些说明古时候观前上坊村这一带的叶家和张家是靠捕鱼为生的。

四

风景秀丽的“九十渡”，在县城东南25公里处的水北街镇观前、茅洲境内。“九十渡”名称来自一个民间传说。据说，当年有一撑渡老人张士元，在此处撑渡几十年，他深感单靠一艘渡船渡人过河甚是不便，立志要造一座浮桥以方便来往行人。于是他在渡船上挂一竹筒，向经过这里的人们募捐。一个傍晚，张士元正准备回家歇息，忽听对岸有人叫喊要过河，等他将船撑到对岸时却杳无一人，正疑惑间，那声音又在另一岸响起，他连忙将船撑回，又不见人影。就这样，整夜摇来摇去直到东方发白，他已在两岸间撑了九十个来回。最后才见到一位须发斑白的老者，牵着一只绵羊等在岸边，他忙为老人撑渡过河，老人上岸不久忽然不见人影，张士元回头一看，那只绵羊已变成一堆雪白的银子。张士元就用这银子建成一座浮桥。这个渡口就称“九十渡”，因这渡口位于九石山下，又称“九石渡”。

九石渡风景区以“一水两山一古村”为主要特色。“一水”指闽江上源南浦溪，经观前村——九石渡——茅洲村长约6公里的一段溪流，深处碧绿幽深，浅处清澈见底，两岸屹立着红色砂岩形成的高低岩峰，再衬以苍松翠竹，山花野草，故早在1500年前南朝著名文学家江淹在浦城当县令时，便慕名泛舟来游，在中国第一个以“碧水丹山”形容这里的丹霞地貌景观。在《赤虹赋》等篇章中，他称这里“红壁十里，青莩百仞，苔滑临水，石险带溪”，认为九石山与庐山香炉峰的景色不相上下。“两山”指金斗山、九石山，两山均壁立临溪，金斗山居上游，九石山居下游。金斗山，由火山岩构成，山上峰岩奇峻，有仰狮峰、仙人床、望江台、玉带泉、仙人洞等诸多景点，因山中有座供奉玄武真君的道观——金斗观，故亦称“小武当山”，山中盛产优质红菇。徐霞客在1628年乘舟游览了观前，他在《游金斗山小记》中写出游后流连难返的心情：“石磴修整，乔松艳草，幽袭人裾。过三亭，入元帝宫；有殿后登岭，兀兀中悬，四山环拱，重流带之，风烟欲瞑，步步惜别也!”

“一古村”为观前村，村落依山傍水沿溪排列，是福建省为数不多的千年文化名村。观前在南朝就得到开发，已有航运业，唐代就开始繁华。自宋以来，已是浦城至建瓯一带的重要水运码头，为商贾仕宦北上中原、南下福州的必经之路，也是物产集散的重要码头。兼之此地风光秀丽，过客均在此停舟系泊，沿溪酒肆歌楼、客舍货栈密布，街市一派繁荣。现存的观前村沿溪绵长错落的古老木制街亭似乎向人们诉说着它的历史辉煌。村中还有一条长近千米的石砌古街，临溪有数百米长的吊脚楼，并有一条约50米长的浮桥、3座古凉亭及溪边几处码头。在村尾两溪交汇处，还保留着南宋爱国诗人谢翱的故居（明代辟为谢翱祠）遗址。谢翱诗文在宋末独树一帜，他起兵投奔文天祥抗元，兵败后回观前躬耕。然而，寂寞英雄乡，村里的老人叹惋地说，在广东年年都有纪念爱国诗人谢翱的活动，而他真正的故里却是一派芳草萋萋。

观前村还有关帝庙及叶、周、张氏宗祠等，民居古建筑极具特色，保留着宋至明、清历代建筑风格。一千多年来，唐代空海法师，宋代蔡襄、陆游、朱熹，明代徐霞客、清代林则徐、琉球国使程顺则等都来过此村，并谱写了广为流传的佳作。村口有3棵几百年历史的老樟树，虬枝曲展，历经数百年沧桑依然披着一身浓荫。村书记周新贵告诉我，还没有上坊村时就有了这几棵树。村前溪水回旋，村后金山、银山、龟阜山环列，形成狮岩宿雾、龟阜眠云、笔岫干霄、飞瀑溅珠、横梁叠翠、轮溪激涨、夏涨浴牛、秋江纵鹚八景。

“九十渡”游览区最胜处在老鼠潭。老鼠潭是南浦溪流域中最大的一汪深水潭，是一条堪与武夷山九曲溪相媲美的溪流，溪水深幽，溪面平阔，游人乘船观览山光水色，游船穿行倒影之间，如入画卷。两岸山石不似武夷山九曲溪那样峰峰相接，而时断时续，若即若离。游人不仅能充分欣赏这里屏幕般的碧水丹崖，更能感受到一派浓郁的田园风光，体验静若天籁的感受。潭旁昂首的石鼠，惟妙惟肖。周围9座石山屏立，巍峨奇伟，如墙、如门、如城，山山分明，又石石相接，光洁泛彩，使人赞叹大自然的鬼斧神工

二十多年前我第一次来到老鼠潭，就被它宁静的景色，清纯的空气，晶莹剔透的溪水所吸引，那时年轻，看着碧绿清澈的河水竟然情不自禁地跃入河中，在老鼠潭畅游了一个多小时，身心都浸润着南浦溪流生命的甘洌和清新。再次造访，这里景色依然如故，“鸟自高飞云自闲”，让所有来者都有一种“且留半日听泉声”的欲望。我看到老鼠潭平湖秀水，一边河岸长满了芦苇，一边河滩上铺满了鹅卵石，潭因山更碧，山有潭更幽，更加让我心动不已。正值暮晚时分，水北街王光兴书记带着我乘上一条铁壳船，划向溪中。船行水中，只有木桨划水的“嘎吱”声，潭水澄碧，明可照影，四处山岩耸立，绿树婆娑，花香浮动，风烟俱净。难怪清朝诗人查慎行到此游览，望着那晶莹碧透的潭水，多想伏流饮上一口，但恐口舌浊气，污及清水，只好临流兴叹，唱出“切莫饮水污清流”的诗句。

我的铁壳船在南浦溪上轻轻划行，目光随着思绪抚摸着这条闽江源流向下流去，一直流入闽江出海口，不禁感慨万千。南浦溪，她万千年来一直这样日日夜夜奔忙不息，世世代代滋润着大地，是八闽文明的发源地，是闽都儿女的摇篮……正想着，艄公搬出竹椅摆在船头说：“您站累了吧？坐会儿。

天黑了，我们差不多要回去了。”他点了一下长篙，船只朝岸边划去。四野沉寂，河风送爽。艄公熟练地撑着船靠近了九十渡码头。

星幕拉开，南浦溪像深蓝色的宝石一般泛着光芒。我跳上了岸，伫立了良久，宛若回到了梦境之中，不愿离去。

呼唤心海上的那一片绿

——记九龙江入海口红树林

心之向往

很早就听说龙海的甘文红树林很有名，它呈带状分布，犹如玉带环绕在10.8公里的海岸线上，成块成带的红树林区域，几乎占了全省红树林面积的一半，是福建省迄今为止面积最大、种类最多、生长最好的红树林分布区，也是我国北回归线以北保存生物多样性最为丰富的地区之一。

这片海被称作“三门”——海门、厦门、金门的汇聚处，海门就是九龙江的入海口，在这里沿岸潮汐起伏的沼泽地带，生长着一种稀有的木本胎生植物。“她宛如一群绿色仙女，沐浴在湛蓝的海水中，飘逸潇洒。海水涨潮的时候，她‘犹抱琵琶半遮面’……只露出部分婀娜多姿的树冠；退潮时，她‘千呼万唤始出来’，枝身渐露海面。”《文化龙海》书中当地文人一篇文章如此描绘九龙江口红树林，作者笔下的红树林如韵味别致、婀娜多姿的美女，让我读后心生向往。

正因如此，在“走进龙海”采风活动中，我领了九龙江口红树林这个题目，我想真正走进我期待中的那一片红树林，我想要去看看半遮着脸庞，曾被千呼万唤的红树林究竟有多迷人？

认识红树林

其实，来此之前，我也见过一些海中的树林，我生长的闽东海域沿岸就长着这样一些树林，但它们都稀稀拉拉的不成片，像是长在滩涂上的“灌木丛”，我始终没将它和红树林这个美丽的名字连在一起，更别说有什么美好的感受了。

说到我福建的红树林，也许很多人和我一样，对它们还很陌生，只知道它们是长在海滩上的喜欢成群结队的奇怪树种。对它们具体的样子也没有清晰的概念，就像之前的我也仅仅是靠他人的一些文字来想象的那样。

是的，在我的想象里，它们是长成灿烂的红色的树木呢，其实不然，它们是因其树皮氧化及木材呈红褐色而得名。红树林是热带、亚热带海湾，河口泥滩上特有的木本植物群落，具有呼吸根或支柱根，种子可以在树上的果实中萌芽长成小苗，然后再脱离母株，坠落于淤泥中发育生长，是一种稀有的木本胎生植物。这种“胎生”现象在植物界是很少见的。更使人们惊奇的是，幼苗落入泥中，经过一段时间就可在淤泥中扎根生长。有时从母树落下的幼苗平卧于土上，也能长出根，扎入土中。当幼苗落至水中时，它们随海流漂泊。有时在海水中漂泊几个月，甚至长达一年也未能找到它生长所需的土壤。然而，一旦遇到条件适宜的土壤就立即扎根生长。除了胎萌以外，红树植物还具有无性繁殖即萌蘖能力。在它们被砍伐后，很快在基茎上又萌发出新的植株。我了解到有一种树种叫秋茄，是典型的胎生红树植物。

红树林主要分布在海南岛、广西、广东、福建和台湾，我国共有红树植物 35 种。

淤泥沉积的热带、亚热带海岸和海湾，或河流出口处的冲积盐土或含盐沙壤土，特别适于红树林的生长。它一般分布于高潮线与低潮线之间的潮间带。随着海岸地貌的发育和红树林本身的作用，红树林常不断向海岸外缘扩展。红树林植物是喜盐植物，通常它们不见于海潮达不到的河岸。在热带的边缘地区，如我国的海南岛，红树林一般高达 10 至 15 米。随纬度增高，温度降低，红树林高可不足 1 米，构成红树林的种类也减至 1 到 2 种。

红树林发育在潮滩上。它们日日面对茫茫大海，如此孤独却并不寂寞，你挨着我，我挤着你，成群结队。它们是生长在海水中的森林，根系十分发达，它们长了很多的支柱根和呼吸根，起稳定和呼吸作用，盘根错节屹立于滩涂之中，和所有的亚热带、热带植物的叶子类似，红树林也有革质的绿叶，油光闪亮的，说明它们有很强的蓄水功能。潮涨，它们隐于海水之中，或仅露出圆圆的树冠，像海面上撑起的绿色帐篷；潮落，它们又成一片茂密的森林。红树植物根系的特异功能，使它们在涨潮被水淹没时也能生长，像两栖动物那样，水里和陆地都可以自由自在地生活！

红树林与珊瑚礁、海草床、盐沼并称为世界四大最富生产力的海洋生态系统。红树林既有纯林群落，又有混生群落，不同的群落占据着海滩的不同部位。红树林有多种功能：首先，红树林生长密集、根系发达，可缓解海潮和削弱海浪的冲击，是海岸堤围和沿海农田、村庄的“保护神”及渔船的天然“避风港”。1959 年 8 月 23 日，厦门曾遭受一次历史罕见的强台风袭击，12 级台风由正面向厦门沿海登陆，强大凶猛的风暴，几乎吞没了整个沿海地区，人们生命财产损失惨重。但就在离厦门不远的龙海市角美镇的海滩上，因生长着高大茂密的红树林，堤岸安然无恙，田舍损失甚微。其次，红树林能沉积淤泥、净化海水、预防稀赤潮、清洁空气，是名副其实的“环境卫士”。再者，红树林也是鸟类的“安乐窝”和鱼虾蟹贝的“天堂”。许多珍稀禽类在此栖息繁衍。另外，它们还是珍贵的木材和医药资源，其枝干是耐腐优质用材，树皮是制革、染料等的原料，叶子和果实树皮、根系等都可提取入药。红树林千姿百态，一年四季郁郁葱葱，这被人誉为“海上花园”的红树林，多像大海永远的、生机勃勃的守望者啊……

走进翠色家园

九龙江入海口的红树林连绵数十海里，风景上佳的当数紫泥甘文、浮宫霞郭等处了。从龙海市区出发经锦江大桥、中港大桥，穿行紫泥甘文农场，再走一段沙土路，不过十多分钟路程，眼前便可见一道宛如长城、由花岗岩及条石筑成的防洪堤，气势雄伟。拾级而上，伫立堤上，堤外便是一片绿意葱茏、长势壮观、绵延不断的红树林，据说有三四千亩之多，一直延伸至远方的入海口。在满目绿意的包围中，我们前行一段路，登上宽敞的瞭望台放眼望去，红树林上空翻飞着白鹭、苍鹭、海鸥及许多叫不出名字的鸟儿，“绿色海洋”的远端巍然屹立着厦漳跨海大桥，鹭岛伟岸的身影倒映在平静的海面上，与眼前这片碧水绿树交相辉映，构成一幅美丽灵动的风景画，让人观后心旷神怡。

当地人带领我们坐上小艇，沿着潮沟向红树林内驶去。仿佛原始森林的探险者，我们在隐蔽的红树林中开始了探险之旅。正如前面所述，所到之处，不时地惊起三五只或一群白鹭、苍鹭来，当然还有更多鸟是我喊不出名字的。不禁想起李清照的“争渡，争渡，惊起一滩鸥鹭”，恍惚间似穿越到那吟诗作赋的朝代，而我成了一个迷路的书生。

红树林特别的环境，非常适合鸟儿繁衍、过冬，每当冬季来临，南迁的候鸟与此处的“常住居民”济济一堂，一起热热闹闹地过年，这儿便成了鸟的天堂。据了解，这里有鸭科、鹭科鸟类数十种，以鹭科为主。也不乏珍贵的鸟类来此居住，如国家重点保护的小青脚鹬、黑脸琵琶鹭等。我们到的时候是下午时分，甘文农场书记黄启泉指着对岸说：“厦门岛的市鸟是我们喂养大的！”接着还描述，若是在安静的清晨，清脆的鸣叫声在薄雾中此起彼伏，甚是心旷神怡。我们不时和三几只野鸭擦身而过，它们有的懒懒地蜷着身子斜歪着头，一副午觉还没睡醒的样子；有的则在水中快速地倒腾着双脚，把头这儿扎一下那儿扎一下地觅食，猛一抬头竟叼着一只小鱼，顾不上甩掉头上的水，脖子一伸一缩地开始享受起美食。

我们乘坐一艘小艇轻轻驶过红树林潮沟，碧水泛起一圈圈杂而不乱的涟漪，头顶钻进来的阳光在水面洒满碎银，周围静谧得可以听见破水而行的簌簌声，和我们的呼吸声，不觉中连说话的音量也调小了。看着一群群洁白的生灵优雅地回旋在身边，心中顿生爱护之情。心下想，人们怎么忍心剥夺它们赖以生存的家园？又怎忍心朝它们扣下射杀的扳机？

正在我走神之际，船上的人指着头顶的树冠让我看，原来有好多水鸟正站立在树丫上晒着太阳呢。他们告诉我，这些鸟中有白鹭、苍鹭、池鹭等，其中以白鹭居多。就是这片红树林的常住居民啦，它们常把窝搭在很难被水淹到的树冠上。我一时还记不下认不得这许多鸟，只觉自己打扰了它们优哉游哉的下午茶时光。

潮水渐渐退去，滩涂上一派热闹景象。我们在当地村民的指引下，去观赏惹人喜爱的大大小小的螃蟹，它们从沼泽里伸出自己的大螯，像个挑衅的拳击手似的，左挥挥右挥挥，但同时又保持着警惕，探头探脑地左顾右盼，样子可爱极了。它就是这儿海产中最大的家族之一招潮蟹，雄蟹两只蟹螯大小不一，其中一只大到离谱，足足是它身体的两三倍长。我安静地看着它趴在那儿晒太阳，嘴里发出呼噜噜的声响吐着串串小泡，那种自由快乐的样子，仿佛到了天堂，太惬意了！记得自己曾在一首诗中将螃蟹称为前世不错的弟兄，那一刻，我甚至想化身为一只螃蟹，在这绿色家园和它一起晒晒太阳，和它们做一次真正的兄弟。听这里的人说每年 5 月至 9 月是弹涂鱼的繁殖季节，众多雄性弹涂鱼在洞口找一处平坦的地面不停地跳跃，伸展带有美丽蓝色花纹的背鳍，这是弹涂鱼在向异性求爱呢。可惜我们来早了些，未看到这壮美的景致。

涨潮时红树林潮沟水道还是垂钓的好去处。红树林潮沟发达，每次涨潮，鱼、虾便会争先恐后地蜂拥而入觅食栖息。再没有垂钓经验的人，只要稍拿出几分安静也能满载而归。有人还会用岸边的咸水草，拧柔了接成长草绳，绑上小鱼小虾之类和一块小石头沉入水底，不一会儿就有鱼蟹上钩的。

自 1988 年 2 月由福建省政府批准成立九龙江入海口红树林保护区后，分布在龙海市九龙江沿岸的浮宫、海澄、东园、紫泥、角美 5 个乡镇 14 个村的林区，经过人工种植，从原有 1165 亩增至现在的 6000 多亩。红树林种类有秋茄、老鼠簕、桐花树和白骨壤、木榄等，造就了目前分布在地球上最北缘、生长最繁茂的红树林区。

傍晚时分，金色的霞光从远天的云端穿过，映照着这片苍翠的红树林，为它们披上鲜亮的金缕衣，眼前的海上森林如一幅壮美的印象派油画，更显一片温暖、祥和。

黄启泉书记告诉我说，红树林千姿百态，一年四季绿色葱茏，赏心悦目，如同“海上花园”，每每随着海潮的涨落或隐或现，“潮去一片绿，潮来一片蓝”，形成变幻莫测的壮美景观。

大道于自然

曾几何时，就是这些顽强的、朝气蓬勃的、护卫这人类的绿色生命，却因有些人贪恋眼前利益而不断遭到破坏，近半个世纪来，砍伐、围垦、填海、滩涂养殖、建港及房地产开发等原因让我国红树林的面积锐减了一半以上，有些地方甚至已濒临灭绝。

首先关注这片红树林命运的是生活在红树林周边地区的厦门大学学生绿野协会的一群年轻人。协会的发起人刘毅和伙伴们设立了“中国红树林保护项目（CMPP）”。在持续的护林活动中他发现，专业人士的带动和呼吁固然重要，可只有群众认识和认可了红树林的价值，方有可能让它们被保护，生存有转机。他曾告诉记者，厦门集美现存最大片的红树林就是当地一位村民带头造起来的。因为多年前，这位村民偶然在邻村的红树林里发现了大量值钱的蟹苗，由此知道了红树林与蟹苗及其他海产品的关系，并开始自发地在村外的滩涂上种红树林。其他人看到他从中获利，也纷纷加入造林行列，才有了今天这片旺盛的红树林。

在刘毅的不懈努力下，护林活动和项目也取得了出色的成绩，不但在国内产生很大的影响，还得到国际上很多同行的赞许和资助。九龙江口政府出台限制营运快艇在林区运行速度的措施，就是因他们的呼吁和努力而促成的。

红树林湿地是地球的肺和肾。近些年，红树林锐减带来的是海滨生态环境恶化、海岸国土侵蚀、台风暴潮加剧、近海珍珠养殖衰退、滩涂鱼虾暴病、渔业资源下降等后果。地球上几乎每一年都发生巨大的天灾，几乎每时每刻都有一个自然物种从地球上永远地消失。这些自然而然发生的灾难，默默无闻灭绝的物种，原来被认为与人类无关，如今却有越来越多的证据证实，正是人类无止境地撷取，造成气候的恶化、环境的破坏、自然物种生存空间的缩小，地球也是一个生命体，肺和肾无疑是重要的器官，失去了红树林，就意味着生命的枯竭。

每个人的生命都是有限的，从及时行乐不枉此生的利己角度出发，我们就只会关注到自己短暂一生的利弊。然而，就连自然界很多低等动物都知道为繁衍后代而牺牲自己，作为具有智慧和良知的人类，又怎能不为后代及地球上共生共荣的人类而思考及行动呢？

红树林保护是一项永恒的生态课题。红树林不仅可以较好地抵御台风、大潮，还是天然的海水净化器，一些种类的红树植物根茎、果实可以药用、食用，红树林的生态系统还可以带来渔业效益。守护红树林，就是守护这片海，就是守护人类自己的家园。在科学持续发展和进步的今天，我们既要信道，同时又不能如过去那般消极地等待大自然的给予和惩罚，我们得学会运用所掌握的知识和理念，与大自然和谐相处，这恐怕是人类得以持续生存之道了。

红树林的遭遇和困境，只是众多需要爱护的自然界的一部分，是自然界发出众多唤醒人类的呼声中的一个警钟。地球作为人类目前所能认知的最美丽的星球，是我们最幸福的家园，让我们每个人都收小一点自己的欲望，为更多的生命同样幸福地成长而努力吧！

我们庆幸在九龙江入海口上还有这片红树林，健康安详地、一览无遗地枕着涛声，听着啁啾鸟鸣，看潮涨潮落。站在海堤上，望着晚霞映衬着的红树林中，想象着自己也划一叶小舟，溯游而行，穿梭林间，一片片黛绿、深绿穿插着、掩映着，不绝地波动、浮现……感受一个人与大海共存的海上森林乐园就在眼前徐徐展开，我心中的美丽并不遥远。

九龙窑，千年窑火映松溪

一

童年记忆的老屋里，靠着赤裸的青砖墙，是一张又高又长的朱漆雕花木桌，桌上静默站立着一只尺余高的宽口老陶罐。早晨去上学，踏出房门前，我常不自觉扭头过去望一望它，看阳光从狭窄的窗户照射进来，在它凸起的瓶肚上画道弧线，又轻轻滑落在木桌上。

那被阳光一次次抚摸过的老陶罐线条柔粗朴古拙的瓶肚，憨态可掬，总会勾起我许多的遐想。它矗立在那，记忆中似乎没见被挪动过，以静默的姿势与我对视着，我感到一股深幽的气息透了出来，以为它的里面一定藏着无尽的秘密。也许是因为经年累月里浸染了这陶罐隐秘的气息，渐渐长大时，骨子里也就跟着慢慢生长出了对陶瓷的喜爱。

没有一种东西，像陶瓷一样，从日用品到艺术品，和人及生活如此紧密相连，并被赋予了深深的感情依托。瓷器含蓄而典雅，高贵又温润，再没有一种物质能如此完美融合着草根和高贵的两种不同气息了。

陶瓷的生命来自泥土，是泥与火的再造，是人类和大地的结晶。在人类懂得用火时，就开始孕育陶瓷生命，采石、炼泥、拉胚、做胚、修胚、画胚、上釉等繁复的工序，多像人类十月怀胎孕育生命的过程。

漫漫几千年，从远古到现代，一件件陶瓷，以一种不变的姿态，一次次如火中凤凰，脱胎涅槃：陶车旋转飞舞，一块普通泥胎在陶工手里揉捏，呈现不同形状和姿态——拙朴的灵魂就有了雏形。然后，装入匣钵进入窑炉，陶胚被火苗热吻，泥土的气味通过窑炉烟火浸透每处角落……

一件陶瓷，是一次精血的捏造，是一次思想的塑形，是生命燃烧极致的追求与泥土这一人类朴实精神的融合和展现，是一个鲜活的生命啊！当你轻击瓷器，或清脆或深沉的声音，传递过来的是泥土的粗朴，火的朗笑，水的潺潺和温情脉脉的文化体温。

烈烈窑火孕育的陶瓷，与五千年文明发展一路相伴。在闽地，几乎每个县域都散落着千百年以柴薪为食的古瓷窑址，北有建窑、九龙窑，南有月记窑、丁溪窑、屈斗宫窑……那天我同时收到了九龙窑和月记窑两件不同风格的茶盏，清心品茶，感受月记窑文化中心创始人吴金填“一缕清汤烟上醉，好诗妙句山语间”的意境，我在微信中写了这样一句话：当闽北九龙窑的“青花旦”遇见闽南月记窑的“砍柴樵夫”，便看见了茶杯里粗犷而沉静的中国。

二

未识九龙窑，先听说了号称中国三大瓷都德化的月记窑。看多了德化白瓷的玲珑端庄，突然对烟烧火燎的柴烧窑瓷有了兴趣，那种土里土气、憨然古朴的样子，更趋于原味的艺术。于是在 2013 年冬日的一天，我来到了德化，在当地朋友的带领下，出城十多公里，车子停在三班镇蔡径村一道山边，步行绕过洞上的盘山小路，在一堵装饰意味的土墙前停了下来。

技术时代的精致与缜密在这里重新被颠覆回来，我的眼前还原出一片农耕时代的诗意场景：扎堆的枯柴整齐地摆放在龙窑边，数百年废弃下来的瓷碎片层层叠叠，和煦的阳光暖暖地晒着窑场上的陶坯，简陋的车间旁，古老的水碓车依然在水流的冲击下有节奏地旋转，一下一下舂捣着瓷土，发出低回、沉重的吱吱声响，仿佛在诉说着古老悠久的历史。倚山而建的三五座小平房错落有致地分布在山上，每一座都是土木结构，由于年代久远，土墙被风雨侵蚀得斑驳陈旧，就像沧桑老陶艺人脸上的皱纹。走廊的正对面是一座小山，沿着山坡有一条砖土砌就的不规则的窑体，像一条下山龙，那就是有着近四百年历史的老龙窑——月记窑。

月记窑，长 20 米，坡度在 10 度至 28 度之间，由窑头、窑室、窑尾三部分组成，窑头设火膛，窑室分若干目，阶梯通道两边放窑门若干个，装出制品通道。每节两侧窑墙处设投柴孔，对称排列。窑尾设挡火墙，墙底部放通烟孔，墙后设烟火巷，俗称烟囱，高 3 米，宽 0.4 米，长依窑体而异。利用斜坡高度差，火焰自然上升的原理，充分利用余热。

它如一条老龙精神抖擞地盘踞在这座小山上，一阵烈焰过后，哗然吐出无数的令人惊奇的大大小小的柴烧陶瓷，一吐就是四百年——我第一次见到如此古老、规模巨大、保存完好却依然薪火不绝燃烧的窑体。

德化现代陶瓷艺术家徐曼亚在他的《瓷史》中说："洞上之月记窑，亦为德化负有盛名之瓷窑。"龙窑伏山势而上，装窑的工人需抬坯到不同高度位置的窑室，他们用肩膀扛着坯板，脚步平稳，缓慢而上。老窑工说，现在龙窑约半个月烧一次，主要烧一些陶罐、茶壶，每次装窑就要用上四五天时间，点火时一条窑要烧 24 小时，烧窑时要 12 个人看火添柴。

如果遇见烧窑的日子，窑口会有众多人围着，他们看着木柴燃烧的烈焰在窑口跳跃着、欢舞着，期待着他们自己动手制作的一批陶瓷的诞生。

而我面前呈现的是各种角度堆砌的茶壶墙体；

将晾好的瓷胚装入匣钵；

松木整齐地堆放在窑口；

烧窑点火的时辰还没到，而我已经感到窑工们内火的燃烧，他们的脸上焕发出釉色的光芒。

那天我为这个开窑的场景准备了很多华丽辞藻，却在四百年窑火焚淬而出的坚硬面前，撞个粉碎。

三

百里松荫碧长溪。松溪，这座已有四千年历史的闽北小县，以她丰厚的文化沉淀，散发着迷人魅力。

这座更为闭塞的小城，久负盛名的九龙窑，它的烧陶历史比月记窑还要早上六百年。

1999 年的一天，地处武夷山脉北端松溪，一起重大的事件震惊了当地人们。松溪县宣传文化部门正在拍摄一个有关介绍松溪文化的专题片，正巧拍摄变电站建设时意外发现了古代的窑址——距离松溪县城不远的回场自然村正在修建变电站，当铲车开挖到一个山坡的时候，忽然发现一个窑墙，四周散布着成千上万的瓷碗。当时工地上的劳工并不知道它的文物价值，将这些沉睡地下近千年的瓷器装进拖拉机，准备当作废品处理掉。敏感的摄制组记者马上将此情况报告相关领导，同时让他们暂停施工，及时制止了这起文物损坏事件，保护工作随即铺开。而后，一层层古代烧制的瓦片和碎瓷器暴露出来，一个巨大的窑厂逐渐显现。在施工断面层上，这些瓷片堆积层的厚度大约为 1 至 3 米，两条龙基一条长 80 米，另一条长 50 米。

对文史颇有研究的松溪文联主席冯顺志曾写过《千峰翠色九龙窑》一文，他的深情和绵密的文字给我很多启迪。他告诉我，这里藏有一个神秘的古窑址对于当时的工作人员来说，是意料之外，但又在情理之中。原来窑址在 1958 年开赛浦公路时曾经就被发现过，当时人们在修建浦城到松溪的公路，距离松溪县城关 4 公里处，松溪河北岸，也曾挖出一处古窑址，但因种种原因，没有继续发掘。四十年后人们在距离这处未开发的古窑址 2 公里以外，松溪变电站地方又发现巨大的窑墙和护窑堆，人们才把二者联系起来。经过勘探后，结果令人瞠目结舌，原来，这两处古窑址果真为同一个窑口，总面积达到 13 万平方米，在福建同类窑址中，规模最大。

宋代九龙窑遗址及制作的珠光青瓷，则是松溪土地又一座精神丰碑。印尼曾出土一件松溪九龙窑青瓷宋代青瓷莲花纹盘，日本陶艺家板井隆曾这样称赞：“本器刻花的莲花篦纹，具有朴素无华一尘不染的清雅之美，欣赏此碟，令人联想到闽地初夏的山水风光。为了向移居南洋群岛的同胞们传达故国之情，宋代的窑工们把器里的荷花描绘得多么生机盎然!”

松溪青瓷生产始于五代时期，北宋仁宗年间达到鼎盛时期。北宋时期，制瓷业进入蓬勃发展时期，窑场从河东扩展至回场，规模继续扩大，产品品种增多，质量和数量上都有了很大提高，产品开始远输海外。

类似这样的“龙窑”出现在唐代，又称“碗窑”、“蛇目窑”。此种窑依山坡而建，头下尾上，头为燃室，尾放烟囱，窑室长在 30 米至 40 米不等，断面宽 2 米左右，高 1.8 米左右，用土砖砌成拱体。窑体为阶级状，每级两边留有投柴烧火孔，数级放一窑门，以利装出制品之便。每级称一目，数视窑长度而定。以松木或枝杈柴、山芒等木材为燃料。

后来考古发掘也证实，北宋时期松溪的九龙窑占地面积十多万平方米，其烧制的青瓷端庄大气，釉色青翠，质地坚硬，工艺精美，被誉为“珠光青瓷”，蜚声海内外。日本高僧“茶汤之祖”珠光，赞叹北宋青瓷“类冰似玉，千峰翠色”，指的就是九龙窑青瓷。

四

喜爱九龙窑青瓷。走近九龙窑遗址，是深藏心中很久的期望。二月底，伴着几分春寒走进松溪，终于实现了这愿望。

那日天色微晴，草色苍茫，远处群山顶上积雪未消，山路上泥土还有点湿润。走过一段泥泞的坡道，踩着细腻黏性的红土地，用木棍拨开枯萎的杂丛，进入九龙窑遗址保护区。几百米长的土路，犹如在穿越了一段悠长的千年历史隧道。

同行的顺志兄说，九龙窑又叫回场，民间称之为廻场，所谓回场是北宋时期专业从事生产青瓷机构或场所。松溪方言称陶瓷器为“廻”，考其学名大概是“䀇”（hui，读作灰），为古代用于盛水的大盆之类的容器，转意为陶瓷烧制的盆罐器具，可能是䀇字过于生涩冷僻，先民则以“廻”代之。顺志兄从作家的角度，对当年九龙窑的盛景做出颇具文学色彩的描述：早在宋代之时，每逢松溪回场一带烧窑的时候，天空中冉冉升起的青烟犹如一条盘旋的蛟龙，依山而起，青烟盘旋而上，而后分成九条，不停地在窑厂上空腾云驾雾，直到窑炉停火九龙才消失……这就是九龙窑俗称的来历，足见当时烧窑范围之广，场面之大，气势之壮。

顺志兄带着我们走近一处窑址，看到被劈开的山土间，一层厚厚的瓷片夹在红土之间。龙窑瓷片堆积成山包，一直到溪流那一头，绵延几公里。九龙窑遗址保护区废窑堆积原有十余处，沿松溪河自南而北分布于盆地丘陵之中，各处窑堆之间，被山垄田间隔。

顺志兄介绍，这是宋代九龙窑鼎盛时期烧窑留下瓷片。这些陶瓷残片大多是宋仁宗年间（1023—1063 年）九龙窑青瓷系列茶碗（盏），是日本珠光高僧最喜爱的青瓷茶碗，即“珠光青瓷”。瓷片中也有许多是北宋早期至元代的青瓷碎片，多为白胎瓷，哥窑的，素面的，贴花的，刻花的，印花的；图案抽象，如云，如水，如山，如花草。

捡起几块陶瓷碎片，在手掌间慢慢摩挲，凝神注视间，仿佛听到了陶车旋转的声音，朴素而悠远；仿佛看到窑火跳跃的光景，热烈而激情。这些碎片的青釉，凝聚着大自然的万般青色，用“青莹”、“瑰丽”、“典雅”这类词语来描述，已太苍白无力。

那裸露出泥土的瓷片，在阳光下闪着不易察觉的光芒。来自泥土的碎瓷片，在山野泥土中安闲自在，似乎在告诉着我们，她已赶赴过一场前世的约定，完成过一次生命的燃烧升华。

五

从瓷器的工艺上看，松溪古窑所生产的瓷器与华光礁一号上的青瓷同属一类。而且，不少器皿底部也刻有张字和吉字。由此可以断定，从“华光礁一号”打捞出来的类似于珠光青瓷的瓷器可能产自于松溪一带，曾经有古董爱好者收藏过张字的碗盘，可是随着时光的流逝现在已经很难找到这些瓷器了。

青瓷工艺的传入主要是由龙泉籍张氏人家，这个张氏人家是三兄弟，大约在五代末从龙泉来到松溪，他们发现松城郊区廻场有个包山，丘陵地带，又靠松溪河，还发现廻场这个地方有九个龙脉，于是就在廻场建起九龙窑。为了能够生产出优质的瓷器，张氏三兄弟引进了在当时流行于龙泉窑的工艺，用水车来捣碎瓷土。松溪周边瓷土坚硬，然后加以沉淀，去除杂质，反复进行三到五遍后，才能得到细腻瓷器的优质瓷土。其次在瓷器坯件成型上，继承了传统快轮工艺用于制作碗模，盘模，罐模，瓶模等。这样一来经过模具压制的瓷坯型制比较规范化，同时有利于提高坯件的成型率。大概他们一炉里面会烧制几百件，甚至几千件，按照火候来说一般会烧制三天到四天以上。张氏兄弟在工艺上改变了过去在平地上烧制瓷器的工艺，使改用了一种龙窑的形式进行烧制。龙窑主要是采用一种自然的抽力控制入窑的空气，且可防止潮湿的影响，从而加快干燥的速度，并且在烧制中，利用烟土气来预热坯体，火温迅速加快。这样可以大大地提高烧制瓷器的成功率。于是从松溪出产的一件件类似龙泉窑的瓷器就烧制出来了。然而，随后张氏兄弟本以为可以大功告成，可没想到最后却发现，在松溪所烧制的瓷器与龙泉窑出来的瓷器相比，由于松溪的瓷土较龙泉的粗糙，土质不同造成了所生产的瓷器并不能达到和龙泉所生产的瓷器相媲美水准。一天张氏兄弟突发奇想，决定销毁原先所烧制出来的瓷器，让青瓷产品从高端走入民间，利用当地土质较粗的特点，研制具有不拘一格，返璞归真的特色瓷器。设计出了各种不同风格的瓷器，用当时所流行的缠枝卷草，莲花，牡丹，蕉叶，婴吸等图画，同时他们又借鉴了龙泉瓷器冰裂纹的烧造技术的特点，融入了进来，这种瓷器当中，又将原先的单一品种增加到了二十多个品种，色彩有碗，有碟。而且将由原先的青色色彩变为黄色。

张氏兄弟在烧制第一炉的时候，每块瓷器底部都烙印上自己的姓氏“张”和寓意幸运的“吉”，张字和吉字的碗盘分别是代表了窑厂的生产者，而“吉”字则代表工人对美好事物的向往。实际上这个张字就是旨意他们带来的工艺创新，吉字也很符合中华民族文化心理审美特征，同时寄望自己生产出来的产品能有一个好的销路。雕刻有这两种风格不同的碗底形象生动，寓意深刻，很快张氏三兄弟生产的瓷器果然深受厚老百姓欢迎。于是他们开始扩大生产，并在后来的岁月里，松溪成为闽北一带烧窑最大的窑厂之一。

据文献记载，北宋时九龙窑鼎盛时生产的瓷器，每天大约是十万件。民间流传着俗语，形容当年每天运输瓷器的喧嚣场面：“九龙窑十八条，挑夫三千人”、“千声水碓传响林间，万缕窑烟环绕青山”。

三千挑夫，穿着草鞋，腰扎汗巾，每人肩挑一担沉甸甸的瓷器，沿着武夷山脉，绵延几十里，一步一步稳健行走在仙霞古道上。他们从春走了冬，又从冬走到了夏，直到道旁的山花，开了又谢，谢了又开。就是他们，在这辛勤的担负中，养活了家庭儿女，也把九龙窑瓷器运往各地。

外销瓷器，运输更是一道难题。由陆路而溪江，由溪江而出海，长途贩运颠簸周折。脆弱的瓷器，怎样能不损坏呢？

智慧的先民们，竟用了一种浪漫而诗意方式：在捆扎好的瓷器中，填充进泥土和豆麦，在漫长的运输途中，一边行进一边洒水。于是，在潮湿温热的环境里，豆麦慢慢发芽，长出长长的翠绿的枝枝蔓蔓。那枝蔓渐渐紧实地包裹住瓷器，避免了相互碰撞破碎。对于这些将要远离故土的瓷器，这泥土和豆麦枝蔓，也许给了她们特别的熟悉和安全的感觉吧。

就这样，大批的九龙窑瓷器，从内地发往港口，经海上丝绸之路，飘洋过海，到达异国他乡。

我一直在猜想，南宋古沉船“华光礁一号”中，那些在海底沉睡八百多年的九龙窑瓷器，当年是因为不愿离开家园，还是因为老匠人死去，而刚烈地选择自我碎裂，遥作一次回首或叩拜？

六

每一款瓷器，都是一个灵性的生命，都流动着瓷匠的艺人灵魂。透过一款款晶莹剔透的珠光瓷，仿佛听见松风的歌唱，泥土的呢喃，看见火的舞蹈，水的笑逐。那随手渲染的狼毫勾勒，一片墨痕，现出荷花、牡丹、菊花、缠枝花，青花如水墨般在瓷胎上游走，或浓或淡，泛着欲滴的苍翠，洋溢着无穷的意蕴。凝视瓷器，犹如凝视生命，聆听远古而来的脚步声。

陶瓷发展的历史，不仅是社会经济与文明发展的见证，也是古人以陶瓷为信仰，为陶瓷付出毕生心血甚至生命代价的见证。如创建哥窑和弟窑的章生一、章生二兄弟，如负有盛名的舒家窑的舒翁、舒娇父女，又如把吉祥美好祝愿刻印在瓷器底的九龙窑张氏兄弟……他们无不是把生命融入了自己的陶瓷作品中，使得每一件作品都蕴藏着灵性，喷发着他们活灵活现的灵感。

而今，人们开始意识到，要传承和弘扬中华民族传统文化，就必须拯救和发掘失传的传统工艺。于是松溪人继承先祖的智慧，开始重拾先祖的技艺，重新燃烧熊熊窑火。

在松溪，欣喜看到古时的传承在回复，松溪县九龙窑有限公司总经理危敏捷说：因为我们将这种过去九龙窑的技艺传承下去，我身为一个松溪人，我有责任将这个九龙窑的东西继续烧制下去。现代的工匠们在继承了松溪九龙窑传统纹路的基础上，还创新出不同以往，具有现代陶瓷艺术的作品，通过刻花，上釉，拉坯等现代工艺的基础上，生产出各种样式的瓷胚，在窑火中，失传了近百年的工艺终于浴火重生。

新开发的松溪九龙窑，生产的瓷器造型古朴端庄，釉色玲珑剔透，依然被专家学者们所珍藏。曾沉寂在历史的烟雨中的九龙窑，仿佛只是经历了一场数百年的沉睡。如今，九龙窑珠光青瓷仍泛着古老而温润的光芒，映照着松溪河沿岸红实细腻的陶土山脉，以及漫山遍野的远古窑烧瓷片。

那天，探寻九龙窑途中，遥望远山古窑址，春雨初霁，看见地气从山林土地上升腾起来，似浓雾，又似青烟——缕缕青烟冉冉升起，犹如一条条蛟龙，沿着苍翠的山丘向上蜿蜒，刹那间似觉时光逆流，隐约听见九龙窑绵延了千年的窑火，在不断述说悠长岁月里珠光青瓷的灿烂与火热……

老家的米粉

我的老家在壶公山下、木兰溪畔。小小的镇上，有一条喧闹的长街，叫玉塘街。相邻就有好几家做米粉和开米粉店的，每天天没亮这里蒸腾着白色的雾气，四处弥漫。

父母早年落脚山区，很少回到黄石老家，一般是相隔几年，在冬至扫墓或春节偶尔回去一趟，住上三五天。记忆中很多物事是模糊的，唯有家乡炒米粉的味道最清晰，是至今留在我的舌尖上的乡愁。

我的祖上做米粉远近有名，不知道从哪一代传下来，一直传到我的堂兄那里。记得那年“文革”刚刚开始，处于半饥饿状态的人精神上却很亢奋，像打了红色的鸡血。反倒小镇街面破旧的板墙和残旧的游廊带着大字报的印痕在光影中显出黯淡沮丧。我第一天回老家，就被街道邻居的孩子们带着满街奔跑，散发着不知道从哪里捡来的传单。很快，就感受到了饥肠辘辘的折磨，放弃了散发传单的重要性。回到家来，祖母很快为我炒了一碗米粉，我至今还记得里面有猪肉丝、海蛎干、生蛏、虾肉、蚕豆，再加香菇丝、青菜，香味四溢；尤其是海蛎干，耐嚼，回味悠长，感动了我的味蕾。不料吃得太快，差点被噎住。祖母慈爱地摸了摸我的脑袋，嘴里嘟噜了几句话——祖母说的莆田话我一句都听不懂，我的堂兄告诉我说：“祖母问你好不好吃？吃炒米粉不要狼吞虎咽，慢慢吃，才香!”

我敢说这是我记忆中最好吃的东西。

米粉是那个时代留下来最富营养的快熟食品，正如朱熹所言：“可口欲吞舌，美味实无穷。”米粉让人吃不饱、吃不厌，而且耐储存、便于携带和煮食。特别是祖母炒的米粉，条丝细纤如发，松韧而不碎，加上传统的配料，富于韧性，口感极佳。从那时起，我就爱上了家乡的米粉，也开始留心起着细如发丝兴化米粉这套老手艺。

兴化米粉的创制时间距今已有九百多年的历史了，据说在北宋治平元年(1064年)，长乐人钱四娘携带十万缗钱来到兴化兴修木兰陂水利工程就有了。兴化军主簿黎畛受命协助钱四娘建陂，时常到工地巡视，并“劝谕民工”全力以赴。黎畛为了解决大批民工煮饭费工耗时的问题，把大米加工制成一种方便易熟的食品——米粉，并让大伙加工制作。这样，就很快解决了民工吃饭难的问题，加速了工程的进展。不久，黎畛遇难殉职，民工们就以米粉、米酒祭江，并建庙以纪念他。因之，黎畛创制米粉的手工工艺，也在兴化普及开来。后来，兴化一些人以加工米粉为生，加工工艺不断改进，使米粉业世代相传，长盛不衰。我的祖上也得以米粉制作的真传，子子孙孙一直靠着这身老手艺一直延续至今。

然而，这看似简单的米粉，制作过程确实在不易，“入眠半夜三更起，磨浆蒸粿压粉丝。四肢皲裂汗淋漓，留一米汤充肠饥。”在老家黄石镇上了年纪的村民，都会念起这一顺口溜。寥寥字句道尽了传统手工米粉制作的细碎和艰辛。

吃了祖母的米粉，那天晚上我不睡觉，缠着要跟着堂哥阿华，看他做米粉。

原来制作米粉有着许多烦琐的程序。靠手工每次每人也只能做25斤以内的大米。选好大米很重要，最好是九个月以上到一年多的陈米。当天早上9点，有专人将镇里储备粮送到我祖母家，阿华先把陈米洗净后浸泡一个半小时，把浸透的大米用石磨碾成米浆，接着把米浆夹在木夹板中间，拿千斤顶压实，把水分沥干，制成块状。每块都掺和进前几次剩下的粉头，作为粉母。阿华那双粗糙有力的手将几十斤的粉混合搅拌，然后倒入拌粉桶或大陶盆内，用双手不停地翻动揉搓，使之揉成粉团。阿华说，加水是功夫，量不宜过多，以手握一团不松散为度。粉团揉得越均匀油柔，生产出来米粉有劲道，就愈好。

这些程序完成后，要留足够时间进行发酵，才能够做出质量甚佳的米粉，所以一般要等到晚上11点左右才开始做粿条。

老家的堂院很小，制粿条的任务由阿华来做，也好让祖母先休息。我站在压粿条机边，不断地将粉末铲进机器里；堂妹阿珊坐在一把小凳子上，熟练地将从机器里压出来的粿条掰断竖放在身边的方形蒸屉里；当一个蒸屉被装满以后，阿华就利落地将它搬到灶炉上进行蒸煮。每搬一层蒸屉，他都要检查灶炉的火候，不时地往炉膛里添谷壳……

临近春节，屋里仍很闷热，加上灶炉里的大火和蒸汽散发出来的热量，阿华穿着单衣还流着汗，微弱的灯火下，头发细密黝黑的脑门顶上冒着热气。在他搬蒸屉的间隙，还拿着蒲扇使劲地扇了两下。可是我睡意全无，执拗地要陪着他，还试着去搬蒸屉，屉沿很滑，还烫，我抓不住差点砸到地上。阿华赶紧帮我接住，催着我早点休息，我正在兴头上哪肯走，直到子夜零点看完阿华把所有的原料制成粿条放在灶炉上蒸。

阿华不让我再熬夜下去，对我说："那粿条已经在灶炉上蒸了，要两个小时；现在没事了，你赶紧去睡吧，明天早晨早点起来看祖母做米粉。"

我问阿华："明天就可以吃到新做的米粉了吗？"

阿华笑了起来："吃上瘾啦？哪会那么简单啊！"他接着说，做米粉前后大概有十多个步骤吧，这粿条要蒸到近两个小时，出笼后要进行冷却，但也不宜太凉。掌握好温度后放进粉干机上压丝，成了丝状后还得再放入蒸屉复蒸一个小时半，二次出笼后再进行第二次冷却，这次一定要彻底凉透，然后把煮熟的粉丝放到冷水里洗一遍，让每条粉丝都能散开来不粘手，最后按需要的长度剪开来，理顺，以免结块，用筷子挑好，整齐排放在晒粉篱上晒干。

说罢，阿华就转身去查看灶炉，灶火映着他红红的脸，鼻尖上的汗珠细细密密，闪闪烁烁，我觉得阿华那一刻很高大，让我无比佩服！

我最终还是抵不住身体的困乏，到里屋休息去了。

大清早天蒙蒙亮，玉塘街上各家铺子都开了门。我从充满米香气味的梦里转醒过来，祖母的身影已经在堂门外忙碌。快近年关了，风带着寒气吹了进来，打了个激灵，我赶紧披上衣服，跑到祖母身边，却见祖母的额头上挂满了汗珠。昨晚叠起来高高的蒸屉只剩下两屉，看来祖母已经忙碌了好一阵时间。这会儿见她动作熟练地将蒸屉搬下炉子放到一边冷却，之后将粿条放进粉干机压丝成米粉。阿华从门外进来，将祖母压好的粉丝盘成块摊到篱席上，装满了就让头顶着晒粉篱，拿到空旷通风的地方去晾晒。临出门还转身高兴地对我说："今天天气好，干燥，是晾米粉最好的天。"我才知道，秋、冬两季气候干燥，微风习习，是制晒米粉的最佳气候。

阿华属虎，成分小贩，那一年 16 岁，我 8 岁。

自那以后，我每次吃米粉，不仅吃得津津有味，还会津津乐道谈起手工米粉的奥妙之处。

时间一晃 48 年过去，祖母已经不在人世了。她走的时候 96 岁，在她劳碌一生也没有离开的做米粉的那间堂屋没病没痛地躺了三天三夜。我得知祖母病重消息骑着摩托车从福州赶回黄石，来到祖母面前，阿华低下头凑近她的耳边轻轻用莆田话说了一句："您的最小的孙儿回来看您了！"我看到祖母身躯微微挪动一下，似乎点了点头。我刚刚走出堂屋抹了把脸上的尘土，就听见阿华在喊，祖母走了。

后来，每次返乡少不了还要到阿华的米粉店里吃一碗他亲手做的炒米粉。阿华还记得祖母当年给我做的那一碗配料，有猪肉丝、海蛎干、生蛏、虾肉、蚕豆，再加香菇丝、青菜。尤其是海蛎干，是唯一不能缺的。

如今，祖屋也拆了，那街面的板墙和游廊带着大字报的印痕已是尘封往事，眼前是一片待开发的工地，斑驳颓废，暗淡沮丧。当年玉塘街喧闹的景象已经不见，沉寂了下来，路过这里，总让我心里空落落地……

阿华也老了，住进他儿子为他买的一套公寓里——成分小贩的阿华一辈子做米粉到头来也没为自己和儿孙置上一套房子。他那本是细密黝黑的头发不见了，脑门顶上越来越亮。不久前阿华看到我，摸了摸头笑着说，到黄石这一带，只要看头顶上缺了一撮头发的人，七八成是做米粉的，长年这样顶着晒粉篱，再丰盛的头发也会被磨光了。谈到米粉，他对自己手艺还很自信："我就不吃那些机器做出来的米粉，味道差多了。还是手工米粉好吃，营养也好！你看祖母吃了一辈子米粉，很少见病，还特别长寿！"

绿雪芽，绿色的梦在这里发芽

——访林有希和他的天湖茶业有限公司

最诗意的茶——绿雪芽

福鼎白茶中的上品，叫“绿雪芽”。这种生于青山，长于幽谷，承受了雾霭清露，沐浴了山灵水秀的植物，应该有这样诗意的名字。

林治先生写的《中国茶道》一书中，“和、清、静、怡、真”特别符合“绿雪芽”的风格，但你必须要有一颗持恒和淡然的心去品味它，才能获取真意。女人如茶，茶如女人，友人曾这样比拟过：岩茶像城堡里的女人，红茶如外国洋妞，铁观音像少妇，绿茶如山间走来的村姑，花茶如演艺小姐，普洱好似迟暮美人……那么白茶呢？

我是2014年四月初到福鼎第一次品尝白茶。所用的茶器和喝其他工夫茶不同，和喝绿茶一样，只要是圆柱形的玻璃杯即可，开汤后芽尖向上条条挺立杯中，缓缓下沉，如春笋破土而出，色白如银芽，白毫闪光汤色清澈晶亮，浅杏黄色，蔚为壮观。一杯白茶在手，恍若有梵音飘过耳畔，目落清汤，心清神敛，意韵悠悠。

所以，我以为“绿雪芽”是遗落在仙山古庙里的小尼，所有的修行就为了获取茶道这五字真传：

“和”。白茶鲜叶原料、加工工艺均为纯天然，无污染，生长环境也是得天独厚，体现了一种人与自然的和谐。喝白茶，能起到提高人体免疫力、防病抗病的作用，让身体各部分机能都能协调，体现了一种人自身的和谐。通过白茶与各方宾朋交流、对话，增进了解，融洽感情，体现了一种人与人之间的社会和谐。有如小尼恬然素俭的待客风格。

“清”。白茶可使人清爽、清纯、清新、清逸、清雅……茶的冲淡、恬淡、清淡，茶的平和、柔和、温和，有如小尼不为世俗所动的飘逸的身形。

“静”。宋徽宗赵佶在《大观茶论》中所写：“茶之为物……冲淡闲洁，韵高致静。”常品白茶，内在心性上澄明虚静、心境平和。有如小尼雍容大度、宽厚谦和的知性的美。

“怡”。怡者，和悦、泰然之意。在中国茶道中，“怡”是茶人在从事茶事过程中的身心享受。白茶如此优美素雅的外形，在冲泡的过程中，随着袅袅上升的白雾而变化的茶叶、茶水，会让你产生不同的遐想。你饮后细品，白茶那种浸润的淡淡清香，渗透到你的骨子里。有如小尼点燃轻缈的梵香。

“真”。是中国茶道的起点也是中国茶道的终极追求。白茶最真，毫无杂味，它源于自然，永远是真香，真味，真性情，沸水也然，清水也然，经过冲泡，它都能充分地将自己的内含物浸溢出来，就算是香散味淡人走茶凉的一刻，它依然还可以于静默中弥漫岁月溢出的欢乐与幸福，而留在唇齿间的甘甜则是最终的了悟与所得。有如小尼永远不泯的自然纯真的天性。

我之所以把“绿雪芽”称之为小尼，还源于它的身世之谜——关于它的一个“蓝姑女神与白茶始祖”的美丽传说。

明末清初学者、诗文家周亮工的《闽小记》中记载：“太姥山古有绿雪芽。”

卓剑舟在《太姥山全志》中解释：“今呼为白毫，香色俱绝，而尤以鸿雪洞产者为最。性寒凉，功同犀角，为麻疹圣药。”

这棵长于太姥山上具有奇异功效的白茶古树传说为蓝姑受南极仙翁指点所种。那年山里麻疹流行，无数患儿夭折。一日夜里，蓝姑受梦中南极仙翁指点，攀上鸿雪洞顶，在榛莽之中找到一株白茶树，采下绿叶，晒干后送到每个山村，教乡亲们泡水喝。神奇的白茶终于战胜了疫魔。从此，蓝姑精心培育这株仙茶，并教四周的乡亲一起种茶。蓝姑羽化升天后，人们感其恩德，尊称她为太姥娘娘，太姥山也因此而得名。

福鼎白茶有着如此美丽的传说，且不说“绿雪芽”就是蓝姑女子栽培种植出来的，就拿这株“绿雪芽”白茶隐匿在鸿雪洞几百年依然嫩叶繁茂春发清香，如此的神秘，倒真像是一个藏在高山庵堂里披着神秘面纱的小尼。

福建山海文化有个独特现象：海上求妈祖，山中拜太姥。太姥是“绿雪芽”的始祖，而“绿雪芽”又是白茶的始祖，所以白茶浸染这乐善好施、普济生灵的宗教气息。

鸿雪洞就在太姥娘娘居住的“一片瓦”旁边，那棵神秘而挺拔的白茶史祖“绿雪芽”至今依然隐匿在石缝高崖之中，尽蓄天地之真气，涵养百年之风华。

诗意的“绿雪芽”，它的诗意就蕴含在“和、清、静、怡、真”这五个字中，如果你到过太姥山的“一片瓦”，如果你拜访过“绿雪芽”祖树，你的眼前一定会飘过一袭青衣皂装的秀丽的身影，牵引你的生命款款走进诗意的“海上仙都”神茶的意境中。

白茶女人心

喝茶的状态比较内敛，不像烟酒那么张扬。老舍认为，烟酒是男性的——粗莽、热烈、有思想，可也有火气；茶则相反，它温柔、雅洁、轻轻的刺激、淡淡的相依，所以茶是女性的。然而，品白茶更是属于乾道，清清淡淡，平平和和，温厚怡人，自矜自爱，所以女人如白茶，白茶似女人！

“绿雪芽”的名字在何时出现，尚无定论，但据说是古时候几个文人在一起品茶，边上有茶女伺候沏茶，见侍女粘撮的白茶细细长长，白茸茸，色翠绿，叫雀舌有其形而无其色，叫银针又有其白而无其绿。一个文人提议叫“绿雪芽”，这名字既雅又与其品质相称，形色都体现到位，大家一致赞同。从此，“绿雪芽”的名字就出现在民间。

能把白茶做到极致，当属男人。在福鼎，谁都知道林有希是把白茶“绿雪芽”品牌经营得最好的男人。

你也许还不知道，他身边有一位女人——他的妻子施丽君，是她让“绿雪芽”插上了翅膀，飞翔到京城。如果福鼎要评选一位白茶女人，施丽君当之无愧是第一人！

太姥娘娘所传制的茶叶就是现在的福鼎白茶，到了施丽君这里更是韵香远播了。

施丽君就土生土长在美女之乡福鼎，家乡三面环山一面临海，山上有大片的茶园。她在茶香的熏陶下长大，非常爱茶。恰逢1997年下半年企业不景气，下岗的她断然选择到北京发展茶产业。

林有希谈起他的太太就显出满脸幸福的样子。那是清明节过后，我一整个上午在他的茶厂里和他一边泡茶一边聊天，就是没有见到他的太太出现。林有希告诉我，北京那头的事情全交给他太太打理，有40平方米的店面、70平方米的仓库，成了"绿雪芽"北京地区一级批发集散地。2000年天湖北京公司在马连道安了家，他太太施丽君担任北京"绿雪芽"茶文化发展中心总经理，这时正是春茶上市时，施丽君更难得回家。

说话间，林有希总经理找出了一本《中国食品》杂志来，在2013年5月1日出版的第九期杂志上的封面人物就是施丽君。

高挑的身材，温婉的笑容，穿一件玫瑰红花纹底色的中式对襟衫，手里捧着青花瓷盖顶茶罐，气质优雅而颇具古典美，这就是被人们称作"茶娘"的施丽君女士。

林有希依然清晰记得，1997年7月28日，太太带着年幼的儿子，来到了马连道茶叶街，在金马茶城租了一个摊位。那时，这一带还是个大工地，到处在施工，客流量也不大，人们对茶的理解还很肤浅。万事开头难，施丽君并没退却，林有希说她像棵蒲公英的种子，一落地就在北京生了根。她也是和北京特有缘，很快就爱上了北京，北京的文化，北京丰富的饮食，北京的人文风景……她都喜欢。

当然，重要的还是她瞄准了北京这个茶叶发展的大市场。她当年和北京人谈白茶，没几个人知道，但她还是扭着性子要去做白茶生意。她做茶的风格和别人不同，喜欢从交友开始，从弘扬茶文化开始，只要愿意她都会不厌其烦地为客人泡茶，讲解白茶特性、传说、功效、口感和相关文化。在北京十余年来，她结交茶友无数，大多是文化人。别人从白茶中受益，她也从别人的文化职业中学到了不少东西。渐渐地，她对金石字画也有了相当的鉴赏力。

走进京闽茶城施丽君的茶叶店，迎面就是启功先生手书的"绿雪芽"三个大字的条幅我一向喜欢启功书字的准确无误、用笔轻松利索和章法严谨，

“绿雪芽”三字，渊雅而具古韵，隽永而显洒脱，很得茶道真谛。施丽君的办公室对面的展厅里，摆放着各种形式的白茶加工成的屏风，或山水画，或书法，不仅散发出白茶特有的清香，其中的艺术品位也绝非一般。茶融到了北方人日常的生活中去。她在闲余时间，还将《诗经》讲座开在茶城，被媒体称之为“把国文带进马连道”第一人。

作为一位女人、一位妻子、一位母亲，施丽君实在付出的太多了。一家三口，分居三地，连未成年的儿子也独自一人在杭州上中学。在北京创业的这五年，她什么都要管，进货要管，出货要管，内部职工的工作、生活要管，对外事务应酬也要管，再加上与总公司联络、密切注视北京市场动向，一切一切，她真的太辛苦了。尽管如此，施丽君依然很乐观，她说：“辛苦是辛苦了点儿，但真诚换来了回报，当客户认可称赞我们时，我很开心。”

不过，最令施丽君开心的事情是：到了北京两年后知道了品牌的重要性，所以公司很早就开始树立了品牌意识，并在短时间内又挖掘我国茶文化历史宝库，让“绿雪芽”名茶在自己的手中呈现出新的风采。“传说中的那棵仙茶树不正与史料记载的是同一棵树吗？不正是我们茶园以其为母本扦插的那棵千年老茶树吗？只不过现在被叫作福鼎白茶罢了，沉睡几百年的名字应该苏醒了！既然我们做了公司的主人，就不应让它再沉默了，我们有责任让它重新绽放光彩。”施丽君感慨万千。

从借钱租用一个茶摊起步，而今在马连道有她开的两家茶店，在全国已有四十多家茶叶加盟连锁店，2000年成立了福建天湖茶业有限公司，创办了北京绿雪芽茶文化发展中心。公司聚集原福鼎茶厂和茶叶公司的主要技术骨干，茶叶种植、生产、科研、出口、销售、人才培训为一体的现代化管理企业体系已逐渐成形，年产值去年做到了9000万元，“绿雪芽”成了白茶中的精品品牌，形成了独特的“绿雪芽”五心做茶文化理念——爱心种茶，细心采茶，精心制茶，诚心奉茶，良心售茶。当《中国食品》杂志记者采访施丽君时，施丽君一脸兴奋地谈起了她心爱的白茶，她说：“我爱茶，敬茶，并终生伺茶！”可以见得她是视茶如命，与茶相通，茶的“中和”本质在她身上也得以显现，做事恰如其分，恰到好处，而且完美地体现出来，带给她的客户和朋友和谐相处、和谐共存的商业机会。

白茶女人心。白茶和女人相得益彰。

白茶，鲜也好，淡也好，澄明的杯底映出女人姣好的情态。茶有功夫，也见文化。曾记得秦代时五百童子东渡扶桑，也把中国的制茶技术带去。他们还让他们的女人一代一代地将茶道传下来，作为一种茶文化象征着女性的智慧与温存。新一代茶人强调传统的茶文化与现代生活的结合，既具有专业技能、进取精神，又具有东方女性特有的淑雅与含蓄。女子会让白茶自然地流淌在人们心里、眼里、情里……

不同的白茶有如不同的女人，有人这么概括说：

白毫银针根根茶针亭亭玉立于杯中，极为美观。有一种女子就如白毫银针，她们自立自信，优雅中带有坚韧；她们精明豁达，干练又不失风情万种。

白牡丹毫心与嫩芽连枝，形似花朵，冲泡杯中，绿叶托着嫩芽，宛如蓓蕾初开，好似自有一种风度气质的女子。不孤傲，不张扬，面带微笑，善于倾听。娴静，温婉，高雅，可敬，可亲，如一潭深澈的秋水，又如一杯清甜、醇爽的白茶。

贡眉、寿眉好似多数的平凡女子。她们未必都是知识白领，也未必常在茶馆出入。虽说终日忙于生计，操持家务，却能记得将茶作为居家过日子必不可少的要事来办。她不仅爱茶，而且深知茶性，深知如何将茶的功能发挥到极致。有时先生无端发火，她绝不会针锋相对作河东狮吼，而是倒一杯凉茶，微笑着让他重归平静。这样的女子像极了和谐的白茶，是既可养身又能养神的女人，男人如能得到，将是一世的福分！

那么，施丽君是属于哪一类白茶的女人呢，我想答案自然是蕴藏在她的丈夫——福建天湖茶叶有限公司总经理林有希的心里吧?!

绿雪芽，太姥膝下茶禅味

如果将茶喻男人，另会有一说：人性初显露，淡淡的青涩醇味，回味甘甜，20岁的男人是雨花茶，情窦初开，至真至纯，滋味鲜香而气色清香；30岁的男人是碧螺春茶，去除了浮躁又保持了香味，而具有独特美的风格；40

岁的男人是西湖龙井茶，简单中体现了完美，成熟中体现了高贵；50岁的男人是乌龙茶，不需过分显露，真情自然涌出；60岁的男人是祁门红茶，收日精月华，滋味浓厚；70岁的男人是银针白毫茶，只见其点滴，便可勾勒出全部风华；过了70岁的男人，集众茶的醇香于一体，凡事过而观止。

这里所比喻的是男人思想秉性气质风貌不同阶段和不同茶的接近程度。被喻为70岁男人茶的白毫银针外形芽壮毫显，挺直似针，毫白如银，色泽银灰，熠熠闪光。汤色杏黄，滋味醇厚回甘，毫香新鲜。开汤后，芽尖向上，茶芽徐徐下落，竖立于水中慢慢下沉至杯底，条条亭立，上下交错，望之酷似石钟乳，蔚为壮观。由于茶芽下沉时仍挺立水中，世人比喻为“正直之心”。

“绿雪芽”的商标曾被外地人抢注，2000年，天湖茶业有限公司总经理林有希以30万元的代价将商标揽回福鼎，开始了他的品牌创立的艰难历程。从小他就知道，茶是一种灵物，必须对茶有敬畏之心，不可随意辱没践踏。福鼎乡村民俗中，家家户户都有存茶的习惯，每到清明来临，把采摘的茶青用自然简单的工艺，不炒不揉，文火焙干，轻微发酵，保持茶形态自然芽叶完整、青天白地、茸毫密披、色白如银、毫香显露、滋味甘醇、汤色杏黄和透亮明净的特色。制好的茶，一般数量也有限，用牛皮纸包好，存放在靠近烟囱的地方，通风好，又有热度烘烤，存放时间越久就越好。遇到小孩感冒发热、出麻疹或其他病毒性疾病，只要用“白毫银针”冲泡服下，疗效甚佳。在《老白茶记》中记录了福鼎村民间对茶的利用历史：“闽东太姥山产白茶，白茶岁余，山人藏之，视久为宝，不献市井，不贩取蝇利，以备吉用，相邻之间多有赠送，却也是用于解毒，发汗通体而释滞，化瘀气，荡湿寒杂症。”

“对于无序竞争，我们不感兴趣。我们看到我国入世后，将来的竞争就是靠品牌和质量的竞争，为什么不先行一步呢？我们应走打出品牌的道路。”多年前林有希就决心先行一步，让白茶回到原生态生长的茶园里，给它一个绿色的无丝毫污染的健康的环境。当然，这样做，在开拓市场营销上可能会暂时失去先机，因为茶园的建立和茶品种的种植开发需要年份，这在茶叶无序发展的初期无疑是要付出更多更大的成本的。然而，“绿雪芽”文化理念在林有希的心理早已扎下了根：绿——意蕴和谐，象征健康幸福的生活；雪——意蕴纯净，象征天然无染的品质；芽——意蕴希望，象征进取精神和环保的种子。林有希要做的是让有着“白草之王，百病之药”美誉的大白茶在他手中更加发扬光大。

天湖有机茶园地处太姥山脉东南麓，与风景名胜的“海上仙都”太姥山隔空相望，坐落于秦屿畲族村方家山成片的坡地上；它介于太姥山景区与杨家溪旅游公路中部，交通方便，自然风光优美，畲族传统文化独具特色。畲族村寨内有天然的四季不涸的山泉，茂密的植被，长年云雾缭绕，是太姥山景区重要的民族风情旅游景点，还有独具风味的山珍野味。

我们的采访车从太姥山过来，往绿雪芽大白茶茶园走了个U型，山势一路向上，一路绿阴，空气里也飘着茶香味，伴随车左右的是绵延不绝、深深浅浅的绿。当车子停在云雾之中，夕阳穿透云层，山塘水库荡漾着波光，满目青翠欲滴的茶园层层叠叠，蜿蜒盘旋，我们仿佛置身于绿波荡漾的海洋之间。跟随采风团一起上来的蔡副总不无骄傲地说：“这片核心茶园高海拔超过了700米，最低也有500米，直接落差达到200多米，是福鼎最美的茶园。现在也成为‘好色之徒’的拍摄基地，每年都会吸引不少人来到这里。”是的，这里的山景真的很美，茶园边上还有一块“葫芦湖”，宝石一般清澈明亮，据说是天然泉水积蓄而成。山坳中正在茶园中采茶的人们，如同散落在茶园中的粉蝶，为这片绿点缀别样的色彩，更是为茶园增添了几分韵味，几分诗情画意。而就在我沉湎眼前景色的时候，不远处新建不久的畲族民俗文化村响起了歌声，畲村姑娘清亮激扬的歌声穿破浓雾和云层，更是给春景下的茶园带来了生动的气息。天湖绿雪芽茶叶公司除了这核心茶园，周边还带动近8000亩有机茶，解决了附近五个村落的男男女女就业问题。

时值清明刚过，我看到的是精致工整、绵延起伏的大片梯田茶园正处采摘季节的繁忙中。蔡副总说，这片梯田茶园大约近3000亩，都是由工人一点点开垦出来的，没有任何机械操作，因为“有机茶园很娇贵，在茶园的开发栽培过程中，均采取人工操作，排除机械化，机械车排放的尾气会污染茶园大环境，影响有机茶叶品质”。为了保持茶园环境的天然纯净，周围排除任何杂味异味，在有机茶园内，即便是吸烟，也不允许。

"有机茶园的栽培成本相当高，无论是生产成本还是时间成本。"蔡副总在搭建起来的畲族文化表演的看台上和我算了一笔账：有机茶园土地新开发时，为了使土地肥沃，得先施有机肥料，让其在土壤里发酵一年，一亩有机茶园的栽培成本要高达七千多元，相当于普通茶园的五至六倍。普通茶园施用普通肥料，激素肯定高于有机肥和农家肥，茶树也生产得快，同龄茶树，有机茶树要小于普通茶树，因此，有机茶园的成本相当于普通茶园十倍左右。

"健康是白茶永恒的主题。"林有希认为，作为茶企，最大的责任是为客户打造最健康的好茶，有机茶叶是目前最健康生态的茶叶，这里种植的"华茶一号"、"华茶二号"也是最好的品种，天湖是福鼎所有茶企业中最早踏上有机茶园征途的开拓者。

如此打造出来的"绿雪芽"有机茶，不能不引起世人的关注。我也是前段时间去茶艺馆喝茶的时候知道了这个品牌，还知道它有控制糖尿病的功能。在北京马连道公司，健康观念非常强的使馆区的一些外国朋友也拿着有关资料冲着"绿雪芽"有机茶而来，其中欧美和日、韩的朋友对此茶甚感兴趣。北京的老字号吴裕泰听说了"绿雪芽"品牌茶，专门派人到天湖公司的生产基地视察，对公司的生产能力和技术能力以及产品质量十分满意，已经开始和天湖公司合作销售，一起开拓市场。

暮色将临，近处方家山有机茶园色彩转为深绿，又一片云雾飘过山峦，拂拭正被采摘后的一片片茶树娇嫩的身子。我们该离开这片美丽的茶园梯田了，回眸望去，对面山峦太姥山群峰依稀呈现在天穹之下，那天造地设般的奇岩怪石在缥缈的云雾里，似乎浮动着一个美丽的传说——那个栖身鸿雪洞的太姥娘娘在榛莽之中寻找白茶树，解救被疫魔困扰的乡民使之重返健康的故事。

而我身边这片茶园也开始安静了下来，在茶色迷离中激荡着茶人的无限柔情。

梅花：发光的脸上仿佛有歌声

我虽久居城市，但一直与城市隔着距离，如果个把月时间我不离开一段城市生活，我的骨骼就会感到莫名的酸痛，奇怪的是，一到海边或者山间，这种酸痛感就会倏然消失。我的诗一直都犯着一股怀乡病，谢冕看了诗后说："哈雷对城市怀有某种警惕，甚至表现出某种倦意。"在城市里，我总会怀想着存在或者不存在的乡村，有时候甚至会在梦里漂浮到一个渔村中，在有灯塔、岛礁、帆船的地方，流连不已。

当我接到了福建省炎黄文化研究会采风任务后，在一个冬天的早晨，我驱车来到了长乐梅花渔村的古城广场。阴霾笼罩下的梅花古城，伫立六百年斑驳的城墙上爬满枯藤，依山面海，显得老态龙钟。远望海天逶迤缥缈的地平线时，右边不远处的岛礁突兀着一座灯塔，帆船在海浪间起伏航行，像一幅质感古朴的油彩画。海滩上竟然还有几个姑娘举着纱巾迎风招展，她们的笑声在发光的脸上散发开来，让冰凉的海岸生动起来。这画面突然似曾相识，好像是某一次梦中的场景实实在在地呈现在眼前。

想起梅花镇，很多人就想到著名作家郁达夫关于福州女的描写，想起他说过梅花出美人的佳话……但对我来说，梅花的印象还源于已故诗人蔡其矫曾经有过的推介，记得二十多年前他就对我说，在距福州 60 公里处有个渔村，是一座古韵十足的古城，有很多的历史遗迹，尤其是那里的海滩特别的美。他这一生多次到过梅花，和美景有关，和渔村的海鲜美食有关，还和一个女子有关。这个女子就是梅花渔村人，虽然不是"白牡丹"那般绝色富贵，但却是宁静、优雅、气质不凡的女子。每次来他都会在梅花海滩为她拍照，诗人在镜头前突发灵感，写下了一首著名的《迎风》诗："风在灯塔的上下怒号/天空挤满匆忙逃跑的云/波涛翻滚得满海皆白/但雨始终不来临/所有的飞鸟全不见/暴露的风谁敢抗衡？/唯独你不躲闪，迎风站立/发光的脸上仿佛有歌声/尽管风在撕毁小草/把阴暗扩散到天空海岛/你仍然与流动的光嬉戏/有如顽强的花在黑暗里。”

我心中念着蔡老的诗句，想着两位现代著名文人对梅花蕞尔小镇这般深厚的人文情怀，心中也充满柔情。

神鸟居住的地方

冬天的梅花海滩一切都灰蒙蒙的，按理是没有什么生气的，我去的时候又是阴雨天，风刮得厉害，视力可以舒展的地方，海浪是浊黄色的，“生命的元素”似乎在散发出死亡的气息。但就在这时，竟然有一团白色的云朵快速掠过海面，一上一下，在尽情地翻卷，让单调沉寂的大海有了些许的生命活力。陪同我的是当地的一位诗人，她说，这是梅花海边生存的鹭鸟，四季都有。这里的白鹭很爱“抱团”，一般是成群结队地飞行、觅食，或者追逐玩耍，密密麻麻数量很多，所过之处犹如云彩漫过，又如云雾蒸腾，所以梅花海滩是鸟的天堂，也是著名的观鸟胜地。

古城广场左边是一块被称作鳝鱼滩的湿地，占地两万多平方米，位于闽江入海口，与梅花古城隔水相望，从西到东依次分布有泥质、半泥质和沙质滩涂。它是闽江带来的泥沙长期在此淤积，形成广阔的滩涂和众多沙洲，水草茂盛，芳草萋萋，充满生机。湿地周围滩涂盛产多种鱼、虾、贝类，为鸟提供充足的食物来源。每年在该湿地越冬和迁徙停歇的水禽总数量超过 5 万只。这里的水草地不但引来无数候鸟栖息，还吸引许多爱鸟人士。福州的驴友也常于周末到此扎营露宿，品尝长乐驰名的海鲜，同时享受一下天然大氧吧。每年这里都要举办一次中国观鸟节。

湿地复杂多样的植物群落，为野生动物尤其是一些珍稀或濒危野生动物提供了良好的栖息地，是鸟类、两栖类动物繁殖、栖息、迁徙、越冬的场所。鳝鱼滩湿地如今已成为东南沿海最重要的候鸟迁徙地，群鸟翔集。已经逼近深冬，还能看到一些爱鸟之人来这里守候，长“枪”短“炮”，拍起照来乐此不疲。

我遇见一位观鸟爱好者，他告诉我说，天气好的时候他们会乘舟穿行湿地之中，在鸟儿惊飞起那一刹那捕捉一张照片，每收获一张珍稀鸟儿的照片，都能让他们欣喜万分。在湿地内常年栖息和出没的鸟类有天鹅、白鹳、鹈鹕、大雁、白鹭、苍鹭、浮鸥、银鸥、燕鸥、苇莺、椋鸟等200种。而且该湿地是西伯利亚和东北地区鸟类南迁越冬的中途站。几年前，几名爱鸟志愿者在这里调查水鸟时，发现15只黑嘴端凤头燕鸥在湿地栖息、觅食，这让他们大为兴奋，因为这是近年来在福建沿海发现该鸟数量最多的一次。黑嘴端凤头燕鸥不仅是所有鸥科鸟类中最少的一种，亦是所有鸟类中最稀有的种类之一，据说这种鸟全球数量仅约50只，被称为“神话之鸟”。

我不懂鸟，但我知道凡生灵栖息迁徙之地，一定是生态保持最好的地方，就有丰富的水草地。鳝鱼滩湿地的芦苇和水草可以说是盛名远播，据说今年开始种植上千棵的红树，现在来福州的海内外游客，都要去看看沿海岸逶迤的红树林、在此越冬的数万只水鸟翔集的壮观场面。新种植的红树林与湿地自然保护区一水相隔，共同构成闽江口湿地生态系统，也成为长乐梅花最具特色的风景线。

鳝鱼滩湿地就像一道深绿的翡翠镶嵌在梅花海岸线上。海水开始上涨的时候，一片浩瀚的水面上影影绰绰，水草也随波漂荡。海面上点缀着一蓬一蓬的红树，犹如浮动的绿岛。隐隐可见成群的白鹭在树丛里栖息。“真美啊!”我也情不自禁地拿出卡片机不停地拍照。

当我往鳝鱼滩湿地深处走去时，不禁为这一片充满生命律动的世界所打动：滩上肆意赤裸着根须的芦苇丛，仿佛在轻歌曼舞；顽皮的跳跳鱼，不时蹦起，又“嗖”地一下钻进滩涂里；各种乖巧的小螃蟹，在滩涂上惬意地横行；还有成群的白色鹭鸟，在海滩尽头一步一啄食，不时隐没，不时闪现……

踩响一段尘封的历史

梅花，一个在荒寒里依然飘香的名字，点缀着东南滨海中一个明珠古镇。它栉比鳞次的楼群背倚青山、面临沧海。推开渔家人的窗棂，就可以看到出海捕鱼的机帆船，天气清朗时，隐隐约约可以看到琉球列岛；随便走在路上，就有渔家房门前端坐着质朴清纯的补网少妇映入眼帘……

望尽梅花不见梅，不禁心生疑问，对古镇何以名叫梅花发生兴趣，我请教长乐市作协主席林秉杰。他说古时候这里是盛产梅花的，有清朝知县贺世骏诗为证：“梅花丛里斗城悬，傍水依山四面妍。长笛一声倚画阁，清音几曲入云天。兴来掩抑情何极？吹到悠扬怨亦捐。最喜月明风静候，楼中有句忆青莲。”贺世骏还把“梅城弄笛”列入吴航12景。在梅花有古人流传至今的两个“梅花八景”，标为：龙东旭日、鸡屿晡霞、斗壶远舶、棋陇群樵、浪台月影、石鼓潮声、马筹飞雪、虎穴号风；鳌潭鼓浪、螺洞听涛、石壁垂纶、水门归棹、寮岭农歌、沙村渔火、草洲人迹、蓬岛仙踪，人们只要从这些标题中，就可以感到它的瑰丽奇谲，让你浮想联翩。

质朴无华的梅花镇，有赖闽江水无私地孕育，才有如此一点也不逊色于梅花的芳香……

来梅花一定要走走古街。梅花古城地势甚高，要攀上石阶，转过高低略为不平的石板路，才能步入梅花古城里那曲折僻静的巷子，这里最宽的路也不过两米。穿过古老的城门，仿佛走进时光的隧道，在这里，每走一步，皆有可能踩响一段尘封的历史；在这里，每驻足一次，每一处古迹，都会向你讲述一段刀光剑影的故事。

街面上，老样新式的房屋交替出现。老厝，飞檐黑瓦白墙，犹现当年古城风采，只不过疏于保护，多已破败，人去楼空，残垣横陈，隔三岔五的地方，就会出现一口水井，有圆有方，成为街景。

在街中心处看到一段保留较好的古墙垣连着城门。城门全由粉红色的花岗岩垒筑，呈拱形，依旧坚实，依然古朴凝重。城墙头长满了簇簇的绿色爬藤类植物，并往下伸展。城墙一直延伸到中心校旁，学校围墙加筑其上。块块石条，因为年深日久，岁月的冲刷，石面光滑无比，只有风干的青苔痕滞留其上。

城门不远处有一口方形古井，四季清泉，清澈甘甜，即便大旱之年，也从不枯竭。井在路中央，且无护栏，传说有儿童跌入其中，但都是有惊无险，都能被安全救起。

青石板铺砌的道路穿越其中，成为古城老街的记忆。漫步于梅花的石板古街，恍若时光在交错更迭。水泥阳台和瓷砖贴墙的新居，书写着梅花的新貌。古老与现代一起在岁月的屋檐上交叠，传统与奔放，在墙体间相互媲美……

从城门往前走几十步，就是调羹境（近年被称林位宫）。说是纪念四百多年前草鞋退倭寇的林位而建。林位是明嘉靖年间奉命镇守梅花城的邑侯，是梅花人心目中的大英雄。明嘉靖三十八年（1559年），东南沿海倭寇横行，洗劫梅城，民不聊生，乡民背井离乡，四处谋生，苦不堪言。危急关头，林位棋走险招，乔装改扮成小贩，经小巷潜至城外，叫卖三四十厘米长的草鞋。此举竟被倭寇头目引以为奇，询问如此大的草鞋有何用处。林位谎称，梅花城内军民身高体壮，这种草鞋就是为其特制的，故作泄露机密，实则夸大城内军事部署情况。倭寇头目不明就里，听信其言，果然脸有惧色，急令退兵。正是林位的足智多谋，使梅花城化险为夷。后来，林位因积劳成疾，病逝于梅城。梅城人为之建庙立碑，铭记他的千秋功德。

古街上还有一座乡约所，这里存放着百多年前保留下来的乡约——《梅花乡约二十二条》。这个小镇素有夜不闭户、路不拾遗的好民风，清道光七年（1827年），镇里的人们就公议制定这个乡约，类似我们现在的居民公约，是我看到有文字记载的最早的乡风民俗。从此，这个乡约代代相传，怪不得梅花人有良好的口碑，姑娘出落得落落大方，知书达理，小镇有三个女诗人，被誉为“三角梅”，其中两个在福州，笔名为何若渔、梅花，她们的诗作在福州都还小有名气呢！

走完古街，可以去看看渔村前修筑的海堤，海堤后面一片广袤的沙滩，五百年前这里是长乐人民抗倭的古战场，当地人称为“沙下”。多年前人们在海堤边上建构一道木质的大平台，称作“听涛小憩”休闲场，是渔村年轻男女最爱去的地方。可惜的是这个平台现已坍塌，陪同我的诗人说，当年这里可是他们的乐园。登上平台，可以凭栏眺望烟波浩渺的远方，观赏海上喷薄而出的红日，目送渔民的庞大铁壳船队，乘风破浪出海捕捞的壮观场面；远眺灿烂的夕照，人们喜迎渔船扬帆归来的丰收情景；伴着夜晚阵阵涛声，渔村的儿女们在这里尽情讴歌，享受生活的美好。

2009年5月，梅花古镇被省旅游局评为福建省首个省级“水乡渔村”，梅花镇也开始启动“梅花三弄”发展战略，使梅花镇成为海洋优势镇、港口优势镇、滨海旅游优势镇。“弄海”：实现梅花镇养殖业、海洋捕捞业和海产品加工业的基地化、规模化和产业化。“弄港”：加快港口建设，向一级渔港建设发展。做强临港产业，壮大港口经济。“弄景”：把旅游业作为一个产业来发展，一个优势来选择。围绕“城、山、水、文、商”五大特色，开发“渔村游”、“渔家乐”和“渔之旅”等专题旅游活动，打造“水乡渔村”品牌。

梅壶“依舅”间的旷世情缘

登上梅花古镇的将军山远眺，云波浩渺的深处，隐约可见壶江岛；近处，可俯览梅花古镇古韵悠然的渔村风貌。在波诡云谲岁月里，这个渔村一定也奔涌忠肝义胆的一道脉流，刻录着披肝沥胆的一方碑铭。屹立于将军山上的梅壶友谊楼和那块梅壶友谊记绩碑，还在延续一段世代不绝的情缘——

梅花，壶江二乡，扼闽江入海口两岸，樯橹互对，唇齿相依。梅壶子民，重诺轻财，尚侠好义，交以莫逆，情同手足。明嘉靖己未，铁血抗倭，戮力除寇，护海御边，结下生死之谊。清康熙乙巳，共辟马祖定置渔场，值丰年联庆之夜，遇外患袭扰，且以“依舅”为哨语相联络，此后两乡村民互称“依舅”相沿成习，传为佳话。乾隆丁亥，联手共置流网，是时海景动荡，为备不测，相约以红、白、黑三色旗为暗号，照应协防。20世纪中叶，福州沦陷，敌舰横弋，壶岛孤悬，梅花依舅不惮赴死，送粮过江，救急纾难。新中国成立前夕，有不轨者谋危梅花，壶江乡民，义无反顾，立马驰援，化险为夷。新中国成立后，两乡人民更是互通有无，同舟共济，并肩共建家园。

壶梅情谊，经半千年血火洗礼，而弥深弥笃，真乃海天之造化，人世之风仪也。然止于口传身授，无如赋实物以为见证，让后人抚今追昔，而知薪传。20世纪90年代，梅乡父老美意拳拳，先建“梅壶友谊亭”于梅花镇中，后建“壶梅友谊牌坊”于壶江岛上。轮奂华构，专为两江舅缘世泽而筑，闽水多情，能不见之鼓舞，闻之浩歌？

渔歌互答，其乐何极。新世纪伊始，壶江民众踊跃献资，假梅花镇将军山宝地一方，建一“梅壶友谊楼”，与“梅壶友谊亭”偕肩成趣。亦与“壶梅友谊牌坊”遥相呼应。地不在大，有门窗可纳清风朗月；楼不在高，有飞檐可挑烟雨苍霞。梅壶两江人民，当如廊柱骈立，龙脊雄拱，在盛世灵光烛照下，共缔物质精神文明：为中华崛起，贡献吾侪相加之才智和双倍之热情。

愿壶梅友谊，如泱泱闽水。源远流长；愿两江璧合，岁岁不渝，至地老天荒。

以上是时任福州市文联主席的陈章汉先生，感叹于壶梅舅缘世泽而写下的《梅壶友谊楼记》。

2002 年春节，壶江村四千多村民中有一千多人到梅花过春节，梅花百姓将最好的房子、最好的床、最好的食品拿出来，招待远方来的朋友，并举行声势浩大的“接亲”踩街活动。有人评价说，这是中国近代史上一个社会学的传奇，千余个男男女女，以依舅依妗的身份在梅花镇吃住玩三天，而接待方倾其所有，真诚款待。这一独特的社会现象引起国内外媒体的广泛关注。

有了“依舅”的生死情缘，这么多年来，两地渔民在海上，即使两船相碰、两网相绞，只要喊一句“依舅”，大家就笑笑离开，谁也不愿意开口索赔。认为自己一方承受那是天经地义的事。因为谁都不愿做破坏舅舅相称关系的千古罪人。

每年遇到重大节日时，两地老人会都组织互访，他们不再是冲着鲜美海鲜来的，而是演绎着几百年来壶梅两江的友情，续写着祖祖辈辈赶海人的历史诗篇，品尝着岁月沧桑酿成的美酒佳肴，憧憬着未来美好和希望，坚守着民族传统生生不息的气节和光芒——这就是梅壶舅缘文化永久的魅力！

站在将军山上，梅花洋在脚下奔涌，烟波浩荡，气象万千。有一线微弱的阳光穿过苍穹的阴霾，梅花古镇散发着质朴深邃的光芒，犹如迎风而立的少妇，发光的脸上仿佛荡漾着动人的歌声。蔡其娇先生如若有生还能登临其境，俯瞰那芦芒摇曳中会呼吸的湿地，那白鹭翱翔的奔腾大海，那古老苍凉的残垣断墙，那青石古街和老厝旧舍，那壶梅舅缘的美好情谊，那美丽动人的民间传说……一定又会有更多的诗句流出他那端丽的笔尖，汩汩地汇成一条诗歌的河流，去诉说着梅花的万般美好！

洗却尘埃亮体清

——记厦门海沧日月谷温泉

到海岛厦门，自然要去感受鼓浪屿的浪漫，欣赏筼筜湖的夜色，观看中山路的街市骑楼，以及嘉庚建筑和集美鳌园。但是，如果不去海沧区泡泡日月谷的温泉，恐怕还是要留下遗憾。

日月谷，这名字让我联想起“忘情谷”、“百花谷”、“百丈涧”、“绿竹林”，听起来颇有几分金庸小说里那些脱尽尘俗烟火味地名的清新浪漫气息。怀着几分企盼和向往，在草长莺飞乍暖还寒的三月天，我踏上了这块满眼生机、云水氤氲之地。

一

厦门日月谷温泉主题公园是福建省首家提供精致休闲享受的园林式露天温泉，坐落在东孚镇汤岸、324 国道与孚莲路交汇处。接待我的是日月谷温泉度假村的办公室主任游正佳，他算是“老温泉”，服膺日月谷已有 12 年，见证日月谷温泉度假村的成长历史。当年，一生好入名汤游的台湾商人陈信仲来到汤岸村，得知这里因历史上出温泉而闻名，于是就产生了要到这投资的念头。陈董事长为了建这个项目还特意再走一遍，考量过世界各地温泉文化的好经验，决定采用东南亚风格。首先是他本人长期生活在东南亚地区，其次是厦门人风俗习惯和东南亚也比较接近，再次是东南亚风情特别能体现人与自然和谐相处的朴素结合。经沉淀提升，陈董事长才下决心投资十多亿元修建日月谷温泉区。

在游主任的带领下，我们到这座占地 10 万平方米、散发着热情浓郁东南亚风情的温泉园林里徜徉，虽不是周末，这里依然客源不减，看着他们个个身心放松，脸上洋溢着惬意感和满足感，也惹得我有了跃跃欲试的想法。游主任似乎看出我的心思，对我说："泡温泉，它有物理的作用，也有养生保健的作用。在静态中全身心投入其中，可以什么都想，也可以什么都不想——这就是我们业内人称之为泡温泉的最高境界。可以让人五官开放，六窍通泰！"无怪乎开放以来平均每年有四十多万人来此泡澡，每天约有一千多人。"到日月谷泡温泉，已成为都市人的时尚。"日月谷温泉已成为厦门招徕休闲度假游客的金字招牌。

温泉，原本是深藏在土地下千百万年的水，接受了火山运动与岩浆迸发的热量，沿地壳上的裂缝慢慢溢出而形成。她就是火山与岩浆赠送给人类的珍贵礼物。

我国温泉的历史源远流长。有文献记载的温泉多达 972 处，全国已发现的温泉 3000 多处。公元 1000 年，唐庾在《汤泉记》中探讨了温泉形成的原因；明代杨慎著《安宁温泉诗序》，概括了我国温泉的分布；李时珍最早在《本草纲目》中将我国的矿泉分为热泉、冷泉、甘泉、酸泉和苦泉。

我曾经在黄山泡过温泉，古称其为"灵泉"、"汤泉"、"朱砂泉"。传说轩辕黄帝在此沐浴七七四十九日，头发由白变黑，返老还童，羽化升天。做了仙人的黄帝极为高兴，大赞黄山温泉为"灵泉"。从此，温泉闻名四海。

温泉，实在是水另一种美且独特姿态的存在。如若水是有性格的，那么温泉极致地温柔；如若水是有性别的，那么温泉就是极致地体贴的女子。她们带着些许的娇羞和神秘，或浅藏在泥土、农田，或遮掩在山林乡野，只等着有缘的人来寻见。

日月谷温泉寻来了有缘人陈信仲，20 世纪 90 年代就被发现和开发。而今，这座园林式露天温泉度假村，坐落在国家森林公园天竺山麓下，总体规划 14 万平方米。度假村包括日月谷温泉主题公园、日月谷温泉酒店以及日月谷汽车旅馆，集观光度假、休闲疗养、商务会议、运动健身、生态教学与环保宣传于一体。园内散落一百多个露天温泉泡池，四十多种特色温泉，如明珠散落，异彩纷呈。风味美食坊，古色古香抚荷轩，养生阁，月光亭，泡泡吧，大型露天水疗池、休闲游泳池、天然能量房……在日月谷寻梦，可以让时光沉浸、梦魂缭绕、思绪飞扬。

二

走进日月谷温泉主题公园，刹那间产生种错觉，以为是走进了一个美丽的园林公园——沿着光洁的鹅卵石铺就的蜿蜒小径向前，两旁澳大利亚刺桐、马达加斯加凤凰木、椰树、榕树、木瓜、芒果树、凤尾竹风姿绰约，君子兰、马蹄莲、令箭荷花等花草含笑芬芳，间或几个木头亭子远远近近地立着，各种形状大小的温泉池错落有致地分布在山石泉林之间……一草一木、一池一石，灵韵动人。水雾氤氲中，呼吸着花木的清新气息，欣赏着满眼生机的风情画，未入汤池，已然几分沉醉。

游主任告诉我，日月谷的景观设计是由台湾著名规划大师杨奉琛先生、园林艺术家邱照祥先生联袂倾力规划建设的，一草一木、一池一石都是凝聚心血之作。

我曾泡过许多地方的温泉，日月谷温泉的风情万种令人难忘。它以其园林式景观及东南亚风格和独特鲜明的个性设计，像一位百媚千娇舞女，独立于温泉文化的舞台上。来到这里，泡的不仅仅是温泉，还有美景，还有文化，更是心情！

日月谷是厦门市对外旅游的一张王牌，也成了福建省温泉协会的会长单位、全国温泉协会的副会长单位。几年来，日月谷更是接连被评为国家AAAA级景区、五星级酒店以及中国驰名商标、金叶级绿色酒店，这样的“四合一”，在国内同行中目前还仅有厦门日月谷一家。

在露天，当你完全融入温泉中时，你会觉得它是如此熟悉又如此亲切。低下头，仔细聆听，竟也分辨不出是它在倾听你的心语，还是你在聆听它的呢喃。一种感动涌上心头，此时的水是一股温暖的力量，托着你的身体，心灵比任何时候都轻松。当你轻轻地接触它时，由于一种陌生感，你可能还有一丝畏惧、一丝拒绝，但当你完全被它的热情融化，你会感觉你是那么舒畅。血液也经不起它的诱惑，开始不安分地在体内加速。

回到酒店，每间客房内，24小时天然温泉泡池，给人一个封闭私密的空间。如果你是女性，你可以霓衫半解玉香凝，也可以裸着，芙蓉池洗浴中仙，让这池水活脱脱成了名副其实的“美人汤”。珍贵的泉水在日月谷温泉酒店里便是寻常之物，随时在客房里便可泡泉，夜晚可以，天明也可以。到了此处点上香薰，先将僵硬麻木的身体浸在泉水里，融化在如纱如缕的雾气中，窗外的天竺山的山色，便成了一个个模糊的轮廓，仿佛就在云雾间漂浮起来……

三

日月谷温泉配套五星级的酒店，别具风格，让人喜爱。客房内大面积的原木、石材装饰，摆设、用品均采用纯天然藤、棉、麻等原生态材料制成，显得自然拙朴；生机勃勃的植物点缀其中，更让人体会到与自然亲密接触的喜悦。

一座横跨公路的步行天桥，连接着酒店和温泉主题公园。温泉区是封闭式的，泉源口地底下喷涌出的80℃的泉水，经引导配置，通过特定渠道，环绕整个区域大大小小的一百多个温泉池，四十多种特色温泉。

在这里，泡汤已成为提升心灵的养生艺术。他们把人参、当归、灵芝等药材加入温泉中，经过古法泡制成本草泉；有调制融合咖啡、鲜姜、椰汁的加味泉；有加入葡萄酒、啤酒、黄酒等的酒韵泉；有以红茶、绿茶入汤的茗香泉；有精选海滩洁白的细沙，通过温泉加热至40℃的矿砂岛；有以玫瑰花、菊花、紫罗兰、薰衣草花瓣及花蕊入池的花瓣泉；有保留原汁原味的原味汤；有几十种按摩功能的温泉水疗池；有以“森林氧吧”、“水晶洞”、“竹炭蒸汽”等组成的天然能量房；还有石板温泉、冰泉和热泉“冰火两重天”池……

除了功能、风格各异的泉池以外，日月谷还为客人准备了一种很特别的鱼疗温泉，在温泉池中放入许多不会咬人，专门啄食人身上的死皮和细菌的热带小鱼，当人进入池中，小鱼立刻将人围住，当这群小鱼吸啄皮肤时，人不会感到丝毫的疼痛，而是一种极为惬意的感觉，对于皮肤病、疤痕、脚气有着独特疗效。

劳作了一周的人们跳入汤池中，此时，静静地坐在水中，合上双眼，缓缓地做着深呼吸，冥想着自己来到了鸟语花香的世外桃源，极劲地享受温泉水的滋润，放松着自己的身心，没多久，疲惫的感觉在清泉的纯净与柔情中便烟消云散，迷失其中。

泡过温泉，不妨在如画的风景中流连。酒店房舍优雅地点缀在山野之中，田间地头葳蕤生长着来自世界各地的珍稀植物。两眼湛蓝的游泳池，呈现在房舍之间的中亭，池旁设有古朴的吊椅，泳池两侧树荫下数十几张藤条躺椅，温暖的阳光拂照着池边的树木，葡萄架下石桌、石凳……音乐回旋，时光静好。

在这里，尽情地慵懒地消磨时光，三五友人，安静看书，细细品一壶茶、一杯咖啡，或半杯红酒。或者，披件柔软洁白的浴袍，躺在树荫下的藤椅上，任清风轻柔地吹拂脸庞，什么都不想。倘若喜欢，也可以好好地看蓝天高远，看白云悠悠，或是任思绪飘远，听由时光流逝……

那羞花闭月的杨贵妃，“春寒赐浴华清池，温泉水滑洗凝脂”，她的美因温泉水的滋养而更妩媚迷人。她在华清池海棠汤出浴时的娇态，天然一幅“贵妃出浴图”，不仅牵动过玄宗的心，也使多少文人墨客挥毫泼墨加以咏诵。想起唐太宗李世民，也能以帝王之尊，隆重为温泉立铭宣传，亲笔御书《温泉铭》颂扬骊山温泉，铭中说：“朕以忧劳积虑，风疾屡婴，每濯患于斯源，不移时而获损。”原来这骊山温泉汤，不仅舒适了他的身心，还让他摆脱了多年的风湿病痛，龙颜大悦下，爬出汤池奋笔抒感。

大清王朝那些皇帝们，每次去清东陵必先去沐浴汤泉。康熙曾作诗赞美道：“汤泉泉水沸且清，仙源遥自丹砂生。沐日浴月泛灵液，微波细浪流踪峥。”他可是绝会处事的主，一边泡温泉，一边批奏折，享受了泡汤之美，还赢得勤政美名。

四

听说日月谷温泉项目开发时曾挖出《温泉铭》石碑，见证其四百六十多年历史，按捺不住好奇想要一探究竟。那天下午，我来到日月谷温泉所在地的汤岸村日月谷一座草亭下看到了这块碑石，碑高 200 厘米，宽 70 厘米，厚 15 厘米。据介绍，汤岸村这个地名来自村庄西边的田野上一处温泉，从泉眼冒出来的滚烫热水，沿着低洼处流去，形成一条小溪，蔚为壮观。小村庄就在溪流的岸边，因温泉俗称“烧汤”，因此这小村庄就称为“汤岸”。

“温泉怒涌近高城，洗却尘埃亮体轻”，清代文人陈池养在泡完福州温泉后曾如此抒发惬意的感受，如果当年他来到汤岸，看见这潺湲奔腾的泉流不知会作如何感想。

温泉是造化的天赐，人人可以享用。当地村民介绍说，若干年前百姓们在温泉眼附近建一口浴池，四面筑短墙，从温泉眼引热水入池，供附近村民泡汤。据志书记载，汤岸古时名“汤头亭”，是漳泉驿道必经之地，有客店，投宿的旅客可以洗温汤澡。相传明朝名医吴真人用汤岸温泉水治愈泉州疫病而名声大噪。明朝隆庆年间户部大员丁一中，在得知吴真人曾用汤岸的温泉水治愈泉州百姓的病疫，被世人奉为“保生大帝”后，便前往汤岸温泉亲身体验。沐浴后，顿觉明朗开阔、神清气怡、舒畅无比，于是挥毫写下《温泉铭》，赞颂温泉不出在城市，不出在山林，而出在田野上、大路旁，种田的农人和过路的脚夫，不用柴火烧水，便能痛痛快快地洗热水澡，这是天地赐给平民百姓的恩惠。并说他曾经在这温泉洗澡，享受到和庶民们同样的乐趣。据来这里的朋友反映，洗浴后皮肤细腻，浑身舒畅，气血通顺，心旷神怡。这里的温泉水质，具有“有病治病，无病健身”的保健养生功能。

丁一中《温泉铭》碑文指出，“泉在同安县深青镇南莲花村”，也就是如今的东孚镇莲花村汤岸自然村。这个无意中被发现的石碑，正是汤岸温泉 460 年历史的见证。游主任说，将《温泉铭》石碑立在日月谷里，主要是出于保护文物的考虑。

现在的日月谷温泉度假村由陈信仲的儿子陈冠羽掌门，他说，几年前他们请文物部门前来对石碑进行鉴定，确定石碑属于文物，因为这块石碑在厦门地方志有记载，文管部门还特意书面委托日月谷代管。显然，《温泉铭》石碑是一块珍贵的历史文物，也是一段温泉文化的记忆，它刻的是明代人对温泉的深情，也刻下了汤岸村民深深的乡愁。游正佳主任说，他们已经在石碑旁边立一块通俗易懂的白话文介绍牌，对碑文进行解释。游正佳告诉我，石碑立在日月谷里面，与整个温泉的主题非常吻合，也体现了石碑的文物价值，尤其与我们精心构建的“泉源”展示区相形益彰，营造了更加浓厚的温泉文化氛围。

五

据考证，日月谷温泉源自地下200米深处，水量多，出口水温82℃，深层温度高达92℃。水质中性温和，属稀有性优质碳酸石盐泉，富含钾、钠、钙、镁、铁等多种对人体有益的微量元素。日月谷温泉属于碳酸泉，具有很好的保健作用。

实际上，劳动人民发现和应用温泉治病，已有数千年的悠久历史。早在先秦的《山海经》里就有了“温泉”的记载。一千多年前的《山经注》记有：“寇水出代群灵丘县高压山……又东合温泉水，水出西北喧谷，其水温热若汤，能愈白芨百疾，故世谓之温泉焉。”汉代天文学家还专门写了《温泉赋》，文中写道：“览中域之珍轻，无斯水之神灵……温泉泊焉，以流岁兮，除苛，服中正兮。熙哉帝哉，保性命哉。”地理学家郦道元在《水经注》中也多次提到温泉可以“治百病”，如“鲁山皇女汤，可以熟米，饮之愈百病，道士清身沐浴，一日三次，多么自在，四十日后，身中百病愈”，真实地记载了温泉的保健作用。

游主任透露，为了接待日益增加的游客量，日月谷二期增加了体量，但同时也有了更严格的水质品控的保证，即在全省也是全国同行业中首次引入了水质实验室，实时监测温泉水质。在福建省其他品牌温泉馆仍要将水质送相关部门实验室检测的情况下，日月谷的品控举动又领先了业界一大步。“实验室将用全透明玻璃房构建，监测、了解相较传统送检更及时，水质管理也更科学，同时，游客对日月谷的水质安全也有了零距离体验。”在水质检测室玻璃墙外，游主任说，“在疾控中心的指导下，我们已将水质卫生监测延伸到了酒店的布草、餐具等相关范围!”

六

日月谷温泉度假村里的一草一木，每一把藤制桌椅，每一个摆设，每一幅壁画都是来自东南亚的乡间。游客们到这里都可以找到一种家的温馨感，台胞到这里就可以想到日月潭，而“日月”二字还寓意了事业日新月异。或许就是因为建造者的这份用心，在我做短暂的逗留后，竟然有种依恋不舍的感觉油然而生。

离开日月谷温泉前，回头再看这座园林，看园林中大大小小的温泉池，看那清澈无尘又能净化凡尘、洗涤身心的温泉池水，从内心深处领受这温泉的魅力、文化的魅力。或许，人对自然的亲近，是与生俱来的，而对水的痴迷，则是从娘胎里就有的，是从骨子里透出的。沐浴一次天然纯净的温泉，也是身体的一场休憩，心灵的一次洗濯，精神的一次回归吧?!

“待我青丝泛白，你是否还陪我泡温泉?”离开了日月谷温泉，脑子里冒出这样一句网语，不禁自感莞尔。想起当年黄帝老儿到黄山泡温泉的故事，有同样的妙处，也让人恨不得要做那故事中的花甲老翁：人生难得一沐。甚或那花甲老翁，举步蹒跚，不慎失足，跌入清潭，待众人扶出，竟没了皱纹黑斑，青丝发于童山，变了个快活神仙!

日月谷温泉，洗去你的忧伤，消解你的压力，融化你的积郁；日月谷温泉，让人身心俱泰，令人心醉神驰!

最是红茶心意在

天街小雨润如酥，
草色遥看近却无。
最是一年春好处，
绝胜烟柳满皇都。

在这个细雨蒙蒙的季节里读韩愈的《早春》，油然生出几多感慨来。初春的雨脚儿轻轻地走过大地，留下了松软的印迹，那就是最初的春草芽儿冒出来了，遥遥相望，朦胧迷离，仿佛有一片极其淡雅的青青之色，让早春更显得若隐若现，似有似无。诗人像一位善于写意的水墨画家，挥洒着他饱蘸水分的妙笔，隐隐泛出了那一抹淡淡绿意，便是早春的草色。

一

想象中的春天总是美丽和多情的，风是柔和的，植物是翠绿的，原野和山冈上百花盛开……就在二月将走开的那天，我们采风团到达福安坦洋村，置身在一片茶园里，我眼里的春天是一片绿得透亮的山地——有机茶生产基地，海拔 320 米，茶园面积 365 亩，位于福安市城郊，地理条件便利，生态环境优越，周围森林环抱，远离村庄无污染，入场道路水泥硬化。经杭州中国茶科所专家实地考证，福安这片茶场的植被、生态、地理等综合条件指标之高在全国少见。主要种植品种有福云 6 号和近年省茶科所新选育的黄观音、金观音、丹桂、早春毫、台茶等高香型良种。

一直以来，我没搞清楚有机茶和绿色食品、无公害农作物之间的区别，这回和福安市茶界人士广泛交谈，“有机”这个词出现的频率最高，其概念才开始明晰起来。他们用形象的金字塔理论为我解释：“在食品安全标准中，金字塔的塔尖是有机食品，往下是绿色食品，再次是无公害食品，最底部那就是‘大沙漠’了。”有机茶是年年要检查认证的，不像绿色食品等，通过一次认证，标签就可以贴上好多年。我这才明白，福安茶业要打造的就是品质最好的“坦洋工夫”茶。

“坦洋工夫”源于福安白云山麓的坦洋村。据史料记载，清咸丰年间(1851年)，“坦洋工夫”红茶在坦洋村试制成功，大批商贾慕名而来，入山求市，云集坦洋，开设茶行，一时声名远播，驰名中外。1915年，与中国名酒“茅台”共同荣获巴拿马——太平洋万国博览会金奖，成为英国王室专供茶叶，跻身国际名茶行列，远销荷兰、英国、法国、日本、东南亚等二十多个国家和地区，从而奠定世界名茶的地位，今天保存下来的“坦洋工夫”茶银票还印有当年英国议会大厦的图案哩。近年来，“坦洋工夫”成为中华名人特供茶，并成为宁德市第一个获得国家地理标志保护的茶叶产品。

我还听说过这样一个故事。当初俄国尼古拉皇帝问他的属下：到底是坦洋大还是福建大？虽然这种传闻现已无从稽考，然而却也有从国外寄来的书信，信封上写着“中国坦洋×××收”，这信函在交通不便的那时绝对可以到达收信人的手中，当时坦洋的名气之大可见一斑。

以坦洋菜茶鲜叶做原料生产出来的功夫红茶，外形细长匀整，带白毫，色泽乌黑有光，当地又称乌茶，内质香味清香甜和，汤色鲜红呈金边，叶底红匀光亮。“坦洋工夫”以其形质兼美而位居福建三大工夫茶之首。茶界泰斗张天福更以“坦洋工夫、驰名中外”的褒奖肯定“坦洋工夫”红茶的历史地位。

品饮工夫红茶重在享受其清香和甘醇，一杯茶叶通常可冲泡2至3次。这种饮法，需要饮茶人在“品”字上下功夫，缓缓斟饮，细细品啜，在慢慢地体味和欣赏之中，品出茶的香醇，领会饮茶真趣，使自己心情欢愉，超然自得。远在几百公里外的福州，我已经感受到了“坦洋工夫”的独特魅力，在城市星罗棋布的各类茶庄中，近年来“坦洋工夫”异军突起，已经成为时尚健康的饮品。

二

近几年，我几乎每天都离不开茶，尤其是红茶。茶为国饮，以茶待客，以茶会友，中国人是离不开茶的。可是担忧也由此而生。我听说有人做过这样的实验，将某种已经泡过六七泡的茶叶拿去化验，还发现残留农药超标。果真如此，我们每天喝茶不就是每天在进行慢性自杀吗？

这是一个令人不安的问题！

因此，茶污染情况备受关注，它已经不是一个简单的饮品安全问题，而是一个民生问题，一如三聚氰胺对整个乳制品行业的摧毁性打击那样，茶污染也会给民生带来灾难。

喝茶首先是喝放心茶，有机茶可以保证茶不被污染。

“高山赋神韵，绿水育芬芳”。“坦洋工夫”茶产品原料大都采自海拔600米以上的国家级重点旅游风景区太姥山山脉南端——福安东部山区，这里山高气爽，溪清涧润，鸟语花香，云环雾绕，乃人间仙境。产自此处的茶叶“鲜嫩如碧玉，香醇胜琼浆”，经人工制作，自然是上等佳茗。其“东顶云雾”特种工艺茶、绿茶、乌龙茶、红茶、白茶等在市场上倍受青睐，就得益于“有机”二字。

为了考察“坦洋工夫”原产地的实况，我踏上了一段崎岖山路，当地茶农把我带到了这片山头，眼前景色让我心驰神往。这是片美丽的茶园梯田！它有着流水行云般的线条，淋漓酣畅般的韵律，鬼斧神工般的造型，如诗如画般的意境，还有恢宏磅礴的气势。整片茶梯田如巾似带，在山坳盘绕。茶农告诉我，他们从国外引进一些品种，成了茶园行间和园边空地种植的绿肥，不但可以提高土壤的固氮能力，还给茶叶害虫的天敌创造良好的栖息、繁殖场所。用天敌取代化学农药来杀虫害，还在茶园里兴建了自动喷灌工程，改变茶园的小气候。我不禁赞叹道：福安的茶农真的很有想象力！

原来，他们给茶园里面间作的是白三叶、平托花生、圆叶决明和百喜草等绿肥，种植天竺桂、含笑、火力楠等生态树种，施用桐籽饼和有机茶专用肥，对病虫害实行农业防治和生物防治，严格禁止化肥和化学农药进入园区。这些年，福安的许多有机茶生产基地，经中茶所专家实地考证，茶场植被、生态、地理等综合条件指标在全国评比中都是最好的。

我在这片茶青葱茏的土地上感觉到了真正的春天是在自然的天性中的萌发，爱茶的人是春天的使者，也是茶的信使，在福安带给我的钟爱的品牌茶叶可以放心“比屋皆饮”的信息，也使我的家土故园飘荡着茶叶嫩绿的环保的清香。

我们身处农药污染的世界里已经很久了，我们的土地家园已经被农药和化肥侵蚀。我们需要擦亮双眼，不要以为那些污染的仅仅是混浊污黑的气体或流质，我们还得尝试着通过一片片绿叶，去辨别真伪，去体会和品尝眼前是否有被玷污的春天气息。

三

人类可以背叛自己和别人，但永远不能背叛土地和家园——这是美国作家蕾切尔·卡逊所著的《寂静的春天》给我们的忠告。

当自然和人失去和谐时，《寂静的春天》出其不意地问世了。1962 年春，这本惊世骇俗的书关于农药危害人类环境的预言，给整个美国带来了喧哗与骚动。仅 1962 年底，已有四十多个提案在美国各州通过立法以限制杀虫剂的使用。从此，“环境保护”一词开始响彻整个世界。

这本书里写了什么？她要告诉我们什么？

从前，在美国中部有一个城镇，这里的一切生物与周围环境生活得很和谐。这个城镇坐落在繁荣的农场中央，周围是庄稼地，小山下果园成林。春天，繁花像白色的云朵点缀在绿色的原野上；秋天，透过松林的屏风，橡树、枫树和白桦闪射出火焰般的彩色光辉，狐狸在小山上叫着，小鹿静悄悄地穿过笼罩着秋天晨雾的原野。

沿着小路生长的月桂树、荚蒾和赤杨树，以及巨大的羊齿植物和野花，在一年的大部分时间里都使旅行者感到目悦神怡。即使在冬天，道路两旁也是美丽的，那儿有无数小鸟，在露于雪层之上的浆果和干草的穗头上啄食。

郊外以鸟类的丰富多彩而驰名，当迁徙的候鸟在春天和秋天蜂拥而至的时候，人们都长途跋涉来这里观看，还有些人来小溪边捕鱼，这些洁净又清凉的小溪从山中流出，形成了绿荫掩映的生活着鳟鱼的池塘……直到许多年前的一天，第一批居民来到这儿建房舍、挖井筑仓，情况就变了。

从那时起，一个奇怪的阴影笼罩了这个地区，一些不祥的预兆也降临：神秘莫测的疾病袭击了成群的小鸡；牛羊病倒、死亡。到处是死神的幽灵。农夫们述说着他们家庭的多病，城里的医生也愈来愈为他们病人中出现的新病感到困惑莫解。不仅在成人中，而且在孩子中也出现了一些突然的、不可解释的死亡现象，这些孩子在玩耍时突然倒下了，并在几小时内死去。

这个地方出现了一种奇怪的寂静。比如说，鸟儿都到哪儿去了？许多人谈论着它们，感到迷惑和不安。园后鸟儿觅食的地方冷落了。在一些地方仅能见到的几只鸟儿也气息奄奄，它们战栗得很厉害，飞不起来。这是一个没有声息的春天。这儿的清晨曾经荡漾着乌鸦、鸫鸟、鸽子、樫鸟、鹪鹩的合唱以及其他鸟鸣的声音；而现在一切声音都没有了，只有一片寂静覆盖着田野、树林和池塘。

农场里的母鸡在孵窝，但不见小鸡破壳而出。农夫们抱怨他们无法再养猪了，因为新生的猪仔很小，小猪病后也只能活几天。苹果树花开了，但在花丛中看不到蜜蜂，所以苹果花没有得到授粉，也不会有果实。

曾一度吸引人的小路两旁，现在仿佛遭了火灾，植物是焦黄、枯萎的。被生命抛弃了的地方也是寂静一片，甚至小溪也失去了生命，钓鱼的人也不来访问它，因为所有的鱼已死亡。

在屋檐下的雨水管中，在房顶的瓦片之间，一种白色的粉粒还露出少许斑痕。在几星期之前，这些白色粉粒像雪花一样降落到屋顶、草坪、田地和小河上。

不是魔法，也不是敌人的活动，而是人们自己使自己受害。

在美国和世界其他地方可以找到上千个这种城镇。我知道，没有一个村庄经受过如我所描述的全部灾祸；但其中每一种或某几种灾难实际上已在某些地方发生，并且确实有许多村庄蒙受了巨大的不幸。由于人们的忽视，一个狰狞的幽灵已向我们袭来，这个想象中的悲剧可能会很容易地变成一个我们大家都将知道的活生生的现实。

是什么东西使得美国无以数计的城镇的春天之音沉寂下来了呢？作为一位科学家和理想主义者，卡逊孤独地聆听大自然的呻吟，她用自己的呐喊和疼痛，召唤自然的宁静和充满生机的春天。

四

清冷幽静的山地，一径矮灌木比肩而立，雾岚缠绵其间，粉蝶翩翩翻飞，一处清泉绕过，轻风催发嫩芽。在这样的天地中，茶深得自然赋予的秉性，钟灵毓秀，造就了好品格，也激发出无限的禅机。

我的童年生活在闽东山村，从小就对大自然、对野生动物有浓厚的兴趣。那时经常一个人在树林和小溪边，观赏飞鸟、昆虫和花朵。然而现在，我回到童年生活的那个地方，春天的小溪再也没有丰沛清澈的流水了，村头那片小小的丛林也见不到猴面鹰的身影，脚下和身边的大自然也成了卡逊笔下的那个《寂静的春天》的城镇了。卡逊告诉我们，那些撒向农田、森林、花园里的化学药品也长期地存在于土壤里，同时进入生物的组织中，并在一个引起中毒和死亡的环链中不断传递迁移。有时它们随着地下水流神秘地转移，等到它们再度显现出来时，它们会在空气和太阳光的作用下结合成新的形式，这种新物质可以杀伤植物和家畜，使那些曾经长期饮用井水的人们受到不知不觉的伤害。正如阿伯特·斯切维泽所说："人们恰恰很难辨认自己创造出的魔鬼。"

人类应该怎样生存？我们需要什么样的食物？需要什么样的饮品？我们一任化学农药的污染来变异我们的器官和灵魂吗？

福安茶人的回答是：健康、环保、绿色的，才是人类需要的。在福安，有机茶园已经开始迈出了艰难的步履，虽然我们省用有机物取代化肥农药的道路还很漫长，但我们从福安看到，健康饮品正成为这一代人的共识。

2008 年 6 月 1 日，国家实行了食品安全法。在福安大家关心的是，不要让"中国制造"变成低价的代名词。我们的食品安全确实有过遗憾，出现过一些问题。茶也属于食品类，品牌质量一旦出了问题，后果也不堪设想。

茶的俭朴，让人矜守俭德，不去贪图享乐；茶道的专注，让人的精神与大自然融为一体；茶水的清香，让人犹如喝进了大自然的精华，换来脑清意爽，生出缕缕神思妙想来。试想，如果你喝的是被农药化肥污染的茶汤，你还会有这般人茶合一、茶禅一味的感觉么？

福安的有机茶园用白三叶、平托花生、圆叶决明和百喜草等自然生物的链条，把春天的茶园装扮得生机盎然，也给我们带来了一次健康美好的茶文化的熏陶，给了爱茶的人们一种意境，一种心情，一个原生态的绿色生命世界。

写到这里，不禁想步韩愈诗韵涂一首《春茶》，以表敬意：

初春道破三更雨，山色遥看近却无。
最是红茶心意在，千回百转香满腹。

菽庄的诗心与情怀

一

鼓浪屿是座迷人的海岛，大凡到过的人，少有不钟情于她的。一年四季，小岛上目光所及处，绿树成荫，繁花锦簇，海浪轻卷岩石，琴声伴海风飞扬，更有世界多国风格的洋楼别墅旧建筑，以及星罗棋布的咖啡馆和茶座散落其间，使得这座岛屿无时无刻不散发着东方的古典韵味，又洋溢着西洋的现代风情。这样的小岛，我是很爱的，三十多年了，也不知前前后后来过多少次，而这小岛上最牵引我的脚步与情思的，要算岛西南隅那座花木掩映、依海揽潮的百年园林——菽庄花园。

菽庄花园，就坐落在鼓浪屿港仔后沙滩上。从日光岩上看，菽庄花园尽收眼底：一块不到十亩的坡地，创造出宽阔的空间，一群古建筑坐落其间，墨绿的琉璃瓦，暗红的木柱，飞檐翘起，吻兽于檐脊上。“每春秋佳日，登高望远，海天一色，杳乎无极”，四周景物全部纳入花园怀抱；及至置身园中，那圆月似的门洞，造型别致的漏窗，山石垒成的“十二洞天”假山，又无不让人感受到中国江南园林的典雅之美。最为难得的是，它在江南园林韵致中又能寻味出几分南洋建筑风格和古典希腊式的美学，其结构布局设计独特——海藏园中，傍山为洞，垒石补山，与远处山光水色互为衬托，浑然一体。

我这一生走过许多地方，见过许多的园林，如果一座风景殊美的现代人造园林，只因布局的精巧和景色的旖旎，我看过后大约不会再来，有的还会慢慢将它淡忘了。可是菽庄花园不同，当我徜徉在这座百年园林中，在领略它的建筑和景物本身之美外，我分明还能看见，经历百年风雨洗礼后，这座园林在时光流转中犹如“一颗钻石在浮尘中熠熠生辉”。这园林昔日的故事以及与它关联的人和物，都吸引着我，让我心生遐想与怀念。于是初遇菽庄花园之后，我又一次次走进它，记忆最深的是这三次——在初夏的黄昏、在秋天的月夜、在春日的雨中。这些不同时分里，一次次端详菽庄花园，品读它，与它静默相对，无声交流，诗心相托，在沉湎中喷发出自己的灵感——

很多时候我将自己抽象成一朵浪花
一朵祭向你的浪花
在荒芜冷峻的岩上，奏响我生命的歌，迸出我热情的笑
温暖远去的心。

二

菽庄花园最初属于闽台名绅林尔嘉先生，是他悉心设计和耗资兴建的私家花园，园名由他字“叔臧”谐音而来，也是“稻菽主人庄园”寓意，因为林尔嘉的祖先是以垦殖发家而富甲台湾的。他花一万银圆的“润笔”费，请当时的“大总统”徐世昌题写“菽庄”园匾。因而这座园林中的一石一木一汪池水，也就都烙着林尔嘉的印记，渗透着他的思想和精神。

菽庄花园仿造板桥林家花园布局，寄托着林尔嘉对台湾故土和先人的深挚怀念。林尔嘉青少时在台湾板桥林家花园度过，在那里留下了美好难忘的记忆。甲午战后台湾被日本割据，他和父亲愤慨于国土沦丧，毅然放弃在台湾的庞大产业，全家迁居鼓浪屿。满腔爱国情怀的林尔嘉先生，甘于奉献，积极践行实业救国，关心国防建设，曾捐款四十万银圆置办舰艇、兴练海军，光绪末年又毅然捐出两百万银圆，帮助政府购置军舰、操练海军，以强国防，抵抗外敌。

1913 年，林尔嘉回到了厦门，在鼓浪屿修建菽庄花园。百余年来，菽庄花园与板桥林家花园隔海相望，心心相印，印证着闽台血脉同源的情意。在那样一个年代，有如此性情造这样的园林的，应是心有天地万物，性情洒脱

不羁之人。

当我在三十五年前第一次踏足厦门这座离岛，初夏的鼓浪屿正是旅游的好季节，小岛上游客不少，其中还有不同肤色的老外，在那个时候感觉这里很“国际范”。初次走进菽庄花园，一堵高墙挡住视线，疑惑间一回头，门楣上高悬的“藏海”匾额赫然入目，不由心中一惊，心想这园主好大的气魄，无边大海也能揽入怀中“私藏”！带着这不平静的心绪再往里走，穿过月见门，绕出竹林，果然与波涛翻滚的大海撞了个满怀！

我置身这座依山傍海绿意环绕的海边庭院，竟如一个误入人家别苑的孩子找到久违的温暖，没有丝毫陌生，没有些微无措，那种熟稔，就如同自己曾在梦中邂逅了无数次一般。

我好奇的目光轻扫着这里的园景，想着那些逝去的人与事，抚摸那些感慨生活的文字手卷，那些青春飞扬的葱茏岁月，我的心像一阵潮水涌过一般，莫名地激动了起来，后来我在一首描写鼓浪屿的诗中写下了自己的感受——

黄昏中传来你的声音
爱语缠绕在绿树花影之中
音乐洒落的小径上，五月的歌
穿过了岛屿，奏响了庞大的钢琴
青藤和老树都仰起飞花的笑脸
感动的心
柔柔的……

伫立在一方“海阔天空”的题刻旁，远远望去，天风海光，荡影浮波，浪溅飞雪，云奔万象，一轮红日在海水之上，欲落未落，只见万点金辉洒落在海面，在波涛上不停歇地闪烁跳跃……此时的菽庄花园，也沐浴在这夕阳余晖的映照下，似一位饱经岁月风雨的老人，安宁而慈祥。使人完全想象不出也感受不到，百余年来，当我们的国家外受列强欺凌割据，内遭军阀混战破坏时，在那炮火纷飞、忧患交加的时代，它如何避过了一场场的劫难，一直紧锁着自己不改沧桑的容颜？

海峡的风迎面吹来，让我心生豪情。极目望去，可以看到汹涌激越的海浪，澎湃往返；远处的南太武，近处的担屿、青屿、浯屿……在烟波浩淼中时隐时现、风姿绰约；前方的日光岩，英雄山乃至海沧的嵩屿角都成了花园的外景，构成一幅动感的立体画，无比俊秀。

过了四十四桥，拾级而上，就到了山石堆砌的补山园。这里也叫十二洞天，有十二个洞室，高高低低，迂回曲折，据说走进去不是很容易出来的，所以又叫“迷魂洞”。“藏海”之意即游人进入园中，并非一下就看到大海，而是经过曲折的前导之后，突然使人视野大开，海阔天空的感觉油然而生。“补山”即是将草仔山稍加添补、点缀，使其达到“天工”与“人巧”的高度结合。该景区以一闭合式水塘为主，在其周围布置了假山亭榭，曲桥楼阁、花草树木，颇有洞天之感。

不知过了多久，夕阳渐渐沉落在远方的地平线上，霞色染红了大半个海面，大海如一块巨大的绸布微微颤动起来。而园里的庭院花木却依然不动声色，静若处子。这时我发现菽庄花园还有内敛含蓄的品格，不骄不躁，静影沉璧，令人浮想联翩。

离开菽庄花园时再回头凝视门楣匾额上“藏海”二字，似乎明白这两个字中的深意，不仅仅是为着园林布局的奇巧，更隐含着林尔嘉赤诚的爱国心：目睹祖国的大海山河被列强野蛮强占，痛心疾首，筑起这道高墙把大海“藏”起，把祖国的大好河山揽入胸怀……

三

第二次踏上鼓浪屿，是20世纪80年代末参加福建省作家协会举办的一个笔会，就住在小岛上一家海军疗养所里。开了一天的会，晚上独自走出院外，皓月当空，洁白的光亮让每一条路径变得更加静谧安详。我踏着秋天的落叶在三角梅披挂的小巷里穿行，蔓生藤枝肆意爬满颓败的窗门，斑驳的墙分布着灰色的或绿色的苔藓，百叶窗里流淌出德沃夏克的钢琴曲，在这样的时刻，我的心中又回响起柔美的诗句——

我的步履在倾斜的坡道上慢了下来

那许多现实和不现实的想法

全都放下了，只想着一个人，一丛三角梅

一只相隔不远的小船

然后全都把这些装进今夜的诗句里

吟咏的心

柔柔的……

那时的鼓浪屿却是这里人们生活的闲适与优雅，还有远离尘嚣的静谧清幽，像世外桃源，所有的诗人到此都会被感动、被融化其中，尤其在有月亮的晚上，鼓浪屿更像是进入了梦乡中的美人，安详宁静地躺在大海的怀抱中。

我的脚步更加轻盈缓慢，怕惊动岛上的生灵。从日光岩下来，顺着路牌，一路走街串巷，到达马约翰广场，踩在一连排古老而高大的榕树绿茵倒影下一路前行，很快就到了菽庄花园的正门。哪怕是在晚上也能感受到菽庄花园的设计颇具匠心，造园取法于自然，又是对自然的提炼，借自然神来之笔，令一园成趣，且既有江南庭院的精巧雅致，又有滨海岩岸的雄浑壮观，动静对比，相得益彰。

临海而建的花园常常忽略了静、雅和幽的趣味，容易造成奇崛啸俊之势，而失去中国园林的审美意境。菽庄花园依然保持海边的江南园林风格，园中路有曲折，石有参差，藤有屈伸，树有疏密，也是顺其自然，于细微处得真趣。园内的建筑物，依山取势，曲径通幽，布局巧妙。庭院内，构筑假山叠石、楼台亭榭，营造石砌的迴形廊桥，且广植花卉树木。沿途眉寿堂、壬秋阁、真率亭、四十四桥、听浪阁、顽石山房、十二洞天、亦爱吾庐、观潮楼、小兰亭等景错落有序，小巧别致，自成一格。园景海景相映成趣，热带植物在海边风光中婆娑起舞、摇曳多姿，月下观赏，更平添了一分柔媚。

流连园中，于园中景致中，无处不能感受林尔嘉先生的诗心和风雅性情。入院即为藏海园，庭院右侧为“眉寿堂”，又名“谈瀛轩”，意为祝愿长寿，也表示怀念台湾。眉寿堂临海两边有曲堤，月夜探访菽庄花园，逢大潮过后，坐在堤上，俯身即可掬水，领略“掬水月在手”、“满目飞明镜”的意境。出寿眉堂，再入壬秋阁。此阁水陆各半，东西两拱门，一背陆一朝水，在此可观山赏海，山岚流云，帆影鸥鸟，尽收眼帘。据称壬秋阁落成之日，正逢久雨初晴，江山如洗，主人趁此良辰邀客吟诗，自己也吟有“横江鹤去笛声在，未信消沉八百年”之句。

菽庄花园的秋风已经响起，壬秋阁那空空的院落厅堂椅凳如常，岁月如水的光阴一晃百年过去，那猜拳行乐的渔家乐，一枕黄粱的书生梦，抱缸酣醉的太白图，夫妻行乐的春宫趣，皆已付之于浩瀚的海流波涛之间，闪动着梦幻般的往日影像。我在那一刻突然感觉有点恍惚，痴醉似的，仿佛一颗心，被海风吹着，被海浪涌着，在这里随意游荡。

出壬秋阁，朦朦胧胧中，见一田园小院，名为“亦爱吾庐”。问了才知道原来是林家居住的院子，昔日用竹篱笆围起来，秋深时节，园中更有各种菊花傲然盛放。如今一晃大半个世纪过去，这小院里故人远去，独留空楼。透过那隐约可见的竹篱与婆娑的竹影，仿佛还能感受到林尔嘉先生当年对这“竹篱茅舍自甘心”的欣赏之意，对家居情景时的自得之情。

四十四桥是菽庄花园中最引人流连忘返之地。桥下闸门把海水引入园内，宛如游龙的长桥沿着山崖在海中蛇行，桥上九曲回廊，凌波卧海，亭台楼榭，天、海、山、石，尽数纳入园中。桥岩石上的“枕流”题刻，出自于“漱石枕流”的典故，林尔嘉先生以此来激励自己，以图重振山河。桥上千波亭上，倚栏而立，远观海，近看山，闲赏鱼，静沐风，任涛声耳边吟唱，海鸥头顶展翅飞翔……桥上渡月亭，赏月、观潮、听涛、踯躅、盘桓，各尽其妙。亭柱两侧楹联“长桥支海三千丈，明月浮空十二栏”，月夜静坐于此，遥望空中明月，静听海涛低吟，令人浮想联翩。

夜深了，吹来了阵阵凉意，迈着不舍的脚步离开时，回望这里的草木，这里的一石一土，连穿园而行的风，都让我流连。菽庄花园那夜进入了我的梦里，出落得更见风致，也比它时更多了一抹风流。

四

再来菽庄花园，恰是雨天。早春二月。鹭岛厦门已春意萌动，雨丝沾上皮肤还有点凉意。烟雨蒙蒙，海天一色，经历过百年风雨的菽庄花园，格外沉静，又显出几分诗意。细雨纷飞中，漫步园中，欣赏着“藏海”“枕流”“印心”。在林尔嘉先生的铜像前驻足，不觉陷入了长久的沉思。菽庄花园建园耗费千金，之后几经扩建，其间凝聚了林尔嘉先生巨大的情感和心血，后来无偿捐给国家，成为公众共有的文化遗产和休闲乐园。不由得想到，在这人世间，一切生命都遵循自然轮回的法则，自尘土中来也终归于尘土，只有无私而崇高的精神能够长存。

是啊！菽庄，这座名字寓意着归隐田园的私家花园，原本就藏着园主一颗诗心，是一个诗意空间。漫步园中，看着春雨滋润下的草木山石，遥想起当年菽庄吟社里一群爱国诗人酬唱的情景，我也不禁诗兴勃发，朗诵起一段诗句——

我听到浪的声音
在你的怀里呢喃着
海上的帆船远去了如漂向天际的纸鸢
雨丝飘洒，把春色抬高
金色的梦裹着我
思念的心
柔柔的……

据称林尔嘉先生自谓“爱诗如生命”，既是声望响亮闽台两地的实业家，也是一位爱国爱乡的诗人，一生写诗三百多首，用诗记录了他的生活和人生的轨迹。建造菽庄花园后，他在菽庄花园成立菽庄吟社，遇上七夕、中秋、重阳等节日，或是寿诞、结婚纪念日，经常邀约游宦、通儒、骚人墨客雅聚、吟咏、赏花、观潮、泛月、登山、访古，乐在其中。正所谓“有酒有诗高雅会，无风无雨太平秋”。有一年菽庄菊花盛开，林尔嘉先生花发数千盆，在花园内设“买诗店”，游客投一首诗，获花一枝，“以菊换诗诗换菊，利市别开风雅场”。

菽庄吟社从创社到停止活动历时31年，时间之长创下了我国文人诗社之最。一开始菽庄吟社就有吟侣三百多人，几乎囊括了厦门、台湾术有专攻的饱学之士，酬唱不断，后来吟侣发展到将近千人，范围遍及福建、湖南、江苏、浙江等省市，菽庄花园真正成为名副其实的“文士园”、“诗人园”。当时台湾沦日，大批不肯臣日的志士仁人相继内渡，到厦门的台湾诗人或到过台湾的闽南诗人，大都云集鼓浪屿。菽庄吟社的成立，使他们有了慰藉心灵之所，发泄悲愤之机。诗人们在“满天风雨夜鏖诗”、“冷看风涛变幻新”诗句中，抒发期待光复河山重返家园的爱国情怀。

我不知道文学巨匠巴金当年是否到过壬秋阁加入“文士园”的唱和？1930年的秋天，巴金第一次踏上小岛，下榻厦门酒店三楼的房间，白天就到外面活动，傍晚约朋友数人，一群热血青年就站在露台上，靠着栏杆，眼前展开一片黑暗的海水，水上闪动着灯光飘荡着小船，头上是一天灿烂的明星。天是无边无际，北斗七星清晰明亮。在这样伟大的背景里，谈论着改造社会的愿景。就在这时巴金结识了一名叫“耶稣”的厦门教书先生，耶稣多羸的躯体中却喷发着岩浆般的革命激情，他四处演讲，忘我的工作，“把碎片用金线系在一起，在废墟上重建起九重宝塔”。两年后，巴金再上鼓浪屿，却没找到“耶稣”，但巴金从别处知道这“两年间一个人的大量牺牲和工作折磨着我”的好友“正忙碌地在那古城里工作，准备着有一天用有组织的民众的力量来歼灭侵略者的铁骑”。一直到1935年2月，巴金东渡扶桑，在横滨的海边，眺望北斗，不禁想起日光岩下的那栋楼里看过这永远不会坠落的星辰的情景，但他已没有“感伤”，或许是海浪声令他听到“沸腾着年轻人血脉”的动地歌吟？或许是晃岩的巍然鼎立引发他思古之幽情，巴金长啸一声“我又一次听见旧社会的垂死的呻吟了”，“这新的巨灵快来了吧”。

日光岩是阳刚的，菽庄花园则拥有母亲的美丽、宽容和慈爱。

林本源祭祀公业编印的《板桥林本源家传·林公尔嘉传略》中说：“佳时令节，折简召南州名士高会于斯，偕游‘藏山’、‘补海’之园，看桥卧明波，听松吟翠岭，醉晴畦芍药，饯雨后黄花，偶然怆怀家国，则托诸咏歌。厚涵乎万类，淡泊乎无营，非专寄其性情而已……日吟啸其中，煮茗焚香，评花量行，视世俗之纷纷扰扰，漠然无所动其心。”记录的正是当年菽庄吟社文人聚会吟咏的情状。

如今，壬秋阁厅堂里椅凳还是旧日模样，主客邀约吟诗的声音依稀还在历史的风烟里回响。隔着悠长的岁月，那吟诗歌唱的文雅会，海阔天空的大襟怀，爱国济世的伟抱负，还有那些生生息息的岁月物证，一起随同“谈瀛轩”、“率真亭”、“亦爱吾庐”、“顽石山房”，随同菽庄花园的历史烟雨，流入如水的光阴……

菽庄花园在我眼里是最美的园林。尽管苏州园林精致的巧夺天工，但我始终不太欣赏那种迂回曲折的风格。相比之下，我独爱菽庄花园既有的内敛深藏的品格，又有着的豪迈大气、开门见海的坦荡开朗的格局，让我在此感受到主人林尔嘉直抒胸臆的壮阔情怀。

五

鼓浪屿岛上平均每十户人家就有一架钢琴，钢琴的密度居全国之冠，因而，鼓浪屿又有“琴岛”之美名。其实，当我们乘坐的渡轮还在鹭江上航行的时候，鼓浪屿那座形似“张开的三角钢琴”的码头，迎面扑来了岛上浓浓的音乐气息。当你漫步在两边树木葱郁、繁花似锦，掩映错落的亭台楼阁之间蜿蜒曲折的小路上，那悠扬的琴声，随着温柔的海风不绝于耳，无论你身处海岛的哪个角落，总伴随着你，洗涤着你的心灵，时而朦胧时而纯青，像一缕充满爱意的魂魄，拥抱着你的思绪；让你的心像波澜中的一叶小舟，随着闪烁的浪花漂浮不定……

借着这次炎黄文化采风团到厦门思明区采访之际，我特别拜访了暌违多年的“听涛轩”，而今它已改建成全国唯一的“钢琴博物馆”。

馆中收藏有世界著名的古钢琴 80 余台。称其为古钢琴，是因为它们最早的可追趋到一百多年。比如有世界最早的四角钢琴、最大的立式钢琴、最老的手摇钢琴、高大的管风琴；还有奥地利制造的“博森多福”、美国造的

“士坦威”及德国皇室专用的皇室钢琴和脚踏自动演奏的、八个踏脚四套琴弦的古钢琴；更有一台稀世珍品——镏金钢琴赫然醒目地兀立在紫红色的窗帘前，高贵、精美，衬托出菽庄花园的典雅和厚重。这些无价之宝却都出自旅居澳大利亚的华人收藏家胡友义先生的毕生心血之精华。我的目光轻柔地抚过每一架陈列在此的钢琴，想象着它曾经在主人修长的手指下弹奏着动人的曲目——轻快的，忧伤的，浪漫的……每一曲都是那么动人心弦，每一个跳动的音符都如一缕轻灵的风，跨越了绵远的时间长河轻轻摇曳着我的心旌。

“鼓浪屿四周海茫茫，海水鼓起波浪……”

一位姑娘在一架钢琴前弹奏，悠扬的琴声在轻灵跳动的指间缓缓流淌。一首情深意长的《鼓浪屿之波》，是我的思乡曲，每逢厦航飞机降落时都会悠扬地响起，牵动我万端的乡愁！

鲜花，音乐，大海……菽庄花园拥有了太多自然与人文的馈赠，让我无比歆羡和迷恋。而我，却只是一个匆匆的过客，留下我的诗心和情思后，收拾起放飞的思绪和沉醉的心灵，我还要赶往下一站遥远的旅程——

很多时候我孕满美和希望的风帆
在星云密布的海面上航行
颠簸中跋涉着，时间轻柔弹出水面，梦幻岛屿显现
抚慰漂泊的心。

后记：文字里的乡愁

近日在朋友微信上看到一组油画作品，节选自《永远消失的村庄》，看后感慨良多。里面的那些似曾相熟的画面，曾定格在我童年的记忆里，常常在不经意间泛起，用它的原味抚慰我的心灵。

宋代禅宗大师青原行思提出参禅的三重境界：参禅之初，看山是山，看水是水；禅有悟时，看山不是山，看水不是水；禅中彻悟，看山仍然山，看水仍然是水。随着年事渐长，很多美好的东西也已成过眼云烟，只有那儿时村庄山川田野的场景，纯然天真的那份快乐，还一直萦绕在我的梦幻中。我们常常说：时过境迁，物是人非。可是我童年生活的地方，这三十多年变得不仅仅在人，物换景移，山和水也都在变，再次回到故乡，你已经很难再找到童年的那份清纯，山也不是原来的山，水亦非那时的水，一声欷歔，几声叹息！

我做不到禅师的那份顿悟，我仍在寻找，寻找最初的那座山、那条水、那片青天、那片云！

有人说欧洲现代化的发展进程并没有让传统文化湮没在现代工业的海洋之中，古罗马时期的帝王若从地穴墓茔里爬将出来，还可以找得到回家的路，因为几百年前罗马的主要街道和建筑物依然保存良好。而我们，三十年足以让一座城市面目全非，城市像一个大工地，每天都在发生着变化，每天都有一座大楼拔地而起，每天都有一条街道被开膛破肚。

现在理解了北岛说要“重建我的北京”的深层含义——用他文

字召回北京消失的气味儿、声音和光影，恢复被拆除的四合院、胡同和庙宇的原貌，让瓦顶排浪般涌向低低天际线的景象重现，让鸽哨响彻蓝天的清脆回到人们耳边……

这本《寻美的旅痕》，是我这五年来跟随福建省炎黄文化研究会和福建省作家协会走进县区乡镇采风所拾得的点点文字，如野花闲草一路铺展开来。每一次采风过程也是寻美的过程，我也企图用一己微薄之力，重建我心灵的家园和我对乡村的记忆——我心中的那座山、那条河、那片林木、那条小路、那面青苔爬满的天井、那一片片落在田野上的奔跑的小脚印……

我们在寻找中老去，跟着老去的还有心境。

我写作的快乐在于用文字铺就芳香小径，并在这路上看到很多人看不见的或很多人想看而看不到的美，并能让读者循着这香径通往爱与美的心灵故乡。很有幸，多年前我几次应邀为《中国国家地理》杂志撰稿，探寻祖国山河、古村落、古民居等人文之美，记录了表现太行山大峡谷鬼斧神工自然之美和丰富深厚人文景象的系列文字，开始了我的“寻美”之旅。这本纪实散文集的文字旅痕刻划在八闽版图上，我走访福建永安安贞堡、平和太极村、清流赖坊、福清东关寨等散落在八闽大地上的珍稀古建筑和火山地质公园、红树林、观音山等自然风光，希望用我的文字为这些将要消逝在岁月烟尘中的古村庄古建筑画一幅素描，为自然和生态的福建保留下一份怀念的凭据。在采访和写作过程中，我的文字也沾染了刻骨的乡愁、浓浓的思念，它记载着一座座远去的村庄和古民居，它们斑驳的影像唤回了我儿时的记忆，也记录下我内心深处的那份眷恋和忧伤。

感谢福建省炎黄文化研究会邀请，即将结集出版的《寻美的旅痕》，为此前付梓的《寻美福建》《寻美人生》《寻美山水》的系列篇，是我的思想、情感、观点和灵感在多个时空里碰撞的结果，也是我近几年来寻美心灵旅程中留下的歪歪斜斜的脚印。

我还要感谢寻美路上和我结伴而行的许多朋友，在我襟山怀水、诗写人生路上给我赞许并推动这些文字结集出版，让更多的读者能够循着我的脚印去游历年代久远的人文风景，拾取他们童年时代的些许记忆和一段失落的歌谣……

我想继续走着，在我未来的岁月中还能看得见山、看得见水、看得见青天、看得见云、看得见乡愁！

2014年孟冬修改于福州观江邸一哈间